BERNHARD GÖRG

DÜRNSTEINER PUPPENTANZ

Ein Wachau-Krimi

edition a

Freitag, 16. April
16 Uhr 18

Kapitän Leutgeb blickte zuerst voll Stolz auf die vier goldenen Streifen auf dem linken Ärmel seiner dunkelblauen Uniformjacke und dann voll Ungeduld auf seine Uhr. Siebzehn Minuten Verspätung. Und noch immer eine mindestens dreißig Meter lange Menschenschlange an der Spitzer Anlegestelle. Würde wohl noch eine Weile dauern, bis sein Schiff endlich ablegen konnte. Dabei war ihm Unpünktlichkeit schon seit seiner Kindheit ein Gräuel.

Schon in Melk hatte seine MS Wachau bei der Abfahrt vierzehn Minuten Verspätung gehabt. Weil die meisten Passagiere, bevor sie an Bord gingen, noch schnell ein Foto der Benediktinerabtei machen wollten. In Dürnstein würde die Verspätung sicher weiter zunehmen. Die Schlange an Touristen würde dort mindestens dreimal so lang sein wie hier in Spitz.

Er fuhr seit sechsundzwanzig Jahren im Dienst der DDSG Blue Danube auf der Donau. Die letzten zehn Jahre davon zwischen Krems und Melk. Seit sieben Jahren als Kapitän. Zu seiner Zeit als Lehrling vor einem Vierteljahrhundert hatte das Unternehmen froh sein müssen, seine Dampfer wenigstens in der Hochsaison halbvoll zu bekommen. Jetzt waren die Schiffe schon im April ausgebucht. Außer bei schlechter Witterung. Heute herrschte Postkartenwetter. An einem für den Frühling typischen blassblauen Himmel nur eine einzige kleine Wolke und ein einsames, einen Kondensstreifen hinter sich herziehendes Flugzeug, das direkt in die über dem Horizont stehende Sonne zu fliegen schien.

Kein Wunder, dass sich die Menschen auf dem Sonnendeck drängten. Er konnte auch sehen, dass viele von ihnen ihre Kameras oder Smartphones griffbereit hielten.

Endlich signalisierte ihm ein Mitglied der Crew mit Handzeichen, dass die MS Wachau bereit zum Ablegen war. Die beiden Dieselmotoren sorgten für ein leichtes Zittern des Schiffs. Er brauchte weniger als eine Minute, um es mit dem Joy Stick in die für ihn vorgesehene Fahrtrinne zu navigieren. Ihm wäre ja das Manövrieren des Schiffes mit dem Steuerrad, wie er es von früher kannte, lieber gewesen. Aber das durfte er nur mehr verwenden, wenn die elektronische Steuerung ausfiel.

Im Rückspiegel seines Steuerstands beobachtete er die teils offenen, teils versteckt ausgetragenen Rangeleien um die besten Aussichtspositionen auf dem Sonnendeck. Dabei hatte er schon des Öfteren Handgreiflichkeiten erlebt. Aber heute schien alles friedlich abzulaufen. Es erheiterte ihn immer wieder, dass unter den Fotografen die Männer bei weitem in der Überzahl waren, während sich die Mehrzahl der Damen darauf konzentrierte, ihre Gesichter in die Sonne zu halten.

Auf weniger als hundert Strommeter genau konnte er den Punkt vor der Ruine Aggstein voraussagen, an dem wie auf Kommando das Klicken der Kameras einsetzte. Er kannte natürlich auch die Stelle kurz nach Weißenkirchen ganz genau, an der sich die Fotografen für die beiden Highlights der Fahrt in Stellung brachten: Für die Ruine der Burg Dürnstein, die vor vielen Jahrhunderten dem englischen König Richard Löwenherz gegen dessen Willen Kost und Quartier geboten hatte, und für die barocke Stiftskirche, die unterhalb der Ruine, aber noch immer hoch über dem Strom lag. Gleich würden sich die Gesichter der Damen von der Nachmittagssonne ab- und Dürnstein zuwenden. Er erinnerte sich, dass es noch vor fünfundzwanzig Jahren an Bord jedes Mal heiße Diskussionen über die Farbe des Kirchturms gegeben hatte. Mit den Jahren waren diese Diskussionen immer lauwärmer geworden. Heute löste das Hellblau des Turms überhaupt keine Debatte mehr aus.

Auf der Höhe von Weißenkirchen sah er von seinem Kommandostand, wie sich auf einmal mehrere Passagiere, die auf der Backbord-Seite des Oberdecks saßen oder standen, über die Reling beugten. Auch ein Mitglied seiner Crew. Sofort übertrug er dem Steuermann das Kommando, verließ seinen Posten und rief zu dem Matrosen hinunter: »Was ist denn los?«

»Kann ich nicht genau sagen«, antwortete der Mann. »Hat wie eine Vogelscheuche oder so etwas Ähnliches ausgesehen.«

»Entfernung?«

»Knapp zehn Meter.«

Ein Passagier, der gerade dabei war, ein Foto zu machen, rief dazwischen:

»Mit einem dunklen Gewand. Aber wegen der Wellen schwer zu erkennen. Ist schon wieder weg.«

Mit dieser Auskunft war der Kapitän noch nicht zufrieden.

»Sicher kein Mensch?«

»Dann müsste er tiefgefroren sein«, antwortete der Fotograf. »Weil sich das Ding ganz steif genau im Rhythmus der Wellen bewegt hat.«

Der Matrose und einige Passagiere nickten.

Der Kapitän betrat wieder den Steuerstand und machte eine Eintragung ins Bordbuch. Er wusste aus langjähriger Erfahrung, dass die Leute alles Mögliche ins Wasser warfen. Es wurde immer schlimmer. Null Verantwortungsgefühl für die Umwelt. Allerdings kein Grund, die Strompolizei zu alarmieren oder gar die Geschwindigkeit zu drosseln, um zu warten, bis der Gegenstand wieder in Sichtweite kam. Er wollte keine weitere Verspätung riskieren.

Freitag, 16. April
16 Uhr 30

Nach sechs Jahren sah ihr am Weinberg gelegenes Haus richtig heimelig verwachsen aus. Weinreben, die sich am warmen, rötlichen Holz des Balkons und über die grobe weiße Fassade entlangschlängelten. Modern und rustikal zugleich. Auf dieses Schmuckstück war sie stolz. Ihr Klaus hatte es vor sechs Jahren gekauft. Um Umbau und Einrichtung hatte sie sich gekümmert. Geld verdiente Klaus als Seniorpartner einer großen Wiener Anwaltskanzlei genug. Daher hatte sie sich hier verwirklichen können. Alles vom Feinsten. Aber dezent, alles andere als überladen, denn Protz war ihr zuwider. Seit Abschluss der Umbauarbeiten hatte sie fast jedes Wochenende hier verbracht. Die Namen Klaus und Theresa Strasser hatte sie selbst in das Türschild geschnitzt. Dass am Hang gegenüber, genau im Zentrum des Blickfeldes, der Spitzer Friedhof lag, betrachtete sie nur als kleinen Nachteil. Durch die ansonsten prachtvolle Aussicht auf die Ruine Hinterhaus, den Tausendeimerberg und die Donau wurde dieser Nachteil mehr als wettgemacht. Ein einmaliges Panorama.

Sie hätte heute natürlich auch gleich hier in Spitz einkaufen können. Seit dem Kauf des Wochenendhauses war sie immer darauf bedacht gewesen, sich als loyale Ortsbewohnerin zu zeigen und in den wenigen Geschäften, die es in dem kleinen Ort noch gab, gutes Geld zu lassen. Aber der Freitag Nachmittag gehörte immer der Fahrt nach Krems. Mit einer Entfernung von knapp zwanzig Kilometern ja nur ein Katzensprung. Zum Markt auf dem Dreifaltigkeitsplatz. Denn dort gab es die schönsten Blumen. Also setzte sie sich ans Steuer ihres Einkaufswagens, wie Klaus ihr geräumiges Elektroauto abfällig zu nennen pflegte. Er hätte ihr am liebsten ein repräsentativeres und schnelleres Auto geschenkt. Aber das lehnte sie der Umwelt zuliebe ab.

Als gebürtige Wienerin, die sich immer als reine Großstadtpflanze betrachtet hatte, war sie erstaunt, wie sehr ihr das dörfliche Leben in der Wachau ans Herz gewachsen war. Sogar mehr als Klaus, obwohl der keine fünf Kilometer von Spitz entfernt geboren war. Aber er war ja schon im Alter von acht Jahren mit seinen Eltern nach Wien übersiedelt. Anfangs waren auch noch ihre beiden Kinder regelmäßig nach Spitz mitgekommen. Aber mit der Zeit waren deren Besuche immer seltener geworden. Katja war gleich nach der Matura aus dem Elternhaus ausgezogen. Der jetzt neunzehnjährige Mathias lebte zwar noch bei ihnen, aber an den Wochenenden zog auch er es immer öfter vor, in Wien zu bleiben.

Morgen würden aber beide kommen. Weil eine große Feier anlässlich der Wahl zum Vizepräsidenten der Wiener

Rechtsanwaltskammer und des gleichzeitigen fünfundvierzigsten Geburtstags des Vaters anstand. Die offizielle Feier mit Kanzleipartnern, wichtigen Klienten und Vertretern der Anwaltskammer hatte schon vor einer Woche in einem Wiener Nobelhotel stattgefunden. Für morgen waren die privaten Freunde eingeladen. Eine kleine Runde. Zwanzig Gäste. Mehr hatten im Wochenendhaus beim besten Willen keinen Platz.

Klaus hätte lieber einen der umliegenden Heurigen gemietet, lieber mehr Menschen eingeladen. Vor allem solche, die seinen Aufstieg zum Präsidenten der Anwaltskammer fördern konnten. Aber sie hatte sich durchgesetzt. Sie wollte das Fest lieber intim halten. Mit dem Argument »Qualität vor Quantität« hatte sie ihn schließlich überzeugt.

Außerdem hätte sie ihre liebe Not gehabt, allzu viele von fern anreisende Gäste in den Hotels der Umgebung unterzubringen. Obwohl es erst Mitte April war, war es gar nicht leicht gewesen, Zimmer für die wenigen Geburtstagsgäste, die über Nacht bleiben wollten, zu reservieren. Dass fast alles ausgebucht war, war dem Höhepunkt der Wachauer Marillenblüte geschuldet. Die hatte heuer eine gute Woche später als in den Vorjahren eingesetzt. Der Weg nach Krems war gesäumt von diesen vergleichsweise unscheinbaren Obstbäumen, die nur für knappe zwei Wochen mit ihrer Pracht auftrumpften. Weiße Blüten, die aus kräftig rosafarbenen Knospen herauswuchsen und lange gelbe Stempel ausbildeten. Da hatte die Natur barock gespielt. In den letzten Jahren war die Wachauer Marillenblüte ein ähnlich großer Touristenmagnet geworden wie die Narzissenblüte im Ausseerland. Sollte sie den Blumenschmuck mit Marillenbaumzweigen ergänzen? Nein. Den Freunden des Geburtstagskindes würde diese Blüte ohnehin auf dem Silbertablett serviert, weil sie von der Terrasse des Wochenendhauses einen Traumblick auf ein Meer von blühenden Marillenbäumen hatten.

Ihr Wagen surrte leise dahin. Was für ein herrlicher Nachmittag. Sie hatte Klaus überreden wollen, mit ihr gemeinsam nach Krems zu fahren. Vergeblich. Dabei hatte sie sich wirklich ins Zeug gelegt, ihm sehr bildhaft beschrieben, wie schön die Fahrt durch die Wachau im Licht der tiefstehenden Sonne sein würde. Auf der einen Seite die glitzernde Donau, auf der anderen Seite die mit erstem Grün noch zaghaft überzogenen Weinberge, die alten Orte, in die nach dem langen Winter das Leben zurückkehrte, dazu überall Marillenbäume, barocke Blüten in orangem Licht. Zum Abschluss dann vorbei an den pastellfarbenen Fassaden von Stein. Sehr warm für Mitte April war es obendrein. Was konnte es Schöneres geben?

Als sie schließlich bei der Einfahrt nach Krems zur großen Tankstelle kam, musste sie seufzen: Warum konnte man die hässlichen Dinge nicht unter die Erde verlegen?

Kurz vor dem Dreifaltigkeitsplatz fand sie einen Parkplatz. Zwei Minuten später stand sie in der Mitte des Marktes neben dem ungewöhnlichen Pestdenkmal, dessen drei weiße Säulen die heilige Dreifaltigkeit symbolisierten. Dass es schon späterer Nachmittag war, war unverkennbar. Die Bauern aus der Umgebung, die hier frische Ware zumeist aus eigenem Anbau feilboten, hatten an diesem schönen Tag bereits ein gutes Geschäft gemacht. Die Holzkisten, die wohl in der Früh noch voller Kartoffeln, Karotten, Äpfel, und allerlei Gemüse gewesen waren, waren weitgehend leer. Aber frische Blumen gab es noch in Hülle und Fülle. Sie ließ den Blick über diese Farbenfreude schweifen.

Da erspähte sie jemanden, der ihr aus Richtung Landstraße entgegenkam, den sie seit bald fünfundzwanzig Jahren kannte: Roman Gröger. Wahrscheinlich der älteste Freund ihres Mannes. Ebenfalls Anwalt und selbstverständlich zum morgigen Geburtstagsfest eingeladen. Sie erhob die Stimme: »Kann es sich ein Anwalt in Krems leisten, an einem Freitag Nachmittag schon in Freizeitkleidung herumzulaufen? Servus, Roman!«

Der Rechtsanwalt, der sie offensichtlich noch nicht bemerkt hatte, riss seinen Kopf in ihre Richtung. Was für ein strahlendes Lächeln in seinem tief gebräunten Gesicht! Völlig ansatzlos. Kein Wunder, dass sie auf der Uni kurz für ihn geschwärmt hatte.

Er machte drei große Schritte auf sie zu und umarmte sie. »Theresa, meine Liebe. Das ist aber eine schöne Überraschung. Was machst du denn in Krems? Du wirst doch die Vorbereitungen für die Geburtstagsfeier nicht vernachlässigen?« Er trat einen Schritt zurück und zeigte ihr seinen tadelnden rechten Zeigerfinger.

Den schob sie beiseite und hängte sich bei ihm ein. »Ganz im Gegenteil. Ich bin hier, um die Blumen für den Tischschmuck zu besorgen.« Sie ließ ihren Blick wieder über die verschiedenen Blumenstände schweifen. Klaus hatte sich Rosen gewünscht. Möglichst königlich, hatte er gemeint. Kein Problem. An prächtigen Rosen herrschte hier kein Mangel. Der Einkauf würde nicht viel Zeit in Anspruch nehmen. »Wenn du Lust hast, kannst du mich zum Raimitz begleiten. Eine Cremeschnitte und ein kleiner Brauner gehen sich noch aus. Gehört sowieso zu meinem Krems-Ritual.«

»Nichts, was ich lieber täte.« Er entwand sich ihrem Arm.

»Ich verstehe«, kommentierte sie seine Bewegung neckisch. »Du willst wohl angesichts deiner zahllosen Kremser Verehrerinnen nicht den Eindruck erwecken, als hättest du die Frau deiner Träume schon gefunden.« Sie lachte ihn von der Seite an.

»Im Gegenteil. Ich will nur nicht, dass wir wie ein altes Ehepaar aussehen.« Er legte seinen Arm um ihre Schulter.

»Jetzt schauen wir eher wie ein junges Liebespaar aus, findest du nicht?« Sie gab ihm mit ihrer Hüfte einen Stoß. »Alter Schwerenöter. Wenn du so weitermachst, werde ich das Klaus erzählen. Der wird dich dann von der Geburtstagstafel ausschließen.«

Sie merkte, dass sein Gesicht für einen Augenblick sein Strahlen verlor. Allerdings nur kurz, sodass sie der Sache keine Bedeutung beimaß.

Keine fünf Minuten später saß sie mit Roman im Schanigarten der Konditorei an einem kleinen Tischchen, das gerade frei geworden war. Genau dort, wo die Kirchengasse in den Pfarrplatz überging. Zur Pfarrkirche waren es nicht einmal hundert Meter. Und gleich dahinter, aber deutlich höher gelegen, erhob sich die Piaristenkirche mit ihrer großen Turmuhr. Bei jedem Besuch der Konditorei stellte sie sich von Neuem die Frage, ob der göttliche Geschmack der Cremeschnitten etwas mit dem erhebenden Blick auf diese beiden Kirchen zu tun hatte.

Nachdem er seinen ersten Schluck Kaffee genommen und die Tasse abgestellt hatte, zeigte sich wieder der ernste

Ausdruck in seinem Gesicht. »Du, Theresa, ich wollte heute noch Klaus anrufen. Aber jetzt kann ich es dir sagen. Ich werde morgen nicht nach Spitz kommen.«

Also hatte sie sich vorhin doch nicht getäuscht. Sie war ehrlich betroffen. Auch wenn der Kontakt zwischen Klaus und Roman früher enger gewesen war, so war eine Geburtstagsfeier von Klaus ohne Roman doch unvorstellbar. »Ja, aber warum denn nicht? Du gehörst doch fast zur Familie.«

»Lieb von dir, dass du das sagst. Aber Klaus hat doch nur mehr recht großkotzige Freunde. Da passe ich als kleiner Provinzanwalt einfach nicht dazu. In der Runde würde ich mich nicht wohlfühlen. Ich komme lieber am Sonntag zu einem späten Frühstück. Da habe ich euch für mich allein.«

Sie klopfte ihm auf seinen Schenkel. »Nur keine falsche Bescheidenheit, mein Lieber. Die Damen morgen wären jedenfalls von dem kleinen Provinzanwalt hingerissen. Du kannst es dir ja noch überlegen. Klaus wäre sehr enttäuscht.«

Wenn sie es recht bedachte, war sie da gar nicht so sicher. In den letzten ein, zwei Jahren hatte sich die Freundschaft der beiden alles andere als weiterentwickelt. Klaus moserte immer öfter an Roman herum. Dass er keinen Biss hätte und zu wenig aus seinen Talenten mache, dass er in Krems versauern würde und Ähnliches. Schade. Sie nahm sich vor, in den nächsten Wochen einen Anlauf zu nehmen, um alles wieder so wie früher werden zu lassen. »Gehst du jetzt in deine Kanzlei?«

»So gut wie. Meine Wohnung liegt nämlich, wie du weißt, über meiner Kanzlei. Für diese Woche habe ich genug gearbeitet.«

»Ein bisschen mehr könntest du dich schon anstrengen, damit aus dir zumindest ein großer Provinzanwalt wird. Aber wenn du es nicht eilig hast, könntest du mir noch beim Aussuchen der Blumen helfen. Ich würde das morgen Abend lobend erwähnen.«

Er lächelte. »Gib zu, dass du einen Kuli brauchst, der dir die Blumen zum Auto bringt.«

»Du durchschaust mich noch immer.« Sie schenkte ihm ein charmantes Lächeln, erleichtert darüber, dass die kurze Irritation sich offensichtlich schon wieder verflüchtigt hatte. Während er zahlte, stand sie auf und strich sich wie beiläufig ihren Dirndlrock über den Hüften glatt, um ihn weiter zu necken. »Danke für die Einladung.«

»Kann sich selbst ein kleiner Anwalt leisten. Und das nächste Mal rufst du mich an, wenn du nach Krems kommst. Mit oder ohne Klaus.«

Es war wohl übertrieben, aber sie bildete sich ein, die Blumen schon mehr als hundert Meter vom ersten Blumenstand entfernt riechen zu können.

Er nickte in Richtung der dreifaltigen Pestsäule, deren goldener Strahlenkranz an der Spitze im Licht der tiefstehenden Sonne funkelte. »So ein Strahlenkranz würde dir auch gebühren. Allerdings stammst du nicht aus der Barockzeit. Gott sei Dank.«

»Wenn du weiter so Süßholz raspelst, trage ich mir meine Blumen allein zum Auto.« Sie gab ihm einen Knuff auf den Oberarm.

Der Markt war noch immer voll mit Besuchern. Um den steinernen Mittelpunkt des Platzes herum war das Gedränge groß.

»Klaus wünscht sich besonders königliche Rosen«, raunte sie ihm mit einem Lächeln zu. Mit dieser Aussage wollte sie ihn amüsieren, allerdings verfinsterte sich sein Gesichtsausdruck einmal mehr. War zwischen Klaus und Roman etwas vorgefallen, von dem sie nichts wusste? Sollte sie ihn darauf ansprechen? Nein. Klaus und Roman waren erwachsen und durchaus in der Lage, ihre Probleme selbst zu klären. Sie schlenderten von Stand zu Stand. Roman lächelte schon wieder. Konnte also nicht so schlimm sein.

Mehrere Blumenverkäuferinnen grüßten sie freundlich. Von ihren vielen früheren Einkäufen war sie hier bekannt. Sie erntete auch einige überraschte Blicke. Zweifelsohne deshalb, weil sie zum ersten Mal in Begleitung eines Mannes hier war.

Eine sagte sogar: »Sie sollten Ihren Mann öfter mitbringen, so fesch, wie er ist.«

Sie hoffte, nicht verlegen zu werden, und erwiderte mit einem Lachen, das ihr eine Spur zu forciert erschien: »Das ist aber gar nicht mein Mann, sondern ein guter Freund von ihm.«

Irrte sie sich, oder sah sie da ein verschwörerisches Zwinkern der Blumenverkäuferin? Schnell wandte sie sich ganz den Blumen zu. Wäre es nach ihr gegangen, hätte sie für den Tischschmuck weiße und gelbe Narzissen mit ein paar violetten und roten Tulpen genommen. Märzenbecher wären auch schön gewesen. Oder gleich Topfpflanzen? Es gab Krokusse in allen Farben. Sie beugte sich zu einem prächtigen Exemplar. Der Geruch der feuchten Erde war stärker als der der Blüten. Sie überlegte. Am schönsten wäre es doch, jeden Tisch mit einem ganz eigenen Blumenschmuck auszustatten. Ja, warum eigentlich nicht? Klaus würde seine königlichen Rosen bekommen. Aber er hatte nicht gesagt, dass er nur Rosen wollte. Sie schlenderte mit Roman weiter, wollte zunächst nur ihre Augen und auch ihre Nase verwöhnen. Dabei würde sie entscheiden, wo sie welche Blumen kaufen würde. Natürlich würde sie für den morgigen Festtag vor allem heimische Frühlingsblumen erstehen. Die Rosen waren Mitte April bestimmt Importware. Egal. Sie kaufte dreißig Stück mit besonders langen Stielen und prächtigen dunkelroten Blüten. Die würden Klaus sicher gefallen. Ein paar lachsfarbene, die noch mehr nach ihrem Geschmack waren, mussten auch sein. Dann ging sie mit Roman ein zweites Mal über den Markt und verteilte ihre weiteren Aufträge. Sie achtete darauf, dass sie an jedem Stand in etwa gleich viel kaufte, weil sie keine der Verkäuferinnen enttäuschen wollte.

Beim Stand mit besonders schönen Narzissen stand ein halbwüchsiges Mädchen vor ihr, das zwei Töpfe mit weißen Krokussen kaufen wollte, aber eineinhalb Euro zu wenig Geld dabeihatte. Als sie die Enttäuschung im Gesicht der Kleinen sah, bedeutete sie der Marktfrau mit einem leichten Wink, das fehlende Geld ihr in Rechnung zu stellen. Der freudige Blick und der dankbare Knicks des Mädchens waren die eineinhalb Euro mehr als wert.

»Das macht dir so schnell niemand nach. Toll«, flüsterte Roman ihr ins Ohr.

Sie drehte sich zu ihm um. Was für ein Unterschied zu Klaus. Der hätte sie in dieser Situation wohl wie üblich abfällig als Mutter Teresa von Spitz bezeichnet.

Bald waren Romans Arme schwer beladen mit Sträußen von Märzenbechern, Narzissen und Tulpen in allen Farben, gekrönt von den roten und lachsfarbenen Rosen. Sie ging mit ihm zum Auto. Während er die Blumen auf der Ladefläche ihres Autos ablegte, nahm sie eine gelbe Narzisse und steckte sie ihm in den Ausschnitt seines dunkelblauen T-Shirts.

»Danke. Und bitte überlege es dir noch einmal wegen morgen.« Dann küsste sie ihn auf beide Wangen und stieg ein.

Sie musste sich beeilen. In einer halben Stunde würde der Bürgermeister von Spitz kommen, um zu gratulieren. Diesen Wunsch hatte sie ihm nicht abschlagen wollen, obwohl sich Klaus schon vor der gestrigen Abfahrt aus Wien darüber beschwert hatte. Was sollte er mit einem kleinen Provinzpolitiker, den er nicht einmal kannte? Ihren Einwand, dass man auch den Bürgermeister eines kleinen Orts nicht ohne Not vor den Kopf stoßen sollte, ließ er mit einigem Murren letztlich gelten.

Keine zwanzig Minuten später war sie wieder in Spitz. Beim Abstellen des Wagens hupte sie kurz, um ihre Rückkehr zu signalisieren. Sie tat es auch in der Hoffnung, ihren Mann dazu zu bewegen, ihr beim Tragen der Blumen zu helfen. In dieser Hoffnung sah sie sich bald enttäuscht. Aber sein demonstratives Desinteresse wollte sie nicht auch noch unterstützen. Ohne ein einziges Blumenbukett in die Hand zu nehmen, stieg sie aus, um ihn zu holen. Eigenartig. Die Tür war versperrt. Konnte nur bedeuten, dass er joggen war. Was für ein Affront dem Gast gegenüber, der nicht mehr lange auf sich warten lassen würde. Wenn Klaus nicht in den nächsten Minuten kam, würde für eine Dusche gar keine Zeit mehr bleiben.

Einigermaßen verärgert trug sie die Blumen ins Haus. Danach machte sie sich frisch. Kurz überlegte sie, ob sie sich umziehen sollte, entschied sich dann aber dagegen, nachdem ihr eine kurze Kontrolle im Spiegel zeigte, dass ihre Dirndlbluse weder vom Kaffee noch von der Cremeschnitte einen sichtbaren Schaden davongetragen hatte.

Da hörte sie auch schon die Geräusche eines einparkenden Autos. Konnte nur der Bürgermeister sein. Sieben Minuten zu früh. War ihr schon öfter aufgefallen, dass die Leute auf dem Land – ganz im Unterschied zu Wien – immer eher zu früh als zu spät dran waren. Sie wollte den Bürgermeister dennoch nicht warten lassen und ging ihm entgegen. Als er aus seinem Auto stieg, sah sie, dass er eine Flasche Wein mitgebracht hatte.

»Ich muss meinen Mann noch für ein paar Minuten entschuldigen. Er wird aber gleich da sein.«

»Soll ich solange im Auto warten?«

»Kommt doch überhaupt nicht in Frage. Bitte, kommen Sie weiter.«

Kaum zwei Minuten später tauchte Klaus auf. Pünktlich. Allerdings in dem dunkelblauen Trainingsanzug von Adidas, den er sich im Winter gekauft hatte. Total verschwitzt und ausgepumpt. Völlig unmöglich. Sie würde ihm später ernsthaft ins Gewissen reden müssen. Breitbeinig stellte er sich vor den Bürgermeister hin, ohne ihm die Hand zum Gruß entgegenzustrecken. »Ach, Sie sind offensichtlich der angekündigte Bürgermeister. Soll ich mich noch umziehen oder bringen wir die Zeremonie gleich hinter uns? Würde uns beiden Zeit sparen.«

Freitag, 16. April
16 Uhr 50

Der Tag hatte für Josefa Machherndl ganz mies begonnen. Eigentlich schon die Nacht davor. Offenbar half nicht einmal mehr ihr heißgeliebter Marillenschnaps, mit dem sie sonst jeden Ärger zuverlässig hinunterspülen konnte. Sechs Stamperl zwischen neun und elf Uhr abends und keines davon hatte auch nur eine Spur von Trost geboten. Sie legte die Kuppe ihres linken Zeigefingers ganz vorsichtig auf die grau-schwarze Warze an ihrem Kinn, die heute eher eine grau-rote Tönung hatte. Wegen des getrockneten Bluts. Wieso musste sie auch nach so einer Nacht auf die Idee kommen, die beiden Haare zu kürzen, die aus der Warze herauswuchsen? Hätte wohl auch noch bis morgen Zeit gehabt. An diesem katastrophalen Fehl-Schnitt mit dem Rasiermesser, das zu allem Unglück erst vor einer Woche von einem Messerschmied in Krems geschärft worden war, konnte nur diese vermaledeite Maria Magdalena schuld sein. Als angebliche Heilige geradezu eine Provokation für alle treuen Dienerinnen der Kirche, die sich ihr ganzes Leben lang bemühten, den Versuchungen des Teufels zu widerstehen. In Josefas Fall selbstverständlich erfolgreich.

In aller Herrgotts Früh war sie schon mit dem alten Fahrrad von ihrem Haus in Oberloiben zur Stiftskirche gefahren. Auf der Fahrt hatte sie nicht einmal einen kurzen Blick auf die Marillenbäume geworfen, die links und rechts der alten Wachaustraße blühten. Denn auf dieser Fahrt war ihr, der pensionierten Dürnsteiner Gemeindesekretärin, klar geworden, dass sie unbedingt etwas unternehmen musste.

Kneifen war ja so gar nicht ihre Art. Geradezu eine Frechheit, was sich diese deutschen Fernsehsender leisteten. Jede Woche mindestens eine Sendung über ein angebliches fünftes Evangelium. Gefunden in einer obskuren Wüstengegend und geschrieben von einem noch obskureren Philippus, der sich erdreistete, aus Jesus und dieser Hure Maria Magdalena ein Liebespaar zu machen. Mit allem Drum und Dran, an das sie lieber gar nicht denken wollte. Gestern wieder so ein Machwerk im TV. Fast zur Hauptsendezeit. Konnte nicht mehr lange dauern, bis auch österreichische Sender diesen Schund bringen würden. Nicht nur, dass diese Fernsehmacher alle linke Brüder und Schwestern waren. Jetzt machten sie sich auch noch daran, den Herrn und Meister systematisch in den Schmutz zu ziehen. Was für eine teuflische Strategie dieses gottlosen Packs. Wobei sie Jesus von einer gewissen Mitschuld gar nicht freisprechen wollte. Warum musste er für den Beweis, dass es für eine Umkehr nie zu spät sein würde, ausgerechnet eine Dirne auswählen? Eine reuige Oliven-Diebin hätte es doch auch getan. Mit zweitausendjähriger Verspätung begann sich das jetzt zu rächen. Jesus Christus war eben eine Person, die in der Öffentlichkeit stand. Eine solche Person musste bei der Wahl ihres Umgangs eben vorsichtig sein. Schon damals. Heutzutage wusste das doch jeder kleine Provinzbürgermeister.

Seit einiger Zeit kaufte sie in einer Trafik am Täglichen Markt in Krems alle Programmzeitschriften, derer sie habhaft wurde. Einerseits, um keine der Sendungen, die von diesem angeblichen neuen Evangelium handelten, zu versäumen. Andererseits, um sich einen Raster anzulegen, mit dem sie die zunehmende Häufigkeit dieser Schandberichte dokumentierte. Wäre doch gelacht, wenn sie diesen Spießgesellen des Teufels nicht die Masken vom Gesicht reißen könnte. Natürlich würde sie Verbündete brauchen. Den Dürnsteiner Pfarrer hatte sie schon darauf angesprochen. Aber der schien kein Interesse an der Sache zu haben. Kein Wunder, dass es bei solch lahmarschigen Vertretern mit der Kirche bergab ging. Wenn sie das früher gewusst hätte, hätte sie ihm die Bitte, für den Blumenschmuck der Stiftskirche zu sorgen, wahrscheinlich abgeschlagen. Ihren Blumendienst heute Früh hatte sie jedenfalls mit heftigem Widerwillen erledigt. Wenigstens hatte ihr der Erlöser, als sie gerade vor dem Hochaltar stand, einen Geistesblitz eingegeben. Sie sollte sich an den Chef des Pfarrers, den Propst von Stift Herzogenburg, wenden. Der war ja ein gelernter Fleischhauer. Also ganz sicher kein Weichei, und schon allein deshalb ein Mann nach ihrem Geschmack.

Ihr Kopf brummte. Immer noch beinahe so stark wie um sechs Uhr, als der Wecker geläutet hatte. So früh aufzustehen war sie seit ihrer Zeit als Gemeindesekretärin gewohnt. Sie hatte nie einen Grund gesehen, im ungeliebten Ruhestand von dieser Gewohnheit abzuweichen. Weder die Fahrt mit dem Rad und noch weniger ihre morgendliche Beschäftigung in der Stiftskirche hatten Linderung gebracht. Sie war sicher, dass die Kopfschmerzen nur von ihrem Ärger über die gestrige Fernsehsendung herrühren konnten.

Nach dem Mittagessen mit bereits am Vortag zubereiteten Fleischlaberln samt Erdäpfelpüree war bei ihr der Entschluss gereift, noch einmal nach Dürnstein zu fahren, um an der Schiffsanlegestelle den Touristenstrom zu beobachten, der die MS Wachau bestieg. An der Massenansammlung an sich hatte sie kein Interesse. Sie wollte lediglich die Menschen zählen, die die Frechheit gehabt hatten, sich am Blumenschmuck der Kirche zu vergreifen und ihn als Andenken an den Ausflug nach Dürnstein mitzunehmen. Solchem Pack sollte der Eintritt in ein Haus Gottes verboten sein.

Jetzt saß sie auf einer Bank nahe der Anlegestelle. Vor ihr Treppelweg und Donau, hinter ihr die Mauer von Schloss Dürnstein, die ihr den Blick auf den Turm der Stiftskirche verstellte. Zum Glück. Scheußliche Farbe. Die meisten Leute hatten sich in der Zwischenzeit an die hellblaue Fassade gewöhnt und wollten sich gar nicht mehr daran erinnern, wie heftig ihr Widerstand gegen die Vorgabe des Denkmalamts bei der Restaurierung des Turms vor mehr als dreißig Jahren gewesen war. Sie war stolz darauf, aus einem ganz anderen Holz geschnitzt zu sein. Die Farbe des Turms blieb ihr verhasst und das betonte sie bei jeder Gelegenheit. Trotz aller Ärgernisse genoss die ehemalige Gemeindesekretärin die ehrerbietigen Grüße der Dürnsteiner, die die wärmende Nachmittagssonne für einen kleinen Spaziergang auf dem Treppelweg nutzten. Einmal Respektsperson, immer Respektsperson. Zu ihrer Freude würdigten ihre Dürnsteiner Mitbürger die Touristenschlange keines einzigen Blickes.

Sie schätzte die Zahl derer, die aufs Schiff wollten, auf mindestens hundert. Und mindestens jede zehnte Person hielt ganz ungeniert eine Narzisse oder eine Tulpe in der Hand. Eine Frau hatte offenbar die Frechheit gehabt, sogar einen Topf mit violetten Krokussen mitgehen zu lassen. Alles Blumen, davon war sie überzeugt, die sie gestern in Dürnstein und Umgebung mühsam zusammengebettelt hatte. Vor vierzig, fünfzig Jahren hatten es die Dürnsteiner ja noch für eine Ehrenpflicht gehalten, eifrig für den Herrn zu spenden. Heutzutage alles längst vorbei.

Nachdem das Schiff endlich abgelegt hatte, stand sie auf und bestieg ihr Rad. Der Gedanke an den heimischen Marillenschnaps flößte ihr eine gewisse Vorfreude ein. Heute würde der Schnaps ihr seine tröstende Wirkung nicht versagen. Da fiel ihr Blick auf ein mannsgroßes Etwas, das sich in einem kleinen Strudel auf und ab drehte, um dann weiter stromabwärts zu treiben. Josefa Machherndl war stolz auf ihre Augen. Was ihr Adlerblick da erspähte, ließ ihr die Nackenhaare zu Berge stehen. Es konnte keinen Zweifel geben. In knapp fünfzig Metern Entfernung trieb eine Leiche. Den Schädel wie mit einer Hacke eingeschlagen. Jetzt versank sie. Im nächsten Moment tauchten die Beine wieder auf, dann der Rumpf, dann tauchten sie wieder unter. Leblos. Unfassbar. Niemand schien etwas zu bemerken. Zehn Meter stromabwärts waren wieder ein paar Teile knapp an der Wasseroberfläche zu sehen.

Die beiden Lehrer, die mitsamt ihren Schulklassen gerade von Bord des Schiffes gegangen waren, wollte sie unter keinen Umständen alarmieren. Ihre Beobachtung würde den Kindern womöglich einen Schock versetzen. Nach kurzer Überlegung entschied sie, auch den Radfahrer nicht anzuhalten, der gerade den Treppelweg fröhlich pfeifend entlang fuhr. Das sollte einzig und allein ihr Fall sein. Bei so etwas kannte sie sich aus. Schließlich war sie ja schon einmal im Zentrum einer Mord-Untersuchung gestanden. Oder zumindest in der Nähe des Zentrums.

Freitag, 16. April
17 Uhr 07

Doris Lenhart war so aufgekratzt, dass sie einen ABBA-Song trällerte. Einen so populären, dass auch er ihn kannte. »Waterloo,... Waterloooo«, sang er leise mit und lehnte seinen massigen Körper an den Türrahmen.

Sie warf ihm einen amüsierten Blick zu, trällerte jedoch weiter und ließ sich auch sonst nicht von den letzten Handgriffen in ihrem Büro abhalten. Freitag, 17 Uhr, war Dienstschluss.

»Waterloo handelt von einer verlorenen Schlacht«, kommentierte er. »Kein passender Song, um sich auf das Wochenende einzustimmen.«

»Banause!«, schimpfte sie, während sie ihren Computer abschaltete. »Waterloo handelt von der Übermacht der Liebe.«

»Du freust dich wohl auf euren Kochkurs. Freu' dich nicht zu früh. Mörder arbeiten auch nach Dienstschluss. Sogar in Österreich.« Er nippte an dem Becher aus Pappendeckel, den er seit fünf Minuten in der Hand hielt. Pappendeckel passte hervorragend zu der wenig repräsentativen grau-beigen Büroeinrichtung. Und der unnötige Papierhenkel passte zu den Fenstern, die Formen und Ausmaße von Schießscharten hatten. Sogar ihn, dem jeglicher Sinn für Ästhetik fremd war, störten diese schmalen Fenster. Bei jedem Blick hinaus stellte er sich die Frage, ob der verantwortliche Architekt das Gebäude in der Überzeugung geplant hatte, die Polizei vor Attacken anstürmender Verbrecherhorden schützen zu müssen. »Scheußliches Gesöff«, murrte er. »Mit der Bestellung einer neuen Kaffeemaschine könntest du unsterblich werden.«

»Das werde ich auch ohne neue Kaffeemaschine. Bist du am Sonntag wieder auf einem Fußballplatz unterwegs?«

»Klar, in Hohenau. Nicht gerade eine Traumgegend, aber immer noch besser als euer Kochkurs. Was dein Erich dort soll, ist mir schleierhaft.«

»Mein Erich weiß wenigstens, was eine Frau glücklich macht. Wenn du den Kochlöffel beizeiten geschwungen hättest, dann wäre deine Frau vielleicht bei dir geblieben.« Mit einem Seufzen nahm sie die Tulpen auf ihrem Schreibtisch, die schon den Kopf neigten, aus der Vase. Über dem Mistkübel hielt sie inne, überlegte es sich offenbar anders, zog ein kleines Messer aus der Schreibtischschublade, schnitt die braunen Stellen unten an den Stielen weg, holte frisches Wasser und stellte die Tulpen zurück in die Vase.

Er schüttelte den Kopf. Ausgeschlossen, dass die Blumen das Wochenende überlebten.

»Oder wenn du wenigstens dein Hemd über deinem Bauch zugeknöpft hättest«, kommentierte sie sein Kopfschütteln.

Widerwillig nahm er einen weiteren Schluck Kaffee, bevor er an dem Becher vorbei an sich hinabblickte. Allerdings machte er keine Anstalten, sich das Hemd über dem Gürtel zuzumachen. »Frauen stehen doch auf Männerbäuche. Habe ich einmal gelesen.«

Seine Chefin warf ihm einen Blick zu, den er nur zu gut kannte. »Es ist wirklich ein Jammer mit dir. Mein innigster Wunsch ans nächste Christkind ist, dass du einmal in einem Gewand im Büro aufkreuzt, in dem du nicht die Nacht davor geschlafen hast. Ein einziges Mal würde mir schon genügen.«

Er kraulte seinen Bart, von dem er wusste, dass der ihn zusammen mit seinem Leibesumfang wie eine Kopie von Bud Spencer aussehen ließ. An seinen bürointernen Spitznamen »Spencer« hatte er sich längst gewöhnt. »Kann ich dir leicht versprechen. Bis zu den nächsten Weihnachten hat mich nämlich unser hochverehrter Herr Polizeidirektor längst in Pension geschickt.«

»Schafft er nur über meine Leiche.« Doris Lenharts Augen blitzten.

Aber auch ohne dieses Blitzen, dessen einschüchternde Wirkung auf manchen Verbrecher er nur zu gut kannte, hätte er, der fünfzehn Jahre älter war als seine Chefin, gewusst, dass er sich auf sie verlassen konnte. Sie hatte in den letzten Monaten wie eine Löwin für ihn gekämpft und sie würde das auch weiterhin tun.

»Außerdem würde ich nicht darauf wetten, dass wir unseren hochverehrten Chef noch bis Weihnachten haben.« Das Blitzen in ihren Augen wich einem verschmitzten Zwinkern. »Meine Wiener Spione berichten mir, dass er auf einen Sprung nach oben spitzt.«

»Oh.« Er rieb sich vergnügt den Bauch. »Deine Spione versüßen mir mein Wochenende auch ohne Mehlspeis-Kurs bei einem Meisterkoch.«

Doris strich sich eine Strähne ihres kohlrabenschwarzen Haares, ein Erbe ihrer Großmutter, wie sie ihm einmal erzählt hatte, aus dem Gesicht. »Von mir aus kann er gern nach oben springen. Hauptsache, er springt von St. Pölten weg.«

»Exzellente politische Verbindungen zahlen sich halt immer aus.« Er löste sich vom Türrahmen, stellte den Pappbecher auf ihren Schreibtisch und fläzte seine hundertfünf Kilo in den davor stehenden Sessel, der wie üblich mit einem leisen Ächzen antwortete. »Du willst wohl sagen, dass große Idioten besonders gern noch größere Dummköpfe rekrutieren.«

Da klopfte es an der offenen Tür. Ein Mitarbeiter, der offenbar Journaldienst hatte, wandte sich an Doris Lenhart. »Da ist eine Frau Machherndl am Apparat, die sich absolut nicht abwimmeln lässt. Sagt, dass sie unbedingt mit Ihnen sprechen muss.«

Malzacher schlug die Hände über dem Kopf zusammen. »Um Himmels willen. Die alte Schnapsdrossel hat uns gerade noch gefehlt. Hast du nicht gerade etwas von ‚Waterloo' gesungen?«

Offensichtlich hatte sie seine Spitze nicht gehört oder überhört, was er eher vermutete. In solchen Dingen war sie eine absolute Meisterin und ihm haushoch überlegen. Stattdessen blickte sie den Beamten an.

»Hat sie gesagt, weswegen sie mit mir sprechen möchte?«

»Absolut nicht aus ihr herauszukriegen. Will es nur Ihnen sagen.« Der Journalbeamte machte ein unglückliches Gesicht.

Doris ließ sich die Laune jedoch sichtlich nicht verderben. Mit dem Anflug eines bösen Lächelns deutete sie auf die Stelle, wo sein Bauch zwischen den Hemdknöpfen zum Vorschein kam. »Ich bin schon auf dem Sprung zu einem wichtigen Termin. Du redest mit ihr.«

»Sorry, das ist dein Waterloo.« Nun war es an ihm, verschmitzt zu grinsen. »Sie will nur mit dir reden, wie du ja gehört hast. Abgesehen davon bin ich dafür nicht der

Richtige. Bei Nervensägen neige ich dazu, meine gute Erziehung zu vergessen.« Er kraulte einmal mehr seinen Bart. »Aber ich habe einen Vorschlag zur Güte. Du sprichst mit ihr, aber schaltest den Lautsprecher ein. Damit ich dich seelisch unterstützen kann, wenn das Gespräch aus dem Ruder läuft.«

Doris gab dem an der Tür wartenden Beamten einen Wink. »Dann geben Sie mir die Gute halt in Gottes Namen.«

Kurze Zeit später war die pensionierte Gemeindesekretärin in der Leitung. »Hier Frau Machherndl aus Dürnstein. Ich hoffe, Sie erinnern sich noch an mich.«

»Wie könnte ich Sie je vergessen. Wo brennt es denn?«

Er reckte seinen rechten Daumen hoch, während die Chefinspektorin begann, die Strähne ihres Haars, die wieder in die Stirn gefallen war, um ihren Zeigefinger zu drehen.

»Ich möchte einen Mord melden.«

Er sah, wie sich der ganze Körper seiner Chefin plötzlich anspannte, und sie die Haarsträhne wieder ins Gesicht fallen ließ. Er merkte aber auch sofort, dass sie sich um betonte Ruhe und Unaufgeregtheit bemühte.

»Und wo soll der Mord passiert sein?«

»Woher soll ich denn das wissen? Ich bin ja nicht dabei gewesen.«

Doris Lenhart holte tief Luft. »Frau Machherndl, woher wollen Sie dann wissen, dass es einen Mord gegeben hat?«

»Weil ich die Leiche gesehen habe. Sie schwimmt in der Donau.«

Die Leiterin der niederösterreichischen Mordkommission nahm einen auf ihrem Schreibtisch liegenden Kugelschreiber in ihre Hand.

»Und wo genau wollen Sie die Leiche in der Donau gesehen haben?«

»Frau Lenhart, als ehemalige Dürnsteiner Gemeindesekretärin, die immer für ihre Genauigkeit bekannt gewesen ist, sage ich Ihnen eines ganz klar: Ich will nicht eine Leiche gesehen haben, sondern ich habe sie gesehen.«

»Ist ja gut, Frau Machherndl. Also, wo haben Sie die Leiche gesehen?«

»Bei der Schiffsstation Dürnstein. Es ist keine drei Minuten her, da ist sie an mir vorbei getrieben. Ich bin nämlich auf einer Bank am Ufer gesessen.«

»In welcher Entfernung ist das Objekt an Ihnen vorbeigeschwommen?«

»Vierzig bis fünfzig Meter. Und meine Augen sind immer noch so gut, dass ich keine Brille brauche. Daher weiß ich auch, dass es kein Objekt sondern ein toter Mensch gewesen ist. Dem hat ein ganzes Eck vom Schädel gefehlt.«

Ihm war spätestens in diesem Moment klar, dass sie der Sache nachgehen mussten. Schnapsdrossel hin oder her.

»Gut, Frau Machherndl, wir kümmern uns darum. Wo können wir Sie erreichen, falls wir Sie noch brauchen?«

»In meinem Haus in Oberloiben. Und ich gehe davon aus, dass Sie mich bestimmt noch brauchen werden. Meine Telefonnummer haben Sie ja.«

Er war sicher, dass Doris die Nummer längst weggeschmissen hatte. War ja schließlich mehr als ein Jahr her, dass sie zum letzten Mal mit Josefa Machherndl gesprochen hatte.

»Selbstverständlich.«

Lügnerin, dachte er. Aber toll, wie sie es verstand, gutWetter zu machen.

»Und was werden Sie in dem Fall tun?«

»Das werde ich gleich mit meinem Stellvertreter, dem Herrn Chefinspektor Malzacher, besprechen, der gerade mir gegenüber sitzt.«

»Ist das noch immer der unmögliche ältere Herr mit dem dicken Bauch?«

»Auf Wiederhören, Frau Machherndl. Und nochmals Dank für Ihren Anruf.«

Die Chefinspektorin legte auf und sah ihn an. Sichtlich quietschvergnügt.

»Einen sehr tollen Eindruck hast du ja bei ihr nicht hinterlassen. Aber für eine Schnapsdrossel scheint sie noch sehr gute Augen zu haben. Zumindest was dich betrifft.«

»Blöde Kuh.«

»Und was hältst du von ihrer Geschichte?«

Er kratzte sich am Ohr. »Zwar nicht sehr viel, aber zu meinem Leidwesen auch nicht so wenig, dass wir es uns leisten könnten, sie zu ignorieren.«

»Sehe ich genauso. Sichtbar eingeschlagener Schädel. Wenn das stimmt, dann kann es kein Schwimmer gewesen sein, der sich totgestellt hat. Aber eine Leiche müsste doch eigentlich untergehen.« Sie rieb sich nachdenklich am Kinn. »Egal. Wenn die Machherndl die angebliche Leiche vor ein paar Minuten bei der Anlegestation in Dürnstein gesehen hat, dann kann sie ja noch nicht weit weitergetrieben sein. Also: Du verständigst in Krems die Strompolizei. Die sollen die Donau zwischen Krems und Loiben absuchen. Zur Sicherheit aber bis Dürnstein fahren. Vielleicht ist ja dort etwas ans Ufer gespült worden.«

Freitag, 16. April
17 Uhr 05

Der Kapitän hatte auf seinem Steuerstand so lange gewartet, bis der letzte Passagier in Krems von Bord gegangen war. Er zog den Knoten seiner roten Krawatte enger und rückte seine weiße Mütze so zurecht, dass sie auf seinem Kopf ganz leicht, aber erkennbar, schief saß. Nach rechts abfallend. Würde ihm nach Meinung seiner Frau ein besonders schneidiges Aussehen verleihen. Dann verabschiedete er sich von seinem Steuermann mit Handschlag und winkte den auf dem Deck stehenden Mitgliedern der Crew zu.

Er war froh, nur ein paar Schritte von der Anlegestelle entfernt einen reservierten Parkplatz zu haben. Weil Parken an dieser Stelle ein riesiges Problem war. Viele Passagiere ließen sich deshalb von Verwandten oder Bekannten mit dem Auto abholen. Nachdem die MS Wachau deutliche Verspätung gehabt hatte, würde heute kaum jemand auf seinen Chauffeur warten müssen.

Zu seiner Überraschung standen noch immer sechzig bis achtzig Leute um die Anlegestelle herum, einige sogar noch auf dem Ponton. Als er das Schiff verließ, wusste er genau, was folgen würde. Kameras und Handys wurden mit ihm als Ziel gezückt und einige Passagiere wollten sich mit ihm gemeinsam fotografieren lassen, wobei sich zwei Damen bei ihm sogar einhängten. Er war diese Prozedur gewohnt und ließ sie geduldig und auch recht gern über sich ergehen. Kundenzufriedenheit war für ihn oberstes Gebot. Allerdings hatte er eine eiserne Regel: Er würde sich nie zu einem Kaffee oder einem Glas Wein einladen lassen. Nicht einmal ins der Anlegestelle gegenüberliegende »Wellenspiel«. Das probierten alleinstehende Damen immer wieder.

Kaum war er mit der Foto-Prozedur fertig, steuerte ein schlanker, bebrillter Mann auf ihn zu, an den er sich erinnerte. Es war der Passagier, der die Vogelscheuche fotografiert hatte. In der Hand hielt er ein Tablet.

»Entschuldigung, Herr Kapitän. Ich wollte Ihnen nur das Foto zeigen, das ich gemacht habe. Ich habe es jetzt rüberkopiert.« Er hielt ihm den Bildschirm hin. »Hier in der Vergrößerung, sehen Sie? Ich habe mich geirrt. Es war doch keine Vogelscheuche.«

Freitag, 16. April
17 Uhr 09

Was für ein Kaff. Gföhl. Der Ort genauso nichtssagend wie sein Name. Noch gestern um diese Zeit hätte ihn das gar nicht gestört. Weil er zu dieser Zeit noch überzeugt gewesen war, hier seine Abschiedsvorstellung als niederösterreichischer Polizeidirektor zu geben. Die hätte von ihm aus auch in Alt-Nagelberg oder Großmugl stattfinden können. Alles Orte, die er ohnehin kein zweites Mal in seinem Leben sehen würde.

Heute stand die Eröffnung der neuen Polizeistation auf dem Programm. In Wahrheit nur ein Umbau. Er hatte sich alle Mühe gegeben, aus der Veranstaltung ein großes Fest zu machen. Nicht nur dem Image der Polizei, sondern auch dem Landeshauptmann zuliebe, der schon vor sechs Wochen sein Kommen zugesagt hatte. Ihn würde er ja auch in seiner neuen Funktion gut brauchen.

Wenigstens war das Wetter hervorragend. Blauer Himmel. Die Frühlingssonne spendete ausreichende Wärme. Kein Wind, allenfalls ein Lüftchen, schwer beladen mit dem aufdringlich süßen Duft des Flieders an der Mauer da drüben. Dazu allerlei Blütenpollen, die ihn in der Nase juckten. Im wahrsten Sinne des Wortes reizend war es hier im Freien. Auf dem Hauptplatz. Eine Festveranstaltung mit allem Drum und Dran. Örtliche Blasmusikkapelle. Glanzpolierter Spritzenwagen der Freiwilligen Feuerwehr. Mit Frühlingsblumen bekränzte Weinkönigin im Dirndl. Die Gföhler Gemeinderäte und sonstigen Honoratioren vollständig angetreten. Und gut hundert Personen als Publikum. Begrüßung durch den Bürgermeister, dessen Nase eine innige Beziehung zu alkoholischen Getränken aller Art verriet. Selbstverständlich mit dem Herrn Landeshauptmann als erstem Adressaten der Grußbotschaft. Dann hatte der Gemeindevorsteher aber als zweiten Ehrengast nicht ihn, sondern die neue Sicherheitssprecherin der Volkspartei begrüßt. Landtagsabgeordnete Katharina Krenn. Sie saß neben ihm, zog die Blicke auf sich und stahl ihm, Wolfgang Marbolt, dem obersten Sicherheitsverantwortlichen des Landes, die Show. Das tat weh. Aber lang nicht so weh wie der Telefonanruf eines guten Freundes gestern Abend.

Jetzt saß er in der ersten der vor dem Gemeindeamt aufgestellten sechs Reihen und tat so, als würde er den salbungsvollen Worten des Landeshauptmanns aufmerksam lauschen. Die ölige Stimme schien ihm heute den falschen Zungenschlag, den er bei Reden des Landesfürsten immer zu hören glaubte, besonders deutlich zu unterstreichen. Neben sich die Sicherheitssprecherin. Zugegeben attraktiv, aber in Sicherheitsfragen völlig unbeleckt. Eigentlich hatte er erwartet, vor der Besetzung dieser Position vom Landeshauptmann zumindest konsultiert zu werden. Wozu war er denn der oberste Sicherheitsbeamte des Landes? Aber nichts dergleichen. Als ob er Luft wäre.

Aber der Landeshauptmann und seine Abgeordnete konnten ihm heute so oder so gestohlen bleiben. Seine Gedanken kreisten um ein viel dringenderes Problem. Wie sollte er das Desaster seiner Frau erklären? Warum war er auch so dumm gewesen? Vor drei Wochen hatte er ihr gegenüber geprahlt, dass die öffentliche Ausschreibung eine reine Formsache sei. Weil er den Posten ohnehin schon so gut wie in der Tasche habe. Und dann vor knapp 24 Stunden die niederschmetternde Nachricht. Zwar inoffiziell, aber aus sicherer Quelle. Die sprudelten für ihn ja noch immer. Der Herr Innenminister habe sich für einen anderen Kandidaten entschieden. Dieser Hurensohn. Fand es nicht einmal der Mühe wert, ihn persönlich von seiner Entscheidung zu informieren. Ihn, der fast drei Jahre lang als Büroleiter mit seinem Chef ein Herz und eine Seele gewesen war. Die ganze Drecksarbeit, deren Erledigung der hohe Herr, feige wie Politiker eben waren, wie die Pest hasste, hatte er ihm abgenommen.

Dabei hatte er es geahnt. Aus dem Innenministerium hätte schon viel früher eine positive Nachricht kommen müssen. Schon seit einer guten Woche hatte er ein flaues Gefühl im Magen. Dieses Gefühl hinterließ bereits Spuren außerhalb des Magens. Im Büro war er noch kürzer angebunden gewesen, als es ohnehin seine Art war. Als Vorgesetzter war er nie einer von der Bussi-Bussi-Sorte gewesen. Wollte er auch nie wirklich sein, obwohl ihm in dem Punkt sein Minister ein großes Vorbild hätte sein können. War eben ein typischer Politiker, der den Höhepunkt seiner Karriere noch vor sich zu haben glaubte. Selbstverständlich mit halb Österreich per Du. Er hingegen war auf Distanz bedacht.

In den letzten Tagen auch mehr Alkohol als üblich. Sogar Whisky, den er eigentlich gar nicht mochte. Nur für hochrangige Besucher hatte er den in seinem Büro vorrätig. Die gaben ihm für seinen Geschmack allerdings viel zu selten die Ehre. Weil er seine Vorzimmerdamen nicht um ein Glas bitten wollte, hatte er gestern sogar einen kräftigen Schluck aus der Flasche genommen, oder auch zwei. Für ihn ein deutliches Signal, dass er mit sich nicht im Reinen war. Ein weiteres Signal dieser Art: Seine Frau war vorgestern durchaus in Stimmung für Sex gewesen. Kam nicht sehr häufig vor. Aber nicht einmal dazu hatte er Lust gehabt.

Seit gestern Nacht zermarterte er sich sein Gehirn. Wie war es nur möglich gewesen, dass er mit seiner Bewerbung nicht zum Zug gekommen war? Für eine Position wie maßgeschneidert für ihn. Generalsekretär des Innenministeriums. Also die klare Nummer Zwei. De facto eigentlich die Nummer Eins. Weil sich der Minister ja nie um operative Angelegenheiten kümmerte. Mit sieben Sektionschefs als Untergebenen. Selbstverständlich mit einer speziell für ihn entworfenen Uniform. Er sah an sich hinunter. Wie er seine jetzige Arbeitskleidung hasste, mit der er sich von seinen Amtskollegen aus den anderen Bundesländern nicht unterscheiden konnte. Nicht einmal von denen aus Vorarlberg oder dem Burgenland. Dabei waren diese Bundesländer gerade einmal so groß wie ein einziger politischer Bezirk in Niederösterreich.

Der Landeshauptmann salbaderte dahin. Von der Präsenz der Polizei, die dem Volk Sicherheit vermitteln würde. Er galt wohl nur deshalb als guter Redner, weil alle anderen Politiker noch ermüdender redeten. Müde. Das war der Punkt. Diese ganze Sache machte ihn unendlich müde. Wahrscheinlich war er einer läppischen Intrige zum Opfer gefallen. Wenn er nur dahinterkommen würde, wer warum welches Gift in das Ohr des Innenministers geträufelt hatte, würde er gegensteuern können. Information war der Schlüssel zum Erfolg. Früher war er im Zentrum des Informationsflusses gesessen. Aber jetzt, jetzt saß er in Gföhl, in St. Pölten, oder sonst irgendwo im niederen Österreich, abseits der wichtigen Kanäle, abseits der Büros der Macht. Was für ein leichtgläubiger Mensch sein früherer Chef doch war. Immer auf die Person hörend, die sein Büro als letztes betreten hatte. Gerade deshalb hätte der Minister ihn als Generalsekretär so dringend gebraucht: weil er ein untrügliches Gespür für Intrigen hatte. Wie fein gesponnen sie auch immer sein mochten. Dabei half ihm seine überragende Menschenkenntnis. Als Leiter des Ministerbüros war er im ganzen Ministerium für diese Menschenkenntnis berühmt und gefürchtet gewesen. Der Minister mochte ja über eine Reihe von Qualitäten verfügen, aber Menschenkenntnis gehörte sicher nicht dazu.

Applaus. Applaus. Offensichtlich war der Landeshauptmann mit seiner Rede am Ende. Wenigstens etwas. Der Marsch, den die Kapelle jetzt intonierte, kam ihm irgendwie bekannt vor. Diese Amateurmusikanten spielten doch immer dasselbe. Und der Landeshauptmann griff zum Taktstock. Der war sich auch für nichts zu blöd. Naja. Jetzt noch schnell ein bis zwei Gläser Wein, dann Händeschütteln mit den Ehrengästen und ab nach Hause.

Morgen beim Frühstück musste er seiner Britta endlich reinen Wein einschenken. War ohnehin eine schauspielerische Meisterleistung von ihm gewesen, beim gestrigen Abendessen so zu tun, als könnte er den Anruf des Ministers gar nicht mehr erwarten. Mit der Nachricht, die sie wahrscheinlich noch schlimmer treffen würde als ihn selbst, konnte er nicht länger hinterm Berg halten. Sonst würden ihm die Buschtrommeln womöglich zuvorkommen. Britta hasste dieses Niederösterreich noch mehr als er. Und überhaupt St. Pölten. In seiner Bedeutungslosigkeit höchstens von Eisenstadt übertroffen.

Ihre Wiener Arroganz würde er nie verstehen. Schließlich hatte sie die ersten achtzehn Jahre ihres Lebens in einer Genossenschaftswohnung in Liesing gewohnt. Auch nicht besser als St. Pölten. Aber sie tat immer so, als wäre sie in einer hochnoblen Cottage-Villa in Hietzing oder Grinzing aufgewachsen. Eines aber musste er ihr lassen: Wenn es darauf ankam, hatte sie einen geradezu sagenhaften Instinkt. Vielleicht konnte sie ihm helfen. Vielleicht konnte sie erraten, über welche Intrige er zu stolpern drohte.

Als er von seinem Sessel aufstand, fiel sein Blick auf das von der Sonne angestrahlte blonde Haar seiner Sitznachbarin. Die Frau Landtagsabgeordnete hätte ein gutes Model für eine Shampoo-Werbung abgegeben. Ihr Haar war beinahe so perfekt wie das von… Es durchfuhr ihn wie ein Blitz. Um Himmels willen! Das Model! Der Polizeiball vor zwei

Monaten. Konnte der schuld an der Katastrophe sein? Britta war damals jedenfalls richtig wütend auf ihn gewesen.

Er hatte damals den Auftrag gegeben, den Polizeiball wieder zum Höhepunkt der Saison zu machen. Über die letzten Jahre war diese einst leuchtende Rose im St.Pöltner Ballkalender zu einem mickrigen Mauerblümchen verkümmert. Da galt es, keine Kosten und Mühen zu scheuen. Einem Mitglied des Organisationskomitees war die Idee gekommen, ein in Deutschland sehr bekanntes Erotik-Model für die Mitternachtseinlage zu engagieren. Das hatte ihm gefallen. Sozusagen als Kampfansage gegen den St. Pöltner Mief. Und gegen den niederösterreichischen gleich dazu. Die Lady war auch ein voller Erfolg gewesen. Bei den Medien schon im Vorfeld. Vor Ort bei den Herren aller Altersgruppen. Und auch bei den Damen, zumindest bei den jungen. Sowohl der Landeshauptmann als auch der Minister, die stark akklamierten Ehrengäste des Balls, hatten während der Vorstellung Stielaugen. Daher war er sehr zufrieden gewesen. Anders als seine Britta hatte er allerdings die Ehefrauen der beiden Politiker nicht beobachtet. Auf der Heimfahrt vom Ball war sie dann fuchsteufelswild gewesen. Warum hatte er nicht dafür gesorgt, dass die Damen der beiden hohen Herren während der Mitternachtseinlage weggelotst wurden? Ins Spielcasino im ersten Stock oder sonst wohin, wo sie die gierigen Blicke der Ehemänner nicht aus nächster Nähe mit ansehen mussten. Diese Dummheit würde ihm noch auf den Kopf fallen, hatte ihm seine Britta prophezeit. Denn der Landeshauptmann und der Minister würden ihn dafür verantwortlich machen, wenn bei ihnen der Haussegen wegen des tanzenden Models schief hing.

Er spürte Schweiß auf seiner Stirn. Zwar konnte er nicht hundertprozentig sicher sein, ob er die Verhinderung seiner Beförderung wirklich zwei spießigen Ehefrauen zu verdanken hatte. Aber er wusste aus vielen Erlebnissen, dass der Minister unter dem Pantoffel seiner Frau nicht nur stand, sondern geradezu darunter verschwand. Britta würde in diesem Faktum ganz sicher die Ursache der Misere sehen. Und er musste zugeben, dass ihr Instinkt sie wirklich selten trog.

Er blickte auf sein Handy, das er zu Beginn der Zeremonie auf lautlos gestellt hatte. Eine neue Nachricht: »Der Minister möchte Sie sehen. Bitte um Anruf Montag Früh.« Sein Herz machte einen Sprung. Sein ehemaliger Chef würde ihn nie zu sich bestellen, um ihm eine negative Nachricht zu geben. Dazu war er viel zu feig. Hatte er es sich doch anders überlegt?

Freitag, 16. April
17 Uhr 20

Zwar war es noch hell, aber die Sonne war bereits hinter den Hügeln verschwunden. Wegen den dunkel getönten Scheiben seines Wagens war von außen wohl höchstens schemenhaft zu erkennen, dass er mit dem Fernglas das Wasser absuchte. Kein anderes Auto stand auf diesem kleinen Parkplatz am Ufer. Hier war er schon oft allein gewesen. Meistens, um keine hundert Meter weiter stromaufwärts in die Donau zu steigen und sich bis Krems treiben zu lassen. Unter der Mauterner Brücke durch, wobei er dabei immer darauf versessen war, ganz nah an einen Brückenpfeiler heranzuschwimmen. Um sich seinen Mut zu beweisen. Schon als Zwölfjähriger hatte er begonnen, hart zu trainieren. Gern wäre er ein sehr schneller Schwimmer geworden. Aber andere waren noch schneller. Auch, weil er erst spät gewachsen war. Bis zum Ende der Schulzeit war er kleiner gewesen als seine Altersgenossen. Wenigstens hatte die Ausbildung zum Rettungsschwimmer geklappt.

Jetzt saß er nicht an diesem Platz, um in die Donau zu springen und sich neuerlich seinen Mut zu beweisen. Dazu hätte er heute einen Neoprenanzug gebraucht. Die Temperatur des Wassers schätzte er wegen des langen Winters auf maximal neun Grad.

Heute hatte seine Anwesenheit hier einen anderen Grund. Er zitterte. Obwohl es in seinem Auto sehr warm war. Er zitterte, weil er Angst hatte, sein Plan würde schon im ersten Anlauf scheitern. Dieses Zittern kannte er von früher. Fühlte sich ganz anders an als ein Frösteln, das ihm selbstverständlich ebenfalls vertraut war. Er fröstelte, wenn ihm kalt war. Er zitterte, wenn er Angst vor Misserfolg hatte.

Durch sein Fernglas blickte er über die Donau, hinüber zur Terrasse des Schlosshotels Dürnstein. Recht voll für Mitte April. Den Menschen schien die Kühle, die vom Fluss aufstieg, nichts auszumachen. Ein Paar an der Brüstung machte immer wieder schwungvolle Bewegungen mit den Armen. Offenbar warfen die beiden ein paar frechen Spatzen Krümel von ihrer Mehlspeise zu. Weiter oben erblickte er eine Gruppe von Leuten, die den steilen Weg von der Ruine herabstiegen. Durch das Fernglas alles gut zu erkennen. Aber auf der Donau selbst regte sich nichts.

Er war froh, im Auto sitzen zu können. Seit seiner Kindheit reagierte er äußerst empfindlich auf Kälte. Sehr robust war man in seiner Familie ja seit Generationen nicht gewesen. Sein Vater war schon im Alter von achtundfünfzig Jahren gestorben. Und seine Mutter mit vierundsechzig. Und sein Bruder sogar schon mit vierzehn.

In letzter Zeit hatte er sich öfter bei der Frage ertappt, wie lange er wohl selbst noch leben würde. Nicht, dass ihn ein frühes Ende übermäßig gestört hätte. So toll war sein bisheriges Leben ja nicht gewesen. Viel stärker als die mögliche Dauer seines Lebens hatte ihn seit vielen Jahren die Frage beschäftigt, warum ihm von seinen Eltern nicht die Gene, die er für ein erfolgreiches Leben hätte brauchen können, in die Wiege gelegt worden waren. Er hatte Erfolgsmenschen in seinem Umfeld über Jahre studiert. Fast alle waren intelligent, zum Teil sogar hochintelligent. Es war ein Lügenmärchen, dass Erfolg im Beruf auch ohne Intelligenz zu haben war. Aber daran allein konnte es nicht liegen. Er selbst hatte ja schon als Schüler als begabt gegolten. Nicht ganz so talentiert wie sein verstorbener Bruder, aber immerhin. Seinen Beobachtungen zufolge hatten Erfolgsmenschen ihm bestimmte Eigenschaften voraus: Sie hatten wesentlich kräftigere Ellbogen, die sie nicht nur benutzten, um sich vorzudrängen. Sie rammten damit auch ohne Hemmungen alle beiseite, die ihnen im Weg standen. Sie waren berechnender und ohne Mitgefühl. Schlossen nur Freundschaft mit Menschen, von denen sie sich etwas versprachen. Und logen, ohne rot zu werden, wenn die Lüge ihren Interessen diente. Manchmal fragte er sich, ob er diese Fähigkeiten insgeheim auch alle gern gehabt hätte. Kleinere Anläufe in diese Richtung hatte er zweifellos unternommen. Aber letztlich fehlte ihm dann doch die Härte. Im letzten Moment hatte er immer zurückgezuckt. Ob er diesmal auch zurückzucken würde? Nein. Diesmal nicht. Er war fest entschlossen. Er musste es tun.

Ungeduldig ließ er sein Fernglas über die Donau schweifen. Das Motorboot, auf das er wartete, würde er schon von Weitem sehen können. Ein ganz bestimmtes Motorboot. Wahrscheinlich würde es von Krems heraufkommen. Von dort, wo die vollbesetzte MS Wachau auf ihrer Fahrt zu ihrer Endstation schon vor einiger Zeit verschwunden war. Auf die MS Wachau hatte er die größten Hoffnungen gesetzt. Sein ganzes Timing war darauf ausgerichtet, dass ein Passagier oder sonst wer auf dem Schiff Alarm schlug.

Seine zweite Hoffnung waren die Paddler. Immer wieder kamen ein paar kleine Boote in gemächlichem Tempo an ihm vorbei. Es war ein schöner Tag gewesen. Da gab es auch unter der Woche immer ein paar Paddler, die sich mehr oder weniger treiben ließen. Am Wochenende würde sich deren Zahl sicher verzehnfachen. Vielleicht hätte er zur Sicherheit bis zum Wochenende warten sollen. Die Leute schauten ja eher in die Gegend oder in die Luft, als dass sie einen Blick auf die Wasseroberfläche warfen.

Das Motorboot kam einfach nicht daher. Vor mittlerweile drei Stunden hatte er sie der Donau übergeben. Enttäuschend war das. Aber er war noch nicht deprimiert. Spätestens bei der Staustufe in Altenwörth würde irgendjemand auf sie aufmerksam werden. Das war sein Plan B. Allerdings konnte es immer noch sein, dass sie doch am Ufer hängengeblieben war. Obwohl sie sich zunächst wie geplant Richtung Strommitte bewegt hatte.

Er schaute mit dem Fernglas Richtung Mauterner Brücke. Da sah er es. Das Boot. Endlich. Größer als die meisten Motorboote, die die Donau befuhren. Unverkennbar nicht nur an der silbergrau-blauen Lackierung, sondern auch an der rot-weiß-roten Fahne, die am Heck flatterte. Noch konnte er sich aber nicht sicher sein. Hätte ja auch eine Routinefahrt der Polizei sein können.

Keine zwei Minuten später war er sicher. Das Boot fuhr nicht in direkter Linie stromaufwärts, sondern in einem Zickzack-Kurs. Als würden die Personen an Bord nach etwas Ausschau halten. Er wollte gar nicht weiter warten. Was er sah, reichte ihm.

Das Zittern hörte mit einem Schlag auf. Die ersten beiden Schritte seines Plans hatten funktioniert. Er ermahnte sich, deswegen nicht übermütig zu werden. Diese Schritte waren eine vergleichsweise leichte Übung. Der nächste würde ihm viel schwerer fallen. Mit einem beklemmenden Gefühl in der Brust startete er sein Auto.

Freitag, 16. April
17 Uhr 30

Die Größe des Kunststücks, gleichzeitig das Boot zu steuern und die Wasseroberfläche mit dem Fernglas abzusuchen, hatte er zugegebenermaßen etwas unterschätzt. Das war sogar für einen Felix Frisch eine Herausforderung. Noch dazu im Zwielicht des späten Nachmittags. Es herrschte ja beinahe schon Dämmerung. Vielleicht hätte er seinen jungen Kollegen doch nicht wegschicken sollen. Aber er hatte eben ein weiches Herz und wollte für die jungen Kollegen ein leuchtendes Vorbild in Sachen Kameradschaft sein. Gerade als sie beide das schnittige Polizeiboot besteigen wollten, hatte der Kollege den Anruf von seiner Frau bekommen. Der kleine Sohn hätte hohes Fieber und würde ständig nach seinem Vater rufen. Da musste er den Kollegen doch drängen, sich schleunigst auf den Weg nach Hause zu machen. Die Donau abzusuchen würde er auch allein schaffen.

Schaffte er ja auch. Ein gestandenes Mannsbild wie er war sogar diesem schwierigen Auftrag gewachsen. Spezialauftrag von der Mordkommission. Die Donau zwischen Krems und Dürnstein sollten sie nach einer angeblichen Leiche absuchen. Oder einem Gegenstand, der wie eine Leiche aussah.

Irgendetwas musste da wohl im Wasser sein. Das sollte er finden. Also fuhr er im Zickzack stromaufwärts. Die Donau kannte er in diesem Abschnitt mittlerweile wie seine Westentasche. Vielleicht war es gut, dass er diesen Auftrag alleine erledigte. In letzter Zeit fehlten ihm sowohl die Herausforderungen als auch die Erfolgserlebnisse. Wenn da irgendwo doch eine Leiche schwamm, dann war er jedenfalls der Richtige, um sie zu bergen. Dazu brauchte es schon einen Mann mit seiner Erfahrung.

Vor einem knappen Jahr war er endlich vom Revierinspektor zum Gruppeninspektor befördert worden. Ohne dass ihm die Beförderung Freude bereitet hätte. Es hatte schon mit der Beförderungszeremonie begonnen. Die war gar nicht nach seinem Geschmack verlaufen. Er musste ja zugeben, dass es bei der Kremser Polizei nicht üblich war, dass bei solchen Anlässen der niederösterreichische Polizeidirektor oder zumindest ein Kremser Vizebürgermeister persönlich anwesend waren. Aber in seinem speziellen Fall wäre das schon gerechtfertigt gewesen. Welcher zukünftige Gruppeninspektor konnte schon von sich behaupten, einen so großen Beitrag nicht nur zur Aufklärung eines Mordes, sondern einer ganzen Mordserie geleistet zu haben. Gott sei Dank hatte wenigstens seine Elfriede für die Feier eine Torte gebacken. Die ließen sich natürlich alle gut munden. Sogar eine Kaffeemaschine hatte seine Frau mitgebracht, weil der Kaffee aus dem Automaten wie Abwaschwasser schmeckte. Im Torte-Essen waren alle ganz groß. Aber keiner der Kollegen erwähnte seine großartigen Ermittlungsleistungen auch nur mit einem Wort. Bei diesem einen Wort hätte er ihnen sogar einen mit Torte vollgestopften Mund nachgesehen.

Die Stimmung ihm gegenüber war auch in den folgenden Wochen und Monaten nicht besser geworden. Deshalb hatte er im Herbst den Antrag gestellt, zur Dienststelle Mautern, die im Abschnitt Wachau auch für die Strompolizei zuständig war, versetzt zu werden. Der Antrag war innerhalb von zwei Wochen bewilligt worden. Offensichtlich deshalb so schnell, weil die Kollegen in Mautern einen Mann mit seiner Erfahrung dringend brauchten. Zum Unterschied von Krems hatte der Postenkommandant von Mautern wohl keine Angst vor einem neuen Star in der Mannschaft. Natürlich war ihm die Prüfung für den Bootsführerschein nicht erspart geblieben. Für einen Mann seiner Klasse nur eine kleine Hürde, die er schon im zweiten Anlauf bewältigte.

So ein Polizeiboot war schon ein beachtliches Gerät. Ein Motor, bei dem jedes Motorrad vor Neid erblassen konnte. Pferdestärken ohne Ende. Diese Pferdestärken mit der linken Hand zu bändigen, während er mit der rechten das Fernglas hielt und den Adlerblick über den Strom gleiten ließ, das machte ihm so schnell keiner nach. Geschmeidig um die Kurve. Nur nicht zu nahe ans Ufer. Bei der ersten Boots-Prüfung war er knapper an die Ufersteine herangefahren. Der Prüfer hatte einfach die Nerven verloren.

Aber Moment einmal. Das war doch... Schlagartig bekam er eine Gänsehaut. Das musste es sein. Motor drosseln. Beidrehen. Geschmeidig beidrehen. Motor abstellen. Verdammt! Wo war das Biest jetzt? Ah, da tauchte es wieder auf. An der Längsseite des Boots war der lange Stock mit dem Enterhaken an der Spitze befestigt. Den nahm er zur Hand. Nur nicht zu weit vorbeugen. Nur nicht ins Wasser fallen. Er musste noch etwas näher heran. Zum Glück trieb dieses Ding in seine Richtung. Der Kopf sah tatsächlich eingeschlagen aus. Noch ein kleines Stück. Nein. Leiche war das keine. Es war eine ordinäre Schaufensterpuppe. Aus Holz. Mit eingerissenem Kopf und bekleidet mit einem dunkelblauen Trainingsanzug. Schöner Anzug. Er lächelte. Diese Suchaktion würde für ihn noch einen sehr befriedigenden Abschluss bringen. Sein eigener Trainingsanzug war ja doch schon sehr alt. An den Knien und an der Sitzfläche bereits mehr als fadenscheinig. Ein kurzer Blick auf die Puppe genügte, um zu erfassen, dass der Trainingsanzug so gut wie neu war. Konnte er feststellen, obwohl der Anzug klitschnass war. Da bewährte es sich wieder einmal, dass er immer gut darin gewesen war, zwei und zwei zusammenzuzählen und auch aus komplizierten Sachverhalten einfache Schlüsse zu ziehen.

Nach zwei vergeblichen Anläufen hatte er die Puppe endlich an Bord. Das Ding war sauschwer und das Wasser saukalt. Er musste darauf achten, mit dem Enterhaken nicht den Anzug aufzureißen. Aber es war die Mühe wert. Sowohl Oberteil als auch Hose waren wie neu. Noch am Boot rief er bei der Mordkommission an und berichtete, dass es sich bei dem Fund nur um eine alte Schaufensterpuppe handelte.

Ebenfalls noch am Boot entkleidete er die Puppe. Den Trainingsanzug drückte er aus, so gut es ging, und rollte ihn zu einem Bündel zusammen.

Den Hafen verließ er mit dem Bündel in der einen Hand. Mit dem anderen Arm umfasste er die Puppe und schleifte sie mehr oder weniger neben sich her. Schließlich konnte er das Ding nicht einfach am Boot oder im Polizeihafen herumliegen lassen. Leider war niemand da, der ihm zur Hand gehen konnte.

Verschwitzt kam er bei seinem roten Skoda Octavia an und verfrachtete das Ding in den Kofferraum. Später würde er die Puppe in einen Müllcontainer werfen, der in der Nähe seiner Wohnung aufgestellt war. Aber vorher würde er dem nassen Trainingsanzug noch eine schnelle Handwäsche im Waschbecken besorgen und ihn zum Trocknen aufhängen. Er konnte es kaum erwarten, seine Beute anzuprobieren. Seine Elfriede würde Augen machen.

Freitag, 16. April
19 Uhr 30

In Gföhl war sie so lange wie möglich an der Seite des Landeshauptmanns gestanden und hatte mit den Leuten geredet. Sie fand, dass sie ihn gut ergänzt hatte. Und umgekehrt. Von ihm konnte sie viel lernen. Ganz besonders mochte sie es, wenn er seine große Hand väterlich auf ihre Schulter legte und sie vorstellte: Katharina Krenn, unsere Sicherheitssprecherin. Das kam bei den Leuten gut an.

Von Gföhl war sie direkt nach Weißenkirchen gefahren. Als sie den Bahnübergang kurz vor der Ortseinfahrt überquerte, warf sie einen Blick auf die Uhr über dem Tachometer. Sie war zu früh dran. Der Beginn der Veranstaltung war für 19 Uhr 30 angesetzt. Jetzt war es 19 Uhr 30. So etwas war ihr zu Beginn ihrer politischen Karriere fast immer passiert. In letzter Zeit immer seltener. Bei der richtigen Inszenierung eines Auftritts war die Zeit ein entscheidender Faktor. Sie hatte vom Landeshauptmann gelernt, dass ein Politiker nie pünktlich sein durfte. Erstens würden die Leute sonst glauben, dass Politiker nichts zu tun hätten. Zweitens müsse unter den Wartenden eine gewisse Ungeduld oder sogar Unruhe geschürt werden, um schon das Erscheinen der Hauptperson zu einem wesentlichen Teil des nachfolgenden Erlösungsrituals zu machen. Sie wusste allerdings auch, dass es für ihn als Spitzenpolitiker eine deutlich höhere Verspätungstoleranz gab als für sie als einfache Landtagsabgeordnete. Sie beschloss daher, nur fünfzehn Minuten an der Ortseinfahrt zu parken.

Heute Abend hatte die Weißenkirchener ÖVP zu einer Veranstaltung geladen. Die Schwarzen waren in der traditionsreichen Weinbaugemeinde immer die Platzhirsche gewesen. Sie waren die einzige Partei, die es sich leisten konnte, außerhalb von Wahlzeiten Parteiveranstaltungen abzuhalten. Ursprünglich hatte der Ortsparteiobmann den Landeshauptmann höchstpersönlich wegen des politischen Referats angefragt. War aber von dessen Büro abschlägig beschieden worden. Terminkollision. Daher war sie zum Zug gekommen.

Pünktlich, mit der ihr angemessenen Verspätung, startete sie ihren Wagen und fuhr zum »Holzer«. Dieses Gasthaus war in Weißenkirchen eine Institution. Seit neun Generationen im Besitz der Familie. Sie war seit drei Jahren im Landtag und kannte daher fast alle Ortsparteiobmänner und -obfrauen ihres Wahlkreises. Auch den vor dem Lokal wartenden Weißenkirchener Obmann Hans Wiesner.

Mit einem deutlichen Handzeichen signalisierte er ihr, ihren Wagen in die geöffnete Hofeinfahrt zu lenken. Ein kleines Schild aus Stuck, ursprünglich weiß, aber nie gereinigt, prangte über der Hofeinfahrt. Mit einer in abgeblättertem Gold eingravierten Jahreszahl: 1738. Die Holzers waren nicht nur Wirtsleute, sondern auch Weinbauern. Im zweiten Beruf nicht ganz so bekannt wie im ersten. Ihre Veltliner und Rieslinge waren durchaus gut zu trinken, aber in den großen nationalen oder gar internationalen Wein-Führern waren sie nicht zu finden.

Nach einer kurzen Begrüßung mit einem zaghaften Kuss auf beide Wangen führte der Obmann sie hinein. Das Gasthaus hatte neben der Schankstube einen großen Saal. Dessen Decke war gemessen an der Größe zu niedrig, sodass der Raum etwas Bedrückendes ausstrahlte. Bis zu 120 Leute fanden hier Platz. Normalerweise wurde so viel Platz in Weißenkirchen nur in der Faschingszeit gebraucht. Beim Feuerwehrball etwa, oder beim Pfarrball. Da musste allerdings ein großer Teil der Ballbesucher in der Schankstube Platz nehmen, weil der Saal für die Kapelle und die Tanzfläche reserviert war. Den Pfarrball gab es schon lang nicht mehr. Ebenso wenig wie das Kindergschnas. Früher ein Fixpunkt im Weißenkirchener Veranstaltungskalender. Jetzt wurde der Saal in erster Linie für Hochzeiten verwendet. Bei geschickter Anordnung der Tische sah der Saal auch mit deutlich weniger Gästen ziemlich voll aus. So auch an diesem Abend.

Katharina hatte sich schon früh angewöhnt, bei ihren Auftritten die Zahl der Besucher zu schätzen. Weil sie daraus auf die organisatorische Schlagkraft der örtlichen Parteileitung schließen konnte. Aber natürlich auch, weil die Besucherzahl ein höchst brauchbares Indiz für ihre eigene Zugkraft darstellte. Zirka sechzig Personen. Gar nicht schlecht.

Dass der Publikumsandrang auch ihr zu verdanken war, bemerkte sie am deutlichen Überhang der männlichen Besucher, die auch einen stärkeren Beitrag zum insgesamt sehr freundlichen Begrüßungsapplaus leisteten als die anwesenden Damen. Das kannte sie schon von anderen Veranstaltungen. Bei der Wahl ihrer Garderobe legte sie stets Wert darauf, Frauen, die von der Natur nicht mit denselben Vorzügen ausgestattet worden waren wie sie selbst, nicht vor den Kopf zu stoßen. Deshalb schminkte sie sich bei solchen Gelegenheiten auch ausgesucht dezent. Trotzdem wusste sie, dass viele ihrer Geschlechtsgenossinnen mit ihr bei der ersten Begegnung ein Problem hatten. Sie hatte aber auch die Erfahrung gemacht, dass sie solche Vorbehalte mit ihrer Rede nach wenigen Minuten zum Schwinden bringen konnte.

Ortsparteiobmann Wiesner, der die Anwesenden offensichtlich alle persönlich kannte, gab in seiner kurzen Begrüßungsansprache seiner Freude über das zahlreiche

Erscheinen Ausdruck. Auf eine recht sympathische Art. Schwerer tat er sich mit der Vorstellung ihrer Person. Etwas linkisch, wie sie fand. Sie hatte sich vorgenommen, in ihrer Rede, die sie völlig frei halten wollte, auf die Bedeutung des Weinbaus nicht nur für die Region sondern für das gesamte Bundesland einzugehen. In Weißenkirchen natürlich ein Selbstläufer.

Etwas schwieriger war es für sie schon, beim Thema Tourismus die richtige Balance zu finden. Die Wachau lebte zwar vom Tourismus, aber es gab viele Bewohner, für die der Fremdenverkehr mehr Fluch als Segen bedeutete. Weil sie seit drei Monaten Sicherheitssprecherin ihrer Partei im Landtag war, wollte sie sich im bundespolitischen Teil ihrer Rede auf die neue Parteilinie in Sachen Sexualstrafrecht konzentrieren. Aber auch deswegen, weil sie wusste, dass sie damit den meisten Frauen im Saal aus der Seele sprechen würde. Dem Beifall am Ende ihrer Rede nach zu schließen hatte sie ihr Ziel voll erreicht. Einige Damen hatten sich dabei sogar von ihren Sesseln erhoben.

Nachdem der Applaus endlich verklungen war, lud der Ortsparteiobmann die Zuhörer ein, Fragen an die Referentin zu stellen. Ein übliches Ritual bei Parteiveranstaltungen. Ebenso wie es üblich war, dass sich alle Anwesenden zunächst gegenseitig ansahen, und niemand den Mut hatte, die erste Frage zu stellen. Bis der Parteiobmann die schön langsam peinlich werdende Stille mit einer eigenen Frage durchbrach. Kannte sie auch zur Genüge.

»Liebe Frau Abgeordnete! Man munkelt ja schon seit einiger Zeit, dass du der nächsten Landesregierung angehören wirst. Ich bin sicher, dass alle hier im Raum wissen wollen, welches Ressort du denn gern hättest?« Ziemlich die blödeste Frage, die er ihr stellen konnte. Abwiegeln, rundweg bestreiten oder gar bejahen? Jede Antwort war möglich, aber keine wirklich befriedigend. Als Frage zum Aufwärmen absolut nicht zu gebrauchen. Dem Gesichtsausdruck des Obmanns konnte sie aber die Überzeugung ansehen, ihr eine besonders intelligente Frage gestellt zu haben. Vollkoffer.

Samstag, 17. April
8 Uhr 20

Die Luft war an diesem sonnigen Morgen noch frisch. Sie fröstelte, als sie auf die Veranda hinaustrat. Von der Donau stiegen zarte Dunstschleier auf. Morgenmantel allein war zu wenig. Gestern in Weißenkirchen war es ziemlich spät geworden. Lange Abende war sie gewohnt. Vielleicht war es dennoch auch Restmüdigkeit, die sie frösteln ließ. Mit ihren einundvierzig Jahren war sie eben nicht mehr die Jüngste. Immerhin eine der jüngeren Landtagsabgeordneten.

Jedenfalls musste sie sich vor einer Verkühlung hüten. Angesichts ihres Terminkalenders war eine Erkrankung so ziemlich das Letzte, was sie brauchen konnte. Also zurück ins Haus. Ein Paar dicke Socken und unter dem Morgenmantel noch eine warme Trainingshose, das würde reichen. Jedenfalls wollte sie es sich nicht nehmen lassen, mit Martin auf der Veranda zu frühstücken. Sie hörte ihn schon in der Küche. Für das samstägliche Frühstück gab es im Hause

Krenn seit Jahren und zu allen Jahreszeiten eine fixe Arbeitsteilung. Sie deckte nur den Tisch. Alles andere war allein seine Sache. Es war sein Ritual, um sich auf das Wochenende einzustimmen. Er holte beim Bäcker, den es in Rossatz noch gab, frisches Gebäck. Früher war er um Wurst und Käse auch noch in die örtliche Gemischtwarenhandlung gepilgert. Die hatte jedoch vor zwei Jahren zugesperrt. Einen Feinkostladen hatte es in dem kleinen Dorf nie gegeben. Also kaufte er die übrigen Zutaten je nach Zeit schon am Donnerstag oder Freitag in einem Supermarkt in Mautern. Den Kaffee hingegen bezog er via Internet aus Vietnam. Kein anderer Kaffee hatte diese cremige Schokoladennote.

Sie wollte ihn in der Küche nicht stören. Also nahm sie alles aus der Anrichte neben der Verandatür. Zunächst ein frisches, blassgrünes Tischtuch. Darauf drapierte sie das Gmundner Porzellan und das alte Silberbesteck.

Sie deckte nur für zwei Personen. Allzu selten gesellte sich zum Frühstück ihre sechzehnjährige Tochter Emma dazu. Am Wochenende war sie in der Regel nicht vor zehn Uhr aus dem Bett zu kriegen. Der vierzehnjährige Philipp tauchte überhaupt nie auf. Er hatte es sich zur Gewohnheit gemacht, gar nicht zu frühstücken. Um dann beim Mittagessen umso kräftiger zuzulangen.

Das Tischdecken war schnell erledigt. Die dicken grünen Polsterauflagen holte sie noch und legte sie auf die Sessel. Dann ließ sie sich in ebendiese grüne Polsterung fallen. Sie zwang sich, das Handy noch liegen zu lassen. Stattdessen ließ sie den gestrigen Abend Revue passieren. Von ihrer Rückfahrt von Weißenkirchen nach Rossatz musste sie Martin unbedingt erzählen. Gerne hätte sie die Rollfähre über die Donau genommen. Aber die war ja so spät abends längst nicht mehr in Betrieb. Sie musste donauabwärts bis Stein, dann über die Donaubrücke nach Mautern und schließlich noch ein paar Kilometer wieder stromauf nach Rossatz fahren. Rund 17 Kilometer, um ihr Haus zu erreichen, das am gegenüberliegenden Ufer fast in Sichtweite lag. Beim Wegfahren hatte sie wegen dieses Umweges zu später Stunde noch geseufzt. Aber schon bei der Ausfahrt aus Weißenkirchen war ihr die Pracht der Frühlingsnacht aufgefallen. Ein echter Genuss. Sie konnte sich nicht erinnern, jemals blühende Marillenbäume im Mondlicht bewusst wahrgenommen zu haben. Gestern zum ersten Mal. Fast noch schöner als bei Sonnenschein.

Ihr Wohnort rühmte sich in seinen Werbebroschüren, das größte Marillenanbaugebiet der ganzen Wachau zu beherbergen. Dennoch konnte sie von ihrer Veranda aus nur in der Ferne vereinzelt ein paar Bäume in weißer Blütenpracht sehen. In ihrem Garten standen nur Apfelbäume. Die würden sich mit ihrer Blüte noch einige Wochen Zeit lassen. Vielleicht ging es sich bis zum nächsten Vollmond aus. Sie tröstete sich mit dem Gedanken, dass es das Rosa der Apfelblüten locker mit dem Weiß eines blühenden Marillenbaums aufnehmen konnte. Aber ob das Rosa bei Vollmond auch so strahlen würde? Würde sich Martin, der honorige Herr Notar und umsorgende Familienvater, zu einem späten Spaziergang mit dem gewissen Extra verführen lassen?

Seit siebzehn Jahren war sie verheiratet. Sie fragte sich manchmal, ob sie nicht erst später hätte heiraten und ihre Ungebundenheit noch länger hätte genießen sollen. Auf diese Frage fand sie allerdings nie eine eindeutige Antwort.

Klar war ihr jedenfalls, dass sie es mit ihrem Martin recht gut getroffen hatte. Respektabel, verständnisvoll, ihre Karriere fördernd, witzig und durchaus zum Herzeigen. Auch ein Vorzug, der für sie, die sich oft auch bei gesellschaftlichen Anlässen zeigen musste, nicht zu unterschätzen war. Ihr Mann machte sowohl im Niederösterreicher-Anzug als auch im Smoking eine ausgezeichnete Figur. Nach ihrem Einzug in den Landtag hatte Martin ihr empfohlen, dafür zu sorgen, dass sich alle das Kürzel »KK« einprägten. Würde ihr bei ihrem weiteren Aufstieg nützlich sein. Hatte bis jetzt auch prächtig funktioniert. Im Grunde war er es gewesen, der ihr Interesse an der Politik geweckt hatte. Ihr Vater hatte das nie vermocht, obwohl er Kremser Bezirkshauptmann gewesen war, und Politik bei ihm immer an erster Stelle stand.

Ja, Martin war ein guter Griff. Aber sehr schön war auch die Freiheit gewesen, die sie in ihrer Jugend weidlich genutzt hatte. So weidlich, dass sie im Interesse ihres weiteren Aufstiegs auf die Diskretion all derer hoffen musste, die einst in den Genuss dieser Freiheit gekommen waren. Bisher kein Problem. Schließlich war das alles schon recht lang her. Als ÖVP-Abgeordnete musste sie sich jedenfalls davor hüten, mit solcher Freiheit assoziiert zu werden. Daher war sie dieser Tage eine mustergültige Ehefrau. Aber von Vollmondnächten unter blühenden Bäumen träumte sie trotzdem.

Da ihr der Sinn so nach Blüten stand, holte sie ein kleines scharfes Messer aus der Anrichte, schlüpfte in die Pantoffel, die auf der Veranda stets bereit standen, ging hinunter in den Garten und schnitt ein paar Blumen aus der Wiese. Ein paar große Gänseblümchen, die Namen der anderen, der kleinen roten und blauen, kannte sie nicht. Wiesenblumen eben. Das hübsche kleine Sträußchen stellte sie in einer Vase auf den Frühstückstisch. Ein wenig dufteten sie sogar.

Allerdings wurde der Duft überlagert vom Aroma des Kaffees, das durch die Verandatür herausströmte. Ein untrügliches Zeichen, dass Martin gleich mit dem großen Tablett aus der Küche kommen würde.

Sie blieb mit dem Rücken zur Tür sitzen. Denn sie wusste, dass es ihm Spaß machte, sich lautlos anzuschleichen. Obwohl sie das wusste, schaffte er es manchmal tatsächlich, sie zu überraschen, wenn sie in Gedanken versunken war. Heute jedoch hörte sie ein leises Klimpern hinter sich.

»Für einen Mann gibt es in der Früh nichts Schöneres«, hauchte er ihr ins Ohr, »als den Geruch von frischem starkem Kaffee.«

»Nicht gerade ein Kompliment für mich«, konterte sie mit einem Lächeln. »So etwas darfst du erst sagen, wenn wir die goldene Hochzeit hinter uns haben.«

Grinsend stellte er das Tablett ab und ließ sich ebenfalls in den Sessel sinken. »Aahh«, seufzte er wohlig, griff zum Kaffee und schenkte ihr zuerst ein. Dann nahm er eine der vier goldbraunen Semmeln aus dem aus Stroh geflochtenen Brotkorb, schnitt sie entzwei und bestrich die eine Hälfte mit feinen Scheiben der Bauernbutter, die er bedächtig von einem großen, etwas unförmigen Stück abschnitt.

Sie beobachtete ihn gerne beim Genießen. Es war ein heimeliges Gefühl, jemanden so gut zu kennen. Seine Abfolge kleiner Rituale funktionierte wie ein Uhrwerk. Nach den ersten zwei Bissen würde er das Gespräch eröffnen.

»Ich habe dich gestern zwar noch gehört, wie du nach Hause gekommen bist. Aber ich bin zu müde gewesen, um dich zu fragen, wie es in Weißenkirchen gelaufen ist.«

»Ich habe den Landeshauptmann sicher bestens vertreten.« Sie lachte und nahm einen Schluck Kaffee.

»Gut besucht?«

»Zirka sechzig Leute.«

Er pfiff durch seine Zähne. »Sechzig Leute? Donnerwetter. Also viel mehr wären beim LH auch nicht gekommen.«

»Ja, gut organisiert, aber der Parteiobmann von Weißenkirchen ist trotzdem nicht der Hellste. Am Ende fragt er mich glatt vor Publikum, ob ich in die Landesregierung einziehen werde.« Er zuckte die Achseln. »Ich nehme an, du hast souverän pariert. Glaubst du, dass der Landeshauptmann einen Spion dagehabt hat?«

Sie zog ihre Stirn hoch und wiegte ihren Kopf hin und her. »Ehrlich gesagt wäre ich enttäuscht, wenn nicht. Dann würde ich nämlich noch nicht zu den potentiellen Erben zählen. Gestern in Gföhl hat er mich jedenfalls präsentiert wie eine Königin. Also nehme ich an, dass er auch mich mit seinem ganz besonderen Überwachungssystem kontrolliert.«

»Du darfst jetzt nur nicht keck werden. Immer schön brav zu ihm aufschauen. Das lieben Leute wie er. Ist ja in Wahrheit ein extrem unsicherer Mensch. Und deshalb ein Angstbeißer.«

Warnend erhob sie das Buttermesser. »Kein falsches Wort über den LH. Womöglich nehmen seine Spione auch dich unter die Lupe. Zumindest stichprobenartig.« Sie bohrte das Messer durch die Luft zwischen ihnen und grinste. »Für mich ist nur wichtig, dass ich nach der nächsten Wahl Landesrätin werde. Da muss ich voll und ganz auf ihn setzen.« Sie nahm sich ebenfalls eine Semmel, bestrich sie mit Butter und legte eine Scheibe Bauernschinken drauf. »Daher bin ich eine brave Soldatin und habe nur das Wohl der Partei im Auge. Apropos: Heute Nachmittag steht mir ein besonderer Leckerbissen ins Haus. Wanderung mit den Melker ÖVP-Frauen auf die Ruine Aggstein.«

»Klingt nach Strafverschärfung.«

»Kannst du laut sagen. Aber ich werde so freundlich und süß sein, wie ich es nicht einmal bei dir bin. Wenn ich mir den Hatscher schon antue, dann möchte ich wenigstens keine schlechte Nachrede haben. Du weißt ja, wie bösartig Frauen sein können. ÖVP-Frauen ganz besonders.«

Martin setzte ein schiefes Lächeln auf. »Ein Glück, dass dich deine Parteifreunde nicht hören können.«

»Irgendwo muss ich mich ja abreagieren.« Sie blinzelte ihm verschwörerisch zu und biss herzhaft in ihre Schinkensemmel.

Samstag, 17. April
9 Uhr 05

In den letzten Wochen hatte Erich Lenhart stundenlang alle möglichen Internetportale konsultiert und Homepages studiert, um den richtigen Kochkurs für seine Frau und sich zu finden. Im Internet hatte er fast alles gefunden: Wie man Sushi-Variationen oder Pralinen herstellt, wie man salzige Hauptgerichte mit Schokolade oder einen Bachsaibling mit Zitronenschaum verfeinert, eine Einführung in spezielle

Serviettenfalttechniken und Tipps für schonendes Garen. Aber nichts, was ihn vom Sitz gerissen hätte. Er hätte aber auch gar nicht sagen können, wonach er wirklich suchte. Klar war ihm von vornherein nur, dass es ein Kurs bei einem Meisterkoch sein musste. Weil er sich von einem großen Namen die größte Inspiration erwartete. Er suchte nichts weniger als ein Gesamtkunstwerk.

Während des Sichtens der Angebote hatte er mehrmals an seine Mutter denken müssen. Vor mehr als dreißig Jahren hatte sie sich von ihrem Mann ebenfalls einen Kochkurs schenken lassen. Damals mussten die Teilnehmer noch Messer und Schürze selbst mitbringen. Jetzt bekam man nach Absolvierung des Kurses nicht nur die Schürze als Präsent, sondern ein Kochbuch des jeweiligen Meisters noch dazu. Plus einer Urkunde über den erfolgreichen Abschluss des Kurses, die den gezeigten Fotos nach zu schließen aufwändiger gestaltet war als seine Promotionsurkunde.

Ihm wäre ja am liebsten ein Kurs für italienische Küche gewesen. Weil er sie besonders gern mochte. Aber ein solcher Kurs war in ganz Österreich nicht zu finden. Außerdem hatte seine Doris protestiert. Sie würde es nie wagen, Gästen italienische Küche zu servieren. Die würde in Italien doch am besten schmecken. Oder zur Not auch bei einem Italiener, den es nach Österreich verschlagen hatte.

Letztlich war die Entscheidung nach Rücksprache mit Doris auf das Angebot eines jungen Wachauer Spitzengastronomen gefallen. Dieser versprach den Kursteilnehmern, bei ihnen ein untrügliches Gespür für die ideale Harmonie von Zutaten zu wecken. Das würde für die Kochkünste seiner Frau und vor allem für seine eigenen den meisten Mehrwert bringen. Heute war der große Tag. Er saß startklar am Sofa im Wohnzimmer.

Doris hingegen hatte er vorhin noch unter der Dusche singen gehört. Haare waschen gehörte zu ihrer samstäglichen Routine. Er mochte ihre halbnassen Haare, die sie noch jünger aussehen ließen, als sie ohnehin war. Was er allerdings nicht mochte, war Verspätung. Er sah auf die Uhr. Kurz nach neun. Noch war keine Eile geboten. Der Kochkurs startete erst um zehn Uhr. Aber viel Spielraum gab es nicht mehr. Für die Fahrt von St. Pölten nach Joching mussten sie vierzig Minuten rechnen. Wo blieb sie denn nur?

Da hörte er, dass sie im Arbeitszimmer telefonierte. Ihrer Tonlage nach zu schließen musste es ein ziemlich heftiges Gespräch sein. Soweit er seine Frau verstehen konnte, schien es um die Schaufensterpuppe zu gehen, die gestern Nachmittag von der Strompolizei in Krems geborgen worden war.

Die Geschichte mit der Puppe kannte er wegen des Anrufs, den sie gestern Abend von ihrem Stellvertreter erhalten hatte. Der gute Spencer. Wirklich nicht zum Anschauen. Aber seine Doris schwor auf ihn. Und er mochte Spencer auch.

Sie riss die Tür zum Esszimmer auf. »So eine blöde Kuh! Da bin ich so nett, rufe sie extra an. Sage ihr, dass da doch keine Leiche in der Donau war. Nur eine Schaufensterpuppe. Da fängt sie an zu schimpfen. Dass ich unfähig bin, wenn ich mich auf Idioten verlasse. Dass die Strompolizei bekanntermaßen das polizeiinterne Abstellgleis für alle Idioten ist. Ich hab natürlich dagegengehalten. Hab sie ruhig gefragt, wie sie zu der Meinung kommt, dass dort alle unfähig sind. Da sagt sie mir mit einem Unterton, der an Süffisanz nicht zu überbieten ist: Inspektor Felix Frisch ist zur Strompolizei versetzt und mit offenen Armen aufgenommen worden.«

»Sie scheint sich bei der Kremser Polizei gut auszukennen«, kommentierte er.

»Weiß der Himmel, woher sie diese Information mit dem Frisch hat. Habe nicht einmal ich gewusst, dass sie den zur Strompolizei versetzt haben.«

»Ist dieser Inspektor Frisch wirklich ein Idiot?« fragte er.

Sie nickte. »Kann man wohl sagen. Aber eine Schaufensterpuppe wird er ja doch von einer Leiche unterscheiden können.«

Er zuckte mit den Achseln. »Lass' dir von der Machherndl den Tag nicht versauen. Es gibt halt Leute, die nichts Besseres zu tun haben, als im Mist anderer Leute zu stierln. Solltest du am besten wissen.«

»Du hast ja Recht. Aus. Schluss. Ich werde das ganze Wochenende nicht mehr an sie denken.« Sie ließ sich zu ihm aufs Sofa fallen. »Wie würdest du mich denn heute am liebsten sehen?«

»Am liebsten natürlich nackt.«

Doris spitzte ihre Lippen, beugte sich zu ihm und gab ihm einen leichten Kuss auf die Nasenspitze. »Erich Lenhart, du alter Schleimer. Ich meine, was ich anziehen soll?«

»Auf alle Fälle ganz leger. Ich würde sagen, bequeme Hose und ein leichter Pullover. Und ganz flache Schuhe. Du wirst dir nämlich dort die Füße in den Bauch stehen.«

Erich merkte an der Miene seiner Frau, dass sie mit seiner Empfehlung nicht recht zufrieden war.

»Du wärst auch in Sack und Asche die strahlende Königin jeder Küche.«

»Also gut. Schlabberlook. Auf deine Verantwortung.«

Samstag, 17. April
10 Uhr 10

Der Anblick der Küche erschlug sie. Mindestens fünfzig Quadratmeter nichts als blitzender Edelstahl. Acht Kochinseln mit gewaltigen Gasherden. In den von der Decke hängenden Oberschränken Töpfe und Pfannen in allen Größenordnungen. Sie hatte ja schon viele Küchen gesehen. Von anderen Restaurants und Hotels. Aber nicht so etwas. Diese Küche hatte wirklich was gekostet. High-Tech, wohin sie schaute. Nur die Messer, die penibel nach Größe gereiht auf einem magnetischen Ständer auf jedem Arbeitstisch griffbereit standen, schienen ihr auf den ersten Blick Low-Tech zu sein. Bei genauerem Hinsehen bemerkte sie allerdings Schleifspuren auf allen Messerblättern. Wahrscheinlich waren sie gefährlich scharf.

Sie riss sich vom einschüchternden Anblick der Küche los und nahm die anderen Kursteilnehmer in Augenschein. Wenig überraschend: Mindestens drei Viertel von ihnen waren Frauen. Die vier männlichen Teilnehmer wirkten fast deplatziert. Es überraschte sie allerdings, dass sich die wenigsten Teilnehmerinnen an die tollen Bekleidungstipps ihres Erich zu halten schienen. Abgesehen von zwei älteren Damen waren alle so herausgeputzt, als würden sie sich gleich an einen festlich geschmückten Tisch setzen wollen, um ein von hilfreichen Geistern zubereitetes und serviertes Fünf-Gänge-Menü zu verzehren. Wobei ihre Anstrengungen einzig und allein darin bestehen würden, die kunstvoll gefaltete Serviette über dem Rock auszubreiten und das Silberbesteck in ihre zarten Hände zu nehmen.

Natürlich waren die Dirndln in der Überzahl. Kein Wunder bei einem Kochkurs in der Wachau. Aber es waren keine gewöhnlichen Dirndln. Jedenfalls nicht solche, wie sie Doris Lenhart kaufte. Hier waren Dirndln von Nobelmarken das untere Limit. Die meisten waren allerdings maßgeschneidert. Sündteuer. Das sah sie auf den ersten Blick.

Eine der Damen trug zwar nur ein Nobelmarken-Dirndl, dafür aber eine ungewöhnlich tief ausgeschnittene Bluse. Viel fehlte da nicht, und die Brustwarzen wären freiliegendes Ziel der allgemeinen Bewunderung geworden. Ganz schön schamlos. Dazu eine blonde Haarpracht, die in makellosen Wellen auf die Schultern herabfiel. Hier wollte jemand unbedingt die strahlende Königin des Tages sein.

Doris blickte sich kurz um. Zu dieser Dame schien kein Mann zu gehören. Das würde sich im Lauf des Kurses ändern, davon war sie überzeugt. Jede Wette. Diese Frau hatte etwas vor. Wobei abgesehen vom Chefkoch von den vier anwesenden nur zwei Herren als Bewunderer in Frage kamen. Von vornherein schied der ältere Herr aus, der schon sehr nach Großvater aussah und neben einer ebenfalls sehr großmütterlich wirkenden Frau stand, die noch legerer gekleidet war als sie selbst. Und ihr Erich.

Natürlich inspizierte sie auch die Schuhe der Damen. Zwei flache Paare, einmal sogar Turnschuhe, und der Rest waren Schuhe mit Absätzen zwischen drei und sechs Zentimetern Höhe. Mit den Stilettos der Möchtegernkönigin als krönendem Abschluss. Die Bleistiftabsätze mussten mindestens zehn Zentimeter hoch sein. Was ja auch gar kein Wunder war. Ohne diese Absätze würde ihr die Dame nicht einmal bis zur Schulter reichen. Doch irgendwie eine Genugtuung.

Erst jetzt nahm sie den Chefkoch richtig wahr. Obwohl er sie und ihren Mann schon vor fünf Minuten begrüßt hatte. Für einen Koch ausgesprochen schlank, maximal vierzig, mit schon leicht grau meliertem, gleichwohl dichtem dunkelblondem Haar. Mit der Ausstrahlung von jemandem, der weiß, dass er Erfolg hat. Würde sie nicht wundern, wenn der Mann bald in einer Fernsehshow auftreten würde. Vielleicht hatte es die Dame mit den Stilettos ja auf ihn abgesehen.

»Einen recht schönen, guten Morgen, meine Damen und Herren!«, hob er an. »Ich heiße Sie in meinem Lokal herzlich willkommen. Ich habe natürlich gesehen, dass speziell die Damen unter Ihnen diese Küche bestaunen. Ich würde Sie aber bitten, zunächst aus dem Küchenfenster hinauszuschauen. Sie werden mir Recht geben mit meiner Einschätzung, dass es in der ganzen Wachau keine Küche gibt, die einen schöneren Blick auf die Donau erlaubt. Wenn Sie diese Aussicht für einen Moment auf sich wirken lassen, wird Ihnen Ihr Menü gleich viel besser gelingen. Was mich bereits zu meiner Lektion Nummer eins bringt: Wirklich gut kochen kann man nur, wenn man in guter Stimmung ist.«

Er machte eine kleine Pause.

»Die entsprechenden Zutaten braucht es natürlich auch.« Doris sah auf fast allen Gesichtern der Teilnehmer ein zumindest leises Lächeln.

Gekonnte Eröffnung, dachte sie. Obwohl sie nicht in der vom Meister beschworenen Gemütsverfassung war, verstand sie natürlich sofort, warum er diese Eröffnung gewählt hatte. Die Stimmung im Kurs würde sich vielleicht nicht auf die Kochkünste aber ganz sicher auf die Nachrede und die daraus folgende Mundpropaganda auswirken. Sein Konzept schien aufzugehen. Die Kursteilnehmer blickten alle voll andächtiger Begeisterung aus dem Riesenfenster. Die Lage des Restaurants zwischen Donau und Uferstraße war ja auch tatsächlich großartig. Das gab es in der ganzen Wachau wahrscheinlich nur in Joching.

Überrascht war sie, dass vom starken Autoverkehr auf der Uferstraße, also auf der Rückseite des Hauses, gar nichts zu hören war. Dafür aber das leise Plätschern der Donau. An diesem Effekt musste ein Toningenieur tagelang getüftelt haben. Vielleicht funktionierte es auch deshalb, weil am gegenüberliegenden Donauufer eine bewaldete Böschung aufragte, die wohl viel Schall schluckte. Im Blickfeld waren nur der Fluss und die Aulandschaft. Natur pur. Sie hatte das Gefühl, nur eine Angel aus dem Fenster hinaushalten zu müssen und schon würden Barsche und Karpfen daran zappeln. Mit dem sanften Plätschern war es allerdings gleich vorbei, weil ein Lastkahn daherkam, der sich laut brummend stromaufwärts mühte.

Von der Aussicht war sie höchst angetan. Allerdings ärgerte sie sich, dass sie in Sachen Kleidung auf Erich gehört hatte. Sie hatte auch ein Dirndl, nicht ganz so teuer, aber sehr hübsch, das sie bei ihrer Größe sogar mit flachen Schuhen hätte tragen können. Aber morgen war ja auch noch ein Tag.

»Ich werde natürlich oft speziell von den Kursteilnehmerinnen nach Bekleidungstipps gefragt. Wenn ich mich hier kurz umblicke, dann haben Sie alle instinktiv das Richtige getan. Es gibt nämlich auch keine fürs Kochen typische Bekleidung. Man soll einfach das anziehen, worin man sich wohlfühlt. Und das reicht eben von ganz zwanglos und leger bis elegant.«

Ein richtiger Profi, dachte sie. Kein Wunder, dass er pro Kursteilnehmer dreihundert Euro verlangen konnte. So sehr sie sich auf das Wochenende gefreut hatte, so kamen ihr jetzt doch Zweifel, ob ihr Mann und sie die sechshundert Euro nicht für etwas anderes hätten verwenden sollen. Aber ihr Erich war ja richtig versessen auf diesen Kurs gewesen.

»Und bevor ich Ihnen jetzt eine kleine Einführung in meine Küche gebe, möchte ich Sie bitten, dass sich jeder von Ihnen jetzt eine von diesen Schürzen umbindet. Damit gleich das richtige Gefühl aufkommt für das, was wir in den nächsten Stunden gemeinsam tun wollen.«

Der Koch zeigte auf den Stapel an beigen Schürzen, die auf einem Hocker lagen. Amüsant zu sehen, wie die Damen diese Schürzen skeptisch ansahen. Mit diesen Fetzen sollten sie ihre schönen Kleider überdecken? Farblich passend war das Beige auch in den seltensten Fällen.

Sie selbst hatte zwar ebenfalls keine gesteigerte Sehnsucht nach einer Schürze. Aber ihr Outfit zu verdecken konnte nicht schaden. Allerdings wollte sie sich die missmutigen Gesichter der Damen nicht entgehen lassen. Daher ließ sie den anderen Kursteilnehmern den Vortritt.

Da sah sie, wie die Dame mit dem tiefen Ausschnitt sich an Erich wandte, der unmittelbar hinter dieser Exhibitionistin stand. Mit der offensichtlichen Bitte, ihr die Schürze an ihrem Rücken zusammenzubinden. Und was tat ihr Mann? Er kam dieser Aufforderung bereitwilligst, wie ihr schien, nach. Aber nicht nur das. Er nutzte auch die Gelegenheit, der trotz ihrer Stilettos klein geratenen Frau über die Schulter ins Dekolletee zu schauen. Bei seiner Körpergröße von 1,85 kein Problem.

Doris wusste nicht, ob sie in dem Moment rot oder ganz blass wurde. Aber eines wusste sie: dass ihr Gesicht mit Sicherheit seine Farbe wechselte. Am liebsten hätte sie Reißaus genommen.

Das ließ allerdings ihr Stolz nicht zu. Außerdem hätte sie damit alles nur noch schlimmer gemacht. Sie versuchte, sich zu beruhigen. Sie war doch bis jetzt immer selbstbewusst genug gewesen, um sich ihres Mannes sicher zu sein. War vielleicht doch diese verdammte Josefa Machherndl und nicht diese Kokotte an ihrer Gemütslage schuld?

Bei der Zubereitung des Menüs konnte sie sich überhaupt nicht konzentrieren. Sie war so zerstreut, dass sie sich sogar vom Koch die Frage gefallen lassen musste, ob sie heute zum ersten Mal in einer Küche stehen würde. Zwar mit einem Augenzwinkern vorgetragen. Aber bei jemandem, dessen oberstes Ziel es doch war, nur ja keinen Kursteilnehmer zu verärgern, war das doch eine sehr deutliche Ansage. Den heutigen Tag musste sie jedenfalls abschreiben.

Samstag, 17. April
16 Uhr 05

Die Weinreben des Tausendeimerbergs zeigten erst einen kleinen Anflug von Grün. Dennoch schirmte das knorrig verästelte Gehölz ihn und sein Fernglas gut genug gegen Blicke ab. Im Garten seiner Zielperson war alles ruhig. Er wusste nicht, ob sich Klaus Strasser an der Blütenpracht seiner Marillenbäume erfreute. Wenn ja, dann sollte es heute zum letzten Mal sein.

Wieder dieses Zittern. Würde Klaus Strasser heute laufen gehen oder nicht? Schon seit eineinhalb Stunden beobachtete er das Haus. Jedenfalls war Strasser spät dran. Um drei Uhr war ein Lieferwagen vorgefahren. Mehrere Kisten wurden ausgeladen. Er hätte es trotz seines Fernglases nicht beschwören können. Aber so vorsichtig. wie Fahrer und Beifahrer mit den Kisten umgingen, musste es sich hauptsächlich um Geschirr handeln. Bei den Strassers gab es offensichtlich ein Fest zu feiern.

Zum fünften oder sechsten Mal richtete er sein Fernglas auf die umliegenden Hügel. Es kam vor, dass auch andere Menschen mit einem Fernglas unterwegs waren. Die hätten ihn erspähen können. Zumal immer das Risiko bestand, dass sich das Sonnenlicht in seinen Linsen spiegelte und das Glas aufblitzen ließ. Aber da war niemand.

Vor dem Haus tat sich wieder etwas. Zwei junge Mädchen, er schätzte sie auf Anfang zwanzig, kamen in einem Kleinwagen an. In schwarzem Gewand und weißer Schürze. Extra engagierte Serviererinnen. Jetzt konnte es nicht mehr lange dauern, bis das Fest begann. Wenn die ersten Gäste ankamen, war seine Chance vorbei.

Das Zittern erfasste seine Arme. Unkontrollierbar. Er konnte das Fernglas kaum noch halten. Die Puppe war gestern in der Donau gefunden worden. Daher musste er heute zuschlagen. Heute. Samstag. Da war Strasser noch hier. Am Sonntag fuhr er meist schon am frühen Nachmittag zurück nach Wien.

Da kam der Anwalt aus seinem Bau. Zielstrebig steuerte er auf seinen protzigen Porsche zu. In einem blauen Trainingsanzug mit weißen Streifen. Er ging laufen. Trotz des Festes. Trotz des baldigen Eintreffens der ersten Gäste.

Den Porsche durfte er nicht entwischen lassen. Daher rannte er zu seinem Wagen, der nur ein paar Meter entfernt im Schatten von ein paar Bäumen parkte. Er fuhr, so schnell er konnte, den Berg hinunter durch die verwinkelten Gassen. Bald sah er den Porsche in einiger Entfernung vor sich.

Jetzt musste Strasser nur noch eine einsam gelegene Laufstrecke wählen. Die Chancen dafür standen 7:2. Von vielen Beobachtungen wusste er, dass Klaus Strasser immer wieder seine Laufstrecken wechselte. Bis heute hatte er neun gezählt. Von diesen eigneten sich sieben für seinen Plan. Wegen der einsamen Lage und der Uneinsehbarkeit von Teilen der Laufstrecke. Jetzt kam es drauf an. Fuhr Strasser zur Donau hinunter, um am Treppelweg zu laufen, der an einem so schönen Samstag im Frühling voller Radfahrer war? Oder wählte er eine einsame Strecke in den Wäldern?

An der Hauptstraße bog der Porsche nach Norden Richtung Waldviertel ab.

Das Schicksal war heute offenbar nicht auf Strassers, sondern auf seiner Seite. Er wollte bewusst von Schicksal reden, nicht von Glück. Schicksal passte besser zu dem, was in der nächsten Stunde geschehen sollte.

Samstag, 17. April
17 Uhr 55

Ihre ursprüngliche Idee war gewesen, sein Geburtstagsfest ohne fremde Hilfe zu gestalten. Nur die Familie Strasser. Klaus, Theresa, Katja und Mathias. Bald hatte sie jedoch eingesehen, dass das für sie nicht zu schaffen war. Weil die Kinder protestierten und auch Klaus von diesem Plan alles andere als begeistert war. Hilfe im Haushalt war nie seine Sache gewesen. Daher hatte sie einen Koch und zwei junge Studentinnen aus Spitz engagiert. Die schienen sich über den in Aussicht gestellten Verdienst aufrichtig zu freuen.

Der Koch war schon gestern Nachmittag zu einem Bauern nach Mühldorf gefahren, um sich von einem frisch geschlachteten Kalb die schönsten Stücke auszusuchen. Und von einem Rind, das schon seit einer Woche in der Kühlkammer des Bauern hing. Mit dem Auftrag an den Landwirt, das Fleisch bis heute vierzehn Uhr bei den Strassers abzuliefern. Hatte auch bestens geklappt.

Seit einer guten Stunde füllte sich das Haus mit den angesagten zwanzig Gästen. Obwohl das Geburtstagsfest offiziell erst um achtzehn Uhr starten sollte. Gute Freunde nahmen es mit Beginnzeiten eben nicht so genau. Die meisten Gäste waren schon mehrmals bei ihnen zu Besuch gewesen und hatten keine Mühe gehabt, das Haus zu finden. Dennoch verbrachte sie viel Zeit am Telefon, um diejenigen herzulotsen, die sich in dem verwinkelten Ort verfuhren.

Die, die über Nacht bleiben wollten, hatten schon in ihren Quartieren eingecheckt und sich auch vorsichtshalber den Schlüssel zu ihrer Unterkunft mitgenommen, wie sie es ihnen empfohlen hatte. Der Abend würde ja sehr lang werden und die Rezeptionen der meisten kleinen ländlichen Hotels waren nachts nicht durchgehend besetzt.

Gott sei Dank hatte sie die Mehrheit der zu früh Kommenden überreden können, noch einen kleinen Ausflug zur Ruine Hinterhaus und zum Tausendeimerberg, dem bekanntesten Weinberg der ganzen Wachau, zu machen. Keine zehn Gehminuten vom Wochenendhaus der Strassers entfernt. Jetzt waren fast alle wieder zurück.

Das Geburtstagskind war jedoch noch immer nicht da. Sie hatte Klaus gebeten, doch ausnahmsweise am Vormittag laufen zu gehen. Aber nein. Seit der Zeit ihres Kennenlernens wusste sie, dass Klaus erstens ein Sturkopf und zweitens wenig rücksichtsvoll war. Also Joggen am Nachmittag. Heute kurz nach sechzehn Uhr. Dieses Timing hatte er bestimmt absichtlich so gewählt, um sie nervös zu machen. Langweilig würde ihr mit ihm nie werden.

Zum Glück kannten ihn seine Freunde gut genug, um sich von seiner Sturheit und seiner Abwesenheit nicht vor den Kopf stoßen zu lassen. Anders als der Bürgermeister von Spitz, der gestern sichtlich empört von dannen gezogen war.

Normalerweise brauchte Klaus eine Stunde zum Joggen. Bis jetzt war er immer spätestens binnen eineinhalb Stunden zurück gewesen. Diese eineinhalb Stunden waren längst vorbei.

An seine manchmal merkwürdige Art von Humor hatte sie sich im Lauf der Jahre gewöhnt. Wollte Klaus erst im letzten Moment auf der Bildfläche erscheinen? Ohne geduscht und sich umgezogen zu haben? Um ja sicherzugehen, dass alle Gäste bereits erschienen waren? Um das Gehabe eines Königs an den Tag zu legen? Oder wollte er sie und seine Gäste in Schrecken versetzen, um ihr und allen anderen klar zu machen, welch unbeschreiblichen Verlust für die Welt ein Verschwinden von Klaus Strasser bedeuten würde?

Sie war froh, dass ihre Gäste ihre steigende Nervosität nicht zu bemerken schienen. Jedenfalls ließen sich alle die Horsd'oeuvres und den Champagner schmecken, den die beiden Studentinnen auf ihr Geheiß fleißig ausschenkten. »Typisch Klaus!«, war ein Kommentar, den sie immer wieder aufschnappte. Bis ihr ein Kollege ihres Mannes durch die offene Küchentür zurief: »Theresa! Jetzt übertreibt dein Mann aber schön langsam. Auf diese Art wird er nie Kammerpräsident.«

Sie bemühte sich um ein Lächeln und konterte: »Wenn er deswegen nicht Präsident wird, dann soll er von mir aus ruhig noch eine Stunde wegbleiben.« Sie hoffte dabei, dass niemand ihr Zittern bemerken würde. Diese Hoffnung währte allerdings nur eine Sekunde lang. Eine Sekunde brauchte die Porzellanplatte mit hauchdünn geschnittenem Zarenlachs, die sie eben noch in der Hand gehalten hatte, um auf dem Boden vor ihren Füßen zu zerspringen. Da wusste sie, dass sie Angst hatte. Große Angst.

Samstag, 17. April
18 Uhr 05

Sie hielt ihren rechten Arm am Sicherheitsgurt und drehte ihren Kopf nur ganz vorsichtig nach links, weil Erich ihre Bewegung gar nicht bemerken sollte. Sie versuchte, in seinem Gesicht, das ganz auf die Fahrbahn konzentriert zu sein schien, zu lesen. Das Gesicht eines wahren Unschuldslamms. In der Dienststelle war sie bekannt dafür, dass ihr niemand etwas vormachen konnte. Da wäre es doch gelacht, wenn das ihrem Ehemann gelingen würde. Der ohnehin immer wie ein offenes Buch für sie war.

Dabei glaubte er wahrscheinlich, es besonders schlau angelegt zu haben. Mit geradezu obszöner Lässigkeit hatte er dieser Femme fatale die Schürze umgebunden. Nur ein paar Zentimeter über ihrem aufreizenden Hintern. Dabei hatte er diesen verräterischen Blick in ihren Ausschnitt riskiert. Die Dame hatte das ganz sicher bemerkt. Ihrem Gesichtsausdruck nach zu schließen hatte sie es auch goutiert. Danach jedoch gab es nur mehr ganz gelegentlichen und wie zufällig wirkenden Blickkontakt zwischen den beiden. Aber dafür einen umso intensiveren, wie es ihr schien. Besonders einmal. Da kam ein Augenaufschlag von ihr, als hätte sie es auf ihn abgesehen.

Aus den Augenwinkeln sah sie, dass er seinen Blick von der Straße ab und ihr zuwandte.

»Ich kann dir gar nicht sagen, wie froh ich bin, dass wir diesen Kurs belegt haben. Du wirst sehen, der morgige Tag wird noch besser werden. Heute warst du nicht ganz bei der Sache. Hat diese Frau Machherndl dich noch beschäftigt?«

Diese scheinbar besorgte Frage war doch geradezu der Gipfel an Heuchelei. Sie hatte ja selbst für einen Augenblick geglaubt, dass die alte Giftspritze schuld an ihrer schlechten Stimmung war. Aber diese Erklärung erschien ihr viel zu billig. Erst recht aus seinem Mund. Kurz überlegte sie, ob sie widersprechen sollte. Hielt es dann aber für klüger, zu schweigen.

»Gegen trübe Gedanken weiß ich ein tolles Rezept«, fuhr er fort. »Du kannst dich schon auf zuhause freuen.«

Durfte das wahr sein?! Der Mensch konnte doch nicht ernsthaft glauben, dass sie dafür herhalten würde, seinen gestiegenen Hormonspiegel wieder auf Normalmaß zu reduzieren. Sie wusste zwar aus langjähriger Erfahrung, dass ein gutes Essen bei ihm eine anregende Wirkung hatte. Oft hatte sie das durchaus genossen. Aber sie war sicher, dass sie seinen Vorschlag diesmal dem Blick über die Schulter einer anderen zu verdanken hatte. In der Sekunde beschloss sie, ihren Ehemann zumindest für einige Zeit zappeln zu lassen und ihm fürs Erste den Blick auf ihren eigenen Busen zu verwehren.

Samstag, 17. April
22 Uhr 05

Die Scheinwerfer hatte Theresa Strasser abgedreht. Denn das starke Strahlen tauchte den Wald abseits des Scheinwerferkegels in umso tiefere Dunkelheit. Der Vollmond hingegen leuchtete den gesamten Waldweg gleichmäßig sanft aus. Der Nachthimmel war wolkenlos und das erst seit wenigen Tagen sprießende Laub an den Bäumen ließ noch genügend Licht durch. Im Schritttempo fuhr sie mit ihrem von Klaus so bezeichneten Einkaufswagen über den Schotter. Irgendwo in diesen Hügeln musste der dunkelblaue Porsche Cayenne doch stehen. Vor jeder Kurve stand die Hoffnung, hinter jeder Kurve stand die Enttäuschung. Immer und immer wieder. Sie kämpfte mit den Tränen. Seit mittlerweile mehr als drei Stunden fuhren sie auf Wegen dahin, die sonst wohl nur ein paar Jäger und Waldarbeiter kannten. Warum fanden sie nicht einmal diesen vermaledeiten Wagen?

Am Beifahrersitz saß ihre Tochter Katja. Sie hatte den Kampf gegen die Tränen längst aufgegeben, schluchzte vor sich hin, schaute aber dennoch angestrengt hinaus in die Dunkelheit.

Hinter ihr folgten noch zwei andere Autos, ebenfalls im Schritttempo und mit abgeschalteten Schweinwerfern. Denn in diesem Waldstück gingen laut Karte drei kleinere Wege von diesem Hauptweg ab. Sie suchten systematisch. Die meisten Gäste beteiligten sich an dieser Suchaktion. Die hatten sich den Abend sicher anders vorgestellt.

Knapp nach neunzehn Uhr hatten sie es nicht mehr ausgehalten. Weil Klaus noch immer nicht aufgetaucht war, hatten sie gemeinsam beschlossen, sich an den Polizeiposten in Spitz zu wenden. Denn weder Theresa noch die Kinder hatten eine Ahnung, welche Strecken Klaus beim Joggen bevorzugte. Ihnen war nur klar, dass er mehrere Lieblingsstrecken hatte. Die meisten davon irgendwo in den umliegenden bewaldeten Hügeln.

Für eine formelle Vermisstenanzeige war es zu früh. Dennoch schickte der diensthabende Postenkommandant sofort einen Einsatzwagen mit zwei Beamten zu ihrem Haus. Beim Eintreffen der Funkstreife waren noch sechzehn der ursprünglich zwanzig Gäste anwesend. Nur zwei Paare hatten es vorgezogen abzureisen. Mit der Begründung, dass sie keinen Orientierungssinn hätten und mit den örtlichen Gegebenheiten nicht vertraut wären. Daher würden sie die

Suche nach Klaus womöglich noch zusätzlich behindern. Nutzlos herumsitzen wollten sie auch nicht.

Die meisten der verbliebenen Freunde dachten anfangs, dass sie bei einer Suche ebenfalls keine große Hilfe sein würden. Ihre Kenntnis der Wachau beschränkte sich mehr oder weniger auf die Straße am Donauufer.

Die beiden Polizisten machten ihnen jedoch klar, dass es ein großer Glücksfall war, dass sie alle da waren, und dass sie sehr wohl helfen konnten. Gemeinsam mit dem Streifenwagen hatten sie zehn Autos zur Verfügung. Die meisten waren soweit geländegängig, dass sie auch Forststraßen befahren konnten. Außerdem entpuppten sich die beiden Serviererinnen als Glücksgriff, weil sie beide gerne wanderten und sich in der Gegend auskannten.

Die Polizisten zeigten ihnen auf einer großen Karte, wie die Suche funktionieren konnte. Die meisten Straßen, die von der Hauptstraße abzweigten, fanden irgendwo an einem Hügel oder tief im Wald ein Ende. Diese Nebenstraßen mussten sie gemeinsam absuchen, ihnen also bis zu ihrem Ende folgen und keine Abzweigung auslassen. So hofften die Polizisten, zunächst irgendwo den dunkelblauen Porsche Cayenne von Klaus aufzuspüren. Dann konnten sie die Suche dort konzentrieren. Denn sie alle rechneten mit einem Unfall beim Laufen. Vielleicht ein böser Sturz oder ein Herzinfarkt.

Jedenfalls fand der Plan der beiden Polizisten schnell allgemeine Zustimmung.

Die eintretende Dunkelheit erschwerte ihr Unterfangen. Aber der Tipp der Polizisten, die Scheinwerfer auszuschalten und sich auf das Licht des Vollmonds zu verlassen, gab ihnen wieder Sicherheit. Einen irgendwo geparkten Porsche Cayenne würden sie jedenfalls sehen.

Mit zehn Autos konnten sie ein großes Gebiet zügig durchkämmen. Per Mobiltelefon blieben sie in ständigem Kontakt, trafen sich immer wieder als Kolonne auf der Hauptstraße und nahmen die nächsten Abzweigungen in Angriff. Im Nu rückten sie Richtung Norden bis ins fünf Kilometer entfernte Mühldorf vor. Sie weiteten den Suchradius immer mehr aus.

»Da ist die nächste Abzweigung.« Katja deutete nach vorne und schaute gleichzeitig auf ihr Handy. Dank GPS war ihre Position als roter Punkt am Display zu sehen. »Fahr rechts, das ist der Weg ohne weitere Abzweiger«, kommentierte sie matt.

Theresa betätigte kurz den rechten Blinker. Die beiden Autos hinter ihr blinkten links. Soweit alles klar.

Nach der Abzweigung begann ihr Wagen zu holpern. Sie fuhr noch langsamer. Die Furchen waren so tief, dass sie im fahlen Licht aussahen wie dunkle Lacken. Nach ein paar Metern ging es außerdem steil bergauf. Wahrscheinlich fuhren hier nur Waldarbeiter mit Fahrzeugen, die meterhohe Reifen hatten. Über Stock und Stein, ohne das Auto zu schonen, holperten sie weiter. Eine ganze Weile.

»Vergiss es«, kommentierte Katja schließlich. »Mit seinem heißgeliebten Cayenne wäre Papa keine drei Meter weit auf diesem Weg gefahren. Und gelaufen wäre er hier auch nicht.«

Theresa nickte und brachte den Wagen zum Stehen. »Wo können wir noch suchen?«

Katja verkleinerte die Karte auf ihrem Display und zog die Stirn in Falten. »Wir sind hier oben.«

»So weit von Spitz entfernt?«, fragte Theresa ungläubig.

»Ja. Vorhin waren wir bis hier drüben. Die andere Gruppe hat sich von der Straße hinter Weißenkirchen gemeldet. So weit weg würde Papa doch nie fahren.«

»Ja. Wenn er laufen will, will er laufen, nicht herumkutschieren«, pflichtete sie ihrer Tochter bitter bei.

Da läutete ihr Handy.

»Mathias?«

»Mama, wir haben nochmal alle Krankenhäuser angerufen. Und alle, zu denen er gefahren sein könnte. Auch Roman. Der sucht jetzt in Krems. Sonst fällt uns niemand mehr ein.« Dass er verzagt war, war nicht zu überhören. Zwei Gäste, die besonders viele andere Kollegen, Freunde und Bekannte von Klaus kannten, waren bei Mathias zu Hause geblieben und hatten sich ans Telefon gehängt. Auch erfolglos.

Sie holte tief Luft, atmete bewusst langsam aus. Das Schlimmste war, dass sie sich das Verschwinden von Klaus nicht erklären konnte. Hätte er einen Unfall gehabt, dann hätten sie ihn bestimmt gefunden. Aber was sollte es sonst sein? Sie warf einen Blick auf die Uhr. Es war jetzt kurz nach 22 Uhr. »Kinder«, sagte sie und machte eine Pause, um ihrer Stimme Festigkeit zu geben. »Ich denke, es liegt an uns, eine Entscheidung zu treffen.« Ihre Stimme zitterte trotzdem. »Ich denke,... wir haben getan, was wir konnten. Wir finden ihn nicht.«

»Aber das kann doch nicht sein«, schrie Mathias durchs Telefon.

Katja vergrub das Gesicht in ihren Händen.

Theresa legte ihr sanft die Hand auf die Schulter. »Wir brechen die Suche ab.«

Ihre Tochter heulte auf.

»Mathias, bitte ruft alle zurück nach Hause.«

»Das kann doch nicht sein«, wiederholte ihr Sohn leise.

Da kamen auch ihr die Tränen.

Sonntag, 18. April
8 Uhr 45

Die Kremser Großbäckerei hatte zweihundert Stück Gebäck pünktlich an Bord gebracht. Aber der Fleischhauer war mit der Lieferung der täglichen hundertfünfzig Paar Frankfurter zehn Minuten später als vertraglich vereinbart dran gewesen. Kapitän Leutgeb notierte zwar die Verspätung in seinem Bordbuch. Da der Lieferant aber seit dem Beginn der Zusammenarbeit mit der DDSG immer pünktlich gewesen war, wollte er daraus keine große Sache machen. Er würde die verspätete Lieferung nicht nach Wien melden.

Ein Ablegen ohne die Würstel wäre für das Schiff freilich eine kleine Katastrophe gewesen. Stimmungsmäßig und finanziell. Frankfurter waren die bei Weitem beliebteste Speise auf einem Wachau-Schiff. An einem guten Tag verzehrten die Passagiere mehr als zweihundert Paar. Besonders gern zusammen mit einem Wachauer Laberl. Viele Passagiere kamen von weit her mit dem Auto nach Krems, um den Schiffsausflug in die Wachau zu machen. Darunter war stets eine erkleckliche Anzahl von Personen, die ohne zu frühstücken in ihre Autos gestiegen waren. Die stürmten gleich nach dem Ablegen des Schiffs das Bordrestaurant. Um ihren ersten Kaffee des Tages zu trinken oder sich ein Paar Frankfurter zu gönnen.

Heute gab es kaum Wellengang. Der Wasserstand der Donau war seit Monaten ausgesprochen niedrig. Der Winter war zwar recht lang und überraschend kalt, aber niederschlagsarm gewesen. Auch in den letzten Wochen hatte es wenig geregnet. Und die Schneeschmelze in den Bergen hatte gar noch nicht richtig begonnen.

Bei niedrigem Wasserstand war das Ablegemanöver für die gesamte Mannschaft eine tausendfach durchexerzierte Routineangelegenheit. Dennoch war der Kapitän wie immer aufmerksam und überwachte die Einhaltung der für das Manöver geltenden Vorschriften sehr penibel. Immerhin hatte es auch auf der Donau schon Schiffsunglücke mit mehreren Toten gegeben. Er wusste, dass sich das eine oder andere Crew-Mitglied von ihm manchmal einen etwas laxeren Umgang mit den Regeln gewünscht hätte. Davon ließ er sich jedoch nicht beeindrucken. Auf seinen Schultern lag ja die ganze Verantwortung.

Als das Manöver beendet war, lehnte er sich an die Fensterfront des Kapitänsstandes und gönnte sich bewusst eine Pause. Bewusste Pausen förderten die Konzentrationsfähigkeit. Außerdem würden sie gleich an Stein vorbeifahren. Die ufernahe Häuserfront von Stein war für ihn eines der Highlights der Fahrt. Die weißen und grauen Fassaden hinter der Reihe alter Bäume, die breite, fast unbefahrene Straße parallel zur Uferstraße, die beiden kleinen Plätze, die sich wie Buchten zur Donau hin öffneten, das alles vermittelte ein Gefühl von Gemütlichkeit und Lebensfreude, irgendwie ein mediterranes Flair. Immer wieder war er überrascht, dass offenbar nur wenige Passagiere seine Begeisterung für Stein teilten. Allenfalls zückten die Passagiere ihre Handys und Fotoapparate, wenn sie die Pfarrkirche und die gleich dahinter am Hügel stehende Frauenbergkirche sahen. Beide Kirchen lagen hinter der jahrhundertealten Häuserzeile. Er hatte schon mehrmals mit seiner Frau Führungen durch Stein mitgemacht. Da gab es traumhafte barocke Innenhöfe mit Arkaden und Balustraden, die mit Weinlaub verwachsen waren. Außerdem reich verzierte Bürgerhäuser, die vom bis ins Mittelalter zurückreichenden Reichtum dieses alten Handelsplatzes zeugten. Die beiden zur Donau hin offenen Plätze hätten seiner Meinung nach auch gut in eine alte italienische Stadt gepasst. Die Kremser Plätze waren zwar bei den Touristen beliebter. Aber an Schönheit konnten es die Plätze in Stein locker mit denen in Krems aufnehmen.

Kurz vor der Mauterner Brücke wurde er aus seinen Gedanken gerissen.

Der Steuermann rief ihm zu: »Da schwimmt schon wieder eine Vogelscheuche! Backbord.«

»Du meinst eine Schaufensterpuppe«, berichtigte er. Gab es entlang der Donau jemanden, der sich einen Spaß daraus machte, mannsgroße Puppen ins Wasser zu schmeißen? Er blickte hinunter auf die Wellen. Dieser erste Blick machte ihn stutzig. Schnell griff er nach dem Fernglas, das hinter ihm an der Wand hing und verließ hastig seinen Steuerstand. Keine zehn Sekunden später war er sicher, dass diesmal keine Puppe in der Donau schwamm. Noch an der Reling stehend nahm er sein Handy aus der Tasche und wählte den Polizeinotruf.

Sonntag, 18. April
8 Uhr 55

»Gehet hin in Frieden!«

»Dank sei Gott dem Herrn!« Josefa Machherndl antwortete so laut, dass es in der ganzen Kirche zu hören sein musste. Trotz dieser Inbrunst musste sie sich eingestehen, dass sie in der heutigen Messe nicht bei der Sache gewesen war. Auch über deren Ende war sie froh. Ihr war klar, dass sie damit eine Sünde beging. Am kommenden Donnerstag, ihrem wöchentlichen Beichttag, würde sie dafür die Absolution erbitten müssen. So unauffällig wie möglich befühlte sie den Schorf auf ihren beiden Warzen. Noch zu früh, um ihn schon herunterzukratzen. Sie blieb noch in der Bank sitzen, wartete darauf, dass die anderen Messbesucher die Kirche verließen. Gedränge am Ausgang vom Haus Gottes konnte sie nicht leiden.

Ihre langjährige Sitznachbarin erhob sich und nickte ihr zu. Josefa verabschiedete sie mit einem huldvollen und, wie sie innerlich hoffte, durchaus nachsichtigen Lächeln. Wie immer hatte die Gute die Messlieder mit einer Hingabe gesungen, die in einem krassen Gegensatz zu ihrer Fähigkeit stand, die richtigen Töne zu treffen. Josefa hatte sie deswegen auch schon mehr als ein dutzendmal angesprochen und ihr dringend empfohlen, entweder nicht mitzusingen oder sich in eine der hinteren Bankreihen, die bei der Frühmesse ohnehin alle leer waren, zu bequemen. Aber da hätte sie auch gegen eine Wand reden können. Die Sängerin war Gemeinderätin in Dürnstein. Aber, dem Herrn sei Dank, keine schwarze. Die fehlenden Sangeskünste waren für Josefa

Machherndl ein weiterer Beweis für die bemitleidenswert dünne Personaldecke der Roten. Sie ermahnte sich aber immer, nicht zu streng zu sein. Wenigstens ging die Frau in die Kirche, was bei dieser Gottesleugner-Partei ein Wunder war. Ihr Religionslehrer hatte den Schülern seinerzeit erzählt, dass die Evangelischen nur einen Stehplatz im Himmel bekommen würden. Die Sozialisten sicher ebenso. Aber auch nur dann, wenn sie regelmäßig in die Kirche gingen.

Seit sie sich erinnern konnte, hatte sie immer die sonntägliche Frühmesse in Dürnstein besucht. Als Kind gemeinsam mit ihren Eltern. Damals hatte es ja einen guten Grund dafür gegeben. Weil man vor dem Empfang der heiligen Kommunion, was bei den Machherndls zum sonntäglichen Pflichtprogramm gehörte, nüchtern sein musste.

Diese sonntägliche Routine hatte sie bis heute beibehalten. Sowohl die Frühmesse als auch die Nüchternheit. Obwohl es heutzutage erlaubt war, vor der Kommunion zu frühstücken. Die Menschen taten das ohne die geringsten Gewissensbisse. Ihrer Meinung nach war das einer der Gründe, warum es mit der Kirche bergab ging. »Ein Glaube ohne Selbstdisziplin ist nichts wert.« Das hatte ihr und ihren Mitschülern vor mehr als fünfzig Jahren ihr damaliger Religionslehrer immer wieder gesagt. Nicht nur gesagt hatte es der Herr Monsignore, sondern richtig eingebläut hatte er es ihnen. Wenn es sein musste, mit einer Ohrfeige. Je älter sie wurde, umso überzeugter war sie von der Richtigkeit seines Grundsatzes. Für seine strenge Hand würde sie ewig dankbar sein.

In Erinnerung an den hochverehrten Herrn Monsignore hatte sie vor dem heutigen Kirchgang nicht nur auf ein

Frühstück, sondern auch auf das morgendliche Gläschen Schnaps verzichtet. Den Gusto auf den Schnaps Sonntag Früh niederzuringen, fiel ihr immer schwerer. Aber Gott, der Herr, liebte eben seine Kinder nicht nur, er prüfte sie auch.

Ihre heutige Unaufmerksamkeit in der Messe hatte allerdings nichts mit ihrem Gusto zu tun. Daran war einzig und allein das gestrige Telefonat mit der Chefin der Mordkommission schuld. Diese kurze Auseinandersetzung hatte ihr schon die Nacht versaut. Zum zweiten Mal hintereinander kaum Schlaf. Eine Schaufensterpuppe. Lächerlich. Ja, die Strompolizei hatte wohl zufällig eine Schaufensterpuppe in der Donau entdeckt. Aber deswegen die Suche abzubrechen, das war schon ein starkes Stück. Von Frau Lenhart hatte sie bis gestern recht viel gehalten. Wahrscheinlich stand Frau Lenhart unter dem unheilvollen Einfluss ihres Stellvertreters, diesem ungepflegten Ungetüm, den sie selbst längst und ohne falsche Sentimentalitäten in die Pension verabschiedet hätte. Naja, mit der Polizei ging es eben auch bergab. Zuerst die Kirche und jetzt auch die Polizei. Wo würde das alles noch hinführen? Irgendwie musste es doch möglich sein gegenzusteuern.

Da nun fast alle Menschen die Kirche verlassen hatten, stand sie ebenfalls auf. Beim Ausgang der Kirche gab sie dem Pfarrer, der zu den weichen Vertretern seiner Zunft zählte und somit Teil des Problems war, nur schweigend die Hand. Sie war nicht in der Stimmung, gute Miene zu machen, mit ihm wie sonst üblich ein paar Worte zu wechseln und seine Predigt zu loben. Sie musste etwas anderes tun, etwas wirklich Effektives, um einem Sitzplatz im Himmel näher zu kommen. In der ersten Reihe selbstverständlich.

Der barocke Innenhof des Stifts begann sich bereits mit staunenden Touristen zu füllen. Warum gingen diese Leute nicht in die Messe? Stattdessen warteten sie hier und konnten es offensichtlich kaum noch erwarten, die Kirche zu stürmen. Auch an Tagen, an denen ihre Stimmung besser war, hatte sie für diese Leute nur einen abfälligen Blick übrig. Sie war wirklich in schlechter Stimmung und wollte nur ganz schnell weg von hier. Zu ihrem Rad, das sie beim Rathaus vorschriftsmäßig an einen offiziellen Fahrradständer angekettet hatte.

Als sie den steilen, mit jahrhundertealten Kopfsteinen gepflasterten Weg von der Kirche zum Rathaus hinaufging, kam ihr ein Mann entgegen. Den kannte sie doch. In Weißenkirchen zuhause, wenn sie sich richtig erinnerte. Der war doch Redakteur beim Niederösterreichischen Tagblatt. In diesem Augenblick durchfuhr sie die Eingebung wie ein Blitz. »Dank sei Gott dem Herrn!« entfuhr es ihr laut. Diese Begegnung konnte nur der Allmächtige höchstpersönlich eingefädelt haben. Die Polizei würde sich noch wundern.

Sonntag, 18. April
9 Uhr 03

Felix Frisch war in seinem Element. Eine Leiche. Und das an einem Sonntag, an dem es normalerweise für einen Strompolizisten noch weniger Höhepunkte gab als an Wochentagen. Wahrscheinlich, weil die Leute an einem Sonntag doch friedlicher waren. Nicht so eine lächerliche Schaufensterpuppe, sondern eine richtige Leiche. Obwohl er sie noch gar nicht gesehen hatte, war er sich seiner Sache sicher. Ein Kapitän eines Schiffs war ja quasi ein Kollege. Ein Mann in Uniform. Der würde eine Schaufensterpuppe sehr wohl von einem toten Menschen unterscheiden können. Gestern schon ein Glückstag für ihn und heute schon wieder. Er hoffte natürlich, dass es kein Selbstmord war. Einen Selbstmörder oder gar eine Selbstmörderin aus dem Strom fischen zu müssen, würde nur lästigen Bürokratiekram bedeuten. Ohne Aussicht darauf, weiter oben in der Polizeihierarchie positiv aufzufallen.

Er bedauerte nur, dass er seinen heutigen Kollegen nicht wieder nach Hause schicken konnte. Einen Revierinspektor, der wohl noch lange auf seinen dritten Stern würde warten müssen. So faul und uninteressiert wie er war. Und ihm gegenüber ohne den geringsten Respekt. War ihm wohl den Rang neidig.

Beim Einsteigen in das Polizeiboot beschloss er, dem Kollegen das Steuer zu überlassen. Wenn der das Boot steuern musste, würde es ihm schwererfallen, gleichzeitig die Donau abzusuchen. Denn die Leiche zu entdecken, war sein Vorrecht als Ranghöherer. Würde sich im Bericht sicher gut machen. Eine furchtbar zugerichtete und übel verstümmelte Leiche, entdeckt von Gruppeninspektor Felix Frisch. Hoffentlich eine Frauenleiche. Machte einfach mehr her, wie er mit seinen mehr als fünfundzwanzig Jahren Polizeierfahrung wusste. Vielleicht würde er damit sogar in die Zeitung kommen.

Kaum hatten sein Kollege und er den Behörden-Hafen verlassen, brachte er auch schon sein Fernglas in Anschlag.

Der Kapitän hatte die Leiche knapp vor der Mauterner Brücke gesichtet. Zeitpunkt des Anrufs: 8 Uhr 54. Vor zehn Minuten. Blitzschnell schätzte er die Strömungsgeschwindigkeit ein. Die Leiche musste schon hier vorbeigetrieben sein. Also flussabwärts. »Richtung Hollenburg. Volle Kraft voraus!« dröhnte er wie der Kapitän eines großen Kriegsschiffs im Fernsehen. Ob ein solches Kommando auch auf der Donau auf einem doch ziemlich kleinen Boot üblich war?

Sein Kollege ließ sich den Befehl jedenfalls nicht zweimal sagen. Daher war er sicher, instinktiv das Richtige getan zu haben. Was ihn auch gar nicht verblüffte. Der richtige Riecher hatte ihn ja bis jetzt immer begleitet. Musste sogar seine Elfriede zugeben. Und die war schließlich seine schärfste Kritikerin.

Wie ein Falke suchte er die Wasseroberfläche mit dem Fernglas ab. Es dauerte nur wenige Minuten, bis er etwas treiben sah, das seinen Verdacht erregte. Ungefähr hundert Meter vom linken Ufer entfernt. Das hätte sein Kollege sicher übersehen, weil der nur stur geradeaus in Fahrtrichtung blickte. Nicht einmal sein Fernglas hatte der vor seinen Augen. Dem fehlte es eindeutig an Motivation.

Wenigstens gehorchte der Kollege seinem Befehl und schwenkte mit einem Manöver scharf nach links. So scharf, dass Felix Frisch fast den Halt verloren hätte. Der Gruppeninspektor war überzeugt, dass jeder andere Polizist an seiner Stelle kopfüber in die Donau gestürzt wäre. Dafür hätte er den rangniedrigeren Steuermann gleich zur Rede stellen müssen. Er wollte aber noch einmal Gnade vor Recht ergehen lassen. Schließlich gab es jetzt Wichtigeres zu tun.

Nachdem sein Kollege das Manöver vollendet hatte, reduzierte er die Geschwindigkeit. Offensichtlich sah er jetzt auch, was Felix Frisch schon vor einer Ewigkeit erspäht hatte. »Eindeutig ein Mann!« rief ihm der Kollege zu.

Felix Frisch hoffte bis zuletzt. Aber das Fernglas ließ dann doch keinen Zweifel mehr. Doch keine Frauenleiche. Enttäuschend.

Der Kollege stellte den Motor ab und ließ das Boot auf die Leiche zugleiten. Geschmeidig, wie Felix zugeben musste.

»Vollständig bekleidet. Das deutet auf einen Selbstmörder hin«, meinte der Kollege.

Eine weitere Enttäuschung. Felix verlor schlagartig jegliches Interesse an der Leiche. Mehr noch. Seit gestern wusste er, wie schwer es war, etwas Menschengroßes an Bord zu heben. Und eine echte Leiche war womöglich noch schwerer als eine Holzpuppe. Wozu sollten sie sich die Mühe machen, wenn sie nicht einmal zuständig waren. Der skeptische Blick des Kollegen verriet, dass der sich dasselbe dachte. Also nickte Felix ihm zu: »Da werden wir wohl die Feuerwehr verständigen müssen. Wir kriegen die Leiche sowieso nie ins Boot.« Er nahm sein Handy.

Da beugte sich sein Kollege nach vorne. »Du, wart einmal. Schau. Der Kopf.«

»Uuuuh«, entfuhr es Felix. Instinktiv zog er den Kopf ein, als er den eingeschlagenen Schädel sah.

Die Leiche trieb jetzt längsseits.

Um ein Haar hätte er sein Handy fallen lassen. So elektrisiert war er. Waschechter, astreiner Mord. Das sah er aufgrund seiner Erfahrung sofort. Was er da vor sich hatte, war ein Fall wie maßgeschneidert für ihn. Aber noch etwas hatte er da vor sich: einen schönen dunkelblauen Adidas-Trainingsanzug.

»Verstehe gar nicht, wieso der Tote nicht untergegangen ist«, murmelte der Kollege, griff zur Hakenstange und hängte sie beim Trainingsanzug über der Brust ein.

So ein grobschlächtiger Kerl. Der Anzug war hin.

»Heben wir ihn rauf oder ziehen wir ihn am Haken in den Hafen?«

Felix erfasste die Situation sofort und ging zum Steuer. »Heben ist chancenlos. Wir ziehen ihn.« Genauer gesagt würde der Kollege den Haken halten und beim Ziehen der Leiche schwitzen. Er hingegen würde das Boot steuern. Geschmeidig natürlich. Schließlich sollte der Kollege nicht ins Wasser fallen. Beim Anfahren verlor er dennoch beinahe den Halt. Felix grinste in sich hinein. Rache war süß.

Aber jetzt musste er nachdenken. Die Sache mit dem Trainingsanzug war doch irgendwie eigenartig. Die Holzpuppe gestern hatte haargenau den gleichen Anzug angehabt. Jeder normale Polizeibeamte würde das sicher für reinen Zufall halten. Aber er war ja kein normaler Polizist.

Heute beim Frühstück hatte er den Anzug schon getragen. Seine Elfriede hätte beinahe durch die Zähne gepfiffen, als er damit ins Esszimmer getreten war. Im nächsten Moment hatte sie allerdings die Stirn gerunzelt, die Arme in die Hüften gestemmt und gefragt, was der Anzug gekostet hatte.

Da hatte er gelacht und gesagt: »So wenig, dass du es nicht glauben würdest.« Mehr hatte er ihr nicht verraten. Allerdings hatte sie ihn erst in Ruhe gelassen, als er ihr geschworen hatte, dass dieser Luxusanzug kein Loch in ihr knappes Haushaltsbudget reißen würde.

Nun stellte sich die Frage: Sollte er seinen neuen Trainingsanzug als mögliches Beweismittel der Mordkommission überlassen? Auch wenn es möglicherweise reiner Zufall war und er die Kollegen damit auf eine falsche Fährte brachte? Auch wenn niemand dabeigewesen war, als er den Anzug genommen hatte? Auch wenn die Puppe genauso gut zwischen der Sichtung vor Dürnstein und seinem Eingreifen vor Mautern irgendwo hätte angespült werden können, sodass jemand anderer den Anzug hätte nehmen können? Auch wenn der Anzug von ihm und vom Donauwasser gründlich gewaschen worden war, sodass sich sicher keine Spuren mehr darauf fanden? Nein, nein und nochmal nein. Der Anzug war viel zu kostbar. Als unnützes Beweisstück würde er ja doch nur irgendwo in einem Keller der Polizeidirektion in St. Pölten verrotten. Er musste den Anzug unbedingt vor einem solchen Schicksal bewahren. Allerdings würde dabei die ganze Cleverness eines Felix Frisch gefragt sein.

Sonntag, 18. April
9 Uhr 40

Wie oft und wie lange sie wachgelegen war, konnte Doris nicht genau sagen. Ihr unruhiger Schlaf war dem selig neben ihr schlummernden Erich Gottseidank entgangen. Nach dieser Nacht wollte sie zunächst eine Migräne vorschützen, um sich die Fortsetzung des Kochkurses zu ersparen. Allerdings verwarf sie die Idee gleich wieder. Hätte sie diese Unpässlichkeit schon gestern Früh heimgesucht, wäre Erich bestimmt bei ihr zuhause geblieben. Kochkurs um sechshundert Euro hin oder her. Aber heute? Da würde er ihr ein paar Tabletten ans Bett bringen und ihr gute Besserung wünschen. Er würde sich mit dem Versprechen Richtung Wachau verabschieden, beim Kochkurs ganz genau aufzupassen und alles haargenau mitzuschreiben, um die Gerichte bei der nächsten sich bietenden Gelegenheit mit ihr gemeinsam nachkochen zu können. Sein Zuhausebleiben würde ja den Gesundungsprozess weniger beschleunigen als ein gutes Buch, das er ihr selbstverständlich vor seiner Abfahrt ebenfalls ans Bett bringen würde. Außerdem wäre dann das Geld auch nicht hinausgeschmissen, was ihr ja bestimmt ein noch größeres Anliegen wäre als ihm.

Nein. Krankheit schied als Lösung aus. Blieb nur noch eine andere: Sich heute ebenfalls ordentlich herzurichten. Nicht als Femme fatale, aber doch so, dass ihre eigene Attraktivität zum Unterschied von gestern nicht zu übersehen sein würde. Dazu noch ein kleiner Flirt mit dem Meisterkoch und ihr Mann würde keinen einzigen Blick mehr für die Zwergin übrighaben.

Zum Frühstück erschien sie wieder nur in Pyjama und Schlafrock. Sie wollte ihn im Glauben lassen, dass sie heute wiederum in weiter Hose, Schlabberpullover und bequemen Latschen zum Kochkurs fahren würde. Sie hatte sich schon in der Nacht vorgenommen, ihre Eifersucht unter keinen Umständen zu zeigen. Wobei sie sich nicht darüber im Klaren war, ob Stolz oder Kalkül der entscheidende Antrieb dafür war. Wahrscheinlich beides.

Sie hatte schon im Bett lang darüber nachgedacht, was sie heute anziehen würde. War dabei aber zu keiner Entscheidung gekommen. Klar war nur, dass ihr Dirndl angesichts der kostspieligen Konkurrenz nicht in Frage kam. Obwohl es ihr ausgezeichnet stand. Beim nächtlichen Grübeln war sie draufgekommen, warum sie ihr Dirndl selten trug. Weil Erich der Meinung war, dass ein Dirndl und pechschwarzes Haar nicht zusammenpassten.

Dirndlträgerinnen müssten seiner Meinung nach blond sein. Das hatte er irgendwann tatsächlich von sich gegeben. Und nun tauchte da diese blonde Zwergin im Dirndl auf.

Erich schien an diesem Morgen bestens gelaunt. Keine Spur von schlechtem Gewissen. Er umsorgte sie, als ob sie mit ihm auf Hochzeitsreise wäre. Ganz Kavalier. Beim Frühstück nahm er demonstrativ jene Semmel aus dem Brotkorb, die beim Aufbähen deutlich zu dunkel geraten war, und legte die lichtere Semmel auf ihren Teller. Tat er sonst nie. Da war doch was faul. Normalerweise ließ er die angebrannten Semmeln liegen. Woher auf einmal diese auffällige Verhaltensänderung?

Während des Frühstücks gab sie sich ganz locker. Sie wollte völlige Harmonie vortäuschen. Gestern hatte sie ihm nach dem Frühstück einen Kuss auf die Nasenspitze gegeben. Tat sie also wieder. Aber diesmal mit innerem Widerwillen. »Räumst du bitte den Tisch ab, während ich mich anziehe?«, bat sie ihn mit einem huldvollen Augenaufschlag.

»Klar.« Er schaute auf die Uhr. »Du hast noch zehn Minuten.«

Von wegen zehn Minuten. Jetzt wollte sie sich alle Zeit der Welt nehmen. Sie ging ihren Kleiderschrank durch. Legte einige schöne Stücke aufs Bett, um besser gustieren zu können. Aber nichts erschien ihr wirklich passend. Dann ein Griff zu einem Rock, den sie seit drei Jahren nicht mehr getragen hatte. Schwarz. Sie schlüpfte rasch hinein und war erleichtert, dass er ihr noch passte. Zwar knapp, aber das war auch vor drei Jahren so gewesen. Dann suchte sie in ihrer Kommode nach einer weißen, ganz engen Bluse mit Stehkragen. Hatte sie vor einem halben Jahr gekauft, weil sie den Kontrast, den der hohe Kragen zum breiten Ausschnitt der Bluse bildete, überaus reizvoll fand. Hohe Pumps dazu. Perfekt. Jetzt noch ein ordentliches Make-up. Und die Haare so zurechtgemacht, dass sie ein wenig unfrisiert aussahen, in Aktion durcheinandergeraten, schlicht frivol.

Als sie zwanzig Minuten später wieder ins Wohnzimmer trat, frohlockte sie.

Erich sah sie mit offenem Mund an.

Teil eins ihres Plans schien aufzugehen.

»Wow. Ähm.« Er suchte offenbar nach den richtigen Worten. »Findest du deine Aufmachung für einen Kochkurs nicht etwas übertrieben?«

Sie setzte ihren süßesten Schmollmund auf. »Gefall ich dir nicht?«

Sein hilflos schmachtender Gesichtsausdruck war schon Antwort genug.

Beinahe hätte sie angesichts seines verliebten Blickes vergessen, was er gestern getan hatte. Sie zeigte ihm ein gefährliches Lächeln. »Wegen dir bin ich gestern als Aschenputtel aufgetreten. Die anderen waren alle herausgeputzt. Heute dreh ich den Spieß um.«

Erich grinste fröhlich. »Und ich darf zuschauen.«

Ihm eine Show zu liefern, war eigentlich gar nicht ihre Absicht gewesen.

»Aber im Ernst«, meinte er. »Möchtest du dir nicht wenigstens etwas flachere Schuhe anziehen? Sonst kannst du heute Abend nicht mehr stehen. Und gehen schon gar nicht.«

»Wenn du mich provozierst, zieh ich Stilettos an.«

»Brauchst du gar nicht«, meinte er. »Du bist auch ohne Stilettos groß genug.«

Doris zuckte innerlich zusammen. War sie ihm etwa zu groß? »Stimmt«, antwortete sie spitz. »Wenn ich Stilettos trage, kannst du mir nicht mehr so leicht über die Schulter ins Dekolletee schauen.«

»Dann schau ich eben von vorne«, konterte er und lächelte verschmitzt.

Ihre auf die blonde Zwergin gemünzte Spitze schien er gar nicht zu registrieren. Oder er war ein perfekter Schauspieler und steckte sie ohne sichtbare Reaktion weg. Sie mochte sein verschmitztes Lächeln. Deshalb musste sie sich auch zur Ordnung rufen. Schließlich war es das Lächeln eines Halunken. Sie würde die Konkurrenz ausstechen und ihn dann eine ganze Weile schmachten lassen. Das hatte er verdient. Sie zwang sich zu einem koketten Augenaufschlag und winkte zum Aufbruch in Richtung Tür.

Dabei merkte sie, dass ihr linkes Auge zu jucken begann. Hatte sie doch zu viel von der neuen Wimperntusche erwischt? Dabei hatte doch der Beipackzettel hundertprozentige Verträglichkeit versprochen.

Sie waren heute später dran als gestern. Deshalb drückte Erich aufs Tempo, sobald sie die Schnellstraße Richtung Krems erreichten. Je schneller er fuhr, umso weniger gesprächig war er. Seit jeher bei ihm so üblich.

Ihr war es heute besonders recht. Jetzt begann auch ihr rechtes Auge zu jucken. Verdammtes Make-up! Eigentlich müsste sie den Hersteller klagen. Aus diesen Überlegungen riss sie auf der Höhe Traismauer ihr läutendes Handy. Höchste Zeit, einmal den Klingelton zu wechseln. Radetzkymarsch. Klang beim Neujahrskonzert viel weniger penetrant. Sie blickte auf das Display. »Der hat mir zu meinem Glück gerade noch gefehlt.«

Erich blickte zu ihr hinüber. »Kann also nur dein Chef sein.«

Sie antwortete ihm indirekt, indem sie ins Telefon sprach. »Einen schönen Sonntagmorgen, Chef!« Mit abgewinkeltem Zeigefinger ribbelte sie ihr rechtes Auge. »Was verschafft mir das Vergnügen deines Anrufs?«

»Das wirst du gleich hören. Vor zehn Minuten hat mich ein Mitglied der Chefredaktion einer sehr angesehenen Zeitung angerufen und mich mit dem Gerücht konfrontiert, dass wir eine Leiche in der Donau übersehen haben. Weil ein Volltrottel von Gruppeninspektor statt einer Leiche nur eine zufällig in die Donau geschmissene Schaufensterpuppe herausgefischt hätte. Dabei hätte die Leiche einen eingeschlagenen Schädel. Also klassischer Mord. Behauptet, seine Quelle sei absolut zuverlässig.«

Sie wusste natürlich genau, woher dieser Journalist seine Information hatte. Von wegen sehr zuverlässige Quelle. Jetzt begann auch ihr linkes Auge ganz stark zu jucken. Fast unerträglich. Am liebsten hätte sie ihr Handy weggelegt. »Da bleibt dir jetzt nur eine Wahl. Entweder du glaubst mir oder dieser angeblich zuverlässigen Quelle.«

An der Reaktion ihres Chefs merkte sie, dass sie nicht die eleganteste Antwortvariante gewählt hatte. »Als Polizeidirektor des größten österreichischen Bundeslandes habe ich nichts und niemandem zu glauben, sondern mich einzig und allein auf unfehlbare Tatsachen zu verlassen. Wer ist denn dieser volltrottelige Gruppeninspektor?«

»Jemand, der auf dein Betreiben hin voriges Jahr befördert worden ist.« Diese Spitze würde ihr keine Gutpunkte einbringen. Trotzdem wollte sie sich die kleine Gemeinheit nicht verkneifen. Erstens war wirklich Marbolt für die Beförderung verantwortlich und zweitens war ihre Stimmung mies. Zuerst ihr Erich, dann diese verdammte Wimperntusche und jetzt auch noch ihr Chef. War einfach des Guten zu viel.

Ihr Gesprächspartner schluckte und blieb zehn lange Sekunden still. »Also, du garantierst mir, dass ich den Journalisten guten Gewissens beruhigen kann?«

»Du kannst ihm sagen, dass da die Eisenbahn drüberfährt. Der Gruppeninspektor ist zwar tatsächlich ein Idiot, aber die Informantin deines Journalisten ist eine noch größere Idiotin.«

»Da bin ich ja sehr froh, das zu hören. Ich kann dir nämlich im Vertrauen sagen, dass mich der Herr Innenminister für morgen zu sich bestellt hat. Ich weiß natürlich nicht, was er von mir will, aber ein Störfeuer wegen einer Leiche, die ihr übersehen habt, kann ich da unter keinen Umständen brauchen.«

Sie hatte ihr Handy in der Zwischenzeit lauter gestellt. Bei aller Wut auf ihren Mann, aber die Selbstbeweihräucherung sollte er doch hören.

»Sollte ich Niederösterreich in absehbarer Zeit verlassen, dann möchte ich mir nicht zum Abschied meinen Ruf durch einen Vollidioten wie diesen Gruppeninspektor ruinieren lassen. Ich reiße ihm alle seine Sterne eigenhändig vom Kragen, wenn er Mist gebaut hat. Sag ihm das!«

Ohne ihr noch Gelegenheit zu geben, etwas zu sagen, hatte Wolfgang Marbolt aufgelegt.

»An einem so schönen Sonntagmorgen von deinem Chef belästigt zu werden, schreit ja nach einer Gehaltszulage.« Erich grinste sie an.

»Ich bin eben von Arschlöchern umzingelt.«

»Umzingelt? Jetzt übertreibst du aber. Schließlich hast du ja noch Spencer und mich.«

Noch bevor sie zu einer schnippischen Antwort ansetzen konnte, läutete wieder ihr Handy. Spencer. Wenigstens ein kleiner Trost. Wollte wahrscheinlich wissen, wie der Kochkurs lief.

»Hallo, mein Lieber. Wir sind gerade wieder auf dem Weg nach Joching. Also der Kurs läuft großartig. Und Erich, der dich grüßen lässt, wird dir demnächst vorführen, was er alles gelernt hat.«

»Dann tut es mir umso mehr leid. Der Kurs ist für dich zu Ende. Die Strompolizei hat vor zehn Minuten eine Leiche aus der Donau gefischt. Kurz vor Hollenburg. Knapp fünfzigjähriger Mann. Schwere Schädelverletzung. Eindeutig Fremdverschulden. Die Leiche liegt schon in der Kremser Pathologie. Wo seid Ihr denn gerade?«

»Kurz vor Mautern.«

»Dann steig bitte auf der Steiner Seite der Donaubrücke aus. Ich sorge dafür, dass dich eine Funkstreife dort abholt. Ich bin in zehn Minuten im Spital. War schon unterwegs zum Fußballplatz. Und noch eines. Der Mann hat eine Art Schwimmweste getragen.«

»Okay, bis gleich.« Sie beendete das Gespräch mit Spencer und versuchte es sofort bei ihrem Chef. Hoffentlich hatte Marbolt noch nicht mit dem Journalisten geredet. Nach dem vierten Läuten meldete sich ein Tonband. »Der Teilnehmer, den Sie angerufen haben, ist derzeit leider nicht erreichbar. Bitte versuchen Sie es später noch einmal.«

Sonntag, 18. April
10 Uhr 05

Noch steckte die Winterkälte in den dicken Mauern der Kremser Pfarrkirche. Daher war Katharina Krenn froh, dass sie ihre schwarze Wolljacke dabeihatte. Der Besuch einer Messe gehörte bei ihr zum sonntäglichen Pflichtprogramm. Seit ihrem Einzug in den niederösterreichischen Landtag hatte sie es sich angewöhnt, mindestens zweimal im Monat die Messe nicht in ihrer Heimatgemeinde, sondern in einem der Orte ihres Wahlkreises zu besuchen. In den kleineren Gemeinden ließ sie dem Pfarrer ihr Kommen auch immer ankündigen in der Hoffnung, er würde im Lauf der Messe Gelegenheit finden, ihre Anwesenheit ausdrücklich zu erwähnen.

Was auch meistens klappte. Dabei hatte sie den Eindruck, dass es die Ortsbewohner in der Regel für eine Auszeichnung hielten, von einer Abgeordneten besucht zu werden.

In einer Stadt wie Krems hingegen wäre eine Vorab-Information über ihr Erscheinen nicht nur deplatziert, sondern sogar lächerlich gewesen. Hier würde eine solche Vorwarnung nur für den Landeshauptmann in Frage kommen.

Zwar bemühte sie sich durchaus mit Erfolg um mediale Aufmerksamkeit. Trotzdem war ihr klar, dass ihr Bekanntheitsgrad noch immer recht gering war. Ihr fehlte noch eine entsprechende TV-Präsenz.

Immer mehr kleine Verhaltenstricks lernte sie, die in Summe ein gutes Bild in der Öffentlichkeit machten. Auf Anraten ihres Mannes nahm sie bei einem Messbesuch nie in der ersten Reihe Platz. Dritte oder vierte Reihe war seiner Meinung nach ideal. Das würde die richtige Mischung aus Bescheidenheit und Bedeutung signalisieren. Schon Jesus Christus hatte gelehrt: Wer sich selbst erniedrigt, wird erhöht werden. Bei der Kommunion wartete sie stets ein wenig und reihte sich dann ein, anstatt schnell aufzustehen und die Hostie als eine der Ersten zu empfangen.

Neben ihrem Verhalten setzte sie auch ihre Kleidung ganz kalkuliert ein. In ihrem Fall war da immer ein Spagat notwendig. Sie musste ihre weiblichen Vorzüge betont konservativ präsentieren. Jetzt trug sie zum hellgrünen Dirndl, das sie auch am Nachmittag anziehen wollte, noch nicht die für den Ausflug mit den ÖVP-Damen vorgesehene hochgeschlossene Bluse sondern eine, die etwas mehr zeigte. Sie wusste von vielen Messbesuchen, dass auch Männer, die in die Kirche gingen, gern einen kleinen Blick riskierten. Deshalb zog sie ihre Wolljacke aus, als sie sich von der Kirchenbank erhob.

Als sie an der Seite ihres Mannes die Kirche verließ, versuchte sie mit erhobenem Haupt Selbstbewusstsein und mit verträumtem Blick gleichzeitig einen Rest von Andacht auszustrahlen.

Nach der Messe bemühte sie sich immer, auf dem Platz vor der Kirche jemanden unter den Umstehenden anzusteuern, den sie kannte. Wenn sie niemanden kannte, was immer seltener vorkam, musste sie sich im Eingangsbereich hinstellen und so tun, als würde sie auf jemanden warten. Um von den aus der Kirche strömenden Menschen gesehen zu werden. Das war allerdings, wie sie bald herausfand, ein zweischneidiges Schwert. Als Politikerin durfte sie nicht zu lang allein herumstehen.

Eine Fähigkeit war ihr in der Zwischenzeit in Fleisch und Blut übergegangen: So zu tun, als würde sie sich auf ein Gespräch mit jemandem konzentrieren, dabei in Wahrheit aber nach interessanteren Gesprächspartnern Ausschau zu halten. Außerdem beherrschte sie die Kunst, in jeder Situation schnell zu registrieren, ob die Menschen von ihr Notiz nahmen. Heute auf dem Vorplatz der Kirche taten das viele Menschen. Sie erwiderte zahlreiche freundliche Grüße mit einem ebenso freundlichen Lächeln, das sie sehr genau dosierte, weil es nicht zu freundlich wirken durfte. Denn ausgerechnet die aufdringlicheren Charaktere würden größere Freundlichkeit als Einladung verstehen, sie anzusprechen.

Ihr Mann hatte schon am Vortag beim Raimitz einen Tisch im Freien reserviert. Und zwar auf ihre Bitte hin den, der am weitesten in den Pfarrplatz hineinragte. Sehen und gesehen werden. Das hatte sie schon bei ihrer ersten politischen Schulung als blutjunge Rossatzer Gemeindrätin gelernt. Und sich seitdem immer an diese Devise gehalten. Um ihr den freien Blick zu überlassen, nahm Martin sich den Sessel des Tisches, der mit dem Rücken zur Kirche und den an der Konditorei vorbeischlendernden Leuten stand. So etwas tat er ganz automatisch. Katharina warf einen kurzen Blick in die Karte. Eigentlich hätte sie ein Eiskaffee gelockt. Aber sie wollte keinen rauen Hals riskieren und entschied sich daher für ein Baiser mit Schlag. Dass sie nicht zumindest vom Chef der Konditorei begrüßt wurde, dem ihre Reservierung doch sicher gemeldet worden war, enttäuschte sie ein wenig. Dadurch wollte sie sich aber nicht den schönen Vormittag verderben lassen. Wahrscheinlich hatte der Mann in einer seiner Filialen zu tun.

Als sie ihre Wolljacke gerade auf den am Tisch stehenden dritten Sessel legen wollte, sah sie zwei Männer auf sich zukommen. Den einen erkannte sie sofort. Es war Hans Wiesner, der Parteiobmann aus Weißenkirchen. Der Zweite war ihr unbekannt. Wahrscheinlich Anfang fünfzig, knapp mittelgroß, mindestens zehn Kilo Übergewicht und beginnende Stirnglatze. Für sie ein ausgesprochener Inselmann.

»Entschuldigung, Frau Abgeordnete«, eröffnete Wiesner das Gespräch, »dass wir dich für eine Minute stören. Ich möchte dir Herrn Magister Haimerl vorstellen. Ich kenne ihn seit ewig. Er ist Leiter der Rechtsabteilung der Polizeidirektion Niederösterreich.«

Sie unterbrach ihn.

»Du brauchst mir den Herrn Magister nicht vorzustellen. Ich wäre eine schlechte Sicherheitssprecherin, würde ich den Leiter der Rechtsabteilung der Polizei nicht kennen. Obwohl ich noch nie das Vergnügen einer persönlichen Begegnung gehabt habe. Darf ich euch aber zunächst mit meinem Mann Martin bekannt machen.«

Nachdem die vier einander die Hände geschüttelt, ihr Martin einen zusätzlichen Sessel organisiert, die Männer Platz genommen und der Leiter der Rechtsabteilung ihr zunächst in umständlicher und übertriebener Form schon tausendfach gehörte Schmeicheleien gesagt hatte, kam er endlich zu seinem Anliegen. »Als Sicherheitssprecherin unserer Partei kommt Ihnen bestimmt vieles zu Ohren.«

Unsere Partei! Er wollte ihr wohl beteuern, dass er auch ÖVPler war.

»Ganz sicher wissen Sie«, fuhr er fort, »dass der Herr Polizeidirektor wieder nach Wien zurückkehren soll. Es ist natürlich noch nichts offiziell.«

Sie nickte unbestimmt. Natürlich war sie informiert, dass sich Wolfgang Marbolt Hoffnungen auf eine Rückkehr nach Wien machte. Allerdings würde es damit nichts werden. Wegen einer blöden Geschichte beim Polizeiball. Sie selbst war mit Martin auch dort gewesen und hatte damals sofort gespürt, dass Marbolt einen entscheidenden Fehler gemacht hatte. Oder hatte sich der Wind doch wieder gedreht? Vielleicht konnte sie hier etwas erfahren, das ihr nützlich sein konnte. »In diesem Zusammenhang fragt sich natürlich, ob wir Herrn Doktor Marbolt so einfach gehen lassen sollen. Wäre aus Ihrer Sicht sein Abgang ein Verlust?«

Schlagartig bildeten sich Schweißperlen auf der Stirn des Polizeijuristen. »Das ist eine nicht leicht zu beantwortende Frage. Mein Chef hat sicher viele Qualitäten. Und ich habe Illoyalität immer gehasst, aber ich sehe es als meine Verpflichtung im Interesse der Sicherheitslage unseres Bundeslandes an, Sie davon zu informieren, dass im Polizeiapparat einige Unzufriedenheit mit dem Herrn Landespolizeidirektor herrscht.«

»Das ist ja interessant.« Sie blickte dem Herrn Magister unverwandt in seine wässrigen Augen und forderte ihn mit einem leisen Nicken auf, noch mehr zu erzählen.

»Er mischt sich zu viel ein. Er ist zwar selbst ausgebildeter Jurist, kümmert sich aber zu wenig um die rechtlichen Aspekte seiner Arbeit. Das könnte einmal ganz fatale Folgen haben. Und er ist halt kein Niederösterreicher. Das merkt man auf Schritt und Tritt.«

Aha, daher wehte der Wind. Da wollte sich jemand in Stellung bringen. Uninteressant.

»Und außerdem trinkt er seit Neuestem im Dienst.«

Das wiederum war genau die Art von Information, die sie vielleicht einmal brauchen konnte. Ihrer Stimme gab sie einen ganz ungläubigen Unterton. »Er trinkt?«

»Ja, und wie. Sogar harte Sachen wie Whisky und dergleichen.«

Jetzt mischte sich Wiesner ein, der bis jetzt still, nur hie und da nickend, am Tisch gesessen war. »Du kannst dich darauf verlassen, dass du in meinem Freund einen äußerst loyalen Mitstreiter hast. Er ist ein waschechter Niederösterreicher.«

»Danke. Das ist alles hochinteressant.«

Der Jurist begann zu strahlen.

»Ich bin für dieses Gespräch sehr dankbar, Herr Magister. Seien Sie versichert: Mein Wohlwollen haben Sie, und meine Tür wird für Sie immer weit offenstehen.«

»Frau Abgeordnete. Ich bin Ihnen zu größtem Dank verpflichtet. Ich kann mich doch auf Ihre Diskretion verlassen?«

Sie bemühte sich um einen entrüsteten Blick. »Was für eine Frage, Herr Magister. Diskretion ist bei mir eine Selbstverständlichkeit.« Sie reichte ihm die Hand.

Der Jurist und der Ortsparteiobmann standen auf.

An den hatte sie allerdings noch eine Frage, weil sie das seltsame Gefühl hatte, dass diese Begegnung kein Zufall war. »Sag mal, Hans. Was führt dich eigentlich an einem Sonntag Vormittag nach Krems? Solltest du jetzt nicht in Weißenkirchen vor der Kirche stehen und dein Ohr am Puls deiner Wähler haben?«

Er schüttelte den Kopf. »Wir sind extra wegen dir hierhergekommen.«

Das erstaunte sie nun doch. »Aber dass wir heute hier in die Kirche gehen, hat außer meinem Mann niemand gewusst.«

»Doch.« Er zeigte ihr ein verschmitztes Lächeln. »Du unterschätzt deine Bekanntheit. Die Menschen reden gerne über dich. So auch der Chef hier. Ihn kenne ich schon lange. Er hat mir verraten, dass du diesen Tisch reserviert hast.«

Sie wusste nicht, ob sie geschmeichelt oder verblüfft sein sollte.

Kaum waren die beiden gegangen, sah sie sich gleich nochmal mit einem verschmitzten Lächeln konfrontiert. Diesmal im Gesicht ihres Mannes. »Also, so beschränkt, wie du behauptet hast, scheint mir dein Freund aus Weißenkirchen gar nicht zu sein.«

Sonntag, 18. April
10 Uhr 07

Wo blieb denn der verdammte Streifenwagen? War doch schon mindestens eine Viertelstunde her, dass Spencer ihr versprochen hatte, sie abholen zu lassen. Selbst wenn die Funkstreife von der Polizeizentrale auf der Rechten Kremszeile ohne Blaulicht und unter Einhaltung aller Geschwindigkeitsbeschränkungen unterwegs war, hätte sie längst hier bei der Brücke sein müssen.

Jetzt hupte sie schon wieder ein Autofahrer an. Vor zwei Minuten war sogar einer stehengeblieben. Silbergrauer BMW. Um sie auf eine kleine Spritztour einzuladen. Am liebsten hätte sie losgeheult. Wenn sie wenigstens Erichs Angebot angenommen hätte, bei ihr zu bleiben, bis sie in den Polizeiwagen steigen konnte. Aber sie dachte, etwas frische Luft würde ihr gut tun vor der Leichenbeschau. Jetzt stand sie wie bestellt und nicht abgeholt an der Steiner Auffahrt zur Donaubrücke. Ihre Augen brannten immer noch wie verrückt, ihr Erich war auf der Fahrt zu dieser Frau, die es auf ihn abgesehen hatte, sie wusste nicht, wie sie ihrem Chef das Schlamassel mit der Puppe und der Leiche erklären konnte, und sie war mehr als overdressed für einen Besuch in einer Prosektur.

Nach weiteren drei Minuten ohne Funkstreife holte sie ihr Handy aus dem kleinen schwarzen Täschchen, das sie am liebsten auch verflucht hätte, und rief Spencer an. Um ihn ohne Begrüßung sofort anzuschnauzen. »Wenn der Wagen nicht in zwei Minuten hier ist, stelle ich den Antrag für deine Zwangspensionierung.«

Jetzt reagierte der Kerl auch noch gelassen! »Und ich frage mich schon die ganze Zeit, ob du nicht doch zu deinem Kochkurs gefahren bist und mich hier allein werken lässt. Ich bin schon in der Pathologie des Klinikums. Vor fünf Minuten hat die Besatzung der Funkstreife angerufen, um uns mitzuteilen, dass von der Frau Chefinspektorin weit und breit keine Spur zu finden ist. Und zu übersehen bist du ja wahrlich nicht, wenn ich dir dieses Kompliment zur Hebung deiner Laune machen darf.«

Wäre sie nicht so wütend gewesen, hätte sie jetzt wahrscheinlich geschmunzelt. Zu übersehen war sie heute ja wirklich nicht. Dafür gab es mindestens zwei Zeugen. »Du hast mir versprochen, mich auf der Steiner Seite der Mauterner Brücke abholen zu lassen. Da stehe ich seit geschlagenen fünfzehn Minuten und schaue mir die Augen aus den Höhlen. Aber eine Funkstreife habe ich nicht zu Gesicht bekommen.«

Er schnaubte. »Das darf doch nicht wahr sein. Rate mal, wem ich den Auftrag gegeben habe, dich abzuholen?«

»Dem Frisch?«

»Klar. Damit du ihn gleich befragen kannst. Aber warte, ich ruf ihn gleich an. Vielleicht ist die Funkstreife noch in deiner Nähe.«

»Vergiss es. Dieser Vollidiot soll mir jetzt besser nicht unter die Augen kommen. Da kommt grad ein Taxi. Ja, das nehme ich. Bin gleich da. Und du besorg mir bitte einen von diesen weißen Arzt- oder Schwesternmänteln.«

Sonntag, 18. April
10 Uhr 15

Sichtlich aufgeregt winkte der alte Bauer dem Streifenwagen und deutete auf die alte Scheune, die kaum fünfzig Meter vom Ende dieser holprigen Forststraße entfernt zwischen den Bäumen stand.

»Halt hier an«, befahl der Spitzer Postenkommandant seinem jungen Kollegen, der sich anschickte, über den geschotterten Weg bis zur Scheune zu fahren.

Als der Wagen zum Stehen gekommen war, stiegen sie aus und begrüßten den alten Mann, der sie verständigt hatte. Dann nahm der Postenkommandant den Schotterweg in Augenschein. Was er sah, zerstörte seine Hoffnungen. »Viel Schotter, keine eindeutigen Reifenspuren«, raunte er seinem Kollegen zu, dem er etwas beibringen wollte.

Der Alte hörte es ebenfalls. »Ja. Den Weg hat mein Enkel erst vor drei Wochen neu geschottert. Mindestens drei Fuhren Schotter hätte er sparen können«, ergänzte er mit einem Kopfschütteln.

Gemeinsam gingen sie zur Scheune. Das Holz, aus dem sie bestand, war beinahe schwarz, so alt waren die Bretter.

Mit sichtlichem Stolz blickte der alte Mann auf dieses Bauwerk. »Vor 53 Jahren war Buche noch billig. Ein Großonkel von mir hat ein kleines Sägewerk gehabt. Bretter für die Ewigkeit.« Das hölzerne Tor war nur mit einem dicken Riegel versperrt. Der Postenkommandant inspizierte ihn, bevor er ihn hochhob. Das Tor ließ sich ohne besondere Kraftanstrengung öffnen. Drinnen, im Halbschatten des durch die Ritzen hereinfallenden Sonnenlichts, stand der dunkelblaue Porsche Cayenne. Der Postenkommandant verglich das Kennzeichen mit dem, das er von einem Foto von den Strassers hatte. »Ja, das ist er, ohne Zweifel.« Er wandte sich an den Bauern. »Und Sie waren zufällig hier?«

Der Alte schüttelte den Kopf. »Nein. Ich habe gehört, wie ihr heute Früh mit den Megaphonen durch den Ort gefahren seid. Kommt selten vor, dass die Polizei die Bevölkerung um Mithilfe bei einer Suchaktion bittet. Da hab ich mir gedacht: Wenn dieses Auto noch in der Gegend ist, dann muss es irgendwo versteckt sein. Und ich kenne ein sehr gutes

Versteck: Meine eigene Scheune. Hier, wo sich Fuchs und Hase gute Nacht sagen. Also bin ich gleich hergefahren.«

Der Postenkommandant nickte anerkennend. »Sie haben uns wirklich sehr geholfen.« Vorsichtig, mit Blick auf den Boden, näherte er sich dem Auto auf der Fahrerseite.

»Der Schlüssel liegt vorne an der Windschutzscheibe beim Scheibenwischer«, sagte der Alte. »Ich hab nur durch die Scheiben reingeschaut. Scheint niemand drinnen zu sein.«

Auch der Postenkommandant schaute durch die Scheiben, zog eine kleine Taschenlampe aus der Hosentasche und leuchtete hinein. Klaus Strasser befand sich bestimmt nicht in diesem Auto. Auch nicht im Kofferraum. Alles ausreichend gut einsehbar. Das Innere des Wagens sah aus, wie es ihm Theresa Strasser beschrieben hatte. Ihrem Mann sei es ein Gräuel gewesen, in seinem Auto etwas herumliegen zu lassen. Er wollte, dass sein Porsche auch innen wie neu aussah.

Bevor der Postenkommandant den Schlüssel berührte, fotografierte er mit seinem Handy dessen Lage vorne an der Windschutzscheibe. Erst dann nahm er den Schlüssel mit einem Papiertaschentuch und sperrte die Fahrertür auf. Mit spitzen Fingern öffnete er alle Türen und den Kofferraum, um sich zu vergewissern, dass nichts herumlag. Er öffnete auch die Mittelkonsole. Dort lag die schwarze Geldbörse, von der Frau Strasser ihm erzählt hatte. Der Rand einiger Geldscheine schaute heraus. Offenbar war nichts gestohlen worden. Er ließ die Börse unberührt und verschloss den Wagen wieder. Den Schlüssel steckte er ein.

Da hörten sie, wie draußen mehrere Autos ankamen.

Der Postenkommandant winkte seinen Kollegen und den alten Mann hinaus und empfing Theresa Strasser, ihre beiden Kinder sowie fünf weitere Freunde am Scheunentor. Wirkliche Freunde, die die Strassers offenbar in dieser schwierigen Situation nicht im Stich lassen wollten und sich seit Sonnenaufgang an einer Fortsetzung der Suche beteiligt hatten.

»Ja, das ist der Wagen meines Mannes«, bestätigte Theresa Strasser unaufgefordert und wollte hineingehen.

Aber der Postenkommandant hielt sie zurück. »Der Wagen ist leer.«

»Aber wieso ist er hier drinnen versteckt?« fragte Katja.

»Das wissen wir noch nicht«, antwortete er. Seine diesbezüglichen Vermutungen wollte er nicht preisgeben. Feinfühliger erschien es ihm zu sein, von den wahrscheinlichen Konsequenzen dieses Fundes abzulenken. »Wir sollten jetzt noch die Gegend absuchen. Ich nehme zwar nicht an, dass Ihr Mann auf diesem Forstweg gelaufen ist. Aber wir sollten ganz sicher sein.«

Eine Stunde später waren sie ganz sicher. Klaus Strasser hatte beim Laufen weichen, halbwegs ebenen Boden und sanfte Steigungen bevorzugt. Im Umkreis von zwei Kilometern gab es keinen einzigen Pfad, der seiner Vorliebe entsprochen hätte. Trotzdem hatten sie eine Reihe gebildet und den Wald durchkämmt. Ergebnislos.

Schließlich kamen sie wieder bei der Scheune zusammen. Der Postenkommandant seufzte. Zu Frau Strasser gewandt meinte er: »Ich denke, Sie sollten jetzt eine formelle Vermisstenmeldung machen. Fahren wir aufs Revier.«

»Was ist mit dem Porsche?« fragte sie.

Er hatte gefürchtet, dass sie diese Frage stellen würde.

Während er noch nach einer Antwort suchte, nickte sie. »Ja, Sie haben Recht. Wir lassen den Wagen hier.«

»Aber warum denn?« fragte Katja. »Ich kann ihn doch heimfahren.«

»Nein, mein Schatz«, sagte Theresa bestimmt und umarmte ihre Tochter. »Es könnte sein, dass sich die Spurensicherung das Auto ansehen muss.«

Sonntag, 18. April
10 Uhr 20

»Tolles Outfit für einen Kochkurs!« Das von Spencers Bart nur unvollständig verdeckte Doppelkinn bewegte sich heftig auf und ab. Wabbelte richtig. Tat es immer, wenn er lachte. Er empfing sie am Gang. Immerhin verstand er offenbar sofort, warum sie ihn ersucht hatte, ihr einen Schwesternmantel zu besorgen. Denn er streckte ihr das weiße Stoffbündel gleich entgegen. In ihrer Gewandung war sie in der Prosektur nicht nur völlig deplatziert. Sie lief auch Gefahr, sich zu verkühlen.

Da sein Lachen nicht enden wollte, warf sie ihm einen giftigen Blick zu. »Dann schau einmal dich an. So wie du angezogen bist, verweigern sie dir ja sogar in einem Obdachlosenasyl den Einlass.« Sie gab ihm einen Klaps auf seinen Oberarm. »Aber danke für den Mantel.« Rasch schlüpfte sie hinein. »Ich muss mir noch schnell das Gesicht waschen. Meine Augen brennen wie Feuer.«

»Ist da gleich vorne links. Aber jetzt ganz ohne Spaß. Was willst du in so einer Aufmachung bei einem Kochkurs?«

»Nerv mich nicht«, knurrte sie und verschwand im Damen-WC. Nach dem erlösenden Abwaschen der Wimperntusche besserte sich ihre Stimmung ein wenig. Auf dem Weg zum Prosekturraum ließ sie sich von Spencer das Wenige referieren, was sie bis jetzt wussten. Die Identität des Toten war noch unbekannt. Den Gruppeninspektor Frisch konnte sie nicht selbst vernehmen. Spencer hatte ihn zum Teufel gejagt, weil er beim falschen Ende der Brücke auf sie gewartet hatte.

Im Prosekturraum warteten ein diensthabender Arzt und ein Prosekturdiener auf sie. »Guten Morgen, Frau Chefinspektorin. Ich bin Doktor Ramharter.«

Sie gab dem Arzt die Hand und wandte sich dann sofort der auf einem Aluminiumtisch liegenden nackten Leiche zu.

»Der Mann ist mit einem Trainingsanzug bekleidet gewesen. Und mit einem Korkgürtel. Beides liegt dort links«. Der Arzt zeigte auf eine kleine Ablage, ebenfalls aus Aluminium.

»Ich bin zwar kein Pathologe. Aber ich bin nicht sicher, ob der Schlag seitlich am Kopf wirklich tödlich gewesen ist. Der Mann könnte auch ertrunken sein. Abgesehen vom Kopf weist die Leiche keine äußeren Verletzungen auf.«

»Können Sie feststellen, ob sich das Opfer den Korkgürtel selbst umgeschnallt hat, oder ob das der Täter gemacht hat?« Sie tippte zwar auf Zweiteres, wollte aber Gewissheit.

Der Arzt zuckte die Achseln. »Einen solchen Korkgürtel binden sich Nichtschwimmer um, die in tieferes Wasser gehen möchten. Dann ziehen sie aber darüber keinen Trainingsanzug an. Außerdem ist das Wasser in der Donau noch viel zu kalt, um ohne Neoprenanzug hineinzugehen.«

Das war keine Antwort auf ihre Frage. »Ich möchte, dass Sie die Leiche für eine Obduktion so schnell wie möglich zur Rechtsmedizin nach Wien bringen.«

»Das hätten wir sowieso vorgehabt.« An der Reaktion des Arztes merkte sie, dass sie möglicherweise zu kurz angebunden war und noch immer schlechte Laune versprühte.

Spencer hielt es offenbar für angebracht, das Gespräch an sich zu ziehen. »Ich weiß, Sie sind kein Pathologe. Können Sie trotzdem eine Angabe zum ungefähren Todeszeitpunkt machen?«

»Nageln Sie mich nicht fest. Aber es würde mich wundern, wenn der Mann mehr als zehn bis maximal fünfzehn Stunden tot wäre.«

Das war immerhin eine Erleichterung im Hinblick auf das Gespräch mit Marbolt. Dieser Mann war noch am Leben, als Frau Machherndl ihre Leiche gesichtet haben wollte. Das war Freitag am späten Nachmittag, lag also rund vierzig Stunden zurück. Trotzdem wusste sie schon, was Marbolt sagen würde. Es konnte immer noch eine andere Leiche gewesen sein. Sie merkte, dass sie fröstelte. Trotz des Kittels.

Spencer bemerkte es offenbar ebenfalls. »Ich würde vorschlagen, wir besprechen alles Weitere an einem Ort, an dem es wärmer ist. Im Moment gibt es hier für uns ohnehin nichts mehr zu tun.«

Sie dankte ihm mit einem Nicken. Im Hinausgehen dachte sie laut: »Für mich ist das interessanteste Detail, dass das Opfer diese Korkweste getragen hat. Wenn wir davon ausgehen, dass der Täter sie dem Opfer angezogen hat, dann wollte er, dass die Leiche an der Oberfläche bleibt. Die Leiche sollte also auf alle Fälle gefunden werden.«

»Mörder bemühen sich in der Regel um das Gegenteil«, kommentierte Spencer trocken. »Ich frage mich, ob ein toter Körper in einem Fluss mit starker Strömung nicht ohnehin gute Chancen hat, an der Oberfläche zu bleiben.«

Der Arzt schüttelte den Kopf. »Das bezweifle ich. Die Strömung der Donau ist wegen des niedrigen Wasserstandes gerade alles andere als stark. Habe ich gestern bemerkt, als ich mit meiner Frau paddeln gewesen bin. Bei dieser schwachen Strömung dauert es bestimmt mehr als fünfzehn Stunden, bis eine Leiche wieder an die Oberfläche kommt.«

Doris nickte. »Wahrscheinlich wollte der Mörder auf Nummer sicher gehen.« Sie wandte sich an Spencer. »Kannst du bitte dafür sorgen, dass der Trainingsanzug und die Korkweste ins Labor nach St. Pölten gebracht werden. Und besorg mir bitte eine Funkstreife, die mich nach Joching bringt. Dann kannst Du zu deinem Fußballmatch fahren. Ich checke die Vermisstenanzeigen und versuche nochmal, den Chef zu erreichen. Und bitte schärfe den Leuten unserer Presseabteilung ein, dass sie nichts von dem Verbrechen verlauten lassen, bevor sie mein ausdrückliches Okay haben.«

Dem Arzt und dem Prosekturdiener reichte sie die Hand. »Das gilt bitte auch für das Krankenhaus. Ich will unter keinen Umständen, dass darüber schon morgen etwas in der Zeitung steht.«

Der Arzt nickte.

»Im Übrigen wäre es vielleicht doch klüger, wenn Sie den Toten erst morgen nach Wien bringen. Vielleicht kann ihn ein Angehöriger noch in Krems identifizieren.«

Sonntag, 18. April
10 Uhr 55

Also, das war doch die Höhe. Da entdeckte er einen Mord und als Dank wurde er von seinem Freund wie ein Köter davongejagt. Schöner Freund. Wenn ihm sein dritter Stern lieb sei, dann solle er sich besser schleichen. Weil ihn sonst diese Frau Lenhart an Ort und Stelle degradieren würde. Ihn, Felix Frisch, wegen eines kleinen Missverständnisses, an dem nicht einmal er, sondern die Kollegen von der Funkstreife schuld waren. Zwei junge Schnösel, bei denen er schon immer das Gefühl gehabt hatte, dass sie nicht zu den Hellsten ihrer Zunft zählten. Die hatte er, weil sie schon quasi vor Ort waren, mit der Abholung der Chefinspektorin beauftragt, aber die hatten auf der Mauterner statt auf der Steiner Seite der Donaubrücke gewartet. Typisch. Er als Ranghöherer musste für den Pfusch der Untergebenen gerade stehen.

Wenigstens hellte sein funkelnagelneuer Adidas-Anzug sein Gemüt etwas auf. Damit am Balkon in der Sonne zu sitzen, war schon ganz fein. Auch wenn er über der Taille ordentlich spannte. Aber um die Oberschenkel saß er wirklich perfekt. Richtig eng, wie es modern war.

Das mit dem Bauch würde er spätestens im Sommerurlaub hinkriegen. Schon allein wegen seiner Frau. Der er aber diesmal von seinem eisernen Vorsatz nichts sagen wollte. Weil sie ihn doch nur wieder hänseln würde. Diesmal würde sie richtig Augen machen. Vor Wochen hatte er einen kurzen Blick in eine der blöden Zeitschriften geworfen, die sie geradezu verschlang. Wirklich nur einen kurzen, weil die Texte dort waren ja wirklich unterirdisch. Jedenfalls hatte er gleich einen Artikel erspäht, in dem stand, dass man ja nicht gleich zu viel auf einmal abnehmen solle. Wegen dem Jo-Jo-Effekt. Diese Begründung hatte er – wahrscheinlich im Gegensatz zu den meisten Lesern – natürlich sofort kapiert. Deswegen wollte er die Diät nicht übertreiben. Ganz sacht, aber dafür stetig.

Er erhob sich von seinem Liegestuhl. Dem würde eine neue Bespannung durchaus guttun. Beim Öffnen der Balkontür sog er bewusst die Luft ein. Konnte höchstens noch eine Dreiviertelstunde dauern, bis der Schweinsbraten fertig war. Er war ein Meister darin, aus der Intensität des Duftes auf den Garzustand eines Bratens zu schließen. Schade, dass es die Sendung »Wetten, dass…?« nicht mehr gab. Mit diesem Talent wäre er dort berühmt geworden.

Er ging ins Wohnzimmer und schloss die Balkontür hinter sich, um seine feinfühlige Nase vollends mit Bratenduft einzuhüllen. Diesmal ging es ihm nicht um das Eruieren des Garzustandes. Vielmehr hatte er die Erfahrung gemacht, dass er unter dem Einfluss von Bratenduft immer hellwach wurde. Wie andere unter dem Einfluss von Aufputschmitteln. Hellwach würde er in den nächsten Tagen sein müssen. Wenn er sich auf seine Freunde bei der Mordkommission nicht mehr verlassen konnte, dann musste er sich eben neue Freunde anschaffen. Weil ohne Freunde würde er die Karriereleiter gar nicht weiter hinauf klettern können. Völlig aufgeschmissen wäre er da. Trotz seines Fleißes und seiner Intelligenz.

Er setzte sich, nachdem er zwei Minuten lang mit geschlossenen Augen geschnuppert hatte, wieder in den Liegestuhl. Und schloss abermals die Augen. Unglaublich, welche kühnen Gedanken ihm da so mir nichts dir nichts durch den Kopf gingen. Kein Wunder, dass ihm gleich ein Vortrag einfiel, den der niederösterreichische Polizeidirektor vor drei Monaten gehalten hatte. Vor dreiundzwanzig neuernannten Gruppeninspektoren.

Toller Mann. Ein wirkliches Vorbild, dem er wohl die Abwesenheit bei seiner Beförderungszeremonie nachsehen sollte. Was hatte Marbolt damals gesagt? Richtig. Dass die Polizei in Zeiten wie diesen auf die Zusammenarbeit mit den Medien angewiesen wäre. Mehr denn je. Und dass daher jeder Polizist ab einem gewissen Erfahrungsgrad keine Scheu vor Journalisten haben dürfte. Im Gegenteil. Und wer, wenn nicht er, sollte schon diese Erfahrung haben. Außerdem kannte er einen Reporter persönlich. Der würde sich sicher freuen, von ihm über einen spektakulären Mord informiert zu werden. Bevor noch andere Journalisten davon gehört hatten. Sozusagen exklusiv, wie das der Polizeidirektor nannte. Die Nummer von dem Mann musste er ja noch haben. Oder zumindest die von seiner Zeitung.

Sonntag, 18. April
11 Uhr 03

Am liebsten hätte sie sich mit dem Ärztemantel in den Polizeiwagen gesetzt. Nicht nur wegen ihrer speziellen Garderobe, sondern weil ihr kalt war. Eine Beamtin, die sie auf Ende dreißig schätzte, und ein wesentlich älterer Kollege würden sie nach Joching bringen. Die Polizistin, die am Steuer saß, war so freundlich, sie zu fragen, ob sie die Heizung einschalten sollte. Ohne Anflug des maliziösen Dauerlächelns, das der Taxifahrer während der Fahrt von der Brücke zum Spital gezeigt hatte.

Kaum hatte sie auf der Rückbank Platz genommen, rief sie die Dienststelle in St. Pölten an und bat um eine Überprüfung der Vermisstenmeldungen der vergangenen achtundvierzig Stunden. Sie war gar nicht überrascht über den Inhalt des Rückrufs: In ganz Niederösterreich nur eine Vermisstenmeldung. Von gestern. Die betraf einen knapp Achtzigjährigen aus der Südbahngegend, der schon mehrmals verschwunden, dann aber immer wieder aufgetaucht war. Keine Meldung von heute, Sonntag.

Sie wollte den Polizeidirektor nicht im Beisein der beiden Beamten anrufen. Könnte doch ein sehr ruppiges Gespräch werden. Sie war zwar ziemlich sicher, dass der Tote von heute nichts mit dem angeblichen Toten der Frau Machherndl zu tun hatte. Aber Marbolt würde sich aufspielen und davon faseln, dass er nicht an ihrer Meinung, sondern nur an unwiderlegbaren Tatsachen interessiert sei. Und unwiderlegbar war ihre These ja nicht gerade. Trotz der Angabe des Arztes. Es war immer noch denkmöglich, dass es eine am Freitag übersehene zweite Leiche gab. Zumal Felix Frisch am Werk gewesen war. Die ganze Geschichte war so oder so ziemlich blöd. Wenn einmal etwas schief lief, dann lief es gleich katastrophal schief. Das Erste Spencer'sche Gesetz. So nannte es ihr Stellvertreter.

Sie musste an ihren Mann denken. Ihn hatte sie in der Zwischenzeit völlig vergessen. Was wohl in Joching auf sie wartete? Würden Erich und die blonde Zwergin sich glühende Blicke zuwerfen, wenn sie sich unbeobachtet fühlten? Das Erste Spencer'sche Gesetz würde dergleichen nahelegen. Oder noch Schlimmeres. Mit solchen Gedanken konnte sie sich verrückt machen. Es war besser, nicht daran zu denken. Besser, sich auf die Gegenwart zu konzentrieren. Hier saß sie mit den zuvorkommenden Kollegen. Sie würde ein sehr schlechtes Bild von sich hinterlassen, wenn sie auf einer doch knapp halbstündigen Fahrt stumm und einsilbig blieb. Deshalb begann sie ein Gespräch. Über etwas Schönes. Kinder. Die Fahrerin des Autos hatte drei kleine. Sie schien sich darüber ausgesprochen zu freuen, mit ihr über die Kinder sprechen zu können, auf die sie sichtlich stolz war.

Der ältere Kollege schien an einem Gespräch weniger interessiert zu sein. Aber wenigstens erfuhr sie, dass er schon die Tage bis zu seiner Pensionierung in zweieinhalb Jahren zählte.

Die Beamtin, die wegen des starken Sonntagvormittagsverkehrs betont vorsichtig unterwegs war, machte sie kurz nach Loiben auf die vielen blühenden Marillenbäume aufmerksam.

»Deswegen ist heute so viel Verkehr. Für den Tourismus freut es mich. Aber es würde mich schon sehr wundern, wenn es am Nachmittag nicht mindestens einmal krachen würde.«

Das betraf ihre Rückfahrt von Joching nach St. Pölten. »Verschreien Sie es nicht. Da fahre ich nämlich mit meinem Mann die Strecke zurück.«

Die junge Beamtin lachte. »Da ist aber die Chance maximal zehntausend zu eins, dass es gerade bei Ihnen kracht.«

Wesentlich höher war die Chance, dass es zwischen ihr und ihrem Erich in anderer Hinsicht krachen würde. Jetzt dachte sie doch an ihren Mann. Und an diese Schlange von Liliputanerin. Würde die ihre Abwesenheit genutzt haben, um Erich noch ungenierter als gestern schöne Augen zu machen? Und wie würde er reagieren, wenn seine Angetraute jetzt auftauchte?

Kurz vor Weißenkirchen läutete ihr Handy. Ihre Dienststelle. Es gab eine neue Vermisstenmeldung. Die Beschreibung passte. Sie wandte sich an die Fahrerin. »Können Sie mich bitte zum Polizeiposten Spitz bringen. Mit Blaulicht.«

Sonntag, 18. April
13 Uhr 05

Nachdem sie mit dem Spitzer Postenkommandanten gesprochen hatte, gab es für sie keinen Zweifel mehr. Natürlich würde der Tote in der Prosektur des Kremser Spitals noch offiziell identifiziert werden müssen. Aber Haarfarbe, Größe, Gewicht, Zeitpunkt des Verschwindens und vor allem der dunkelblaue Trainingsanzug passten einfach zu gut. Ein Irrtum war ausgeschlossen.

Sie bat den Postenkommandanten, sie zunächst zu dem noch in der Scheune stehenden Porsche Cayenne zu fahren.

Auf dem Weg erzählte er ihr genauer, wie die Suche verlaufen war.

Nach kurzem Augenschein lobte sie den Postenkommandanten für seine Umsicht und verständigte die Spurensicherung. Hoffnung, dass die Kollegen etwas Brauchbares finden würden, hatte sie allerdings nicht. Im Gegenteil. Sie besah sich die Ledersitze, Lenkrad und Armaturen, ebenso die Gummimatte im Fußraum des Fahrersitzes. Nirgends fand sie auch nur ein Haar. Nachdem sie sich auch ein Bild vom umliegenden Wald gemacht hatte und ebenfalls zur Einschätzung kam, das dies hier sicher nicht der Tatort des Mordes war, bat sie den Postenkommandanten, der Witwe telefonisch ihren Besuch anzukündigen. Eine Aufgabe, die er, wie sie fand, mit ausgesprochen viel Fingerspitzengefühl erledigte. Deshalb ersuchte sie ihn auch, sie zur trauernden Familie zu begleiten.

Bei der Fahrt zurück nach Spitz schaute sie auf die Uhr. Sie dauerte eine knappe Viertelstunde. Ein weiteres Indiz dafür, dass der Fundort des Wagens nicht der Tatort sein konnte. Jemand, der eine Stunde laufen gehen wollte, würde davon wohl kaum eine knappe halbe Stunde für den Weg hin und retour im Auto verbringen. Damit stand für sie auch fest, dass sie den eigentlichen Tatort, wo es womöglich Spuren des Täters gab, wahrscheinlich nicht finden würden. Dieser Mörder hatte offenbar einen sehr wohlüberlegten Plan. »Bitte helfen Sie mir beim Denken«, forderte sie den Postenkommandanten auf. »Der Mörder bringt den Wagen vom Tatort weg und versteckt ihn. Damit verhindert er, dass wir am Tatort Spuren von ihm finden können. Das nützt ihm aber nur dann etwas, wenn er sicher sein kann, dass er im Auto keine Spuren hinterlässt.«

Der Postenkommandant nickte. »Einen Overall samt Mundschutz und Maske für die Augen, wie das in chemischen Labors verwendet wird, kann heutzutage jedermann via Internet für weniger als zehn Euro kaufen.«

Sie seufzte. Verbrecher hatten eben mittlerweile gelernt, DNA-Spuren zu vermeiden. »OK. Nehmen wir an, er hat

Klaus Strasser niedergeschlagen, ihn entweder gleich getötet oder ihn gefesselt oder betäubt. Jedenfalls hat er ihn kaltblütig, wahrscheinlich in seinem eigenen Auto, zurückgelassen und ist mit dem Auto des Opfers vom Tatort zur Scheune gefahren. Aber um vom Tatort abzulenken, hätte er das Auto von Strasser doch nur ein bis zwei Kilometer entfernt abzustellen brauchen. Warum hat er das Auto regelrecht versteckt?«

Diesmal seufzte der Postenkommandant. »Diese Frage zermartert mein Hirn, seit uns der alte Bauer angerufen hat. Das Verstecken des Autos macht doch keinen Sinn.«

Sie kamen beim Haus der Strassers an und verständigten sich mit einem Nicken darüber, dass sie später weiterreden würden.

Ein junger Mann, der sich heute sichtlich noch nicht rasiert hatte, erwartete sie. Auf seinem Gesicht waren Spuren von Tränen. Sicher der Sohn der Familie.

Er gab ihr und dem Spitzer Polizisten mit einem stummen Nicken die Hand und führte sie durch einen engen Eingang in das Haus und dann weiter in ein Zimmer, das in seiner Größe einen überraschenden Kontrast zum Eingang bildete.

Ihr Blick fiel zunächst auf zwei riesige Tische. Mit mehr als einem Dutzend Gedecken und mehreren Vasen voll mit beneidenswert schönen Blumen. Mit einer Leuchtkraft, als wären sie erst heute Vormittag gepflückt worden.

Erst als der Sohn hinter die Tische trat, nahm sie dort zwei Frauen wahr, die auf einer Sitzbank saßen. Die Ältere schätzte sie auf Anfang vierzig. In einem schwarzen Rollkragenpullover und schwarzem Rock. Theoretisch möglich, dass sich Frau Strasser in der Zeit, die zwischen dem Anruf des Postenkommandanten und ihrem Eintreffen lag, umgezogen hatte. Allerdings wirkte die Witwe gefasst. So, als hätte sie längst gewusst, dass sie ihren Mann nicht mehr lebend sehen würde. So, als hätte sie schon seit heute Früh Trauerkleidung getragen.

Instinktiv griff Doris nach dem Ausschnitt ihrer weißen Bluse. Um zu kontrollieren, ob zumindest alle Knöpfe geschlossen waren. Sie fühlte sich in ihrer Aufmachung jetzt noch unwohler und deplatzierter als im Spital. Wenigstens trug sie kein Make-up mehr.

Die jüngere Frau, die neben Frau Strasser saß und deren Hand hielt, musste die Tochter sein. In dunkelgrüner langer Hose und einem mittelgrauen Pullover. Die Ähnlichkeit zwischen Mutter und Tochter war unverkennbar.

Sie ging auf die Mutter zu und ergriff die ausgestreckte Hand. Schon mehrmals hatte sie Witwen die traurige Nachricht vom Tod ihres Mannes überbringen müssen. Die meisten von ihnen hatten die Nachricht mit ganz niedergeschlagenen Augen und ohne den geringsten Blickkontakt entgegengenommen. Ganz anders Frau Strasser. Ihr Händedruck war deutlich spürbar. Ihre Augen waren traurig und dennoch voller Wärme. Da der Postenkommandant ihren Besuch angekündigt hatte, verzichtete sie darauf, sich nochmals vorzustellen. »Es tut mir unendlich leid.«

Frau Strasser antwortete mit einem leichten Nicken.

»Sie haben es ja von meinem Kollegen bereits gehört. Wir sind sicher, dass Ihr Mann Opfer eines Gewaltverbrechens geworden ist. Ich werde Sie zwar noch um eine offizielle Identifizierung bitten müssen, aber die hätte auch noch bis morgen Zeit, wenn Sie sich heute dazu noch nicht in der Lage sehen.«

Der Postenkommandant drückte ebenfalls sein Beileid aus und ergänzte: »Wir würden Sie jedenfalls mit einem unserer Autos nach Krems und wieder zurück bringen.«

Die Tochter wandte schluchzend ihr Gesicht ab, so als würde sie nicht wollen, dass sie die beiden Beamten weinen sahen.

Frau Strasser kämpfte jetzt ebenfalls mit den Tränen. »Ich kann es noch immer nicht fassen, dass Klaus tot ist.« Sie brauchte eine kurze Pause. »Danke für das Angebot. Aber ich fahre selbstverständlich selbst nach Krems.«

»Wir gehen für den Moment von der Hypothese aus, dass der Täter die Gewohnheiten Ihres Mannes sehr genau gekannt haben muss. Mein Kollege hat mir erzählt, dass Ihr Mann regelmäßig in der Umgebung von Spitz gejoggt hat. Und dass das fast jeder Mensch in Spitz gewusst hat. Ihr Mann hat seit seiner Kindheit in Wien gelebt. Haben auch Personen aus seinem Wiener Umfeld von diesem Wochenendvergnügen ihres Mannes gewusst?«

»Ganz sicher. Wir haben ja auch hier in Spitz ein sehr offenes Haus geführt. Daher waren immer wieder Wiener Freunde zu Besuch. Und Klaus hat sich auch da nicht von seinem Ritual abbringen lassen. Allein gestern sind knapp zwanzig Leute gekommen. Und er ist trotzdem gelaufen. Oder wollte es zumindest.« Jetzt liefen Tränen über die Wangen von Frau Strasser. Ungebremst.

»Wann ist Ihr Mann denn gestern zu seiner Jogging-Runde aufgebrochen?«

»Gestern war es ziemlich genau um vier.«

»Und wann sind Ihre Gäste eingetroffen?«

Theresa Strasser suchte nach einem Taschentuch.

Da die Tochter ebenfalls weinte, antwortete der Sohn. »Die meisten sind bald nach 16 Uhr dagewesen. Meine Mutter hat sie für einen Spaziergang weggeschickt. Gegen fünf sind dann fast alle wieder eingetrudelt. Bis auf Onkel Roman, der ist gar nicht gekommen.«

»Und wer ist dieser Onkel Roman?«

Die Mutter übernahm wieder das Wort. »Doktor Roman Gröger. Das ist ein alter Freund meines Mannes aus Studententagen. Ebenfalls ein Rechtsanwalt. Aus Krems. Ist bei uns seit mehr als zehn Jahren ein und aus gegangen. Daher nennen ihn unsere Kinder Onkel Roman.«

Doris versuchte, ihre nächste Frage so beiläufig wie möglich zu stellen. »Und warum ist er nicht gekommen?«

»Er hat am Freitag abgesagt. Weil er sich als kleiner Provinzanwalt in einer Gesellschaft, in der Erfolg das Maß aller Dinge ist, nicht wohl fühlen würde. Ist jammerschade gewesen.«

»Sie werden verstehen, dass wir seine Adresse und seine Telefonnummer brauchen.«

Frau Strasser erschrak. »Um Himmels willen, Sie werden ihn doch nicht verdächtigen?«

»Ich verdächtige im Moment noch gar niemanden. Aber Doktor Gröger weiß vielleicht etwas über Ihren Mann, das uns weiterhelfen könnte. Deshalb brauchen wir auch eine Liste mit den Namen aller Personen, die gestern hier gewesen sind. Hat Ihr Mann Feinde gehabt?«

Theresa Strasser blickte ihre Kinder an. Dann antwortete sie etwas zögerlich: »Nicht solche, die ihm den Tod gewünscht hätten. Aber er ist sicher einigen Personen ordentlich auf die Zehen gestiegen. Da ist er nicht sehr zimperlich gewesen. War natürlich auch Teil seines Erfolges.«

»Wie lange haben Sie Ihren Mann gekannt?«

»Seit fast fünfundzwanzig Jahren. Wir haben uns während des Studiums kennengelernt.«

»Noch eine letzte Frage: Ist Ihr Mann Nichtschwimmer gewesen?«

In den Augen von Mutter, Tochter und Sohn zeigte sich ein ungläubiges Staunen.

Die Tochter fasste sich am schnellsten. »Papa war sogar ein ausgezeichneter Schwimmer. Aber warum fragen Sie das überhaupt?«

Sonntag, 18. April
13 Uhr 30

Sollte er sich einen schattigeren Platz suchen oder die Beobachtung überhaupt abbrechen? Wenn er hier blieb, würde er einen Sonnenbrand riskieren. Er hatte ohnehin genug gesehen. Auch Phase zwei seines Plans funktionierte in allen Etappen perfekt. Er musste an gestern denken. Da hatte er an der gleichen Stelle gestanden. Auf dem Tausendeimerberg. Wie nervös er da im Unterschied zu heute gewesen war. Unglaublich, wie beruhigend Erfolg sein konnte. Gestern noch ein leichtes Zittern der Hände, mit denen er das Fernglas vor seine Augen hielt. Und heute seine Hände so stabil wie ein Stativ. Trotz des eben vorgefahrenen Polizeiwagens. Trotz der Person, die vom Beifahrersitz ausstieg, und die er von Zeitungsfotos kannte. Tolle Karriere. Ob sie sich dabei auch auf ihre Ellbogen verließ? Und auch nur Freundschaften schloss, die ihr nützlich waren? Waren Gemeinheit und alle sonstigen widerwärtigen menschlichen Charaktereigenschaften notwendig, um Morde aufzuklären? Wohl nicht unbedingt. Da war ihr Chef wesentlich leichter einzuschätzen. Der Herr Polizeidirektor brauchte nur den Politikern hinten hineinzukriechen und vorne seinen Mitarbeitern ein Haifischlächeln zu zeigen, und schon war er ein gemachter Mann. Ja, Doris Lenhart war jetzt seine Gegnerin. Vor ihr hatte er zehnmal mehr Respekt als vor ihrem Chef. Aber seine Hände waren ganz ruhig. Respekt ja, aber er fürchtete sie nicht. Gegen seinen Plan würde auch sie völlig chancenlos sein. Er spielte ja schon jetzt Katz und Maus mit ihr. Und das war erst der Anfang.

Seit er sich mit dem Gedanken trug, seinen Kummer nicht mehr nur stumm mit sich herumzuschleppen, hatte er die Geschichte von Tötungsdelikten studiert. Und von deren Aufklärung. Es war immer das Gleiche. Entweder der Täter hatte Spuren hinterlassen, die die Polizei schnurstracks zu ihm führten. Oder das Motiv des Verbrechens lag so klar auf der Hand, dass es den Ermittlern den Täter geradezu auf dem Silbertablett servierte. Er dagegen konnte es sich sogar leisten, Spuren zu legen. Würden die Polizei aber ins Nirgendwo führen. Seine Spuren schrien ganz laut, konnten aber von niemandem außer ihm selbst gehört werden.

Er beschloss, Sonnenbrand hin oder her, noch zu warten. Die Chefin der Mordkommission würde ja genug Feingefühl haben, die Witwe nicht gleich mit einer ganzen Liste von Fragen zu quälen. Sonst wäre er sehr enttäuscht von ihr. Er wollte unbedingt wissen, ob sich Theresa Strasser wie ein verwundetes Tier in ihren Bau zurückzog. Oder ob sie genügend Stehvermögen hatte, um sofort ihrer Aufgabe nachzukommen, ihren Mann zu identifizieren.

Da kam die Chefinspektorin in Begleitung eines Polizeibeamten aus dem Haus. Sie bestiegen den Polizeiwagen. Durch sein Fernglas konnte er genau sehen, dass die beiden kein Wort miteinander wechselten. Wahrscheinlich von der Trauerstimmung ergriffen. Das deutete darauf hin, dass sich Theresa Strasser zunächst in die Trauer ergeben würde. Konnte er gut verstehen.

Er setzte sein Fernglas ab. Da bemerkte er sie, wie sie aus der Eingangstür heraustrat. Schon ganz in Schwarz gekleidet. Und wie sie mit ziemlich raschem Schritt auf ihr grünes Auto zusteuerte. Donnerwetter! Doch mental so stark wie er vermutet hatte. Oder war die Trauer gar nicht so groß? Jedenfalls war damit der letzte Schritt von Phase zwei seines Plans erledigt. Zeit, sich auf Phase drei zu konzentrieren.

Sonntag, 18. April
13 Uhr 35

Der Spitzer Postenkommandant war so freundlich, sie zum Restaurant in Joching zu fahren. Während der knapp zehn Minuten dauernden Fahrt ließ sie sich von ihm seine Eindrücke über die Familie Strasser schildern. Was er ihr über die Ehefrau erzählte, überraschte sie nach der kurzen Begegnung mit Theresa Strasser wenig. Obwohl Wienerin schon nach kurzer Zeit in Spitz voll integriert. Sehr beliebt bei den

Geschäftsleuten. Sie galt als gute Kundin und trotz ihres Geldes keineswegs als hochnäsig, wie das Wiener manchmal waren. Insgesamt ausgesprochen sympathisch.

In der Beurteilung des Mordopfers schien ihr der Postenkommandant wesentlich zurückhaltender zu sein. Klaus Strasser wäre zwar nie wirklich unfreundlich gewesen. Eher reserviert.

»Hochnäsig, wie das Wiener manchmal sind?« bohrte sie nach.

Er nickte mit einem Lächeln. »Ja, irgendwie sogar richtig großkotzig. Ohne Bemühen, am Ortsleben teilzunehmen. Und das, obwohl er gebürtiger Wachauer war.«

Diese Information fand sie interessant. Sie fragte ihn, ob er wüsste, wie lange Dr. Strasser in der Wachau gelebt hatte?

Das konnte er nicht genau sagen, aber er habe im Hinterkopf, dass der spätere Anwalt schon in seiner Volksschulzeit nach Wien übersiedelt sei.

»Noch Verwandte in der Wachau?« fragte sie weiter.

Eher nein. Auch das würde er nicht mit Bestimmtheit sagen können. Aber Verwandtschaftsverhältnisse hätten sich wohl in Spitz herumgesprochen.

»Und die beiden Kinder?«

Die hätte er zu selten gesehen, um einen Eindruck zu haben. Jedenfalls sei ihm kein intensiver Kontakt zur hiesigen Jugend bekannt.

»Irgendwelche Gerüchte über Zwistigkeiten in der Familie Strasser?« fragte sie mehr der Vollständigkeit halber.

Wie erwartet, schüttelte er den Kopf.

Im Außenspiegel der Beifahrertür sah sie, dass sich hinter dem Polizeiwagen eine ganz schön lange Schlange gebildet hatte. Sie blickte auf den Tacho. Ein knapper Hunderter. Die Fahrer hinter ihnen würden alle froh sein, wenn der in Silbergrau und Blau lackierte Skoda vor ihnen die Wachaustraße in Joching verlassen würde.

»OK. Kommen wir zurück zu der Frage, warum der Täter den Porsche in der Scheune versteckt hat. Was wäre passiert, wenn wir den Porsche einfach irgendwo am Waldrand gefunden hätten.«

Er zuckte die Achseln. »Nichts Besonderes.«

Da ging ihr ein Licht auf. »Doch. Dann wäre die Suche schon am Abend ohne sonderliches Aufsehen erledigt gewesen. Nur weil der Wagen nicht zu finden war, sind die Kollegen am Morgen mit Megaphonen durch die Orte gefahren und haben die Bevölkerung um Mithilfe gebeten.«

»Das ist doch die Höhe«, platzte es aus dem Postenkommandanten heraus. »Der Kerl hat uns benutzt, um sein Verbrechen zum Ortsgespräch zu machen?!«

»Sieht ganz so aus. Scheinbar haben wir es mit einem überaus cleveren Täter zu tun, der mehrere Schachzüge im Voraus geplant hat. Er will, dass sein Verbrechen weithin sichtbar ist. Das passt auch zum Korkgürtel. Er will der Öffentlichkeit etwas mitteilen.«

Als der Wagen vor dem Restaurant hielt, bedankte sie sich aufrichtig bei ihrem Chauffeur und gratulierte ihm zu der feinfühligen Art, mit der er das Telefongespräch mit Frau Strasser geführt hatte. Sie hatte den Eindruck, dass er sich über ihr Kompliment wirklich freute. Sie wollte ihm nicht sagen, dass sie unterwegs zu einem Kochkurs gewesen war, als sie ins Kremser Krankenhaus gerufen wurde. Weil ihm ihre Garderobe dafür völlig unpassend erschienen wäre. So sprach sie von einem großen Mittagessen, zu dem ihr Mann und sie eingeladen waren. Und dass sie jetzt wohl nur mehr zum Dessert zurechtkommen würde.

»Schade«, meinte er. »In dem Restaurant soll ein exzellenter Koch am Werk sein. Weiß ich allerdings nur vom Hörensagen. Ist für unsereinen ja viel zu teuer. Aber ich nehme ohnehin nicht an, dass Ihnen das Essen jetzt sonderlich geschmeckt hätte.«

»Sie haben völlig Recht. Mir ist im Moment gar nicht nach Essen zumute. Auf Wiedersehen.«

Im Restaurant suchte sie zuerst die Toilette auf. Um sich frischzumachen und etwas Make-up aufzutragen. Deutlich dezenter zwar als in der Früh, aber doch.

Als sie das Restaurant betrat, war sie überrascht, dass sie von der ganzen Runde, die in bester Stimmung zu sein schien, mit Applaus empfangen wurde. Offensichtlich hatte ihr Mann erzählt, warum er allein gekommen war. Ihr entging nicht, dass eine Person in der Runde nur sehr lustlos in die Hände klatschte. Wenn sie saß, wirkte sie noch kleiner. Beim Sitzen halfen eben auch die längsten Bleistiftabsätze nichts. Sie musste aber auch feststellen, dass ihr Erich neben der zu kurz geratenen Frau saß. Der Farbe seines Gesichts nach zu schließen einigermaßen illuminiert. Mit einem blöden Grinser, den sie früher nie an ihm bemerkt hatte. Aber er behauptete ja auch, immer nur für große Frauen geschwärmt zu haben. Wenigstens stand er auf und gab ihr einen Kuss. Erich legte ja immer Wert auf gute Manieren. Gerne hätte sie im Moment des Kusses den Blick der Zwergin gesehen. Sicher giftig.

Was die Garderoben der Damen anlangte, bot sich ihr das gleiche Bild wie gestern. Mit Ausnahme der Großmutter, die offenbar denselben gemütlichen Pullover trug, hatten sich die Teilnehmerinnen wieder nicht lumpen lassen. Nur schien es unter ihnen eine Absprache gegeben zu haben, die Dirndln heute im Schrank zu lassen. Nur mehr eines war am Tisch vertreten.

Den Vogel hatte wieder einmal die Flamme ihres Mannes abgeschossen. Diesmal keine Bluse mit Ausschnitt, der keine Männerwünsche offenließ, sondern ein ganz eng anliegender roter Pullover. So eng, dass auch ein Blinder die Nippel hätte sehen können. Mindestens so aufreizend wie die gestrige Bluse.

Die meisten Anwesenden hatten Kaffeetassen vor sich stehen. Offensichtlich war die Gruppe schon mit dem Dessert fertig, was ihr sehr recht war. Einen Kaffee würde sie auch noch trinken. Aber dann ab nach Hause.

Jetzt registrierte sie den taxierenden Blick ihrer Konkurrentin. War sie also mit ihrer heutigen Aufmachung doch nicht so falsch gelegen? Wenigstens etwas.

Sonntag, 18. April
15 Uhr 45

Wie blöd er doch gewesen war. Er hätte sich doch überhaupt keine Sorgen zu machen brauchen. Eine schlaflose Nacht für nichts und wieder nichts. Wie hatte er nur auf die Idee kommen können, dass ihn sein Minister fallen lassen würde? Dankbarkeit war ja doch eine politische Kategorie. Da hatte seine Britta ganz schön geschaut, als er ihr gestern das SMS auf seinem Handy gezeigt hatte. Hurensohn und feig wie ein Schakal? So würde er ihn nie wieder nennen. Und alles nur deswegen, weil er sich von seiner Frau wegen dieses Erotikmodels ins Boxhorn hatte jagen lassen. Würde auch nie wieder vorkommen.

Weil er selbst sein größter Kritiker war, war ihm auch klar, dass er noch einiges zu lernen hatte. Wenn es eine Sache gab, die ihn von einer ganz großen Karriere abhalten konnte, dann war das sein Mangel an Selbstbewusstsein. An dem würde er noch arbeiten müssen. Gott sei dank würde er seine einzige wirkliche Schwäche kennen. Was ihn von so vielen Menschen unterschied, die alle glaubten, keine Defizite zu haben.

Als er gerade darüber nachdachte, was er für seinen Besuch beim Minister anziehen sollte, läutete sein Handy. Obwohl er auf dem Display den Namen Lenhart las, meldete er sich ganz neutral mit seinem Namen. Nur keine zu große Vertraulichkeit. Er merkte nach dem ersten Satz, dass sie anders war als sonst. Viel weniger forsch. Aber was sie ihm dann erzählte, das hielt er für geradezu ungeheuerlich.

»Was? Vor nicht einmal sechs Stunden hast du mir versichert, dass die Leiche, von der der Redakteur gesprochen hat, gar keine Leiche war, sondern eine Schaufensterpuppe. Da fährt die Eisenbahn drüber. Das sind deine Worte gewesen. Und genau zu diesem Zeitpunkt fischt die Polizei einen toten Mann aus der Donau? Ermordet noch dazu. Der genauso aussieht, wie die Zeugin ihn beschrieben hat. Was für ein Zufall?! Erstens stellt das einen neuerlichen Gipfel der Inkompetenz dar. Zweitens ersuche ich dich dringend um eine Erklärung, wie wir das dem Journalisten beibringen. Der ist imstande und schreibt morgen etwas von einer übereifrigen Zeugin, die eine in der Donau schwimmende Schaufensterpuppe mit einer Wasserleiche verwechselt hat. Und dann erfährt er in den Abendnachrichten nicht nur von einer tatsächlichen Leiche, sondern sogar von einem Mord. An seiner Stelle wäre ich richtig wütend. Ich rede mit dem Herrn auf keinen Fall. Diese Suppe, die du mir da eingebrockt hast, löffelst gefälligst du selbst aus.« Er fand, dass er genau den richtigen Ton gegenüber der Chefinspektorin getroffen hatte.

Bestimmt, Autorität signalisierend und selbstbewusst. Sollte sie jetzt aufsässig werden oder gar mit Ausreden kommen, was er aus mehr als einjähriger Kenntnis dieser Dame für gar nicht ausgeschlossen hielt, so würde er jederzeit einen Zahn zulegen können. Wie es sich für einen zukünftigen Generalsekretär des Innenministeriums gehörte. Deshalb hörte er ihr auch kaum zu. Machte sein Minister ja auch nie.

»Jetzt komm' mir bitte nicht mit lächerlichen Ausreden.« Nun setzte er zum entscheidenden Schlag an. Hätte er den Journalisten nicht im Genick, er hätte dieses Gespräch genossen. Gleich würde sie k.o. gehen. »Woher willst du so genau wissen, dass die Schaufensterpuppe und die Leiche zwei verschiedene Paar Schuhe sind?«

»Weil die Schaufensterpuppe schon in der Donau geschwommen ist, als das Mordopfer noch quicklebendig war«, antwortete seine Untergebene.

»Das kannst du beweisen?«

»Der Arzt hat gesagt, dass die Leiche maximal seit 15 Stunden tot ist. Die Zeugin hat die Puppe vor 40 Stunden gesehen. Ist das Beweis genug?«

Er spürte wieder diese verdammte Unsicherheit. Manche Frauen hatten einfach eine Art, mit der er nicht zurechtkam. Auch daran würde er noch arbeiten müssen. »Das mag ja alles schön und gut sein. Aber der Journalist, der heute in den Nachrichten von dem Mord erfährt, wird sich trotzdem von mir gelegt vorkommen. Weil er das mit den zwei Paar Schuhen ja nicht wissen kann. Nicht, dass mich das noch tangieren könnte. Aber dir kann das nicht egal sein. Deswegen bestehe ich darauf, dass du ihn anrufst und ihm das erklärst.« Gut gemacht, Wolfgang! Andeuten, dass du bereits im Expresszug nach oben sitzt, ohne eine Indiskretion zu begehen.

»Keine Sorge. Der Journalist wird heute nichts vom Mord erfahren. Schon gar nicht aus dem Fernsehen. Ich habe Anweisung gegeben, dass bis morgen Früh nichts an die Presse kommt.«

Diese Frau dachte auch an alles. Vor der würde er sich selbst in Wien in Acht nehmen müssen. »Wissen wir wenigstens schon, wer das Opfer ist?« Was für ein Aufwärtshaken, dieses »wenigstens«. Großartig.

»Ja, Klaus Strasser, ein bekannter Wiener Anwalt.«

»Was? Dann kennt ihn ja der Innenminister ganz sicher. Ich werde ihm morgen sofort berichten, dass wir den Fall blitzschnell aufklären werden. Ich werde ihm auch sagen, dass ich die Anweisung gegeben habe, den Medien gegenüber solange absolutes Stillschweigen zu bewahren, bis ich ihn persönlich über das Verbrechen informiert habe.«

Montag, 19. April
8 Uhr 15

Montag war immer der Tag, an dem sie Blumen von zu Hause mitbrachte. Um ihrem Büro eine etwas wohnlichere Atmosphäre zu verschaffen. War ohnehin ein ziemlich hoffnungsloses Unterfangen. Am liebsten hätte sie die ganze Meublage hinausgeschmissen. Sie war sicher, dass sie selbst auf dem Sperrmüll etwas Besseres gefunden hätte. Erst im Büro fiel ihr auf, dass sie heute die Blumen vergessen hatte. Offensichtlich hatten die beiden letzten Tage bei ihr noch mehr Spuren hinterlassen, als sie ohnehin befürchtete.

Spencer, der eben ohne anzuklopfen zur Tür hereinkam, schien wie immer zu sein. Fettige Haare, schlechte Rasur, in einem uralten Hemd, das sie an dem Fettfleck erkannte, der sich schon vorigen Freitag an derselben Stelle breitgemacht hatte. Und in einer Hose mit heruntergetretener rechter Stulpe. Zum Unterschied vom Fettfleck kannte sie den Defekt an der Hose schon seit mindestens zwei Wochen.

»Interessant. Die Montagsblumen fehlen.« Seine Beobachtungsgabe war scharf wie immer. »Ist mir schon gestern so vorgekommen, als wärst du etwas von der Rolle. Wenn du jemanden zum Anlehnen brauchst, dann stehe ich zur Verfügung. Auf den Augenblick, dass sich eine schöne Frau an meiner Brust ausweint, warte ich schon lang.«

»Dein Mitgefühl und deine Süßholzraspelei kannst du dir sparen. Wir haben einen Fall zu lösen.« Wahrscheinlich eine zu heftige Reaktion, dachte sie. Daher schob sie noch einen freundlicheren Satz nach. »Aber deine spontane Beobachtung mit den Blumen zeigt, dass du noch nicht pensionsreif bist.«

Da sie Spencer sehr gut kannte, wusste sie, dass sein Versuch, keine Regung zu zeigen, der Beweis dafür war, dass er sich freute.

»Komm', setz' dich! Aber bitte mache dir vorher deinen Hemdknopf zu.«

Spencer nahm den Sessel in seiner gewohnten Manier in Beschlag und nestelte gleichzeitig an seinem Hemd.

»Ich habe noch gestern Abend versucht, mir einen Reim auf die ganze Sache zu machen. Bin aber nicht wirklich klargekommen. Warum schlägt jemand sein Opfer irgendwo in einem Wald nieder, wahrscheinlich schon mit einem tödlichen Schlag, bringt ihn dann ein paar Kilometer zur Donau, zieht ihm eine Art Schwimmreifen an und wirft die Leiche in den Fluss. Warum hat er die Leiche nicht einfach im Wald liegen gelassen?«

»Weil er mit der Prozedur eine Botschaft verbinden will.«

»Bin ganz bei dir. Nur verstehe ich die Botschaft noch nicht.« Sie stand auf und begann in ihrem Büro auf und ab zu gehen. Tat sie immer, wenn sie angestrengt nachdachte und ihre Gedanken ordnen wollte.

Ihr Stellvertreter hingegen saß da wie ein Fels.

Seit mehr als einem Dutzend Jahren kannte sie ihn nun schon. Aber noch immer war sie überrascht, dass er beim Nachdenken keinen Millimeter Bewegung brauchte. »Die Spurensicherung hat noch gestern beim Porsche angefangen. Und der Spitzer Postenkommandant lässt heute seine Leute in Mühldorf und Umgebung ein paar Wege abgehen, die Klaus Strasser als Laufstrecken gemocht haben könnte. Vielleicht finden sie einen Hinweis auf den eigentlichen Tatort.«

»Haben wir eine Ahnung, wie lang eine Leiche, die an der Oberfläche treibt, von Spitz bis Krems braucht?«

Sie blieb stehen und drehte sich zu Spencer um. »Das werden wir leider nie mit Sicherheit wissen, weil sie ja irgendwo hängenbleiben kann. Das ist beim jetzigen Wasserstand gar nicht so unwahrscheinlich. Außerdem wissen wir nicht, ob der Ermordete überhaupt bei Spitz der Donau überlassen worden ist. Aber du hast Recht. Mit der Strömungsgeschwindigkeit sollten wir uns in diesem Fall befassen. Wahrscheinlich kann uns die Gerichtsmedizin sagen, wie lange die Leiche im Wasser war. Weißt du, was dieser Frisch mit der Holzpuppe von vorgestern gemacht hat?«

»Sicher irgendeinen Blödsinn. Ich rufe ihn an. Die Strompolizei soll die Puppe bei Spitz in die Donau werfen und dann schauen, was passiert.«

»Gut, mach das. Die Frau Strasser hat mir versprochen, dass sie uns heute die Namen der Teilnehmer des Geburtstagsfests mailt.«

»Die waren fast alle in Begleitung da«, meinte er. »Als Mörder kämen sie also nur paarweise in Frage. Höchst unwahrscheinlich.«

«Schon. Aber vom zeitlichen Ablauf her wäre ein Mord, an dem zwei von den späteren Gästen beteiligt sind, immerhin denkmöglich. Nehmen wir an, zwei Personen folgen Klaus Strasser um sechzehn Uhr in den Wald. Maximal zehn Minuten Fahrt. Angriff auf Strasser spätestens um sechzehn Uhr fünfzehn. Dann den Porsche verstecken. Maximal fünfzehn Minuten Fahrt.

Wenn ein zweites Auto zur Scheune mitfährt, mit dem die Täter dann gleich nach Spitz fahren können, brauchen sie nochmal eine Viertelstunde. Sie wären also um dreiviertelfünf in Spitz. Da sind die ersten Gäste bei den Strassers eingetrudelt.«

»Mit der Leiche von Klaus Strasser im Kofferraum?« Spencer sah sie skeptisch an. »Dann beteiligen sie sich an der Suche. Und nach dem Abblasen der Suche werfen sie die Leiche mitten in der Nacht oder eher in den frühen Morgenstunden in die Donau.«

Sie nickte beschwichtigend. »Ich rede ja nur davon, dass es nicht denkunmöglich ist. Zum gegenwärtigen Zeitpunkt wäre es auf alle Fälle ein Fehler, die Gäste nicht in unsere Ermittlungen mit einzubeziehen. Obwohl: Spitzenjuristen und ihre Damen, das sind normalerweise nicht die Leute, die sich selbst die Finger schmutzig machen.«

Ihr Stellvertreter nickte zustimmend.

»Trotzdem…«, hob sie an.

Sein Nicken erstarrte. Stattdessen brummte er unwillig. »Ja, o.k., habe verstanden. Ich muss nach Wien fahren und mit den Gästen reden. Mit der klitzekleinen Möglichkeit, dass wir dort ein mörderisches Paar finden, willst du mir die Drecksarbeit schmackhaft machen.«

Sie setzte eine Unschuldsmiene auf. »Die Gäste kennen das Opfer am besten und können uns vielleicht auf eine Spur bringen.«

»Schau mich an«, flehte er übertrieben. »Du kannst doch viel besser mit diesen feinen Damen und Herren.«

Sie winkte ab. »Sorry, ich muss mich auf andere Dinge konzentrieren. Am Nachmittag rede ich mit einem Doktor Gröger. Er ist eingeladen gewesen, hat aber im letzten Moment abgesagt.«

»Erst am Nachmittag?« Seine Miene hellte sich auf. »Dann könnten wir doch am Vormittag telefonisch…«

»Du fährst nach Wien«, unterbrach sie ihn mit gespielter Strenge. »Ich hab am Vormittag was anderes zu tun, was mich noch weniger freut, glaub mir.«

»Was könnte schlimmer sein als hochnäsige Wiener?«

»Journalisten«, seufzte sie. »Um zehn habe ich ein Pressegespräch.«

Montag, 19. April
8 Uhr 31

Wolfgang Marbolt betrat das Sekretariat der Polizeidirektion mit großem Schwung und mit noch größerer Freundlichkeit. Er blickte sich dabei im Raum um. Sehr provinziell, das Ganze. Alles in diesem scheußlichen grauen Schleiflack. Einheitsbrei ohne den geringsten Anflug von Eleganz. Hätte er gleich beim Amtsantritt alles herausreißen lassen sollen. Aber vielleicht würden die Möbel seinem Nachfolger ja gefallen. Waren jedenfalls nicht mehr sein Problem.

Als Generalsekretär des Innenministeriums würde er jedenfalls von allem Anfang an darauf bestehen, nicht nur sein eigenes Büro nach seinem Geschmack einrichten zu können, sondern auch das seines Sekretariats. Auf keinen Fall wollte er sich etwas von diesen Budget-Heinis vorschreiben lassen, die jetzt überall überhandnahmen. Nicht mit ihm.

Er würde diesen Pfennigfuchsern sagen: Nicht nur Kleider, auch Büros machen Leute.

Seinen Vorzimmerdamen merkte er die Überraschung an, als er ihnen bei der Begrüßung die Hand gab. Machte er sonst ja auch wirklich nie. Wenn er es sich recht überlegte, schienen die Damen nicht nur überrascht, sondern regelrecht entzückt zu sein. In dem Moment fasste er den Entschluss, seinen Sekretärinnen öfter die Hand zu geben. Wollte er während seiner letzten Tage in St. Pölten üben. Damit es ihm in Wien dann schon in Fleisch und Blut übergegangen sein würde. Nicht, dass er auf das Wohlwollen seiner Sekretärinnen angewiesen wäre. Aber schaden konnte es auf keinen Fall.

Schon gestern hatte er die genaue Uhrzeit seines Termins beim Minister erfahren. Heute, Punkt 14 Uhr. Und zwar nicht im Ministerium, sondern in der Präsidentschaftskanzlei. Weil der Herr Minister für halb zwei zum Herrn Bundespräsidenten bestellt sei. War es möglich, dass die Generalsekretäre der Ministerien auch vom Bundespräsidenten angelobt wurden? Er hatte jedenfalls noch gestern Nachmittag versucht, in ganz diskreter Form eine Antwort auf diese Frage zu recherchieren. Aber niemand konnte ihm eine eindeutige Auskunft geben. Weil die Funktion des Generalsekretärs viel zu neu war. In der Bundesverfassung noch gar nicht vorgesehen.

Nachdem er die Tür zu seinem Zimmer hinter sich geschlossen hatte, fiel sein erster Blick auf den Stapel von Zeitungen, der auf dem Schreibtisch lag. Auf den Schreibtisch war er stolz. Füße aus Stahl, darauf eine überdimensionierte Glasplatte. Diese elegante Kombination symbolisierte zwei seiner besonderen Charaktereigenschaften: stählerne Härte, wenn es darauf ankam, und glasklare Transparenz und

Nachvollziehbarkeit seiner Entscheidungen. Das sollte die subtile Botschaft an alle sein, die vor diesem Schreibtisch standen oder an ihm Platz nahmen.

Eigentlich hatte er ja erwartet, dass seine Mitarbeiterinnen das Niederösterreichische Tagblatt zuoberst legen würden. Weil er sicher war, dass der Reporter, dem er gestern ein ausführliches Privatissimum über die Arbeit der Strompolizei hatte angedeihen lassen, sich dafür mit einem schönen Artikel über ihn bedanken würde. Aber Mitdenken war halt so gar nicht die Sache seiner Damen. Mehr Tippmamsellen als Chefsekretärinnen. Da würde sein Vorzimmer im Ministerium schon aus einem ganz anderen Holz geschnitzt sein müssen.

Nicht einmal die übliche Schale Kaffee hatten sie ihm heute serviert. Wäre er nicht in so guter Stimmung gewesen, er hätte durch die Tür gebrüllt.

Er legte Presse, Standard, Kurier und sogar die Kronenzeitung hastig beiseite. Dann lag sie endlich vor ihm. Die Seite eins der gesuchten Zeitung. Er hätte in dem Moment, als sein Blick auf die Schlagzeile fiel, nicht sagen können, ob ihm das Blut in den Adern stockte oder ganz daraus entwich. »Ahnungsloser Polizeidirektor macht sich lächerlich«, stand da in übergroßen Lettern geschrieben. Und das auf Seite eins. Am liebsten hätte er das Scheißblatt zerknüllt und in die Ecke geschmissen. Aber dann las er doch weiter. Es war nicht zu fassen: Dass er, Wolfgang Marbolt, in einem langen Gespräch steif und fest behauptet hatte, eine in der Donau schwimmende Leiche, die von einer für ihre Zuverlässigkeit bekannten Zeugin gesehen worden war, wäre in Wahrheit nur eine schwimmende Schaufensterpuppe. Und dass genau zu dem Zeitpunkt, zu dem der Polizeidirektor seine himmelschreiende Inkompetenz zum Besten gab, von der Strompolizei ein toter Mann aus der Donau gefischt worden war. Nicht nur tot, sondern sogar ermordet.

Ein Verdacht kroch in ihm hoch und setzte sich in seinem Gehirn fest. Vielleicht hatten seine Damen ja doch mitgedacht und diese Mistzeitung vor ihm verstecken wollen. Und servierten ihm deswegen jetzt keinen Kaffee, weil sie seine Wut fürchteten.

Was für ein Kretin, dieser geistig unterbemittelte Schreiberling. Die unterwürfige Freundlichkeit des Mannes war ihm ja gleich verdächtig vorgekommen. Aber gleich so eine Gemeinheit. Das musste ein Nachspiel haben. Er würde gleich den Herausgeber dieser feinen Zeitung anrufen, die sich wahrscheinlich sowieso nur mit Inseraten der Polizei über Wasser halten konnte. Die würde er jetzt alle abdrehen und damit diesem Schmierblatt mit Genuss das Lebenslicht ausblasen. Oder sollte er mit dem Anruf besser zuwarten, bis er sein Ernennungsdekret in der Hand hätte? Der Anruf eines Generalsekretärs des wichtigsten Ministeriums der Republik würde doch mehr Gewicht haben als der eines Landespolizeidirektors.

Er spürte plötzlich, wie sich seine Finger an den beiden Lehnen seines Sessels zu verkrampfen begannen. Um Himmels willen! Ausgerechnet heute. An dem Tag, der der größte in seiner ganzen Laufbahn werden sollte. Hätte dieser Schmutzartikel nicht wenigstens einen Tag später erscheinen können. Jetzt konnte er nur hoffen, dass der Minister dieses lächerliche Provinzblatt nicht zu Gesicht bekommen würde. Er versuchte sich an seine Zeit als Büroleiter des

Ministers zu erinnern. Las der Minister solche Käseblätter überhaupt? Der schon. Tat ja nichts anderes als Zeitung zu lesen.

Jedenfalls musste er die Zeit bis 14 Uhr nutzen, um sich eine Verteidigungsstrategie zu überlegen. Dazu gehörte auf alle Fälle eine Untersuchung über das polizeiinterne Leck. Irgendjemand hatte diesem Rufmörder den Leichenfund verraten. Wer immer die Schuld an diesem Supergau trug, sollte sich besser wünschen, gar nicht geboren zu sein. Würde er dem Minister auch sagen. Mit genau diesen Worten.

Montag, 19. April
10 Uhr 02

Ihr war schon beim Betreten des kahlen, aber immerhin sonnendurchfluteten Presseraums klar, dass ihr Gespräch mit den Medien unter keinem guten Stern stehen würde. Einem bis über beide Ohren grinsenden Vertreter des Niederösterreichischen Tagblatts saßen drei Kollegen und eine Kollegin von den großen österreichischen Tageszeitungen gegenüber. Denen stand die schlechte Laune wegen des Informationsvorsprungs der kleinen Provinzzeitung in die säuerlich gespannten Gesichter geschrieben.

Schon bei der Vorbereitung für dieses Pressegespräch hatte sie beschlossen, den Stier bei den Hörnern zu packen und das Informationsleck in den Reihen der Polizei gleich vorweg anzusprechen. Sie hatte sich auch über den Informanten selbst Gedanken gemacht. Spencer schloss sie selbstverständlich aus. Beim Arzt des Kremser Krankenhauses und dem Prosekturdiener konnte sie nicht hundertprozentig sicher sein. Dennoch höchst unwahrscheinlich. Ebenso unwahrscheinlich, dass es jemand von den Geburtstagsgästen war. Keiner von ihnen hätte vor Redaktionsschluss der Zeitung wissen können, dass die Leiche des Anwalts aus der Donau geborgen worden war. Außerdem wäre in diesem Fall wohl auch der Name des Opfers durchgesickert. Blieb also nur die Besatzung des Polizeiboots. Aber was hätten die beiden Beamten, die doch wissen mussten, dass sie Journalistenanfragen nur in Absprache mit der Pressestelle beantworten durften, für einen Grund gehabt, eine Zeitung zu kontaktieren? Das war ihnen doch generell untersagt. Allerdings würde sie diese Blödheit diesem Unglücksraben von Gruppeninspektor glatt zutrauen. Aber damit sollte sich der Herr Polizeidirektor beschäftigen, wenn er Lust zum Detektiv-Spielen hatte. Felix Frisch war ja nicht ihr, sondern ihm unterstellt.

Wenigstens war die Identität des Opfers den Journalisten bis jetzt nicht bekannt. Sie bemerkte es an den Gesichtern. Keinem von ihnen schien der Name Klaus Strasser etwas zu sagen. Als sie allerdings die Information nachschob, dass es sich bei diesem renommierten Anwalt um den Vizepräsidenten der Wiener Rechtsanwaltskammer handeln würde, da wurden die Mienen dreier Herren und einer Dame heller, und alle fünf Redakteure begannen eifrig in ihre Blöcke zu schreiben.

Sie musste natürlich auch auf die Schaufensterpuppe, der im Artikel des Niederösterreichischen Tagblatts breiter Raum eingeräumt worden war, zu sprechen kommen. Mit ihrer klaren Ansage, dass die Puppe schon zu einem Zeitpunkt in der Donau gesichtet worden war, als das spätere Opfer noch gelebt haben musste, hoffte sie, das Thema abschließen zu können.

Allerdings war sie nicht wirklich überrascht, dass sich der Vertreter des Niederösterreichischen Tagblatts mit dieser Auskunft nicht zufrieden gab und wissen wollte, ob sie einen Zusammenhang zwischen Puppe und Leiche sehen würde.

Wieder packte sie den Stier bei den Hörnern. »Diese Frage haben wir uns auch schon gestellt. Eine schwimmende Holzpuppe, nicht einmal halb so schwer wie ein Mensch. Und dann eine Leiche, wegen eines Korkgürtels ebenfalls schwimmend. Ich halte das zum gegenwärtigen Stand der Ermittlungen für reinen Zufall. Es gibt nicht das geringste Indiz für einen Zusammenhang. Obwohl ich Ihre Frage natürlich gut verstehen kann.« Hatte sie mit dieser Formulierung zu viel anklingen lassen? So eifrig, wie die Reporter schrieben, musste sie jedenfalls damit rechnen, sich diesbezüglich in den morgigen Ausgaben zitiert zu finden. Hoffentlich korrekt. Und hoffentlich nicht zu prominent.

Montag, 19. April
10 Uhr 15

Wann immer Felix Frisch dienstfrei hatte, widmete er sich der Pflege seines dunkelroten Skoda Octavia. Baujahr 2015. Mit einem Kilometerstand knapp über fünfzigtausend. Seit seiner Beförderung zum Gruppeninspektor liebäugelte er zwar mit der Anschaffung eines Skoda Superb, der ihm einfach seinem neuen Rang angemessener erschien. Er hatte vor drei Monaten bei seiner Frau einmal vorgefühlt. Was sie denn von einem etwas größeren Auto halten würde? Natürlich nicht des Prestiges wegen, das ihm persönlich so was von egal wäre, sondern wegen des größeren Einsteigekomforts. Schließlich wären sie beide ja nicht mehr die Jüngsten.

Was er damals für eine brillante Eröffnung hielt, weil er ihre Neigung zur Bequemlichkeit zu kennen glaubte, erwies sich allerdings als Fiasko. Wenn er schon ein zittriger Greis wäre, so wäre sie deshalb noch lange keine unbewegliche alte Schachtel. Sie würde sich sogar noch in einen Ferrari oder einen anderen dieser Schlitten, deren Namen ihr schnurzegal wären, einfädeln können wie eine Zwanzigjährige.

Er war dann doch so clever gewesen, darauf nicht das zu sagen, was ihm auf der Zunge gelegen war. Dass sie schon als Zwanzigjährige Schwierigkeiten mit dem Einfädeln in einen Ferrari gehabt hätte. Stattdessen hatte er einen geordneten Rückzug angetreten und ihr versichert, dass er sich leider unpräzise ausgedrückt hatte. Er selbst würde zwar beim Einstieg in ihr jetziges Auto schon einige Schwierigkeiten haben, zwischen Lenkrad und Rückenlehne Platz zu finden. Sie selbst wäre aber noch immer gelenkig wie eine junge Gazelle.

Jedenfalls war heute Vormittag Autowäsche dran. In der Kremser Au. Dort war das Waschen von Autos zwar verboten, wie er wusste. Aber nur offiziell. Wieso sonst hätten die Stadtväter vor einigen Jahren ausgerechnet an diesem Platz eine öffentliche Wasserleitung installieren lassen?

Er musste wegen des Andrangs eine gute halbe Stunde warten, was ihm aber gar nichts ausmachte. Weil die Zeit wegen der lockeren Gespräche am Waschplatz ohnehin wie im Nu verging. Heute war auch eine Frau da, die er schon ein paar Mal mit ihrem Auto hier gesehen hatte. Ungefähr im gleichen Alter wie seine Elfriede. Aber um zwanzig Kilo schlanker. Er konnte sich nicht erinnern, von ihr jemals angesprochen worden zu sein. Aber heute schmachtete sie ihn geradezu an.

Außerdem war es ihm so vorgekommen, als hätte sie mit ihrer Fingerkuppe ganz sanft über die weißen Streifen an seinem Adidas-Anzug gestrichen. Was für ein erhebendes Gefühl. Den Anzug würde er unbedingt beim nächsten Mal wieder anziehen müssen.

Er war gerade dabei, das Pflegeshampoo in den Kübel, den er von zu Hause mitgebracht hatte, einzugießen und im Wasser zu verrühren, als sein Handy läutete.

»Servus, Herr Chefinspektor! Was verschafft mir das Vergnügen?« Felix Frisch sprach dabei so laut, dass der ganze Waschplatz mithören konnte und mitbekommen musste, dass er mit einem Chefinspektor auf einem mehr als vertrauten Fuß stand. Wie clever von ihm.

»Die Puppe habe ich in eine Mülltonne geschmissen. Nicht mehr zu brauchen. Der hat nämlich jemand ganz ordentlich auf den Schädel gedroschen.«

Er hörte wieder zu und sprach dann deutlich leiser als noch vor ein paar Sekunden in sein Telefon. »Ehrlich gesagt bin ich nicht sicher, ob die nicht schon heute Vormittag von der Müllabfuhr abtransportiert worden ist. Wozu hättest du sie denn gebraucht?«

Felix Frisch merkte, dass einige der Umstehenden die Ohren zu spitzen begannen. Wahrscheinlich hatten sie ebenso wie er die heutige Ausgabe des Niederösterreichischen Tagblatts schon gelesen.

»Gut. Dann mache ich dir einen Vorschlag. Ich bin in ein paar Minuten wieder zuhause. Dann renne ich gleich zur Mülltonne. Wenn die Puppe noch da ist, rufe ich dich gleich an.«

Er steckte sein Handy wieder ein. Betont lässig. Aber in seinem Kopf begann es zu arbeiten. Der Auftrag des Chefinspektors klang ja ganz harmlos. Die Puppe bei Spitz in die Donau werfen und stoppen, wie lange sie bis Krems unterwegs wäre. Aber seine langjährige Erfahrung sagte ihm, dass sich manche Sachen rasend schnell entwickelten. Manchmal sogar außer Kontrolle gerieten. Jetzt fiel ihm auch wieder ein, dass die Leiche ja auch eine Verletzung am Kopf gehabt hatte. War der Chefinspektor vielleicht deshalb so elektrisiert, als er das mit dem eingeschlagenen Schädel der Puppe erwähnt hatte? Dazu hätte er überhaupt nichts sagen sollen. Was das jetzt wohl für seinen Adidas-Anzug bedeutete?

Montag, 19. April
13 Uhr 11

Doris fuhr immer wieder gern durch ihre Geburtsstadt, noch dazu an einem so strahlend sonnigen Tag. Krems hatte einfach wesentlich mehr Flair als St.Pölten. Schon allein wegen des großen historischen Teils. Besonders liebte sie die ganz schmalen Gassen, die Krems ein mittelalterliches Flair gaben.

Die Gartenaugasse fand sie natürlich auf Anhieb. Nicht weit von ihrer ehemaligen Volksschule entfernt. Das Schild, das links von der dunkelbraunen Eingangstür mit vier Schrauben befestigt war, die auf dem weißen Lack schon deutliche Rostspuren hinterließen, war auch nicht zu übersehen: Dr. Roman Gröger. Rechtsanwalt und Verteidiger in Strafsachen. 2. Stock.

Zwar gab es einen Lift, aber sie entschied sich für Sport. Zwei Stockwerke hinauf. Das ganze Stiegenhaus war ziemlich dunkel. Was für ein Kontrast zu draußen. Die Tür zur Kanzlei war in einem noch dunkleren Braun gehalten als die Hauseingangstür. Nach dem Klingeln wartete sie und wartete. Mindestens zwanzig Sekunden. Sie wollte gerade ein zweites Mal läuten, da hörte sie aus dem Inneren Schritte, die sich der Tür näherten.

Eine Dame öffnete, die sie auf Mitte fünfzig schätzte. Schlank, leger angezogen, mit bereits deutlichen Spuren von Grau in den dichten Haaren, die einen besseren Friseur vertragen hätten. Sehr freundlicher und offener Blick.

»Bitte kommen Sie weiter! Ich sage dem Herrn Doktor Bescheid, dass Sie da sind. Wenn Sie hier kurz Platz nehmen wollen.« Sie wies auf einen mit braunem Stoff überzogenen Fauteuil, der neben einer eingeschalteten Stehlampe stand.

Der kleine Vorraum war insgesamt nicht ungemütlich. Aber alles in Braun gehalten, viel zu dunkel, weil sich das einzige Fenster des Raums nur zu einem Lichtschacht öffnete.

Kaum hatte sie sich gesetzt und sich erste Gedanken gemacht, wie sie als Hobby-Innenarchitektin mit den baulich vorgegebenen Defiziten des Raums umgehen würde, kam ihr ein Mann entgegen, der die optischen Nachteile des Raums mehr als wettmachte. So groß wie ihr Mann, aber offensichtlich viel sportlicher. Braun gebrannt, als wäre er gerade vom Schifahren am Arlberg oder von einem Segeltörn in der Adria zurückgekommen. Und ausgesprochen gutaussehend. Dieser Mann wusste um die Wirkung seiner strahlend weißen Zähne. Der Kontrast zwischen Dr. Gröger und der Einrichtung seines Büros war mindestens so groß wie der zwischen dem Stiegenhaus und der von der Sonne beschienenen Gartenaugasse.

»Roman Gröger. Ich kann zwar nicht behaupten, dass ich mich freue, Sie zu sehen, aber bitte kommen Sie weiter. Darf ich vorgehen?« Er gab ihr mit einem knappen Lächeln die Hand. Offensichtlich wusste er, was er der Situation schuldete.

Das Sekretariat, das sie hinter ihm durchquerte, sah genau so aus wie der Vorraum. Deswegen war auch das Deckenlicht eingeschaltet. Obwohl draußen die Sonne schien. Lauter dunkle Wandschränke. Einer davon offen. Voll mit Ordnern. Das Computerzeitalter hatte hier offensichtlich noch nicht Einzug gehalten.

Der Anwalt öffnete die Tür zu seinem Büro und hielt diese für sie auf.

Gleichzeitig drang aus einem anderen Raum die Frage der Sekretärin an ihr Ohr: »Wünschen Sie Kaffee, Frau Chefinspektorin?«

»Ein Glas Wasser würde mir reichen«, rief sie zurück.

Dr. Grögers Büro war ein Ebenbild der übrigen beiden Räume der Kanzlei. Alles dunkles Holz. An der Wand hinter seinem Schreibtisch hing eine fast einen Meter große Fotografie. Musste der Vater oder ein Onkel sein. Wahrscheinlich der Kanzleigründer. Jedenfalls war die Ähnlichkeit mit dem jetzigen Kanzleiinhaber nicht zu übersehen.

Nachdem sie und der Anwalt Platz genommen und sie beide ein paar Bemerkungen über den tragischen Anlass ihres Besuches ausgetauscht hatten, kam sie gleich zu den Fragen, derentwegen sie nach Krems gefahren war. »Wenn ich Frau Strasser richtig verstanden habe, waren Sie mit Doktor Strasser seit Ihrer gemeinsamen Studentenzeit befreundet.«

»Zunächst haben wir einander nur gekannt. Eine Freundschaft ist daraus erst in den späteren Jahren geworden. Ich habe übrigens Klaus mit Theresa bekannt gemacht. Ist damals eine richtige Schönheit gewesen. Sie hat neben dem Studium sogar ein bisschen gemodelt.« Der Anflug eines anzüglichen Lächelns trat auf seine Lippen. »Sie ist ja auch heute noch eine ausgesprochen attraktive Frau.«

Sie fragte ihn, ob es ihn stören würde, wenn sie sich Notizen machte.

»Ich nehme an, Sie wären eine schlechte Kriminalistin, wenn Sie das nicht täten. Als Anwalt muss ich das auch oft tun, ob es meinen Gesprächspartnern passt oder nicht.«

Die Frage hätte sie sich tatsächlich sparen können. Offenbar war sie nicht in Hochform. Sie zückte einen Notizblock und einen Bleistift. »Und warum hat es einige Zeit gedauert, bis aus Ihrer Bekanntschaft eine Freundschaft geworden ist?«

»Habe ich mich auch oft gefragt. Wahrscheinlich, weil wir doch sehr verschieden waren. Er hat schon als Student klargemacht, dass er einmal hoch hinaus will. Große Karriere. Eventuell sogar Politik. Während ich immer nur eines wollte. Die kleine Kanzlei meines Vaters übernehmen. Und selbst auch klein bleiben. Meine Sekretärin hat schon für meinen Vater gearbeitet.«

Das Bekenntnis zu seinem geringen Ehrgeiz brauchte sie nicht zu notieren. War ohnehin offensichtlich.

»Frau Strasser hat erwähnt, dass ihr Mann manchen Leuten ganz schön auf die Zehen steigen konnte. Würden Sie diese Einschätzung teilen?«

Er lächelte sie an. Etwas zu gönnerhaft, wie sie fand. »Frau Lenhart! Ich nehme an, dass es in Ihrer Branche nicht viel anders ist als in meiner. Ohne Ellbogen geht wenig. Ich will Ihnen ja nicht nahetreten, aber mit Intelligenz allein – und die hat Klaus in einem ausgesprochen großen Maß besessen – kommt man nirgends nach oben. Da braucht es schon auch noch andere Eigenschaften. Mich hat es ehrlich gesagt auch etwas gewundert, dass mich Klaus in den erlauchten Kreis seiner Freunde aufgenommen hat. Weil nützlich bin ich für ihn nicht gewesen. Ich habe ihm im Lauf der letzten fünfzehn Jahre nur eine einzige Causa gebracht.

Und die hat er dann ohnehin nur mit der linken Hand betrieben, weil sie ihm doch zu klein gewesen ist. Ist dann zum Leidwesen des Klienten auch schiefgegangen.«

Jetzt machte sie sich eine Notiz. »Wann war das ungefähr?«

»Das muss acht bis zehn Jahre her sein.«

»Und worum ist es bei dieser Causa gegangen?«

»Da hat jemand aus Dürnstein in Wien eine Wohnung geerbt. Oder hat es zumindest behauptet. Den Prozess gegen einen Verwandten, der gegen das Testament Einspruch erhoben hat, hat er jedenfalls verloren. In beiden Instanzen.«

»Wissen Sie noch den Namen dieses Klienten?«

»Meine Sekretärin weiß ihn sicher. Die ist ein wandelndes Lexikon. Aber ich halte es für völlig ausgeschlossen, dass die Geschichte mit dem Tod von Klaus zu tun hat.«

»Ich würde Ihre Sekretärin trotz allem bitten, mir den Namen dieses Klienten herauszusuchen und durchzugeben.«

Der Anwalt nickte. »Geht klar.«

»Sie wissen wahrscheinlich schon, dass wir Ihren Freund mit einer Art Schwimmgürtel um den Bauch gefunden haben. Fällt Ihnen dazu etwas ein?«

Dr. Gröger legte seine Stirn in Falten. »Das verstehe ich überhaupt nicht. Klaus ist ein ausgezeichneter Schwimmer gewesen. Ich habe die Familie Strasser mehrmals zum Segeln in die Adria begleitet. Daher kann ich das aus eigener Anschauung beurteilen.«

Sie machte wieder eine Notiz, die sie mit einer energischen Bewegung unterstrich.

»Frau Strasser hat mir erzählt, dass Sie zur Geburtstagsfeier eingeladen gewesen sind, aber im letzten Moment abgesagt haben.«

Sie sah einen leichten Unmut im Gesicht ihres Gegenübers. »Ich habe Theresa noch am Freitag Nachmittag gleich hier um die Ecke am Dreifaltigkeitsplatz getroffen. Rein zufällig. Und wir sind dann zum Raimitz auf einen Kaffee gegangen, wo ich ihr gesagt habe, dass ich nicht kommen möchte. Der Raimitz, das ist die älteste Konditorei in Krems, gleich bei der Pfarrkirche.«

Sie unterbrach ihn. »Herr Doktor, ich bin nur ein paar Ecken vom Raimitz entfernt aufgewachsen.«

Jetzt lachte er und zeigte dabei wieder seine unwahrscheinlich weißen Zähne. »Wo genau?«

»In der Althangasse.«

»Dann sind wir ja fast Nachbarn gewesen. Ich am Hohen Markt.«

Jetzt war es an ihr, das Lächeln zu erwidern. Ganz unbefangen, wie sie hoffte. »Zurück zu meiner Frage. Warum haben Sie abgesagt?«

»Weil Klaus außer mir nur juristische Kapazunder eingeladen hat. Ich habe zwar keine Minderwertigkeitskomplexe, aber in solchen Runden fühle ich mich unwohl.«

»Darf ich Sie noch fragen, was Sie am Samstag am späteren Nachmittag stattdessen gemacht haben?«

Wiederum lächelte er. Sehr selbstsicher.»Sie machen ja nur Ihren Job. Am Samstag Nachmittag bin ich auf der Donau paddeln gewesen. In einem Einer, um gleich Ihre nächste Frage zu beantworten. Und ich müsste erst nachdenken, ob mich jemand gesehen hat.«

Sein Lächeln war jetzt geradezu penetrant.

Das wollte sie ihm nicht durchgehen lassen. »Dann würde ich Sie bitten, darüber nachzudenken. Muss aber nicht sofort sein.« Sie erhob sich und streckte ihm mit einem möglichst penetranten Lächeln die Hand hin. »Wir hören sicher noch voneinander.«

Montag, 19. April
13 Uhr 50

Wien. Viel zu groß, viel zu hektisch. Doris würde wohl wissen, was sie ihm mit diesem Auftrag antat. Allein schon die Suche nach einem Parkplatz eine Tragödie. Außerdem würde er den Wienern nie verzeihen, dass sie lange Zeit ganz offen auf Niederösterreich und seine Bewohner herabgeschaut hatten. Heutzutage taten das die meisten Wiener immer noch, allerdings versteckt. Das war einer der Gründe, warum er sich wie ein Schneekönig freute, dass Austria und Rapid im österreichischen Fußball nur mehr die Rolle von Prügelknaben spielten. Hoch lebe der FCN St. Pölten!

Aber heute musste die Fahrt in die Hauptstadt sein. Die Freunde von Klaus Strasser sollte er persönlich befragen. Zum Glück hatte er nicht den Auftrag zu versuchen, sie in Widersprüche zu verwickeln. Darauf reagierten geschulte Juristen mitunter sehr allergisch. Vielmehr sollte er vor allem Informationen über mögliche Feinde von Klaus Strasser sammeln. Außerdem sollte er die Leute fragen, welche besondere Botschaft an die Öffentlichkeit der Mörder wohl im Sinn gehabt haben könnte. Gab es eine besondere Bedeutung des Schwimmens oder der Korkweste über die rein physikalische Wirkung des Auftriebs hinaus?

Der einzige Vorteil bei seinem Wien-Besuch war, dass er nur einmal Parkplatz suchen musste. Die Adressen, denen er einen Besuch abstatten wollte, lagen alle eng beieinander. Graben, Herrengasse, Tuchlauben, Wipplingerstraße. Die Gegend, in der renommierte Wiener Anwaltskanzleien residierten. Nur das Oberlandesgericht lag im dritten Bezirk und damit etwas vom Schuss. Aber mit der U-Bahn auch kein Problem.

Überall das gleiche Bild. Die Kanzleien alle im Mezzanin. Die Empfangsdamen oberflächlich freundlich, aber in Wahrheit hochnäsig. War seinem geschulten Auge sofort klar. Musste die Wiener Arroganz gegenüber der Provinz sein. Es würde noch Generationen brauchen, bis sie ihm und seinesgleichen den gebührenden Respekt zollten. Dabei achtete er, jeweils bevor er die Türklingel betätigte, darauf, dass sein unterster Hemdknopf geschlossen war. Außerdem hatte er extra eine Krawatte genommen. Zugegeben, bei grellem Licht betrachtet, um den Knoten herum schon ein bisschen speckig. Aber wirklich nur bei grellem Licht. Davon konnte in diesen Empfangsräumen keine Rede sein. Die waren bestenfalls schummrig beleuchtet. Zur Draufgabe überall viel Teppich oder Parkett. Was für ein Unterschied zu seinem Büro.

Keiner seiner Gesprächspartner konnte ihm weiterhelfen. Klaus Strasser beschrieben sie alle ziemlich gleich: Brillanter Anwalt, ehrgeizig, durchsetzungsfähig, kühl kalkulierend mit einem Schuss ins Berechnende, auch ein bisschen ein Angeber, aber das müsse man ja sein, um Erfolg zu haben. Mit einer Seele von Ehefrau, in vielem genau das Gegenteil ihres Mannes, aber das würde ja oft so sein, dass sich Gegensätze anzögen.

Bei allen herrschte völlige Ratlosigkeit, was die Korkweste und das Schwimmen betraf.

Eine der Pausen zwischen den Terminen nutzte er, um Doris anzurufen. Sie hatte mittlerweile einen Geistesblitz gehabt und einen Professor auf der Universität für Bodenkultur angerufen, der ein Spezialist für Flüsse war und auf der Donau schon viele Experimente gemacht hatte. Über ihn und seine Arbeit hatte sie vor Jahren einmal einen Beitrag im Fernsehen gesehen. Diesen Professor hatte sie gefragt, ob er aus der derzeitigen Fließgeschwindigkeit der Donau in der Wachau errechnen könne, wann und wo ungefähr ein Leichnam dem Fluss überlassen worden war, wenn sie die Ankunftszeit der Leiche vor Krems wusste und sich die

Dauer, die die Leiche im Wasser verbracht hatte, von der Gerichtsmedizin feststellen ließ.

Der Professor hatte eine eindeutige Antwort gegeben: Nein. Er sei oft mit dieser Frage konfrontiert, da immer wieder Menschen beim Schwimmen in der Donau verunglückten. Das Problem bei solchen Berechnungen sei, dass menschliche Körper oft irgendwo angespült wurden und der Strom sie später wieder mitriss. Einmal hatte er den Fall eines Ehepaares, das eines Abends gemeinsam in der Donau verschwand. Beide Leichen wurden am nächsten Tag treibend gefunden. Allerdings lag zwischen den beiden Leichen eine Distanz von mehr als vierzig Kilometern. Allein die Strömungsgeschwindigkeit reichte daher bestimmt nicht aus, um sich bei der Suche auf einen bestimmten Donauabschnitt konzentrieren zu können. Nicht einmal dann, wenn die Forensiker feststellen konnten, wie lange die Leiche im Wasser war.

Spencer seinerseits informierte seine Chefin über sein Gespräch mit Felix Frisch. Vor allem über die Tatsache, dass der Kopf der Schaufensterpuppe beschädigt gewesen war. Konnte das reiner Zufall sein?

Doris war über diese Nachricht mindestens so alarmiert wie er. Und verärgert. Wenn sie die Information wenigstens schon zum Zeitpunkt ihres Pressegesprächs gehabt hätte! Dann hätte sie auf die Frage nach einem Zusammenhang zwischen der Puppe und dem Mordopfer anders geantwortet. An einen Zufall konnte sie jedenfalls auch nicht mehr so einfach glauben.

Zu blöd, dass die Puppe von der Kremser Müllabfuhr bereits abgeholt worden war. Nicht nur abgeholt, sondern auch schon entsorgt, wie seine sofortige Nachfrage ergeben hatte. Die Entsorgung einer Schaufensterpuppe mit einem kaputten Schädel zu einem Zeitpunkt, zu dem er nichts von einem Mord ahnen konnte, konnte Felix Frisch wirklich niemand zum Vorwurf machen. Er selbst hätte die Puppe auch weggeschmissen. Umso mehr kam ihm etwas seltsam vor: Der Gruppeninspektor hatte bei den zwei Telefonaten mit ihm ziemlich nervös geklungen.

Montag, 19. April
13 Uhr 57

Würde seine Britta noch anrufen? Die Straßen Wiens zogen an ihm vorbei. Aber er nahm seine Umgebung kaum wahr. Stattdessen starrte er auf das dunkle Display seines Handys. Würde sie ihm noch Glück für den Termin beim Minister wünschen? Oder würde sie ihm Vorwürfe wegen des Artikels im Niederösterreichischen Tagblatt machen? Dieser gemeine Aufmacher musste sie doch längst erreicht haben, auch wenn sie hier in Wien arbeitete. Unglücksboten ritten ja bekanntlich schnell. Wenigstens ein kleines Glück, dass der aus Niederösterreich offenbar langsam ritt. Vorwürfe von ihr waren das Letzte, was er jetzt brauchen konnte. Oder wusste sie es längst und bestrafte ihn mit Liebesentzug?

Er hatte alle Vormittagstermine absagen lassen. Ungestört hatte er sich seinem Kummer hingegeben und gleichzeitig überlegt, welche Strafen er für die Person vorsehen sollte, die ihm dieses Ei mit dem Journalisten gelegt hatte. Außerdem nahm er sich ein paar Minuten Zeit, noch einmal über die Garderobe nachzudenken, in der er seinem Minister gegenübertreten wollte. Dunkler Anzug oder Uniform? In der Nacht war noch der Anzug sein Favorit gewesen. Er entschied sich doch für die Uniform. Ausschlaggebend dafür war eine einfache, aber wichtige Überlegung: Beim Eingang zur Präsidentschaftskanzlei standen wachhabende Polizisten. Einen in seiner Dienstlimousine vorfahrenden Landespolizeidirektor würden diese Männer an seiner Uniform erkennen und entsprechend salutieren. Diese Ehrenbezeugung würde ihm nicht nur zustehen, sondern gerade heute besonders guttun.

Seine Überlegung ging auch voll auf. Als er vor der Präsidentschaftskanzlei auf dem Ballhausplatz vorfuhr, klappte alles, wie er es sich ausgemalt hatte. So, als ob die Wiener Beamten schon wissen würden, dass er bald auch ihr Chef sein würde. Sein Handy drehte er jetzt ab. Britta hatte ihre Chance verpasst.

Er genoss jede einzelne Stufe der Adler-Stiege, die er ja in seiner Zeit als Bürochef des Innenministers schon öfter mit dem Minister gemeinsam hinaufgegangen war. Aber noch nie war er von der Atmosphäre so ergriffen gewesen. Heute ging er nicht, er schritt. Allein schon der rote Teppich mit der weizengelben Einfassung. War ihm früher gar nicht aufgefallen.

Am oberen Ende des Aufgangs erwartete ihn ein Beamter der Präsidentschaftskanzlei. So, wie der ihm die Hand zur Begrüßung reichte, musste er schon etwas von seiner Ernennung zum Generalsekretär wissen. Gut möglich, dass dieser ehrwürdig dreinschauende Staatsdiener die Ernennungsurkunde vorbereitet hatte. Was für ein schönes Gefühl. Und noch schöner, dass sich der Gedanke an den Journalisten zu verflüchtigen begann. Ein Kläffer, der selbst dafür zu klein war, um ihm an die Zehen zu pinkeln.

Der Beamte geleitete ihn durch den langen Gang in den Raum, der ihm als Maria-Theresien-Zimmer bekannt war, und bat ihn mit einer einladenden Bewegung seiner rechten Hand, direkt unter dem Bild der großen Habsburgerin Platz zu nehmen. Hätte es ein eindeutigeres Omen geben können? Früher hatte er sich immer ziemlich gleichgültig auf einen dieser Sessel gesetzt, die mit einem Stoff überzogen waren, die das gleiche Rot wie die Tapeten des Zimmers hatten. Dieses herrliche kaiserliche Rot hatte er früher gar nie beachtet. Weil er nie die Ehre hatte, seinen Minister durch die Tapetentür ins Allerheiligste zu begleiten. Heute würde das sicher anders sein. Wenn er schon nicht vom Bundespräsidenten angelobt wurde, so würde der Minister sicher die Gelegenheit nutzen, dem Staatsoberhaupt seinen neuen Generalsekretär vorzustellen. Warum sonst sollte er ihn ausgerechnet hier und nicht im nur zweihundert Meter entfernten Innenministerium empfangen.

Der Beamte verabschiedete sich mit einem Kopfnicken.

Wenn er es recht bedachte, war es gar keine Verabschiedung. Der Staatsdiener wollte sicher nur den Herrn Bundespräsidenten oder zumindest den Minister holen.

Die Zeit verging. Immer öfter blickte er auf seine Uhr. Jetzt saß er bereits acht Minuten auf seinem Sessel. Der Bundespräsident war doch bekannt für seine Pünktlichkeit. Gerade bei Ernennungen. Er spürte, dass er unruhig wurde. Schließlich begann er, im Saal auf und ab zu gehen.

Nach weiteren zehn Minuten setzte er sich wieder. Und zwar so, dass er die Tapetentür genau im Blick hatte. Seine

Kehle brannte. Das war die Sehnsucht nach einem Schluck Whisky. Was war hier los? Irgendetwas stimmte doch nicht.

Da öffnete sich endlich die Tür. Ein ihn anstrahlender Minister trat heraus. Die Tür schloss er gleich wieder hinter sich.

Also doch keine Vorstellung beim Bundespräsidenten. Vielleicht hatte er da doch zu hoch gezielt. War ja letztendlich egal, von wem er das Ernennungsdekret erhielt.

»Hallo, Wolfgang. Schön, dich wieder einmal zu sehen. Die Uniform steht dir übrigens vorzüglich. Ich wollte, alle meine Landespolizeidirektoren würden darin eine so gute Figur machen.« Der Minister gab ihm die Hand. Mit dem Händedruck, für den er im ganzen Land berühmt war. Fest und lang und dabei ganz intensiv die Augen seines Gesprächspartners fixierend.

Heute schien ihm dieser Blick zu lang und zu intensiv zu sein. Und das Lächeln etwas übertrieben.

»Ich muss ins Ministerium zurück. Bei dem schönen Wetter geh ich gern zu Fuß. Und da hab ich mir gedacht, es wäre schön, wenn du mich begleitest.«

»Immer zu Diensten, Herr Minister. Das war immer so und wird immer so sein.« Er spürte die tätschelnde Hand an seiner Schulter, während sie den Saal verließen.

»Weiß ich doch, weiß ich doch. Das ist ja einer der Gründe, warum ich dich so schätze. Wie geht es Britta?«

Hatte der Minister mit ihm nicht Wichtigeres zu besprechen? Da war sie wieder, die Unruhe. Sollte er die Ernennung selbst ansprechen? Nein. Besser noch zuwarten. »Britta geht es gut. Sie ärgert sich allerdings über die heutige Geschichte im Niederösterreichischen Tagblatt, die du wahrscheinlich auch schon gelesen hast.«

»Dann sag' ihr, dass alle großen Karrieren mit einer Scheißgeschichte in einer Zeitung beginnen. Ich habe am Vormittag mit dem Landeshauptmann gesprochen. Er nimmt die Geschichte genau so wenig ernst wie ich.«

Sein Herz machte einen Sprung. Sie hatten das Ende des Stiegenabgangs erreicht und wie durch Zauberhand öffnete sich die Tür am Ausgang.

Die beiden Polizisten salutierten noch zackiger als bei seiner Ankunft.

Der Minister gab beiden die Hand.

Hätte er vorher auch machen sollen.

»Warum ich eigentlich mit dir reden wollte. Mir ist das Gerücht zu Ohren gekommen, ich würde dich wegen dieser Geschichte mit der Nackttänzerin nicht als meinen Generalsekretär in Erwägung ziehen. Weil meine Frau etwas dagegen hätte. Ein aufgelegter Blödsinn. Als ob mir meine Frau je bei einer Personalentscheidung etwas dreingeredet hätte.«

Er hoffte inständig, der Minister würde den Stein nicht hören, der ihm gerade vom Herzen fiel. »Von diesem Gerücht habe ich gar nichts mitbekommen«, betonte er mit fester Stimme, was in dieser Situation eine schauspielerische Meisterleistung war. »Und ich hätte es natürlich auch nicht geglaubt.«

»Ich habe mich aus einem ganz anderen Grund gegen dich entschieden.«

Das Blut war ihm heute schon einmal in den Adern erstarrt. Daher kannte er das Gefühl, das sich jetzt seiner bemächtigte. Schlimmer als am Vormittag. Weil am Vormittag war nur ein Zwergpinscher sein Gegner gewesen. Jetzt ein Wolfshund.

»Weil dich der Landeshauptmann nicht frei gibt. Er hat mit dir noch etwas vor. Er will dich über kurz oder lang in der Politik haben. Wofür genau, hat er mir nicht gesagt. Du kennst ihn ja. Lässt sich nicht gern in die Karten blicken. Da ist ja schon das Ministerium. Also, willkommen in der Politik. Auf Wiedersehen, Wolfgang.« Der Minister blickte auf die Uhr. »Du, ich sehe gerade, ich habe noch ein paar Minuten. Vielleicht kommst du mit mir und erzählst mir ein bisserl was über die Situation in Niederösterreich. So wie du sie siehst. Sozusagen von Kollege zu Kollege. Jetzt, wo du vor einer großen politischen Karriere stehst, ist mir dein Urteil natürlich noch wichtiger, als es bisher ohnehin schon gewesen ist.«

Montag, 19. April
14 Uhr 30

Im Nachhinein betrachtet war Spitz für Felix Frisch ein Traum gewesen. Ein überschaubares Wachzimmer, Kollegen, die ihn mochten und seiner Erfahrung Respekt zollten. Und natürlich die Spitzer selbst, die es im Unterschied zu den Kremsern an der verdienten Ehrerbietung gegenüber der Polizei nicht mangeln ließen. Und dann natürlich der Fall, bei dem er für Furore gesorgt hatte. Weil er einen als Selbstmord getarnten Mord um ein Haar als solchen erkannt hätte. In Wahrheit um ein sehr, sehr dünnes Haar. Höchstens unter dem Mikroskop zu sehen. Aber die Herrschaften von der Mordkommission hatten ihm natürlich den Erfolg nicht gönnen wollen und die Entdeckung des Verbrechens für sich selbst reklamiert.

Dabei war er anfänglich ganz unglücklich über seine temporäre Versetzung von Krems nach Spitz gewesen. Wegen des krankheitsbedingten Ausfalls eines dortigen Kollegen. Die ihm nur durch die Begründung versüßt worden war, dass man in Spitz einen Polizisten genau seines Formats brauchen würde. Hatte er zunächst nur für einen kümmerlichen Versuch gehalten, ihm den Wechsel schmackhaft zu machen. Aber dann hatte er schnell entdeckt, dass er selbst es gar nicht hätte präziser begründen können.

Deshalb fuhr er in seiner Freizeit gern zu einem kleinen Plausch unter Kollegen nach Spitz. Besonders dann, wenn die Dinge in seinem jetzigen Job nicht ganz so rund liefen. Heute war wieder so ein Tag. Stress pur.

Diese lästigen Fragen des Chefinspektors wegen der Puppe. Als ob es einen Zusammenhang zwischen der Puppe und dem Toten geben würde. Nur weil die Schädel von Opfer und Puppe gleichermaßen eingeschlagen waren. Gott sei Dank hatte er nichts von der Bekleidung der Puppe gesagt. Da wäre Feuer am Dach. Abgesehen davon, dass er dann den Trainingsanzug herausrücken müsste.

Zum Glück war die Holzpuppe weg. Entsorgt. Jetzt noch eine solche Puppe herzuzaubern, das war schwierig. Er hatte seine Elfriede gefragt. Ja, Puppen aus Plastik gab es in Hülle und Fülle. Angeschlagene Dinger als Reserve in den Kellern von Modegeschäften. Aber eine mannsgroße Puppe aus Holz, sowas war teuer. Falls es überhaupt noch ein Geschäft gab, das welche besaß, würde der Besitzer solche teuren Puppen nicht einfach der Strompolizei für einen Testlauf in der Donau überlassen. Aber Elfriede kannte sowieso kein Geschäft, das noch solche Puppen verwendete. Und sie als Frau musste sowas schließlich wissen. Sie meinte, die schweren Dinger seien für die Arbeit in den Auslagen sicher denkbar unhandlich. Daher seien diese Puppen aus den Schaufenstern so gut wie verschwunden. Dinosaurier quasi. Ausgerechnet so eine Puppe wollte der Chefinspektor, um sie irgendwo in der Wachau in die Donau zu schmeißen, um die Schwimmgeschwindigkeit zu eruieren. Statt dass sich St. Pölten um die wirklich wichtigen Dinge kümmerte.

Die Kollegen in Spitz empfingen ihn wie immer wie einen Ehrengast. Sie ließen die Arbeit Arbeit sein, packten ihre Jausen aus, und setzten sich mit ihm an den kleinen Ecktisch in der Gewölbestube. So nannten sie ihren Aufenthaltsraum. Wegen der niedrigen runden Decke aus Backstein. Dort lauschten sie einträchtig seinen Erzählungen aus der großen weiten Welt.

Obwohl er sich redlich bemühte, seine Rolle bei der Auffindung der Leiche so gut es eben ging herunterzuspielen, ohne unglaubwürdig zu werden, war er heute im Spitzer Wachzimmer der unumstrittene Held. Er musste über eine besondere Gabe verfügen, die großen Linien eines Falls so schildern zu können, dass sie auch die unerfahrensten oder begriffsstutzigsten Kollegen sofort verstanden.

Nur war dann der Postenkommandant im Wachzimmer eingetroffen, den er schon vor zwei Jahren nicht hatte leiden können. Der war gegen seinen ausdrücklichen Rat vor eineinhalb Jahren zum Chef der Truppe befördert worden. Jedenfalls war die Stimmung sofort im Keller und er zog es vor, sich ohne große Abschiedszeremonie zu verdrücken und nach Krems zurückzufahren. Ohnehin nur eine halbe Stunde früher als geplant. Um 16 Uhr hatte er wieder Dienst, weil er für einen erkrankten Kollegen einspringen musste. Überstunden waren gut für das Haushaltsbudget.

Als er bei der Ortstafel von Joching vorbeifuhr, wandte er den Blick nach rechts zur Donau. Aus schlechtem Gewissen. Damit er vom Anblick des Restaurants zu seiner Linken nicht an sein Versprechen erinnert wurde. Leichtsinnigerweise hatte er seiner Elfriede anlässlich der Beförderung zum Gruppeninspektor versprochen, ihr einen sehnlichen Wunsch zu erfüllen: Sie wollte ins berühmte Restaurant Jamek. Wenigstens einmal in ihrem Leben. Die Einladung hatte er immer wieder hinausgeschoben. Denn ein Essen beim Jamek, das konnte ihn gut und gerne drei oder sogar vier Adidas-Trainingsanzüge kosten. Er wusste von mehreren Gelegenheiten, dass seine Frau über ein im Vergleich zu ihm nur kurzes Gedächtnis verfügte. Daher war seine Hoffnung berechtigt, dass sie letztlich darauf vergessen würde. Vielleicht würde auch er vergessen, wenn er nur konsequent genug wegschaute.

Als er so zur Donau hinunterschaute, sah er einen Mann über die Uferböschung heraufklettern. Mit einem Ungetüm in seinen Armen. Das durfte doch nicht wahr sein! Oder hatte er wieder einmal das Glück des Tüchtigen? Der Mann trug eine Schaufensterpuppe. Offensichtlich aus Holz noch dazu.

Er legte eine Vollbremsung hin. Das wilde Hupen des hinter ihm fahrenden Autos ignorierte er. Schließlich war er jetzt nicht mehr als Privatmann, sondern in offizieller Mission unterwegs.

Er sprang aus seinem Wagen, oder präziser gesagt: Er mühte sich aus seinem Wagen, wie er sich eingestehen musste, und schritt auf einen sichtlich verdutzten Träger der Puppe zu. »Ich bin Gruppeninspektor Frisch. Ich muss Sie im Namen des Gesetzes fragen, woher Sie diese Puppe haben.« Im Namen des Gesetzes. Er konnte dem erbleichenden Gesicht des Mannes ansehen, dass er mit dieser Formulierung ins Schwarze getroffen hatte.

»Die habe ich gerade aus der Donau gefischt. Mit meiner Zille.« Um ein Haar hätte der Mann die Puppe fallen lassen.

Da sah er, dass die Puppe gar nicht nackt war. Diesmal war es eine Puppe mit weiblichen Formen, die weiße Damenunterwäsche trug. Einen Spitzen-BH und ein dazu passendes Höschen. Beides zu klein für seine Elfriede, wie er mit messerscharfem Blick und leichtem Bedauern feststellte. »Als erfahrenes Mitglied der Exekutive weiß ich, dass sie mich nicht anlügen. Ich muss die Puppe trotz allem beschlagnahmen. Wegen einer Mordermittlung. Sobald die Ermittlung abgeschlossen ist, können Sie sie selbstverständlich wieder zurückhaben. Ich fordere Sie auf, mich zum Ufer zu begleiten und die Puppe unter meiner Aufsicht wieder ins Wasser zu werfen. Aber erst, wenn ich Ihnen durch Handzeichen den Befehl dazu erteile.«

Er blickte auf seine Uhr und wartete, dass der Sekundenzeiger bis zur vollen Minute gewandert war. Das Experiment zur Messung der Strömungsgeschwindigkeit würde exakt um 15 Uhr 39 beginnen. Er würde seinem Skoda die Sporen geben, gleich ins Boot steigen und die Puppe irgendwo zwischen Krems und Dürnstein wieder auflesen. Mathematik war nie seine Stärke gewesen. Aber aus der ersten und der zweiten Zeitangabe konnten die Kollegen von der Mordkommission bestimmt errechnen, wann und wo die Puppe in die Donau geworfen worden war. Sein Freund, der Chefinspektor Spencer, der würde Augen machen.

Montag, 19. April
15 Uhr 45

Als junge Rossatzer Gemeinderätin hatte sie den Landeshauptmann bewundert. Gutaussehend, ein hervorragender Redner, entscheidungsfreudig. Und dabei sehr leutselig. Genauso, wie sich die Leute einen Landesvater vorstellten. Persönlich getroffen hatte sie ihn dann zum ersten Mal vor knapp zehn Jahren. Bei einer Führung niederösterreichischer Gemeindepolitiker durch das Regierungsviertel in St. Pölten. Mit einem Empfang des Landeshauptmanns als krönendem Abschluss. Da war sie nicht mehr ganz so begeistert gewesen. Weil er auf sie eher den Eindruck eines absoluten Monarchen als den eines volkstümlichen Politikers machte. Und auch nicht die erwartete Gelassenheit ausstrahlte, sondern sehr gereizt auf die zugegeben etwas aufmüpfigen Fragen von ein paar jungen Gemeinderäten reagierte.

Seit sie vor drei Jahren in den Landtag gewählt worden war, hatte sie ihn oft erlebt. Vor allem in Klubsitzungen. Seitdem wusste sie auch, dass man sich mit ihm besser nicht anlegte. Meistens hatte er sich gut unter Kontrolle. Manchmal konnte er aber auch ausrasten. Mittlerweile hatte sie mehrere solcher Donnerwetter erlebt. Zum Glück war sie nie im Zentrum des Sturms gestanden. Bei ihm konnte man sehr schnell auf die Abschussliste geraten. Er schoss natürlich nie selbst. Aber seine Scharfschützen waren gut postiert. Jederzeit bereit zum Blattschuss, wenn der Befehl dazu kam.

Sie war gerade dabei, sich in dem Zimmer des Landtagsklubs, das sie mit zwei Kolleginnen und drei Kollegen teilte, auf die morgige Sitzung für den Kultur-Ausschuss vorzubereiten, als ein junger Klubsekretär, den sie im Klub nur »das Milchgesicht« nannten, auf sie zukam.

»Du sollst um dreiviertel vier beim Landeshauptmann sein.«

Sie sah ihn fragend an.

Erntete jedoch nur ein Achselzucken. »Was er von dir will, hat man mir nicht gesagt.«

Zehn Minuten später saß sie in seinem Büro. Vor zwei Jahren hatte sie erstmals die Ehre gehabt, hier zu sitzen. Damals war sie etwas enttäuscht gewesen. Das Büro des LH hatte sie sich pompöser vorgestellt. Viel monarchischer. So wie das Büro des Bundespräsidenten, das der gesamte ÖVP-Klub einmal besuchen durfte. Nur das riesige Fenster hatte Landeshauptmann-Format.

Er war pünktlich.

Was bei ihm entweder ein gutes oder ein sehr schlechtes Zeichen war. Sie war jedenfalls auf der Hut.

»Servus! Wenn es dir recht ist, komme ich gleich zur Sache.«

»Selbstverständlich.« Sie spürte, dass sie sich zu entkrampfen begann. Weil schlechte Nachrichten verkündete er immer nur nach einer elendslangen Einleitung.

»Eine an sich blöde Geschichte, bei der ich deine Hilfe brauchen könnte.«

Hörte sich fürs Erste einmal gut an. Alle Abgeordneten waren begierig, dem Landeshauptmann einen Gefallen zu tun. Sie natürlich auch.

»Mich hat vorgestern der Innenminister angerufen. Wegen unserem Polizeidirektor. Seine Alte hat ihm den Marbolt als Generalsekretär abgeschossen. Die Geschichte mit diesem Erotikmodel beim Polizeiball. Du erinnerst dich sicher.«

»Ja, klar.« Sie schüttelte abfällig den Kopf und gab ihrem Grinsen einen Hauch von Bosheit.

Der Landeshauptmann grinste ebenfalls. »Unser lieber Innenminister steht halt total unter der Fuchtel seiner Eheliebsten. Ist ja auch eine richtige Kerzlschluckerin.«

Sie wusste nicht recht, was sie von dieser Eröffnung des Landeshauptmanns halten sollte.

»Und was genau wäre in diesem Zusammenhang die Hilfe, die ich dir leisten könnte?«

»Wie gesagt, es ist eine blöde Geschichte. Unser Freund, der Innenminister, will unbedingt, dass ich für den Marbolt etwas tue. Entweder soll ich ihn nach der nächsten Wahl zum Sicherheitssprecher machen oder ihn gleich in die Regierung nehmen. Ich denke natürlich keine Sekunde daran, dem Minister den Gefallen zu tun. Andererseits möchte ich ihn mir nicht zum Gegner machen. Der ist noch lang nicht am Ende seiner Karriere angelangt.«

Ihr wurde unbehaglich zumute.

»Und warum will der Innenminister unbedingt etwas für den Polizeidirektor tun?«

Als sie ihren obersten Chef jetzt ansah, schoss ihr ein Gedanke ein. So gönnerhaft und verschlagen zugleich würde ein Hai lächeln, wenn der überhaupt lächeln könnte.

»Meine liebe Frau Abgeordnete. Du bist ja eine unserer großen Zukunftshoffnungen, aber du musst noch einiges lernen. Warum der Innenminister etwas für den Marbolt tun möchte? Wahrscheinlich, weil der zu viel von ihm weiß. So jemand kann auf dem Weg nach oben ganz schön lästig sein. So einfach ist das. Und daraus ergibt sich für dich: Entweder wirst du Landesrätin oder ich muss den Marbolt auf diesen Posten setzen. Also lass' dir etwas einfallen. Kann ja für meine Sicherheitssprecherin nicht allzu schwer sein. Ein Skandal, eine große Ermittlungspanne oder etwas in der Richtung. Die Geschichte aus dem Tagblatt ist ein erster kleiner Schritt, aber das reicht noch nicht. Wir brauchen etwas, bei dem auch der Minister seinen Schwanz einziehen muss. Ist gar nicht eilig. Wir wählen ja erst in zwei Jahren. Aber lass' dir nicht zu viel Zeit.«

Was für ein Glück, dass sie am Sonntag in Krems in der Kirche war. Und ihr der Weißenkirchener Parteiobmann seinen unmöglichen Freund, den niederösterreichtreuen Polizeijuristen, präsentiert hatte. Sie sah den Landeshauptmann mit dem Lächeln an, von dem sie wusste, dass es viele Männer unwiderstehlich fanden. »Da weiß ich schon jetzt was. Einem Bekannten von mir ist unlängst der Führerschein abgenommen worden. Eins Komma neun Promille. Ich glaube, den Polizeidirektor dazu animieren zu können, dass mein Freund seinen Führerschein schnell wieder kriegt.«

Aus dem gönnerhaften Lächeln ihres Gegenüber wurde ein schmutziges Grinsen.

Zu schmutzig. Sie schüttelte energisch den Kopf, ließ dem Kopfschütteln allerdings ein kokettes Lächeln folgen. »Nein, nein, nicht was du jetzt denkst. Ich animiere ihn auf eine ganz seriöse Art. Du musst dem Marbolt nur die Revision auf den Hals hetzen, sobald du von mir ein Signal kriegst.«

Der Landeshauptmann machte eine abwehrende Handbewegung. »Bitte keine Details. Will und darf ich gar nicht wissen. Aber Revision ist natürlich immer gut. Nur müssen wir das so spielen, dass der Minister gar nicht merkt, dass sie ausschließlich gegen Marbolt gerichtet ist.«

»Logisch.«

»Ich habe schon immer gewusst, dass du ein sehr cleveres Mädchen bist. Ich wollte, ich hätte mehrere von deiner Sorte.«

Sie brauchte gar nicht abzuwarten, bis er aufstand. Sie wusste auch so, dass sie entlassen war. Und noch etwas wusste sie bereits: Wie sie ihn in die Geschichte mit hineinziehen würde.

Auch wenn er mit keinen Details belästigt werden wollte. Gegen den Landeshauptmann etwas in der Hand zu haben, konnte im Fall des Falles nicht schaden.

Montag, 19. April
16 Uhr 04

Er war drauf und dran gewesen, gleich den Chefinspektor anzurufen, um ihm von dem laufenden Experiment mit der neuen Puppe in der Donau zu berichten. Aber Spencer würde warten müssen. Denn er war auf eine ganz andere Idee gekommen. Er wandte sich an seinen jungen Kollegen, der gerade das Polizeiboot startete. »Ich hab davon geträumt, dass ich heute wieder eine Schaufensterpuppe an Bord ziehe. Diesmal eine Frauenpuppe.«

Der Kollege setzte sich mit einer lässig fließenden Bewegung die Sonnenbrille auf. »War es ein geiler Traum?«

»Nein.« Einen kurzen Moment fragte er sich, ob er die weiße Unterwäsche erwähnen sollte. Aber das war womöglich zu dick aufgetragen. »Es war einer von den Träumen, die in Erfüllung gehen. Ich hab sowas manchmal.«

»Im Ernst?«

»Du glaubst mir nicht? Ich trau mich wetten, dass wir heute eine Schaufensterpuppe finden. Irgendwo zwischen hier und Dürnstein.«

Der Mann am Steuer schüttelte ungläubig den Kopf. »Halte ich für völlig ausgeschlossen.«

»Dann kannst du ja umso leichter wetten. Zwanzig Euro.«

»O.k., wenn du unbedingt verlieren willst. Die Wette gilt. Wenn wir keine oder eine Männerpuppe finden, habe ich gewonnen. Damit das klar ist. Und weiter als bis Dürnstein fahren wir nicht.«

Er überschlug schnell die Möglichkeit, dass die Puppe Dürnstein noch nicht erreicht haben konnte. Höchst unwahrscheinlich. »Einverstanden.« Schade, dass er sich jetzt nicht die Hände reiben konnte. Wieder so ein cleverer Schachzug von ihm. Vor drei Tagen der nigelnagelneue Adidas-Anzug und heute geschenkte zwanzig Euro. Sobald er das Geld hatte, konnte er sich bei der Mordkommission mit der neuen Holzpuppe beliebt machen. Genau das, was Spencer gesucht hatte.

Auf diese Art konnte es ruhig weitergehen. Nur blöd, dass er als Wetteinsatz nicht hundert oder zumindest fünfzig Euro vorgeschlagen hatte. Aber vielleicht doch richtig. Wer weiß, ob der junge Kollege bei so einem hohen Einsatz noch eingeschlagen hätte. Er beglückwünschte sich zu seinem Instinkt.

Das Boot verließ den Kremser Hafen. Er hatte dem Kollegen am Steuer befohlen, ja recht langsam zu fahren. Im Zickzack-Kurs. Wie er selbst es vor drei Tagen gemacht hatte. Er wollte sich voll auf den Blick durchs Fernglas konzentrieren. Obwohl die Suche ein Kinderspiel sein würde. Die weiße Unterwäsche würde ja in der Nachmittagssonne richtig blitzen. Würde auch ein Sehbehinderter finden.

Bis zur Höhe der Steiner Frauenbergkirche war er ganz locker. Aber von da an begann er, nervös zu werden. Die Puppe konnte er doch nicht übersehen haben. Er betrachtete seinen Kollegen von der Seite. Wegen der Sonnenbrille war dessen Gesichtsausdruck schwer zu deuten. Aber ihm konnte der Junge nichts vormachen. Der begann wohl, von zwanzig Euro zu träumen.

In Loiben war er sicher. Er konnte die Puppe nicht übersehen haben. Er suchte den Horizont Richtung Dürnstein ab. Die zwanzig Euro konnte er vergessen. Nur kleine Wellen, die wie Silberfische glitzerten. Aber keine Puppe. So ein Mist! Sollte er jetzt noch den Chefinspektor anrufen? Wozu? Um ihm zu erzählen, dass er eine zweite Puppe gehabt und wieder verloren hatte? Nein. Wenn er es genau bedachte, war es doch klüger, wenn der Chefinspektor ihn nicht mehr mit Schaufensterpuppen in der Donau in Verbindung brachte.

Montag, 19. April
16 Uhr 10

Josefa Machherndl stand an ihrem Wohnzimmerfenster, dessen Scheiben von einem bröckelnden Kitt nur mehr mit Mühe in der Schiene gehalten wurden. Der Marillenschnaps stand am Fensterbrett. Der Ausblick auf den kahlen Hinterhof, in dem nur der Wagen ihres Nachbarn nebst ihrem eigenen parkte, war frei von vermaledeiten Touristen und verschaffte ihr Ruhe. Diese Ruhe brauchte sie, wenn sie nachdachte. Sie sinnierte darüber, wie sie es anstellen sollte, den Propst von Herzogenburg besonders nachdrücklich auf ihr Anliegen aufmerksam zu machen. Schließlich ging es ja um die Rettung der Kirche. Auf die Frage, wie sie ihn in ihrem Brief anreden sollte, fand sie schnell eine Antwort. Zunächst war »Hochwürdigster Herr Propst!« ihr Favorit. Dann entschied sie sich aber doch für »Euer Gnaden!«. Machte einfach mehr her. Bei »Eure Exzellenz« würde er sich wahrscheinlich geschmeichelt fühlen, ihm aber gleichzeitig signalisieren, dass sie sich in der kirchlichen Hierarchie nicht auskannte. Nur ein Bischof konnte eine Exzellenz sein. Wie sollte der Propst da ihr großes Anliegen ernst nehmen?

Kniffliger war für sie die zweite Frage. Sie hatte gerade ihre Beichtstatistik für das erste Quartal abgeschlossen. Insgesamt gab es in der Stiftskirche einhundertdreiundfünfzig Beichten. Im Vergleich zum Vorjahr war das ein Rückgang von elf Beichten. Das allein war natürlich schon ein Alarmsignal. Aber noch viel alarmierender war, dass die Zahl der Beichten, die mehr als sechs Minuten dauerten, von dreiundzwanzig im Vorjahr auf heuer einundvierzig geradezu hochgeschossen war. Die Dürnsteiner begingen also immer schwerere Sünden. Und das im Winter. Was das für das laufende Frühjahr, das ihren Statistiken nach immer die Jahreszeit mit den schwersten Sünden war, bedeuten würde, daran wollte sie gar nicht denken. Schrecklich.

Sie war sicher, dass das alles Seine Gnaden sehr interessieren würde. Wäre natürlich eine Steilvorlage für ihr Anliegen. Allerdings wusste sie nicht, wie sie ihm erklären sollte, auf welche Art sie zu dieser Statistik gekommen war. Sie konnte ihm ja nicht gestehen, dass sie während der amtlichen Beichtstunden im Geheimen die Beichtgewohnheiten seiner Dürnsteiner Schäfchen protokollierte.

Als sie gerade dabei war, in dieser Frage mit sich zum mindestens zehnten Mal zu Rate zu gehen, kam plötzlich Leben in den Hinterhof. Die beiden halbwüchsigen Töchter ihres Nachbarn spazierten ins Bild. Freche, wenig gottesfürchtige Dinger. Die Ältere fand sie besonders unausstehlich, seit sie ihr vor drei Jahren den Vorschlag gemacht hatte, sich zur Ministrantin ausbilden zu lassen. Dafür aber nur Hohn und Spott geerntet hatte. Ihre Rache war damals allerdings besonders süß gewesen. Als Dürnsteiner Gemeindesekretärin hatte sie den Bürgermeister überredet, den Antrag des Vaters auf Umwidmung seines Gartens in Bauland abzuschmettern.

Die Jüngere stand offensichtlich unter dem schlechten Einfluss ihrer großen Schwester. Das junge Ding trug eine ganz kurze und enge rote Hose. Bei der ordinären Mutter gar kein Wunder.

Sie nahm einen Schluck.

Die beiden Fratzen schleppten etwas an den beiden Autos vorbei. Eine Art Schaufensterpuppe. Und was für eine noch dazu. Nur mit weißer Unterwäsche bekleidet. Von der Art, wie sie junge Frauen in der Werbung trugen. An Schamlosigkeit nicht zu überbieten.

Sie riss ihr Fenster auf, ohne auf die Brüchigkeit des Scheibenkitts zu achten. »Wo habt Ihr denn dieses Teufelszeug gestohlen? Das sag ich gleich Eurem Vater. Ihr könnt von Glück reden, dass ich nicht sofort zur Polizei gehe.«

»Die Puppe haben wir nicht gestohlen. Wir haben sie gefunden. Am Ufer. Ist angeschwemmt worden.«

»Und das soll ich euch glauben?«

»Der BH ist noch nass«, protestierte die Jüngere. »Kommen Sie runter und schauen Sie selbst.«

Die Ältere hingegen zog die Puppe und mit ihr die kleine Schwester weiter zum Hintereingang ihres Hauses. »Lass die alte Säuferin ruhig die Polizei rufen. Der glaubt sowieso niemand mehr.«

So eine Frechheit. Josefa Machherndl schlug ihr Fenster so fest zu, dass ein großes Stück Kitt links unter der Scheibe wegbrach. Sie brauchte drei Stamperln, um sich zu beruhigen. Diese rotzfrechen Gören.

Und zu allem Überfluss schon wieder eine Schaufensterpuppe in der Donau. Die Donau ging ohnehin über vor lauter Unrat. Da löste wohl jemand sein Modegeschäft auf. Aber von einer Geschäftsauflösung in letzter Zeit hatte sie gar nichts gehört. Sie würde sich jedenfalls umhören und die Augen offen halten, um diesem Umweltverschmutzer das Handwerk zu legen. Sollte sie die Polizei verständigen? Nein. Noch hatte sie nicht genügend Beweise.

Montag, 19. April
18 Uhr 17

Mit leicht quietschenden Reifen bog er auf den Parkplatz des Landeskriminalamts ein. Mit Doris hatte er 18 Uhr vereinbart, um sich über ihre Erkenntnisse des Tages auszutauschen. Aber der Wiener Verkehr war einfach zu heftig gewesen.

Im Grunde hatte er ihr nach den Gesprächen mit den Spitzenjuristen nichts Neues zu erzählen. Die dazugehörigen Damen hatten sich mehrheitlich entschuldigen lassen. Sie hatten deutlich weniger bis gar nichts mit Klaus Strasser zu tun und kannten ihn eigentlich nur oberflächlich von den sozialen Anlässen, die sich ergaben, weil er mit ihren Männern beruflich Kontakt gehabt hatte. Verdächtig erschien ihm die Abwesenheit der Damen bei den Gesprächen nicht. Damit hatte er schon gerechnet.

Als er endlich schnaufend im Büro seiner Chefin ankam, sah er auf den ersten Blick, dass sich ihre Laune kaum gebessert hatte. Kannte er von früheren Fällen. »Ich bringe leider nichts aus Wien, das deine Stimmung heben könnte. Mehr oder weniger eine Pleite. Außer du kannst der Erkenntnis, dass der Strasser ein ganz schönes Arschloch gewesen sein muss, etwas abgewinnen.«

»Ist doch immerhin ein perfektes Mordmotiv.«

»Seine Freunde haben das natürlich alle etwas vornehmer ausgedrückt. Durchsetzungsfähig, ich-stark, eitel, auf seinen Vorteil bedacht. Wie man halt ein Charakterschwein beschreibt, ohne das Wort selbst in den Mund zu nehmen. Dafür waren sie alle voll des Lobes für die Witwe. Ein Engel, würde gar nicht wirklich zu ihm passen, und so weiter.«

Er zog ein Papiertaschentuch aus seiner rechten Hosentasche. Mit einem kurzen Blick darauf konstatierte er zufrieden, dass es sich noch durchaus zur weiteren Verwendung eignen würde und schnäuzte sich hinein.

»Also, ganz im Ernst. Auch wenn die Nachrede bei seinen sogenannten Freunden nicht die beste gewesen ist, so kann sich niemand einen Grund für seine Ermordung vorstellen. In der Anwaltsbranche würde man sich anders rächen.« Er schnäuzte sich ein zweites Mal. Dann betrachtete er sein Taschentuch noch einmal. Diesmal länger und von allen Seiten. Um zu einem endgültigen Urteil über die weitere Verwendbarkeit zu kommen.

»Ich habe auch nicht viel«, hob sie an. »Aber immerhin eine Neuigkeit. Ein Doktor Soundso von der Wiener Gerichtsmedizin hat mich vor einer Stunde angerufen. Unser Opfer ist ertrunken. Wasser in der Lunge.«

»Und das sagst du so nebenbei?«

»Weil es viel, aber auch sehr wenig bedeuten kann. Kann nämlich durchaus sein, dass der Täter das Opfer schon für tot gehalten hat, als er es in die Donau geworfen hat. Der Schlag auf den Kopf ist doch sehr heftig gewesen. Der Gerichtsmediziner sagt, dass Doktor Strasser die Kopfverletzung nicht lange überlebt hätte.«

Er kratzte seinen Bart unterhalb des Kinns. »Aber im Zusammenhang mit dem Schwimmgürtel kommt mir das nicht zufällig vor.«

»Klar. Nur, was schließen wir daraus?«

Diese Frage konnte er nicht beantworten.

Sie seufzte. »Einstweilen lauter Sackgassen. Jetzt verstehst du bestimmt, warum ich keine besonders gute Laune habe.

Mein Gespräch mit diesem Doktor Gröger hat auch nicht viel gebracht. Abgesehen davon, dass er ausschaut wie George Clooney zum Quadrat.« Jetzt zeichnete sich doch ein leichtes Lächeln auf ihrem Gesicht ab. »Wäre ich nicht eine so glücklich verheiratete Frau, könnte selbst ich schwach werden.«

»Du? Niemals. Einen George Clooney zum Quadrat hast du doch in Gestalt meiner Wenigkeit täglich vor dir. Aber bei mir bist du noch nie schwach geworden.«

Seine Chefin lachte. »Deswegen bin ich auch seinem Charme nicht erlegen. Weil ich in der Hinsicht ja von dir besonders gut bedient werde. Nur seine Taschentücher sind sauberer gewesen.«

Er griff in seine Hosentasche, nahm das in zwei Teile gerissene Papiertaschentuch heraus und warf es mit Schwung in den Papierkorb, der neben dem Schreibtisch seiner Chefin stand.

»Damit gar nichts mehr zwischen uns beiden steht.«

Aber der Anflug von Humor war bei ihr schon wieder vorbei, wie er bekümmert feststellen musste. Dabei hätte er sie nur zu gern aufgeheitert.

»Dass er nicht nach Spitz gekommen ist, erklärt er damit, dass er sich unter lauter Großkopferten nicht wohlgefühlt hätte. War stattdessen auf der Donau paddeln. Allein. Im Übrigen scheint seine Anhänglichkeit an die Familie Strasser sehr intensiv gewesen zu sein. War mit ihnen mehrmals zum Segeln in der Adria. Frau Strasser mag zwar ein Engel sein, aber vielleicht einer, der einem gut aussehenden Teufel nicht widerstehen kann.«

»Dann hätte aber eher Doktor Strasser ein Motiv gehabt, deinen Ladykiller ins Jenseits zu befördern.«

Sie schüttelte den Kopf. »Hättest du die Kanzlei des Dr. Gröger gesehen, wäre dir klar, dass Frau Strasser ihren Lebensstandard und ihr Wochenendhaus sehr schnell hätte abschreiben können, wenn sie ihren Mann verlassen hätte. Jedenfalls müssen wir die Art der Beziehung zwischen ihr und Doktor Gröger prüfen. Außerdem verspreche ich mir etwas von dem Hinweis, dass Doktor Strasser eine Wachauer Erbschaftssache versaut haben soll. Damit werde ich mich aber erst morgen beschäftigen. Jetzt ist mal Feierabend.«

Montag, 19. April
19 Uhr 35

Spaghetti aglio e olio. Noch bevor sie die Tür zu ihrer Wohnung gegenüber der Hesser-Kaserne aufgeschlossen hatte, nahm sie den Geruch wahr. Erich kochte also. Ihre Lieblingsspaghetti. Das Rezept hatte er auf einer Urlaubsreise vor drei Jahren einem Koch in Pisa abgeschwatzt. Ob es sein schlechtes Gewissen war, das ihn dazu trieb, diese Köstlichkeit zuzubereiten, oder etwas anderes, war ihr für den Moment egal. Sie konnte jede Form der Aufmunterung gut gebrauchen.

Sie war nicht sicher, ob er in der Küche ihr Kommen bemerkt hatte. Sehr wohl tat das aber ihre Jüngste, Sophie, die schon das Drehen des Schlüssels im Schloss gehört haben musste und aus ihrem Zimmer kam. »Servus, Mama. Sag', kennst du die Sage vom Donauweibchen?« Um dann naserümpfend hinzuzufügen: »Pfui, da stinkt es ja.«

Von der Sage hatte sie zwar schon gehört. Konnte sich aber an den Inhalt nicht mehr erinnern. »Warum fragst du?«

»Weil wir uns in Deutsch bis übermorgen eine moderne Version der Sage ausdenken sollen.«

Sie drückte der Zwölfjährigen, die im Unterschied zu der älteren Schwester noch eineinhalb Köpfe kleiner war als sie selbst, einen Kuss auf die Stirn und umarmte sie.

»Da frag' lieber deinen Vater.«

Wie gerufen kam Erich in dem Moment aus der Küche. Mit grüner Schürze und einer Flasche Olivenöl in der Hand. Stark nach Knoblauch riechend.

»Er kennt sich bei Donauweibchen sicher besser aus als ich.« Sie blickte ihren Mann an. Hatte er die Spitze verstanden oder nicht? Sie war nicht sicher.

»Dann…« Er wies dem Mädchen den Weg Richtung Küche. »Und damit du es weißt. Es stinkt nicht, sondern es riecht nach Knoblauch. Bei diesem Geruch sprüht meine Fantasie nur so.«

»Da habe ich einen Gegenvorschlag«, antwortete die Kleine selbstbewusst. »Ich gehe für eine Stunde zu einer Freundin. Bis dahin wird sich ja der scheußliche Geruch schon verzogen haben. Dann kann ich auch wieder denken. Deine Phantasie wird ja so lang anhalten, oder?«

Typisch ihre Jüngste. Um die brauchte sie sich keine Sorgen zu machen. Nie auf den Mund gefallen und schon in ihrem Alter immer die Herrin ihrer Entscheidungen. Sie blickte auf die Uhr. »Aber du bist bis spätestens neun wieder da.«

Keine zehn Sekunden später huschte Sophie bei der Wohnungstür hinaus.

Erich stand immer noch da, mit dem Olivenöl in der Hand und wirkte wohl wegen der Geschwindigkeit seiner Tochter etwas verblüfft.

Sie gab ihm einen flüchtigen Kuss auf die Wange. »Nett, dass du Spaghetti machst. Ich brauche sowieso Trost. Ein Tag zum Abgewöhnen.«

Er zog die Mundwinkel nach unten. »Mit so einer Begrüßung wird auch die Nacht zum Abgewöhnen. Dabei habe ich auf einen Pisa-Effekt gehofft. Aber trotzdem vielen Dank, dass du wenigstens meine Kochkünste registrierst. Du kannst dich schon zu Tisch setzen. Ich bin in zwei Minuten fertig.«

Für einen Moment dachte sie an den Urlaub vor drei Jahren. Und auch an das, was ihr Mann Pisa-Effekt nannte. Ein herrlicher Nachmittag. Trotz Knoblauch. Gegen ihren Willen musste sie schmunzeln. »Dann kann ich ja in der Zwischenzeit aufdecken.«

»Alles schon erledigt. Aber du kannst mit mir in die Küche kommen und dir deinen Frust von der Seele reden. Sonst schmecken dir ja die besten Spaghetti der Welt nicht.«

Sie sah ihn skeptisch an.

»Vergiss' nicht, dass ich studierter Psychologe bin«, beharrte er.

Den Frust von der Seele reden. Als ob das so leicht gehen würde. Ein Chef, der vor seiner Abreise nach Wien noch Himmel und Hölle in Bewegung gesetzt hatte, dem Informationsleck auf die Spur zu kommen. Natürlich ohne greifbares Resultat. Gar nicht ausgeschlossen, dass er sie für die Urheberin hielt. Eine Pressekonferenz, bei der sie sich vielleicht zu weit aus dem Fenster gelehnt hatte. Ein Mord, von dem sie ahnte, dass er ihr noch viel Kopfzerbrechen bereiten würde. Und schließlich ein Ehemann, der so tat, als hätte er nur Augen für sie. Obwohl sie es besser wusste. Immerhin konnte sie die professionellen Gründe für ihre miese Laune ansprechen. Den privaten würde sie für sich behalten. Zumindest heute noch.

Sie war überrascht, dass ihr das Essen trotz allem vorzüglich schmeckte. Als Essensbegleiter kredenzte Erich einen Grünen Veltliner von Malat. Ihrem Lieblingsweingut. Nicht nur eine herrliche Lage zwischen Stift Göttweig und der Donau. Sondern auch großartige Weine. Der Veltliner passte ausgezeichnet. Es fiel ihr gar nicht schwer, über ihren Frust zu sprechen. Das musste sie Erich lassen. Er war ein hervorragender Zuhörer und ein noch großartigerer Analytiker.

»Es ist natürlich zu blöd«, meinte er, »dass dieser Gruppeninspektor die Schaufensterpuppe gleich entsorgt hat. Ich würde die Frage stellen, ob es außer dem kaputten Kopf noch eine Parallele mit dem Mordopfer gibt? Wenn der Mörder tatsächlich auch der Puppe auf den Schädel geschlagen hat, um eine Botschaft zu senden, dann hätte er zum Beispiel der Puppe doch auch eine ähnliche Kleidung angezogen.«

Sie nickte, war jedoch nicht sicher, ob Spencer das mit dem Frisch geklärt hatte. Dass sie da noch nicht nachgehakt hatte, ärgerte sie. Spencer hatte zwar keine Bekleidung der Puppe erwähnt. Er hatte aber auch, so weit sie sich erinnern konnte, nie davon gesprochen, dass die Puppe nackt war.

Erich ließ ihr Zeit zum Nachdenken. Er nahm einen Schluck Wein. Den rollte er lang in seinem Mund hin und her.

Was für ein Genießer er doch war. Für den guten Hinweis, dass sie nochmal nach der Bekleidung der Puppe fragen musste, schenkte sie ihm einen dankbaren Blick. Sollte sie gleich zum Telefon greifen? Nein. Wenn die Puppe denselben Trainingsanzug getragen hätte wie die Leiche, und noch dazu den gleichermaßen eingeschlagenen Schädel, dann hätte das doch selbst ein mit weniger Intelligenz gesegneter Gruppeninspektor bemerken müssen. Sie beruhigte sich. »Ich gehe davon aus, dass die Schaufensterpuppe nackt gewesen ist.«

Er setzte sein Glas ab. »Dann würde ich der Puppe keine besondere Bedeutung beimessen. Psychopathen gehen bei ihren Inszenierungen immer auf Nummer sicher.«

»Jetzt bist du zu schnell mit deiner Schlussfolgerung. Nur weil ein Täter seine Tat inszeniert, ist er noch lange kein Psychopath. Das müsstest du als studierter Psychologe eigentlich wissen.«

»Zugegeben«, konzedierte er. »Ein Psychopath würde mit seiner Inszenierung auf die allgemeine Verbreitung von Angst und Schrecken abzielen, um einen Machtrausch zu erleben. Das ist in diesem Fall noch nicht erkennbar.«

Noch. Seine besondere Betonung dieses Wortes ließ ihren Nacken kribbeln. Sie schickte ein kurzes Stoßgebet an den Himmel. Bitte alles nur kein Psychopath.

»Aber wenn es kein Psychopath ist«, setzte er fort, »was für ein Typ könnte es dann sein? Ein Eifersuchtsmörder, der sein Motiv mit einer Inszenierung verschleiert? Was ist mit diesem Freund der Witwe?«

»Dem Rechtsanwalt Gröger?« Sie wiegte den Kopf hin und her. »Bisher war er zu arm für Theresa Strasser. Aber durch den Mord erbt sie wahrscheinlich einen guten Teil des Vermögens ihres Mannes. Deshalb wären Geld und Erfolg möglicherweise für sie kein wichtiges Kriterium bei der

Partnerwahl mehr. Wenn Gröger darauf hofft, dann hätte er ein Motiv.«

»Und was sagt deine weibliche Intuition? Steht er sehr auf Theresa Strasser?«

»Könnte ich mir zumindest vorstellen. Und er hat sich mit Klaus Strasser auseinandergelebt. Aber ob das für einen Mord reicht?« Sie beschloss, Roman Gröger weiter auf den Zahn zu fühlen. Vielleicht war da noch etwas, das sie bislang übersehen hatte.

»O.k. Und wenn es kein Psychopath und kein Eifersuchtsmörder ist? Was könnte es noch für ein Typ sein?«

Sie rieb sich die Schläfen. Dieser Arbeitstag dauerte definitiv schon zu lange. »Ich denke, der Mörder will uns etwas mitteilen. Es hat eindeutig etwas mit Wasser zu tun. Mit Schwimmen, mit Ertrinken. Möglicherweise hat das Opfer etwas getan, womit der Täter seelisch nicht fertig geworden ist.«

»Also der Rache-Typ«, brachte es Erich auf den Punkt. »Na, dann drücken wir uns die Daumen, dass keine weiteren Opfer auftauchen. Weil dann hättest du womöglich doch einen Psychopathen am Hals.«

Dienstag, 20. April
6 Uhr 50

Er war mit Leib und Seele Schiffsoffizier. Aber auch ein begeisterter Heimwerker. Im Haus der Leutgebs in Stratzing gab es noch immer viel zu tun. Vor fünf Jahren hatten sie es gekauft, als feststand, dass sein Arbeitsplatz bis zu seiner Pensionierung die Donau zwischen Melk und Krems sein würde. Sie hatten sich damals aus mehreren Gründen für Stratzing entschieden. Die Nähe zu Krems war praktisch. Die Lage in den sanft ansteigenden Hügeln, die vor allem dem Weinbau gewidmet waren, war malerisch. Außerdem hatte er hier im Sinne der work-life-balance genügend Abstand von den Touristenströmen, die sich entlang der Donau konzentrierten. In Stratzing war schon die Ruhe des Waldviertels zu spüren. Diese Ruhe brauchte er zur Regeneration. Und natürlich gab es auch einen ganz trivialen ökonomischen Grund: Vergleichbare Häuser in der Wachau hätten empfindlich mehr gekostet.

Egal, ob sein Tag dem Schiff oder seiner Heimwerkstatt gehörte, sein Morgenritual war immer das gleiche. Aufstehen um 6 Uhr 15, eine Viertelstunde Morgengymnastik, drei Minuten heiße und dreißig Sekunden kalte Dusche und dann noch vor dem Frühstück hinaus zum Postfach, in dem schon die Zeitung wartete. Gebracht von einem Zusteller auf einem Moped, dessen Auspuff offensichtlich defekt war. Der damit zum Leidwesen von Frau Leutgeb seit Jahren gegen fünf Uhr Früh das kleine Stratzing terrorisierte. Sie bat ihn deshalb immer wieder, das Abonnement zu kündigen. Aber er wollte auf seine Morgenlektüre nicht verzichten. Außerdem würde sie das durch den Ort knatternde Moped auch ohne Abo in ihrem Schlaf stören.

Schon gestern hatte er mit großem Interesse den Artikel über den Polizeidirektor gelesen, der von dem Journalisten des Niederösterreichischen Tagblatts so richtig durch den Kakao gezogen worden war. Wieder einmal war er froh, nicht in der Öffentlichkeit zu stehen. Er hatte den Chef der niederösterreichischen Polizei einmal persönlich getroffen, als er im vorigen Herbst gemeinsam mit seinem Führungskader Passagier auf der MS Wachau gewesen war. Offensichtlich eine Art Betriebsausflug. Dieser Herr Marbolt hatte damals einen durchaus positiven Eindruck bei ihm hinterlassen. Sie hatten ein angeregtes Gespräch über die Schönheit von Kapitänsuniformen geführt. Zum Abschluss hatte der Polizeidirektor ihm seine Visitenkarte samt persönlicher Handynummer anvertraut. Auf diese Bezeugung von Vertrauen war er irgendwie stolz.

Umso mehr hatte ihm der gestrige Artikel missfallen. Die Häme des Journalisten schmeckte nach Niedertracht und Intrige. Er hätte den Artikel deswegen beinahe weggelegt. Aber er enthielt auch die Bestätigung, dass tatsächlich eine lebensgroße Puppe donauabwärts geschwommen war. Das war das Ding, das der Passagier anfangs irrtümlich als Vogelscheuche identifiziert hatte. Am Foto, das ihm der Mann damals nach der Ankunft in Krems gezeigt hatte, sah es dann mehr nach einer Schaufensterpuppe aus. Aber Gewissheit hatte er bis zu seiner Morgenlektüre nicht gehabt.

Nun las er den Artikel über die gestrige Pressekonferenz mit der Chefin der Mordkommission. Aus ihren Aussagen ging eindeutig hervor, dass das Mordopfer zum Zeitpunkt, als sein Schiff die Puppe überholt hatte, noch am Leben war. Was ihn endgültig beruhigte. Zwar hätte er nicht mehr helfen können. Aber er hätte sich selbst Vorwürfe gemacht, wenn er mit seinem Schiff an einer Leiche vorbeigefahren wäre, ohne etwas zu unternehmen.

Er wollte sich schon den Rest des Artikels sparen und weiterblättern, als sein Blick an der Passage des Berichts hängen blieb, in der von der Bekleidung des Opfers die Rede war. Dunkelblauer Adidas-Anzug. Und davon, dass Frau Lenhart einen Zusammenhang zwischen der Puppe und dem Opfer in Abrede stellte. Das wunderte ihn. Er las sich alles genau durch. In dem Artikel war tatsächlich keine Rede davon, dass die Puppe ebenfalls mit einem Adidas-Anzug bekleidet gewesen war. Er war aber sicher, dass es so war. Auch dunkelblau. Auf dem Foto des Passagiers waren eindeutig die Adidas-typischen weißen Streifen zu erkennen gewesen. War es möglich, dass der Anzug von der Puppe durch den Wellengang oder durch die Nähe zu einer Schiffsschraube heruntergerutscht war? Sodass sie bei ihrer Bergung durch die Polizei unbekleidet war? Zufall konnte es jedenfalls kaum sein, dass Opfer und Puppe genau gleich angezogen waren. Noch dazu beide mit eingeschlagenem Schädel. Der war auf dem Foto des Passagiers besonders gut zu sehen gewesen.

Er wollte sich nicht mutwillig in eine Mord-Untersuchung einmischen. Aber möglicherweise war das ein wichtiger sachdienlicher Hinweis. Zumindest musste er die Polizei, der diese Information offensichtlich fehlte, von diesem Umstand in Kenntnis setzen. Die Zuständigen konnten ja dann selbst entscheiden, ob das für den Fall relevant war oder nicht.

Er war stolz darauf, zu den Kapitänen zu gehören, die die Mitglieder ihrer Mannschaft zum Mitdenken ermunterten. Hatte er schon als Lehrling auch für sich in Anspruch genommen. Was ihm bei seiner Karriere sicher nicht geschadet hatte. Deshalb fiel ihm die Entscheidung leicht. Nach dem Frühstück würde er die Polizei anrufen. Aber wem sollte er diese womöglich wichtige Information geben? Direkt der Mordkommission oder doch besser dem Polizeidirektor, der von der Zeitung so unfair durch den Kakao gezogen worden war? Als Mann, dem Ehre wichtig war, fiel ihm auch diese Entscheidung nicht schwer.

Dienstag, 20. April
8 Uhr 03

Die Zeitung hielt er vor sich aufgespannt wie einen Schild. Er hatte die Lektüre auf der Bank am Waldrand an diesem frischen Morgen genießen wollen. Die Vögel zwitscherten und ein paar Sonnenstrahlen kamen zwischen den Wolken durch. Was er da allerdings auf Seite drei der Niederösterreichischen Nachrichten las, fand er wirklich enttäuschend. Doris Lenhart bestritt einen Zusammenhang zwischen der Schaufensterpuppe und seinem Opfer. Und das sollte eine ernst zu nehmende Gegnerin sein?

Er war frustriert. Den Aufwand mit der Puppe hätte er sich sparen können. Wie hatte das passieren können? Selbst ein Blinder hätte den Zusammenhang erkennen müssen. Mehr als der Puppe den Schädel einzuschlagen und ihr den gleichen Trainingsanzug anzuziehen, den sein Opfer bei seinen Jogging-Touren stets trug, war doch gar nicht möglich. Der Anwalt hatte tatsächlich an jedem Tag diesen Laufdress getragen. Auch wenn er an einem langen Wochenende in der Wachau an drei aufeinanderfolgenden Tagen laufen ging und verschwitzt nach Hause kam. Wahrscheinlich besaß er zwei oder sogar drei solcher Anzüge. Eindeutiger konnte der Zusammenhang doch nicht sichtbar gemacht werden. Wenn er daran dachte, was für einen Aufwand er betrieben hatte, um ohne jegliche Spur zu einem solchen Anzug zu kommen. Er war extra nach Ungarn gefahren, hatte in Sopron ein Sportartikelgeschäft gesucht, wo es bestimmt keine Überwachungskameras gab, hatte in bar gezahlt. Alles hatte er bedacht. Es war wirklich ein Jammer. Das Schicksal gönnte ihm keinen echten Erfolg. Immer wieder diese harten Rückschläge. Sein ganzes Leben war er vom Pech verfolgt.

War es möglich, dass die Chefinspektorin simulierte und viel cleverer war, als er im Moment dachte? Dass sie in Wahrheit seinen dringenden Wunsch, die Polizei möge den Zusammenhang erkennen, längst erfüllt hatte? Aber ihm das nicht auf die Nase binden, sondern ihn in eine Falle locken wollte. Es hieß doch immer wieder, die Polizei würde aus ermittlungstaktischen Gründen eine Informationssperre verhängen oder zumindest Ermittlungsergebnisse nur sehr selektiv an die Öffentlichkeit weitergeben. Fiel seine Tat unter diese Kategorie? Hatten sie die zweite Puppe bereits gefunden oder sogar antizipiert und versuchten, ihn aus dem Konzept zu bringen? Weil sie gar keine andere Möglichkeit sahen, ihm beizukommen und die nächste Tat zumindest hinauszuzögern? Wenn es so war, dann durfte er sich unter keinen Umständen beirren lassen. Die Zeit war auf seiner Seite. Also weiter nach Plan.

Dienstag, 20. April
8 Uhr 10

Gestern nach dem Abendessen hatte sie noch mit Spencer telefoniert, um ihn zu ersuchen, dringend mit dem Kremser Gruppeninspektor zu reden. Sie wollte wissen, ob die Schaufensterpuppe zum Zeitpunkt ihrer Bergung bekleidet war. Und wenn ja, wie.

Der Rückruf ihres Stellvertreters war schon zwanzig Minuten später erfolgt. Felix Frisch hätte zunächst behauptet, auf die Kleidung gar nicht geachtet zu haben. Sich aber dann doch daran erinnert, dass die Puppe mit einem dunkelgrauen, fast schwarzen Trikot bekleidet gewesen wäre. Hundertprozentig sicher kein Adidas-Trainingsanzug, den er sehr gut kennen würde, weil er einen solchen selbst besaß.

Nach dem Telefonat war sie einigermaßen beruhigt gewesen. Darin war sie auch von ihrem Mann bestärkt worden, dem sie gleich von Spencers Anruf erzählt hatte.

In der Nacht hatte es geregnet. Die Straßen waren noch nass, als sie sich um halb acht von zu Hause abholen ließ, um nach Dürnstein zu fahren. Die Wettervorhersage aus den 8 Uhr-Nachrichten versprach für ganz Niederösterreich zumindest zeitweiligen Sonnenschein und Temperaturen bis zwanzig Grad.

Ziel ihrer Fahrt nach Dürnstein war der Mann, dessen Erbschaftscausa von Dr. Gröger an Dr. Strasser abgetreten worden war. Vor mehr als acht Jahren, wie sie von der Sekretärin des Kremser Anwalts noch gestern Nachmittag erfahren hatte.

Während der Fahrt las sie das Niederösterreichische Tagblatt. Ihre Hoffnung war nicht aufgegangen. Der Artikel strich ihre Feststellung, dass es zwischen Mord und Puppe keinen Zusammenhang geben würde, sehr prominent hervor und zog diese Feststellung in Zweifel. Allerdings war das angesichts der Aussagen von Gruppeninspektor Frisch kein Problem mehr.

Am Beifahrersitz neben dem schweigsamen jungen Polizisten, der sie chauffierte, musste sie fortwährend an ihren Mann denken. Weniger wegen der Frau, in deren Dekolletee er während des Kochkurses einen Blick riskiert hatte. Vielmehr wegen seiner Unterstützung gestern Abend. Er hatte ihr gut geholfen, ihre Überlegungen zum Mordfall zu strukturieren. Sie musste schmunzeln. Erich, Personalchef einer mittelgroßen Firma und studierter Psychologe, war für sie so etwas wie ein Profiler-Zauberlehrling gewesen. Darin lag auch ein gewisses Problem: Denn womöglich brachte sie ein unprofessioneller Profiler eher auf Abwege als zum Ziel.

Nach dem Schema, das sich im Gespräch mit ihrem Profiler-Zauberlehrling ergeben hatte, war sie also jetzt unterwegs zu einem Rache-Typen. Ein verlorener Rechtsstreit, bei dem es um viel Geld ging, konnte durchaus ein Motiv für eine Bluttat sein, wenn der Verlierer den Verlust psychisch nicht verwinden konnte. Aber wie passte die Inszenierung der schwimmenden Leiche mit dem Verlust von Geld zusammen? Sie war skeptisch. Erstaunlich, wie sehr das gestrige Gespräch bereits ihre Gedanken beeinflusste. Dieser Einfluss drohte Regel Nummer eins für alle Ermittlungen über Bord zu werfen: Auch die kleinste Spur war völlig ohne vorgefasste Meinung zu verfolgen. Das hatte sie schon in ihrer ersten Schulung gelernt.

Nachdem der Himmel kurz vor Dürnstein wie in der Wettervorhersage angekündigt aufklarte und sie ohnehin ein paar Minuten zu früh dran war, bat sie ihren Fahrer, auf dem Parkplatz beim Tunnel zu parken.

Sie wollte zu Fuß durch den Ort gehen. Um frische Luft zu schnappen und um sein Flair zu genießen. Mitten in der Arbeitszeit. Das gönnte sie sich. Was für ein Glück, dass es für den Durchzugsverkehr entlang der Donau den Tunnel unter diesem Juwel gab. Und für die Touristen den großen Parkplatz vor dem Kremser Tor. Es lohnte sich einfach nicht, hier mit dem Auto zu fahren. Zumal sich Autos meistens auch nur in kaum mehr als Schritttempo an den Touristengruppen vorbeibewegen konnten. Im Grunde genommen war dieses mittelalterliche Kleinod eine einzige große Fußgängerzone.

An diesem frühen Vormittag unter der Woche in der Nebensaison waren trotz des angekündigten warmen Wetters nur vereinzelt Touristen unterwegs, leicht erkennbar an ihren Drehungen in alle Richtungen und dem wiederholten Griff zur Kamera oder zum Handy. Fotomotive gab es hier überall.

Warum strahlten mittelalterliche Gassen so viel Heimeligkeit aus? Waren es die sanften Rundungen der Mauern und Wege? Waren es die kleinen Fenster der niedrigen alten Häuser, die pastellfarbenen, weißen und ergrauten Fassaden? Die ersten Häuser, die ihre beiden Töchter im Alter von rund drei Jahren gezeichnet hatten, sahen aus wie Häuser in Dürnstein. Alles ein wenig schief. Aber diese Urform der menschlichen Behausung schlummerte wahrscheinlich als Bild in jedem Menschen. Darum kamen wohl so viele Touristen hierher. Einfach um zu sehen, dass es das Heim, das tief in ihrem Inneren schlummerte, auch wirklich gab. Daher fotografierten sie wie wild, obwohl die Architektur im Grunde simpel war. Kindlich eben.

Auch ein paar Einheimische waren um diese Uhrzeit zu sehen, zielstrebig auf dem Weg zur Bäckerei, aus der es nach warmen Wachauer Laberln duftete.

Wenn kaum Menschen das unebene alte Pflaster bevölkerten, war es die beste Zeit, um hier zu flanieren. An einem denkwürdigen frühen Abend war sie hier mit Erich gleich nach einem heftigen Gewitter aus dem Restaurant des Schlosshotels auf die Gasse getreten. Da hatten sie sie für sich allein gehabt. Mindestens zwei Minuten lang. Ein paar Sonnenstrahlen konnten durch die noch dunklen Wolken brechen. Sie ließen die nassen Steine ringsum glitzern. Damals hatte Erich um ihre Hand angehalten. Er hatte gar keinen Ring dabei, aber das Timing war einfach perfekt. Und nun, nach 17 Ehejahren, schaute er anderen Frauen auf den Busen. Mit einem Seufzer verdrängte sie den Gedanken an Erich. Sie musste sich jetzt auf ihren Job konzentrieren.

Ihr Gesprächspartner hatte wegen seinem Job als Finanzchef einer Kremser Firma um einen möglichst frühen Termin gebeten. Seine Adresse hatte er ihr narrensicher beschrieben: Das Haus mit der gelben Fassade hundert Meter rechts nach dem Schlosshotel.

Der Finanzmanager empfing sie in blauem Blazer und hellgrauer Hose. Ohne Krawatte. Seinen Fall beschrieb er so, wie ihn Dr. Gröger skizziert hatte. Mit einem Unterschied: Er war auf den Kremser Anwalt mindestens so schlecht zu sprechen wie auf Dr. Strasser. Weil Gröger seiner Meinung nach hätte wissen müssen, dass der Wiener Anwalt auf eine Causa mit einem Streitwert von nicht einmal 200.000 Euro keinen einzigen Gedanken verschwenden sondern den Fall gleich an einen seiner Konzipienten abtreten würde. Der sei nicht nur völlig unerfahren, sondern auch total unfähig gewesen. Das Gleiche wäre schon zwei Jahre vor ihm einem Weißenkirchener Verwandten von Dr. Strasser passiert. Auch das hätte Dr. Gröger bekannt sein können. Weil sich solche Dinge in Anwaltskreisen doch sicher herumsprechen würden. Der Verwandte sei allerdings vor vier Jahren gestorben. Nie verheiratet, aber angeblich hatte er einen Sohn von einer Frau, die später ins Mühlviertel geheiratet hatte.

Die gesamte Geschichte erzählte der Manager zwar durchwegs verärgert, aber ohne die Spur einer heftigeren Emotion, die irgendwelche Mordgelüste durchblitzen ließ. Dass er sauer war, war wenig verwunderlich. Er hatte beinahe 200.000 Euro verloren. Aber der Mann hatte augenscheinlich keine Geldsorgen. Seine Wohnung war modern eingerichtet, schlicht, aber mit Geschmack. Als sie ihn auf den ökonomischen Verlust ansprach, rümpfte er geradezu verächtlich die Nase.

So kam sie zu der Einschätzung, dass das verlorene Geld für diesen Mann kein Motiv für einen Mord war. Auch wenn er am Mordopfer kein gutes Haar zu lassen schien. Nur ein verdammt guter Schauspieler hätte sie mit einer solchen Nummer täuschen können. Nur zur Kontrolle ihrer Einschätzung fragte sie ihn nach seinem Alibi für den Nachmittag des vergangenen Samstags.

Er gab ein Tennis-Doppel mit seiner Frau und einem befreundeten Ehepaar im Kremser Tennis-Klub an.

Würde sie routinemäßig überprüfen. Aber am Ergebnis der Überprüfung hegte sie keinen Zweifel.

Auf dem Rückweg durch Dürnstein zum Parkplatz fragte sie sich, wie es nun weitergehen solle. Vom Gespräch mit dem Finanzchef war sie etwas enttäuscht. Denn eine konkrete Spur fehlte ihr immer noch. Immerhin: Der Geschichte mit dem letzten Wachauer Verwandten von Dr. Strasser, für den er einen Prozess geführt und verloren hatte, würde sie nachgehen müssen. Falls es da um viel Geld gegangen war, stellte sich die Frage nach möglichen Erben, die sich um ihr Erbe betrogen fühlen konnten. Sie würde den unehelichen Sohn aufspüren müssen, dessen Mutter nach Oberösterreich geheiratet hatte. Vielleicht war der ein Rache-Typ aus ökonomischen Motiven. Diese Fährte war jedenfalls wie geschaffen für ihren Stellvertreter.

Als sie gerade an den grauen Mauern des Dürnsteiner Rathauses vorbeiging, läutete ihr Handy. Wie konnte es anders sein: Spencer. »Hallo, mein Lieber. Was gibt's?«

»Schlechte Nachrichten. Das Büro Marbolt hat gerade angerufen. Du sollst alles liegen und stehen lassen und so rasch wie möglich bei ihm antanzen. Zum Rapport.«

Wann würde ihr Chef endlich begreifen, dass sie Wichtigeres zu tun hatte, als ihn bei Laune zu halten. »Sag ihm, dass ich noch nicht weiß, wer für das Informationsleck verantwortlich ist. Und dass ich auch wenig Lust habe es herauszufinden. Wir müssen einen Mord aufklären.«

»Sorry, Doris. Die Sekretärin hat mir zwar nicht gesagt, was los ist, aber ich bin ziemlich sicher, dass es nicht um die Tagblatt-Geschichte geht. Dürfte etwas Gröberes sein. Wann kannst du da sein?«

Sie blickte auf die Uhr. »Spätestens um zehn.«

»Gut, richte ich aus. Und dass du dir von ihm ja nichts gefallen lässt!«

Weil die Uhr der Stiftskirche gerade schlug, schaute sie Richtung Kirche und sandte gleichzeitig ein Stoßgebet zum Himmel: »Lieber Gott, bitte schaff mir diesen idiotischen Quälgeist vom Hals!« Sie beschleunigte ihren Schritt. Die Muße zum Flanieren war ihr vergangen.

Als sie nur mehr fünfzig Meter vom Kremser Tor entfernt war, sah sie eine ältere Frau mit zwei Blumenkörben in ihren Händen, die aus dem Schatten der Durchfahrt unter dem Wehrturm auf sie zukam. Mit einem roten Ungetüm auf dem Kopf, das sie schon von einer Begegnung vor zwei Jahren kannte. Das konnte nur der Hut von Frau Machherndl sein. Ein Unglück kam eben selten allein. Sie hatte nicht die Absicht, sich von der ehemaligen Gemeindesekretärin in ein Gespräch verwickeln zu lassen.

Allerdings steuerte Josefa Machherndl bereits zielsicher auf sie zu. »Einen recht schönen, guten Morgen zu wünschen, Frau Chefinspektorin. Was führt die Kriminalpolizei zu so früher Stunde ins wunderschöne Dürnstein?«

»Arbeit.« Sie ging mit knappem Gruß und ohne weiteres Wort an der ehemaligen Gemeindesekretärin vorbei.

»Hat man Sie jetzt zu den Puppenjägern versetzt? Da könnte ich Ihnen ein Erfolgserlebnis verschaffen.«

Was sollte denn das wieder heißen? Sie blieb stehen und drehte sich um. »Was sagen Sie da?«

Auf dem Gesicht von Frau Machherndl, die sich ebenfalls umgedreht hatte, zeichnete sich ein maliziöses Lächeln ab. »Diesmal ist es wirklich nur eine Puppe. Da scheint sich jemand einen Spaß daraus zu machen, seine Schaufensterpuppen einfach in die Donau zu schmeißen. Vielleicht könnte die Polizei ihre Arbeit tun und diesen Unfug abstellen.«

Der Adrenalinschub, den sie spürte, ließ sie die Spitze überhören. Sie trat drei Schritte auf Frau Machherndl zu. »Wo und wann haben Sie eine Schaufensterpuppe in der Donau gefunden?« Den Impuls, sie bei dieser Frage am Oberarm zu packen, konnte sie gerade noch rechtzeitig unterdrücken. Ihre Erregung hatte sie allerdings dennoch verraten.

Aus Josefa Machherndls maliziösem Lächeln wurde ein triumphales. »Aha! Auf einmal sind Sie nervös. Das wäre bei der Leiche, die ich gesehen habe, angebrachter gewesen. Also: Ich selbst habe die Puppe nicht gefunden, aber mit eigenen Augen gesehen. Ich kann Puppen nämlich sehr wohl von Leichen unterscheiden. Die zwei Mädchen meines Nachbarn haben sie angeschleppt. Eine schwere Holzpuppe. Angeblich gestern Nachmittag am Donauufer angespült.«

»Dann muss ich Sie dringend ersuchen, mich sofort zu Ihrem Nachbarn zu begleiten. Mein Fahrer wartet vorne am Parkplatz.«

Josefa Machherndl deutete auf ihre Blumenkörbe und wollte protestieren.

Aber diesmal ließ sie die Frau nicht zu Wort kommen. »Die Blumen können Sie entweder mitnehmen oder da hinten in der Bäckerei abstellen. Dort kennt man Sie ja sicher. Ich lasse Sie auch wieder zurückbringen.« Sie griff zu ihrem Handy. »Spencer, Kommando retour. Sag dem Chef, dass ich nicht kommen kann. Es gibt eine neue Schaufensterpuppe in der Donau. Aber sag ihm das ja nicht.«

Dienstag, 20. April
11 Uhr 20

»Diese Puppe hatte jedenfalls einen intakten Schädel und auch sonst nichts, was nach tödlicher Verletzung ausgesehen hat.« Sie zeigte Spencer die Handyfotos, die sie gemacht hatte. Die Puppe hatte sie zur Sicherheit gleich ins Labor bringen lassen, um keine Zeit zu verlieren. »Aber unser erstes Opfer ist ertrunken. Daher braucht es keine äußeren Spuren, um eine weitere Leiche anzukündigen.«

Ihr Stellvertreter kratzte sich am Bart. »Es könnte immer noch Zufall sein.«

»Ja. Aber wir können uns kein Risiko leisten.«

Wie in solch angespannten Situationen üblich, saß er wie ein Fels im Sessel, während sie in ihrem Büro auf und ab lief und dabei eine Haarsträhne ganz heftig um ihren rechten Zeigefinger wickelte.

Ihre Sekretärin steckte den Kopf zur Tür herein. »Es tut mir leid, Frau Lenhart.

Sie blickte zur Tür. »Schon wieder das Büro Marbolt?«

Die Sekretärin nickte nur stumm.

»Dann sagen Sie einen schönen Gruß von mir, aber es geht jetzt wirklich nicht.«

Nachdem die Tür wieder geschlossen war, blickte sie ihren Stellvertreter an. »Was meinst du?«

Spencer ließ hörbar Luft aus seinen aufgeblasenen Wangen entweichen und wiegte seinen Kopf dabei hin und her. »Du weißt ja, dass ich immer dafür zu haben bin, unserem Oberidioten eins auszuwischen. Aber es macht keinen Sinn, ihn aufs Blut zu reizen. Und das machst du gerade.«

»Spencer, du wirst wirklich alt. Vergiss den Marbolt. Ich will deine Meinung zu der Puppe hören.«

Seiner gerunzelten Stirn war anzusehen, dass er zweifelte. »Vorsicht ist zwar die Mutter der Porzellankiste. Insofern gebe ich dir Recht. Allerdings habe ich keine Idee, was wir tun können. Angenommen, die Puppe, die am Freitag aus der Donau gefischt worden ist, war wirklich als Vorspiel für den Mord an Doktor Strasser gedacht und wir hätten das sogar erkannt. Den Mord hätten wir trotzdem nicht verhindern können. Weil die Puppe mit dem eingeschlagenen Schädel auf so gut wie jeden Mann hätte hinweisen können.«

»Nicht auf einen Dicken wie dich«, gab sie halb im Scherz zu bedenken.

Er verzog kurz die Mundwinkel zu einem schiefen Lächeln. »Wenn wir jetzt eine mit Damenunterwäsche bekleidete Schaufensterpuppe haben und annehmen, dass sie ein Vorzeichen für einen weiteren Mord ist, dann könnte das auf Tausende von Frauen hinweisen. Schlank meinetwegen. Und was sollen wir mit der Information? Wir können ja nicht via Radio eine allgemeine Warnung herausgeben.«

Sie setzte sich, nahm einen auf dem Schreibtisch liegenden Stift und klopfte damit auf die Tischplatte. Sehr energisch. »Das brauchen wir auch gar nicht, mein Lieber. Wenn der Täter ein zweites Mal zuschlägt, dann müssen wir doch davon ausgehen, dass Tat eins und Tat zwei in einer Beziehung zu einander stehen.«

Spencer unterbrach sie. »Außer wir haben es mit dem Beginn einer Mordserie zu tun. Begangen von einem Psychopathen, der seine Opfer willkürlich aussucht und mit den Puppen Angst und Schrecken verbreiten will.«

»Jetzt mal nicht gleich den Teufel an die Wand!« Sie sandte ein stummes Stoßgebet zum Himmel. »Wenn es ein Psychopath ist, haben wir ohnehin keine Chance, von der Puppe auf das Opfer zu schließen. Aber wenn es sich um Mord aus Rache handelt, dann gibt es wahrscheinlich einen Zusammenhang zwischen Klaus Strasser und einem nächsten Opfer.« »Und es kann immer noch Zufall sein«, beharrte Spencer.

Seine offensichtliche Weigerung, den zweiten Puppenfund todernst zu nehmen, nervte sie. Ihre inneren Alarmglocken schrillten so laut, dass es schwer auszuhalten war. Trotzdem schaffte sie es, ihren Ärger auf ihn zu bezähmen. Statt loszuschimpfen, blickte sie ihn nur ruhig an und bat ihn: »Komm, hilf mir!«

Er nickte. »Wenn deine These stimmt, dann sind Frauen im Umkreis von Klaus Strasser in Gefahr, die solche Dessous tragen könnten. Das ist bestimmt ein recht großer Kreis.«

Sie schüttelte den Kopf. »Wenn der Mörder uns eine Botschaft sendet, dann haben die Spitzendessous eine besondere Bedeutung.« Sie zeigte ihm nochmal die Fotos auf ihrem Handy. »Ich nehme nicht an, dass du eine Ahnung davon hast, aber das da ist kein BH von der Stange. Italienische Nobelmarke. Sauteuer.«

»Trotzdem gibt es im Umkreis von Strasser einen Haufen Frauen, die sich sowas leisten können«, beharrte er.

»Ja, aber es geht nicht darum, wer sich diese Unterwäsche leisten kann. Es geht darum, wen der Täter durch diese Unterwäsche charakterisiert. Weiße Spitzenunterwäsche symbolisiert Begehren und Unschuld gleichermaßen. Sowas kaufen sich Frauen für die Hochzeitsnacht.«

»Also eine verheiratete Frau.«

»Ja, vielleicht«, sagte sie und seufzte innerlich. Spencer war jetzt wirklich keine große Hilfe. »Aber einer verheirateten Frau hätte der Mörder vielleicht noch ein Kleid über die Dessous angezogen, verstehst du? Mit den Dessous auf nacktem Körper deutet er besonders auf Sex hin, finde ich.«

»Dann scheidet Frau Strasser mal aus. Ich hab sie ja nicht persönlich getroffen, aber nach allem, was du mir von ihr erzählt hast, gehört sie eher zu den braven Ehefrauen.«

Sie nickte, hatte jedoch gleichzeitig das Gefühl, dass ihre inneren Alarmglocken jetzt besonders laut schrillten. Hatte sie etwas übersehen? Sie spürte dem Gefühl noch einen Moment nach, aber es kam nichts ins Bewusstsein. »OK, versuchen wir es anders. Wie viel Zeit ist zwischen der Bergung der ersten Puppe bis zum Mord an Klaus Strasser vergangen?«

Ihr Stellvertreter machte ein ernstes Gesicht. »Freitag Nachmittag die Puppe, Samstag Nachmittag der Angriff im Wald, dann in der Donau ertrunken wahrscheinlich am Sonntag in den frühen Morgenstunden.«

»Die zweite Puppe ist gestern Nachmittag angespült worden. Das würde bedeuten, dass wir heute am Nachmittag oder am Abend mit einem Angriff rechnen müssen.« Kein Wunder, dass sie hochgradig nervös war. Das Gefühl ließ ihr keine Ruhe. Das Bild von Roman Gröger drang in ihr Bewusstsein, breit grinsend. Sie folgte dem Impuls, griff zum Handy und rief ihn an. Sie würde ihm einfach von der neuen Puppe in weißer Unterwäsche erzählen.

Am anderen Ende meldete sich seine Sekretärin. »Mahlzeit, Frau Chefinspektorin. Was kann ich für Sie tun?«

»Ist Dr. Gröger zu sprechen?« fragte sie ungeduldig.

»Nein. Der ist bei Gericht in Wien. Lange Verhandlung. Kann ich ihm was ausrichten?«

Sie fluchte innerlich. »Er soll mich bitte so schnell wie möglich zurückrufen.«

»Okay, sag' ich ihm.«

»Danke.«

»Was war das jetzt?« fragte Spencer.

»Einfach eine Eingebung.«

»Wenn du Gröger anrufst, dann hat es was mit Frau Strasser zu tun«, kombinierte er. »Machst du dir doch Sorgen um sie?«

»Ich weiß nicht. Frau Strasser wird unter der Woche wahrscheinlich in Wien sein.« Sie rieb sich die Schläfen. Sollte sie die trauernde Witwe auch noch beunruhigen, indem sie ihr von der neuen Puppe erzählte. Deren Telefonnummer hatte sie bei ihrem Besuch eingespeichert. Unschlüssig starrte sie auf ihr Handy.

»Los, ruf sie an!«, meinte Spencer. »Frag sie einfach, ob ihr zu der neuen Puppe irgend etwas einfällt. Vorsicht ist besser als Nachsicht.«

Damit hatte er wohl Recht. Sie tippte auf Anruf. »Shit. Nur Anrufbeantworter.« Beinahe hätte sie ihr Handy auf den Schreibtisch geknallt.

»Eine Telefonnummer der Tochter hast du nicht?«

Sie schüttelte den Kopf. »Nein. Wenn ich mich richtig erinnere, ist ihr Vorname Katja. Und einen Sohn haben die Strassers auch. Mathias. «

Spencer stand auf. »Dann suche ich mal die Nummern von Katja und Mathias Strasser, damit wir irgendwie weiterkommen.«

Sie dankte ihm mit einem Nicken. Er war ja doch eine Hilfe, wenn es drauf ankam.

Nachdem Spencer das Zimmer verlassen hatte, blieb sie für eine Weile an ihrem Schreibtisch sitzen. Um nachzudenken. Sie merkte aber recht bald, dass sie nur ins Leere starrte.

Ihre Sekretärin schaute wieder zur Tür herein.

»Ja, ja. Sagen Sie dem Büro, dass ich schon unterwegs bin.« Dabei stand sie auf. Mit ihren Gedanken bei Frau Strasser.

»Sie können ruhig sitzen bleiben. Ich wollte Ihnen nur sagen, dass dem Herrn Polizeidirektor ein dringender Termin dazwischengekommen ist. Er meldet sich, sobald er wieder Zeit hat.«

Wenigstens etwas. Hoffentlich würde Spencer bald bei der Suche nach den Strasser-Kindern fündig werden. Sie griff nochmal zum Handy und hinterließ Frau Strasser die Bitte um Rückruf am Anrufbeantworter.

Dienstag, 20. April
11 Uhr 30

Katharina Krenn hatte damit gerechnet, von der Sekretärin des Polizeidirektors gleich durchgestellt zu werden. Auch damit, dass er am Telefon die Liebenswürdigkeit in Person sein würde. Überrascht war sie allerdings, dass er ihrer Bitte um ein persönliches Gespräch sofort entsprach. Sehr unprofessionell. Er vermittelte damit ein Bild von jemandem, der nichts Dringendes oder Wichtiges zu tun hatte. Sie selbst hätte in einer solchen Situation zunächst einmal ihren Kalender konsultiert und ihr Gegenüber dann nach Wichtigkeit irgendwo eingereiht.

Marbolt hatte ihr angeboten, sich mit ihr um halb zwölf zu treffen. In der Caféteria des Landhauses.

Als einer der Zukunftshoffnungen der niederösterreichischen Volkspartei stand ihr ein solches örtliches Entgegenkommen sicher zu. Aber darauf verzichtete sie bewusst. Seit ihrer Bestellung zur Sicherheitssprecherin hatte sie bislang drei Mal mit dem Polizeidirektor persönlich zu tun gehabt.

Dabei war ihr immer wieder seine Eitelkeit aufgefallen. Deshalb bot sie ihm an, ihn in seinem Büro zu besuchen. Für das, was sie vorhatte, wollte sie sich so klein wie möglich machen, um damit seine überragende Größe zu betonen.

Wie erwartet, war er über ihr Angebot hoch erfreut.

Sie erschien bewusst zwei Minuten vor dem vereinbarten Termin in seinem Büro. Um etwas Zeit zu haben, mit seinen beiden Vorzimmerdamen zu plaudern. Hatte sie auch vom Landeshauptmann gelernt. Immer freundlich zum Personal sein und nie das Gefühl von Distanz aufkommen lassen.

Als sie von der älteren Sekretärin in sein Büro geführt wurde, sprang ein sichtlich erfreuter Wolfgang Marbolt vom Sessel hinter seinem Schreibtisch auf und kam ihr mit einem strahlenden Lächeln entgegen. »Frau Abgeordnete! Welch Glanz in meiner bescheidenen Hütte! Darf ich dir einen Kaffee anbieten?«

Wenn der Mann strahlen konnte, dann konnte sie das auch. Und zwar noch besser. Sie schaltete die Scheinwerfer an ihren Augen ein und schenkte ihm ein herzerwärmendes Lächeln. »Über einen Kaffee würde ich mich sehr freuen. Danke.«

Er winkte einladend in Richtung Sitzgarnitur und gab mit ausgestrecktem Zeige- und Mittelfinger seiner Sekretärin zu verstehen, dass sie für ihn auch einen Kaffee bringen sollte.

Die Sitzgarnitur zeugte von einem gewissen Stil. Stahlmöbel mit beigem Leder überzogen. Dazu ein gläserner Couchtisch, auf dem penibel gestapelt die Tageszeitungen lagen. Damit hatte sie gleich einen guten Ausgangspunkt, um ihn zu testen. »Wäre ich Psychologin, so würde ich sagen, dass die Einrichtung deines Büros auf deinen Charakter schließen lässt. Offen und klar, aber auch Entschlossenheit und sogar eine gewisse Härte signalisierend. Und die vielen Zeitungen verraten mir, dass du die Dinge von verschiedenen Seiten betrachtest.«

Sein Gesichtsausdruck verriet seine Freude, aber auch seine Verlegenheit. Er deutete eine Verbeugung an. »Man erzählt sich ja Wunderdinge von deiner Menschenkenntnis. Aber dass du mich so schnell so total durchschaust, übertrifft ja die kühnsten Vorstellungen.«

Eitelkeit war tatsächlich sein schwacher Punkt. Würde sie mit ihm noch leichteres Spiel haben, als sie gedacht hatte? Sie lächelte ihn an, musterte ihn dabei aber genau. Ihr geschultes Auge blieb an einem Detail hängen: Knappsitzender oberster Hemdknopf oder sehr eng gebundener Krawattenknopf. Trotz Neigung zu Doppelkinn. Jedenfalls kein Millimeter Spielraum zwischen Hemdkragen und Hals. Das deutete auf einen Streber hin. Auch diese Charaktereigenschaft würde ihr nützlich sein.

Nachdem die Sekretärin den Kaffee gebracht, und sie sowohl Zucker als auch Milch abgelehnt hatte, eröffnete er das Gespräch mit der üblichen Floskel. »Was verschafft mir das Vergnügen deines Besuchs?«

Sie stellte die Tasse, aus der sie gerade den ersten Schluck genommen hatte, beiseite. Anmutig, wie bei einer Teezeremonie. »Erstens soll ich dir die besten Grüße von unserem Herrn Landeshauptmann bestellen. Ich war gestern bei ihm und wir haben uns lang über dich unterhalten.«

»Das höre ich natürlich gern.«

»Er hält große Stücke auf dich. Und er meint, dass du noch lange nicht am Ende deiner Karriere angelangt bist.«

Er machte eine abwehrende Handbewegung. »Ich bitte dich. Ich bin mit dem, was ich jetzt mache, sehr zufrieden. Weiter hinauf möchte ich gar nicht. Bin einfach nicht der Typ dafür.«

Wie oft sie das schon gehört hatte. Von Leuten, die vom Ehrgeiz geradezu zerfressen waren. »Aber wir brauchen gerade in Spitzenpositionen Leute, die in sich ruhen und nicht nur von ihrem Ehrgeiz getrieben sind.« Sie schaute ihm tief in die Augen. »Deshalb will ich dir auch sagen, dass es in deinem Umfeld Menschen gibt, die dir deinen Erfolg neiden und gegen dich intrigieren. Da solltest du unbedingt aufpassen.«

Eine Mischung aus Überraschung, Angst und Neugierde trat prompt in sein Gesicht. »Ich kann dir gar nicht sagen, wie dankbar ich dir für diesen Hinweis bin. Und ich kann mir auch schon denken, wer gegen mich intrigiert. Das kann nur diese Schlange von Lenhart sein. Die gute Dame habe ich ohnehin schon lange auf meiner Liste.«

»Man verbreitet sogar, dass du angeblich im Dienst harte Sachen trinkst.« Sie brauchte keine besondere Menschenkennerin zu sein, um zu sehen, dass sie einen Volltreffer gelandet hatte.

Er wurde rot. »Also, das ist ja unerhört. Jetzt muss ich aber definitiv wissen, ob es die feine Frau Chefinspektorin ist, die solche haltlosen Gerüchte verbreitet.«

Sie wusste, dass jetzt der schwierigste Part des Gesprächs kam. »Du wirst verstehen, dass ich dir das nicht sagen kann. Es geht mir auch gar nicht darum, dass du jemanden bestrafst. Sondern darum, dass du gewappnet bist, falls der Landeshauptmann von diesen Gerüchten erfährt. Er darf diesen Gerüchten einfach keinen Glauben schenken, verstehst du?«

Die Erwähnung des Landeshauptmanns löste bei ihm genau die Reaktion aus, die sie sich erhofft hatte. Schlagartig wurde der Polizeidirektor blass. Der Gedanke, dass der Herr Landeshauptmann von seinem Alkoholkonsum Wind bekommen könnte, war wohl höchst unbehaglich für einen eitlen Streber. Mit schlecht gespielter Bedächtigkeit strich er sich mit leicht zitternden Fingern über den Hals. »Aber genau deshalb sollte ich die Quelle dieser bösartigen Gerüchte kennen. Damit ich sie verstopfen kann. Das musst du doch einsehen.«

Typisch. Er fühlte sich angegriffen und sein einziger Reflex war es, nach unten zu treten. Noch hatte sie ihn nicht ganz dort, wo sie ihn haben wollte. Daher schüttelte sie den Kopf. »Nur auf dem Boden des Vertrauens verdorrt die Intrige. Du musst dem Landeshauptmann immer und immer wieder beweisen, dass er sich tausendprozentig auf dich verlassen kann.«

»Aber das tue ich doch ohnehin«, wehrte er ab.

»Du verstehst mich falsch. Tausendprozentig heißt: Du musst etwas mehr für ihn tun als seine sonstigen Untergebenen.« Sie tat so, als müsste sie nachdenken. »Also gut, ich wäre bereit, über meinen Schatten zu springen und dir einen Hinweis auf die Quelle der Gerüchte zu geben. Aber du musst beweisen, dass du ab jetzt zum Team gehörst, zum innersten Kreis, zum Club der Tausendprozentigen. Ist für dich immens wichtig.«

Er nickte geradezu übereifrig. »Sag mir nur, wer die Kanaille ist, die meine Karriere ruinieren möchte.«

Innerlich lachte sie laut. Nun war er bereit für den Pakt mit der Teufelin. »Gut. Wir beginnen mit einer Lappalie, einem kleinen Gefallen für den Herrn Landeshauptmann. Ein guter Freund von ihm ist bei Langenlois in eine Alkoholkontrolle geraten. Leider mit eins Komma neun Promille. Führerscheinabnahme. Den Führerschein hätte der gute Mann gern ohne großes Tamtam wieder.«

Er zögerte.

Ganz blöd war er nicht. Sie musste den Köder in der Falle versüßen. »So weit ich den Herrn Landeshauptmann verstanden habe, würde sich sein Freund das auch eine ordentliche Spende für den Unterstützungsverein deiner Polizei kosten lassen. Da müsste doch etwas möglich sein, oder?«

Er zögerte immer noch.

Also nochmal anders. Sie setzte einen Schmollmund auf. »Oder möchtest du mich jetzt wegen Anstiftung zum Amtsmissbrauch und versuchter Bestechung verhaften?«

Diesen Gedanken wies er mit einer Handbewegung von sich.

»Du musst aufhören, wie ein Jurist zu denken«, fuhr sie fort. »Denk wie ein Politiker, dem eine Wahlspende winkt. Damit kannst du zeigen, dass du dazugehörst.«

»Ganz schön deftig, was du da von mir verlangst. Stell dir vor, es gibt eine Revision.«

»Wer sollte schon eine Revision anordnen? Die gibt es doch nur dort, wo etwas im Argen liegt. In deinem Revier ist doch alles paletti. Aber wenn du Schiss hast,...« Sie blickte ihn herausfordernd an, wohl wissend, dass kein Mann sich von einer Frau sagen lassen konnte, dass er Schiss hatte. Sie wusste auch, dass sie gewonnen hatte. Nun musste sie die Sache allerdings schnell besiegeln. Sie zog einen Kugelschreiber aus ihrer Handtasche und schrieb in Blockbuchstaben etwas auf den unbedruckten Rand des Niederösterreichischen Tagblatts, das zuoberst auf dem Stapel auf dem gläsernen Couchtisch lag. »So heißt der Freund des Landeshauptmanns.«

Er blickte kurz drauf, riss den Rand der Zeitung ab und steckte sich das Zettelchen in seine Brusttasche. »Also gut. Abgemacht. Dafür will ich jetzt endlich den Namen hören, damit ich der intriganten Schlange den Kopf zertreten kann.«

Sie deutete eine Verneigung an. »Du warst ohnehin auf der richtigen Spur. Ich gratuliere dir zu deinem Instinkt. Du darfst aber niemandem verraten, dass du die Information von mir hast. Kein Wort übrigens zum Herrn Landeshauptmann, damit das klar ist.«

»Versteht sich doch von selbst.«

Kaum hatte sie das Büro des Polizeidirektors verlassen, nahm sie ihr Handy und tippte ein SMS an den Landeshauptmann: »Auftrag erledigt. Bitte in vier Wochen Revision veranlassen. Lg KK«. Bevor sie diesen Text abschickte, löschte sie ihn allerdings wieder. Denn der Landeshauptmann war ein Mann mit Prinzipien. Eines seiner obersten Prinzipien war es, dass heikle Informationen nur mündlich unter vier Augen ausgetauscht werden durften. Schriftliche Spuren zu hinterlassen, war ihm ein Gräuel. Selbst wenn es nur ein kurzes SMS war, das er nur erhalten, nicht selbst versendet hatte. Sie würde ihn sowieso in den nächsten Tagen treffen. Da konnte sie ihm diese Information zuflüstern. Samt dem Zusatz, dass sein Name in der Sache nicht einmal erwähnt worden war.

Dienstag, 20. April
11 Uhr 45

Vor einer Viertelstunde hatte er den Auftrag gegeben, alle Mobilfunkanbieter zu kontaktieren. Dringlichkeitsstufe eins. Katja und Mathias Strasser verfügten mit Sicherheit über ein eigenes Handy.

Die Viertelstunde hatte er genutzt, um nochmal in Ruhe über alles nachzudenken. Ihm schien das Ganze noch immer weit hergeholt. Im Grunde bestand die einzige Verbindung zwischen dem Mord an Strasser und der ersten Puppe in dem Umstand, dass diese Holzpuppe am Kopf beschädigt war. Und ein Holzkopf ging nicht so leicht kaputt. Das dunkle Trikot, das diese Puppe getragen hatte, sprach jedoch klar gegen einen Zusammenhang. Denn wenn der Mörder den Zusammenhang hätte betonen wollen, wie Doris es dachte, dann hätte er dem toten Strasser doch einen Adidas-Trainingsanzug angezogen. Was allerdings doch ungewöhnlich war, war der Umstand, dass der weiße BH offenbar teuer war. Wer sollte ein solch kostbares Stück mitsamt einer Holzpuppe einfach so der Donau überlassen? Seltsam war die Sache also tatsächlich. Aber möglicherweise gerieten sie durch einen dummen Zufall, nämlich tatsächlich nur wegen eines beschädigten Holzkopfs, auf eine völlig falsche Fährte.

Andererseits musste er zugeben, dass Doris über einen geradezu phänomenalen Instinkt verfügte. Sein eigener war ja auch nicht schlecht, wie er in den mehr als zehn Jahren in seiner jetzigen Funktion schon mehrfach unter Beweis gestellt hatte. Aber im Vergleich zu ihrem war er fast mikroskopisch klein. Es war ihm auch nie schwergefallen, das anzuerkennen. Deshalb war er auch gar nicht enttäuscht gewesen, dass man, als es vor vier Jahren um die Neubesetzung der Leitung der Abteilung Leib und Leben, wie die offizielle Bezeichnung der Mordkommission lautete, gegangen war, sich nicht für ihn, sondern für Doris Lenhart entschieden hatte.

Allerdings erschien sie ihm in letzter Zeit von ihrer Höchstform weit entfernt. Ob da privat alles im Lot war? Sie sprach in letzter Zeit auffällig oft davon, eine glücklich verheiratete Frau zu sein. Hatte sie früher nie getan. War diese Betonung des Eheglücks ein Indiz dafür, dass etwas nicht stimmte?

Sicher auf die Dauer zermürbend war auch das gespannte Verhältnis zum Polizeidirektor. Der hatte sie ja ins Innenministerium wegloben wollen, was ihm aber dank ihres Widerstands nicht geglückt war. Gottseidank, musste er sagen. Denn ohne Doris hätte Marbolt ihn schon längst abgeschossen. Doris hielt ihm den Rücken frei und federte viel ab. Das war noch eine zusätzliche Belastung. Was für ein aufgeblasener Gockel der Marbolt doch war. Das genaue Gegenteil von seinem Vorgänger. Viel mehr Politiker als Beamter. Immer nur sich selbst der Nächste, Großmaul, aber immer auf Tauchstation, wenn sie ihn mal gebraucht hätten.

Aber damit war es ja jetzt bald vorbei. Sollte der Herr Innenminister mit ihm ruhig glücklich werden. Nicht einmal der Gedanke an den Spruch, dass nichts Besseres nachkommen würde, konnte ihm da die Laune verderben. Es war einfach nicht vorstellbar, dass die Mächte des Schicksals ein zweites Mal zu einem solchen Fehlgriff imstande sein würden.

Einer seiner Leute kam bei der Tür herein. Ohne anzuklopfen, wie es bei ihm üblich war. »Die beiden Handynummern für dich.«

Er nahm den Zettel entgegen. »Danke. Ist aber schnell gegangen. Daran kannst du wieder einmal sehen, welchen Respekt ich bei den Telefonfirmen genieße.«

»Deinen Namen haben wir aber gar nicht erwähnt. Sondern den von der Chefin.« Der Mitarbeiter grinste über das ganze Gesicht. Ziemlich unverschämt.

»Wenn du dich auf mich berufen hättest, wäre die Sache sicher noch schneller gegangen. Und jetzt hau' ab, sonst hänge ich dir noch ein Verfahren wegen Insubordination an.« Jetzt grinste er. Sicher mindestens genauso unverschämt.

»Bin schon weg.«

Er wählte die Nummer von Katja Strasser. Ebenfalls nur Anrufbeantworter.

Jetzt schnell noch die Nummer des Sohnes. Nach dem vierten Freizeichen hob er ab.

»Guten Tag, Herr Strasser. Hier Malzacher von der Kripo in St. Pölten. Wir hätten noch ein paar Fragen an Ihre Mutter. Sie meldet sich aber nicht auf ihrem Handy. Können Sie mir sagen, wo wir sie erreichen können?«

»Weiß ich ehrlich gesagt nicht. Ich bin jetzt auf dem Weg zur Uni. Als ich von zu Hause weggegangen bin, ist sie nicht mehr da gewesen. Vielleicht ist sie schon auf dem Weg nach Spitz. Da wollte sie nämlich noch einmal hin. Aber bis zum Abend ist sie sicher wieder da. Ich sage ihr, dass sie Sie morgen anrufen soll.«

Wie sollte er dem jungen Mann beibringen, dass er nicht bis morgen warten konnte, ohne ihn stutzig zu machen.

»Ich habe vorhin Ihre Schwester zu erreichen versucht. Hat sich aber auch nicht gemeldet. Wissen Sie, wo sie ist?«

»Keine Ahnung. Sie wohnt ja nicht mehr zuhause. Wahrscheinlich ist sie aber auch auf der Uni.«

Er bedankte sich für die Auskünfte mit dem abschließenden Ersuchen, der Mutter seinen Wunsch nach Rückruf auszurichten und legte auf.

Würde der Mörder davon wissen, dass Frau Strasser nach Spitz fahren wollte? Es war nicht anzunehmen, dass sie dieses Vorhaben in ihrem Bekanntenkreis groß angekündigt hatte. Würde der Mörder eine Puppe ins Wasser werfen, wenn er nicht sicher sein konnte, dass er sehr bald die Gelegenheit zu einem zweiten Verbrechen haben würde? Passte alles irgendwie nicht zusammen.

Dienstag, 20. April
12 Uhr 00

Sie war pünktlich. War ja auch nicht schwierig. Die Fahrt von ihrem Büro ins Regierungsviertel dauerte keine zehn Minuten. Pünktlich war sie auch deshalb, weil sie keine Lust auf einen kleinen Plausch mit den beiden Vorzimmerdamen hatte. Das war unter Marbolts Vorgänger noch ganz anders gewesen. Da war sie oft ein paar Minuten früher als vereinbart gekommen.

Aber als eine seiner ersten Aktionen hatte der Neue die beiden alten Sekretärinnen durch von ihm selbst ausgesuchten Damen ersetzt. Das war als Chef sein gutes Recht. Allerdings merkte sie bald, dass die Antipathie, die Marbolt ihr gegenüber offensichtlich hegte, voll auf sein Vorzimmer abfärbte. Eisige Höflichkeit, mehr war da nicht.

Vor allem die Ältere der beiden führte sich auf, als ob sie selbst die Chefin wäre. »Guten Tag, Frau Lenhart«, grüßte dieser Vorzimmerdrachen mit starrer Miene. »Wenn Sie bitte noch einen Augenblick Platz nehmen wollen. Der Herr Polizeidirektor telefoniert noch.«

In den letzten eineinhalb Jahren hatte sie es kein einziges Mal erlebt, dass Marbolt nicht telefoniert hätte, wenn sie zu einem Termin in seinem Büro erschienen war. »Das bin ich ja gewohnt«, kommentierte sie das primitive Imponiergehabe.

Der giftige Blick, den sie für diese Antwort erntete, würde ihr das Warten sehr versüßen. Und auch verkürzen. Nach nur zwanzig Sekunden hörte sie die geschäftsmäßige Stimme der Sekretärin. »So, der Herr Doktor ist jetzt frei. Wenn Sie bitte gleich hineingehen wollen.«

Als sie die Tür öffnete, saß ihr Chef hinter seinem Schreibtisch und tat so, als würde er von ihr keine Notiz nehmen. Offensichtlich legte er es darauf an, sie so lange stehen zu lassen, bis er geruhte, sie zu bemerken.

Aber diesen kleinen Triumph wollte sie ihm nicht gönnen. Sie ging zu einem der beiden Sessel, die vor dem Schreibtisch standen und griff nach der Rückenlehne. »Darf ich?« Ohne seine Antwort abzuwarten, setzte sie sich.

Er blickte langsam auf. Mit einem Gesichtsausdruck, der offensichtlich seine ungläubige Überraschung signalisieren sollte. »Ich kann mich nicht erinnern, dich schon eingeladen haben, Platz zu nehmen. Aber das ist ja oft so, dass sich zur Inkompetenz auch Impertinenz mischt.«

»Willst du jetzt, dass ich wieder aufstehe? Sind dir solche Spielchen nicht zu blöd?«

Sein Oberkörper straffte sich. »Es ist mir egal, ob du stehst oder sitzt. Wichtig ist nur, dass du endlich da bist und mir zuhörst. Bei den Ermittlungen im Fall Strasser ist dir ein schwerer Fehler unterlaufen. Den kann ich keinesfalls dulden.«

Spencer hatte also doch Recht gehabt. Es ging tatsächlich nicht um das Informationsleck. »Würdest du bitte die Güte haben, nicht in Rätseln zu sprechen. Wir stehen ja erst am Anfang unserer Ermittlungen.«

Er stand auf. Wahrscheinlich, um auf sie herabblicken zu können. »Und dabei ist dir nicht aufgefallen, dass nicht nur der Herr Doktor Strasser einen dunkelblauen Adidas-Anzug getragen hat, sondern auch die Schaufensterpuppe?«

Jetzt sprang auch sie auf. »Woher hast du diese Information von der Puppe?«

»Vom Kapitän eines Donauschiffes, der offensichtlich mehr kriminalistisches Gespür hat als du und dein ganzes Team.«

Der kurze Schock, den diese Nachricht bei ihr auslöste, förderte etwas aus ihrem Gedächtnis an die Oberfläche. Roman Gröger hatte doch erzählt, dass Frau Strasser in ihrer Zeit als Studentin als Model gearbeitet hatte. Dabei hatte er den Anflug eines anzüglichen Lächelns auf den Lippen gehabt. Konnte es sein, dass Frau Strasser auch in Unterwäsche Modell gestanden hatte? Sie suchte nach ihrem Handy und wählte. Ohne die geringste Erklärung für ihren Chef.

»Spencer! Ich weiß jetzt hundertprozentig, dass es zwischen der Puppe und dem Mord an Strasser einen Zusammenhang gibt. Lass alles liegen und stehen. Du veranlasst sofort eine Peilung des Handys von Frau Strasser. Wir müssen sie unbedingt finden. Wenn es nicht schon zu spät ist. Bis später. Ich bin jetzt beim Chef.« Sie steckte das Handy wieder ein und wandte sich an den Polizeidirektor: »Entschuldigung. Aber da kann es um Minuten gehen. Dass die Schaufensterpuppe auch einen Adidas-Anzug getragen hat, höre ich jetzt zum ersten Mal. Dein Gruppeninspektor, der die Puppe aus der Donau geborgen und sie gleich weggeschmissen hat, hat davon kein Sterbenswörtchen gesagt. Du solltest ihm nicht nur seine Sterne, sondern gleich den ganzen Schädel abreißen.«

Ihre Absicht, Marbolt in die Defensive zu drängen, ging auf. »Was soll das heißen: Mein Gruppeninspektor?«

»Das soll heißen: Du bist sein Chef, nicht ich. Einer deiner Leute hat uns falsch informiert. Dafür bin nicht ich verantwortlich, sondern letzten Endes du. Noch dazu ist dieser Idiot auf deinen ausdrücklichen Wunsch hin befördert worden.«

»Ja, wenn deine ganze Ermittlung wegen einem unbedeutenden Idioten nicht vom Fleck kommt, dann gute Nacht« konterte er. »Noch dazu, wenn du sehr wohl wusstest, dass der Mann ein Idiot ist. Die Zeugen, die sich bei mir melden, hättest du längst proaktiv suchen sollen. Und was soll der Quatsch mit der Handy-Peilung? Und dass es angeblich um Sekunden geht? Du glaubst doch nicht, dass du mich damit beeindrucken kannst. Hektisches Getue ersetzt keine systematische Ermittlungsarbeit.«

Sie stand ihm gegenüber. Fast so groß wie er. Die Arme in die Hüften gestemmt. Gerne hätte sie ihm einmal so richtig die Meinung gesagt. Aber dafür war jetzt keine Zeit. Daher brachte sie das Gespräch zurück auf die Sachebene. »Gestern wurde eine neue Holzpuppe in der Donau gefunden. Diesmal eine Frauenpuppe. Bekleidet mit weißen Dessous. Nachdem die erste Puppe einen Adidas-Anzug wie das Opfer getragen hat, bin ich sicher, dass der Täter einen zweiten Mord plant. Mit der Unterwäsche will er uns wieder ein Signal senden. Deshalb suchen wir ganz dringend Frau Strasser. Sie hat in ihrer Jugend gemodelt.«

Er setzte sich wieder. »Dann kann ich nur in deinem Interesse hoffen, dass du sie bald findest. Und zwar lebend. Du hättest Frau Strasser schon längst unter Polizeischutz stellen sollen. Ich brauche dir nicht zu sagen, dass sich ein zweiter Mord verheerend für dein Renommee auswirken würde.«

Das gleiche maliziöse Lächeln wie das von Frau Machherndl vor drei Stunden. Was war er doch für ein erbärmlicher Wicht. Sie stand auf und verließ ohne Gruß sein Büro.

Dienstag, 20. April
12 Uhr 10

Seit mehr als zwei Stunden versuchte sie nun schon, den Redakteur des Niederösterreichischen Tagblatts zu erreichen. Immer nur Sprachbox. Sie saß im Wohnzimmer ihres Hauses in Oberloiben und starrte die verschlissenen Vorhänge an. Ein kleiner Bericht über den Fund einer zweiten Schaufensterpuppe und die geradezu hysterische Reaktion der Chefinspektorin, das wäre schon etwas. Oder vielleicht sogar wieder ein großer Artikel. Informationen waren Handelsware. Das wusste sie. Vielleicht war sogar ein Gegengeschäft möglich. Vielleicht konnte sie den Redakteur im Gegenzug für ihren Kampf gegen die Verächtlichmachung des Herrn und Erlösers im Fernsehen gewinnen. Dazu würde sie sowieso noch viel Unterstützung durch die Zeitungen brauchen.

Wie sich diese Frau Lenhart bemüht hatte, ihre Aufgeregtheit zu verbergen. Was da wohl dahintersteckte? Vor vier Tagen, am Freitag, da hatte sie die Leiche gesehen und die Polizei hatte eine Schaufensterpuppe aus der Donau gefischt. Gestern kam dann eine zweite Puppe, mit Frauenunterwäsche. Zwar mit einer sehr unanständigen, aber deshalb war die Chefinspektorin sicher nicht so nervös geworden. Die Kriminalbeamtin war sogar kurz zur Schule der beiden Mädchen ihres Nachbarn gefahren. Offenbar wollte sie unbedingt etwas zu den genauen Umständen des Funds wissen. Das sah ja fast so aus, als würde sie einen weiteren Mord wittern.

Sie nahm einen Schluck von ihrem Schnaps. Und zwar von dem, der vor acht Jahren gebrannt worden war. Der hatte ein unvergleichlich großartiges Aroma. Schon für die Nase eine Wohltat. Und erst für die Zunge und den Gaumen. Von dem trank sie daher nur zu ganz besonderen Anlässen. Selbstverständlich zu Weihnachten, Ostern und anderen hohen kirchlichen Feiertagen. Ganz sicher nie am 1. Mai. Nur ausnahmsweise auch an Tagen ohne besonderen religiösen Anlass. Wenn sich bei ihr das Gefühl von Erfolg in ihrem Kampf gegen das Böse breitmachte.

Aber wie konnte sich dieses Gefühl jetzt einstellen, wenn sie den Herrn Redakteur nicht erreichen konnte? Sie war gerade dabei, die Flasche mit dem Korken zuzustopfen und durch eine andere aus einem weniger süffigen Jahrgang zu ersetzen, als ihr Handy läutete.

Der Redakteur.

Endlich. Bevor sie ihre Geschichte zu erzählen begann, zog sie den noch nicht tief in den Flaschenhals hineingetriebenen Korken wieder heraus und schenkte sich ein weiteres Glas ein. Das würde sie nach Ende des Gesprächs zu Ehren der heiligen Jungfrau Maria trinken.

Dienstag, 20.April
12 Uhr 17

»Polizeistation Spitz. Grüß Gott.« Der Postenkommandant hörte zu, ohne seinen Gesprächspartner zu unterbrechen. »Wird sofort gemacht«, antwortete er schließlich. »Sobald ich etwas weiß, melde ich mich. Servus, Herr Chefinspektor!« Er legte auf und rief die beiden Leute, die in der Wachstube saßen, zu sich ins Büro. »Welcher Wagen ist draußen?«

Der Jüngere der beiden antwortete: »Der Franz und der Benny. Verkehrskontrolle zwischen Spitz und Schallemmersdorf.«

»Danke.« Er nahm sein Funkgerät. »Servus, Franz. Bitte brecht sofort Euren Einsatz ab und postiert euch bei unserem Punkt in St. Michael. Bitte jedes Auto aus Richtung Weißenkirchen kommend anhalten und nachschauen, ob sich Frau Strasser darin befindet. Auch im Kofferraum nachsehen. Laut Peilung ist ihr Handy zwischen Dürnstein und Weißenkirchen unterwegs. Sie reagiert nicht auf Anrufe. Wir wissen daher nicht, ob sie in ihrem eigenen Wagen unterwegs ist oder in einem anderen. Dann wahrscheinlich unfreiwillig.

Ich selbst werde mich zwei- bis dreihundert Meter hinter euch postieren. Für den Fall, dass ein Fahrzeug auf euer Haltesignal nicht reagiert. Notfalls machen wir auch von der Schusswaffe Gebrauch. Aber selbstverständlich nur auf Reifen zielen. Bitte wiederholen!« Er hörte einige Sekunden zu, während er gleichzeitig seine beiden Kollegen beobachtete, deren Gesichter eine Mischung aus Erstaunen und Erschrecken ausdrückten. »Ja, okay, Franz«, bestätigte er seinem Gesprächspartner und wandte sich an die beiden Kollegen in seinem Büro. »Wer von euch zwei hat schon einmal geschossen? Nicht nur im Training.«

Der Ältere bewegte verhalten seinen Zeigefinger.

Aber doch deutlich genug, dass es der Postenkommandant sehen konnte. »Gut, dann nimm deine Pistole und komm mit mir.« Er wandte sich an den jüngeren Beamten. »Du bleibst beim Telefon und rührst dich ohne meine Erlaubnis nicht vom Fleck. Jede Information zur Suche nach Frau Strasser leitest Du sofort per Funk an mich weiter, verstanden?« Er stand auf, schlüpfte in seine Uniformjacke und nahm auch seine Pistole vom Schreibtisch.

Dienstag, 20. April
12 Uhr 22

Auch wenn er nur für das Niederösterreichische Tagblatt arbeitete, von zu Hause aus, und von der Zeitung nicht mal einen Dienstlaptop zur Verfügung gestellt bekam: An einem Tag wie heute war es einfach herrlich, Journalist zu sein. Es war fast wie eine Serie von Lotto-Sechsern. Heute hagelte es förmlich Informationen, die Gold wert waren. Gleich in der Früh der aufgeregte Anruf eines Lesers, dem im gestrigen Artikel über das aus der Donau gefischte Mordopfer das Detail mit dem Adidas-Anzug aufgefallen war. Am vergangenen Freitag hatte dieser Leser von Bord der MS Wachau aus eine Schaufensterpuppe mit genau dem gleichen Anzug fotografiert. Das Foto hatte der gute Mann auch prompt per E-Mail geschickt. Die drei Streifen am Anzug waren tatsächlich gut erkennbar.

Und vor einer knappen halben Stunde das Gespräch mit dieser alten Giftspritze aus Loiben. Sensationell. Es gab einen weiteren Puppenfund. Samt Aufregung der Chefin der Mordkommission. Eine Schaufensterpuppe mit einem Adidas-Anzug in der Donau und keinen Tag später ein Mordopfer mit der gleichen Bekleidung. Allein das würde schon eine große Story hergeben. Und jetzt wieder eine Puppe in der Donau, diesmal mit neckischen weißen Dessous bekleidet. Da müsste doch selbst im begriffsstutzigsten Leser der Verdacht aufkeimen, dass die Polizei bald eine Frauenleiche aus dem Wasser ziehen würde. Und zwar eine, die nur Slip und BH trug.

Sein Artikel würde wie eine Bombe einschlagen. Panik würde sich bei den Frauen breitmachen. Zumindest bei denen, die irgendwo in der Nähe der Donau wohnten. Und das Niederösterreichische Tagblatt mit seinem Artikel würde von allen anderen Medien zitiert werden. Wahrscheinlich sogar in den Fernsehnachrichten. Wann war das seiner Zeitung, die ja von vielen Leuten als unbedeutendes Provinzblatt abgetan oder sogar belächelt wird, je passiert? Sicher nicht in den drei Jahren, in denen er für sie schrieb. Ohnehin bis jetzt nur als freier Mitarbeiter. Aber dieser Status würde sich mit seinem nächsten Artikel ändern. Der Chefredakteur würde ihm höchstpersönlich ein siebengängiges Menü auf goldenen Tellern servieren und ihm dabei einen Dienstvertrag samt Montblanc-Füllfeder zur Unterschrift vorlegen mit der dringlichen Bitte, das Monatsgehalt selbst zu bestimmen.

Jetzt durfte er nicht weiterträumen. Das konnte er ja noch ausgiebig am Abend gemeinsam mit seiner Freundin tun. Weil sie für jeden Spaß zu haben war, würde sie sicher für ihn in weißen Dessous posieren. Mit geschlossenen Augen würde sie eine prachtvolle Leiche abgeben.

Jetzt aber endgültig Schluss mit der Träumerei. Um 14 Uhr war Redaktionsschluss. Die Zeit bis dahin würde er dringend brauchen. Sein Artikel musste ein Meisterwerk werden. Ein Bewerbungsschreiben für eine große Karriere.

Dienstag, 20. April
12 Uhr 25

Nach ihrer Rückkehr in ihr Büro auf der Schanze hatte ihm Doris alles erzählt. Ihr Instinkt hatte sie wieder einmal nicht getrogen. Diesem Sargnagel von Gruppeninspektor würde er eigenhändig den Hals umdrehen. Entweder hatte der Idiot den Adidas-Anzug nicht erkannt oder, was wahrscheinlicher war, für sich abgezweigt.

Mit einem Schlag war damit die volle Bedeutung der zweiten Puppe klar. Jetzt konnte er nur hoffen, dass die Spitzer Kollegen Frau Strasser wohlbehalten fanden. Die Handypeilung hatte funktioniert. Das Handy bewegte sich in der Wachau flussaufwärts.

Seine Chefin war schon auf dem Weg nach Spitz. In der Hoffnung, mit Frau Strasser über die zweite Puppe und deren Bedeutung reden zu können. Und falls Frau Strasser nicht mehr lebte, wollte sie zumindest als Erste vor Ort sein.

Statt nervös herumzusitzen und auf Nachrichten aus der Wachau zu warten, hatte er die letzten Minuten dazu benutzt, mit dem Gemeindeamt in Weißenkirchen zu telefonieren, um den angeblichen unehelichen Sohn des Onkels von Dr. Strasser ausfindig zu machen. Er brauchte auch gar nicht lange zu suchen. Der sehr freundliche und seiner Stimme nach zu schließen auch noch recht junge Gemeindesekretär schien ein wandelndes Lexikon zu sein. Er konnte, ohne in Unterlagen oder Registern graben zu müssen, nicht nur den Namen von Klaus Strassers Onkel und dessen ungefähres Sterbedatum nennen, sondern auch bestätigen, dass dieser Onkel einen unehelichen Sohn hatte. Sogar dessen Namen kannte er, weil dieser Cousin von Strasser nach wie vor in Weißenkirchen in der Nähe des Bahnhofs wohnte: Ludwig Fidesser, zirka vierzig Jahre alt. Er arbeitete als Kellner in einem Restaurant in Krems. Nur wegen der Handy-Nummer von Fidesser musste der Gemeindesekretär im Computer nachsehen.

Vor wenigen Minuten hatte er mit dem Kellner telefoniert. Der schien jemand von der cleveren Fakultät zu sein. Er brachte den Anruf spontan mit dem Mord an seinem Cousin in Verbindung. Da das Restaurant, in dem Fidesser arbeitete, heute seinen Ruhetag hatte, kam ein Termin um 15 Uhr zustande.

Bis dahin würde die Mordkommission sicher wissen, wie es um Frau Strasser stand. Schlimmstenfalls würde er den Termin verschieben müssen.

Gleich nachdem er das Gespräch mit Fidesser beendet hatte, läutete sein Handy. Die Spitzer Polizei. Er drückte den Empfangsknopf und spürte dabei, dass sein Finger ganz feucht war. »Ich hoffe, Ihr habt eine gute Nachricht.«

»Haben wir. Vor einer Minute haben wir eine höchst überraschte Frau Strasser gestoppt. Sie ist mit ihrem Wagen unterwegs. Allein. Und will ins Spitzer Haus. Bist du einverstanden, dass wir sie fahren lassen?«

Er wischte sich mit der Hand über seine Stirn. »Zunächst einmal Gratulation. Du und dein Team, ihr habt das großartig gemacht. Kann ich Frau Strasser für einen Moment sprechen?«

»Moment, ich hole sie. Ich wollte nicht, dass sie neben mir steht, wenn ich mit dir rede.«

Er musste an Felix Frisch denken. Hätte der doch nur den halben Grips des Spitzer Postenkommandanten.

»Theresa Strasser.«

»Guten Tag, Frau Strasser. Machen Sie sich bitte keine Sorgen, weil Sie meine Spitzer Kollegen angehalten haben. Eine reine Routinemaßnahme, die wir bei einem Gewaltverbrechen fast immer ergreifen. Frau Lenhart ist schon nach Spitz unterwegs. Ich würde Sie bitten, im Spitzer Wachzimmer auf sie zu warten, weil sie noch einige Fragen an Sie hat. Haben Sie die Absicht, über Nacht in Spitz zu bleiben?«

»Das weiß ich noch nicht. Eher nein, weil die Erinnerungen noch viel zu frisch sind.«

»Gut. Ich kenne mich aus. Sind Sie so lieb, und geben mir noch einmal den Revierinspektor.« Als der am Apparat war, sagte er leise und eindringlich: »Du weichst ihr nicht von der Seite, bis die Chefin bei euch ist, verstanden?!«

Dienstag, 20. April
13 Uhr 01

Die erlösende Nachricht über die Unversehrtheit von Frau Strasser, die sie im Auto kurz vor Traismauer erreichte, fühlte sich an wie ein Sieg. Ein Etappensieg. Fest stand, dass Frau Strasser nach wie vor gefährdet war. Daher würde sie ihr auch nahelegen, ihr Spitzer Haus nur im Beisein eines Polizeibeamten zu betreten und noch heute wieder nach Wien zurückzukehren. Wobei ihr noch nicht klar war, wie die Wiener Kollegen auf ihr Ersuchen um Personenschutz reagieren würden. Sollte sie die neue Puppe mit den Dessous Frau Strasser gegenüber erwähnen oder nicht? Fragen über Fragen. Dennoch konnte sie erst mal durchatmen.

Der Ärger über ihren Chef ließ wegen des Hochgefühls nach. Dabei wollte sie sich keiner Illusion hingeben. Die heutige Eskalation verhieß nichts Gutes. Sie hatte Wolfgang Marbolt in den letzten beiden Jahren abwechselnd herablassend, auf eine falsche Art freundlich, grantig oder bossig erlebt. Aber sein heutiger Auftritt war anders gewesen. Zutiefst bösartig. Fast so, als würde er sich den Tod von Frau Strasser wünschen. Nur um ihr als verantwortliche Ermittlerin damit schaden zu können. Dass der Polizeidirektor die Information über den Trainingsanzug nicht sofort an jemand anderen von der Mordkommission weitergegeben hatte, als er sie nicht erreichte, war eigentlich ein Skandal. Nur um ihr persönlich mittels dieser Information eine Szene machen zu können, behinderte er die Ermittlungen. Sie durchforstete ihr Gedächtnis. Hatte es in den letzten Tagen etwas gegeben, mit dem sie sich seinen besonderen Zorn zugezogen hatte? Konnten es wirklich die Artikel im Niederösterreichischen Tagblatt sein, die er ihr zusätzlich zu allem anderen ankreidete? Natürlich war es ihm nach wie vor nicht recht, dass sie so an Spencer festhielt. Aber die anfänglich wirklich heftigen Auseinandersetzungen über dessen im Raum stehende Zwangspensionierung waren längst hin und wieder eingestreuten abfälligen Bemerkungen gewichen. Und an ihre resolute Art ihm gegenüber schien er sich doch, wenn auch widerstrebend, gewöhnt zu haben. Er lieferte überall nur mehr Rückzugsgefechte. Das konnte ihm allerdings egal sein, wenn er ins Innenministerium befördert wurde. Aber was, wenn…? Sie erschauderte. Was, wenn er nicht so rasch nach Wien entschwinden würde? Konnte hinter seinem heutigen Verhalten der Frust über eine zerplatzte Illusion stecken? Oder gab es einen anderen Grund? Darüber zu spekulieren war jetzt fehl am Platz. Sie musste sich auf den Mordfall konzentrieren.

Sie hatte Spencer gebeten, jemanden auf in letzter Zeit zugesperrte Bekleidungs- und Modegeschäfte anzusetzen. Vielleicht würde sich jemand an einen Schnäppchenjäger erinnern, der nicht mehr gebrauchte Schaufensterpuppen aus Holz in größerer Zahl im Abverkauf erworben hatte.

Als sie kurz vor 13 Uhr in der Spitzer Wachstube eintraf, stieß sie auf zwei Kollegen, die bei ihrem Eintreten sofort aufsprangen. Einer von ihnen mit einem derartig bubenhaften Gesicht, dass er ohne Uniform als höchstens siebzehnjährig durchgegangen wäre. Es amüsierte sie, dass er sich die rechte Handfläche rasch an seiner Hose abwischte, bevor er ihr die Hand schüttelte.

Kaum hatte sie den Zweiten begrüßt und auch ihm zum erfolgreichen Einsatz gratuliert, kam schon der Postenkommandant aus seinem Büro, um sie willkommen zu heißen. Sichtlich erleichtert.

Frau Strasser, die vor seinem Schreibtisch saß, winkte ihr durch die Tür zu. »Guten Tag, Frau Lenhart!« Wieder dieser warmherzige und offene Blick in ihren Augen.

Sie ging ins Büro.

Wieder dieser feste Händedruck. Eine außergewöhnlich gewinnende Erscheinung. Kein Wunder, dass sich Dr. Strasser in sie verliebt hatte. Aber doch erstaunlich, dass sie diese Liebe offensichtlich erwidert hatte.

»Frau Strasser, ich freue mich, Sie zu sehen. Ich habe Ihnen ja schon vorgestern angekündigt, dass ich Sie sicher noch mehrmals brauchen werde.« Sie setzte sich.

Der Postenkommandant hinter ihr fragte: »Wollen Sie mit Frau Strasser allein sein?«

»Nein, nein, kommen Sie bitte.«

Sein Lächeln zeigte, dass er sich freute, von ihr beigezogen zu werden.

Sie wandte sich wieder an Frau Strasser. »Lassen Sie mich zunächst erklären, warum ich die Kollegen gebeten habe, Sie auf der Wachaustraße anzuhalten: Sie haben ihr Handy nicht abgehoben.«

»Das mache ich im Auto nie. Weil ich mich bei der Freisprechanlage nicht auskenne.«

Sie musste lächeln und sah, dass es dem Postenkommandanten offenbar genauso ging. »Frau Strasser, bitte, Sie müssen für uns telefonisch erreichbar sein. Wir können zum gegenwärtigen Zeitpunkt nicht ausschließen, dass der Täter ein zweites Mal zuschlägt. Deshalb wollen wir Sie und auch ihre Kinder schützen. Wäre es möglich, dass Ihre Tochter für ein paar Tage wieder zu Ihnen und Ihrem Sohn zieht? Wir wollen Sie nämlich alle im Auge behalten, bis wir das Verbrechen an Ihrem Mann aufgeklärt haben. Das geht leichter, wenn Sie alle unter einem Dach leben.«

Augen und Mundwinkel ihrer Gesprächspartnerin begannen leicht zu zucken.

»Wirklich nur eine Vorsichtsmaßnahme«, beruhigte sie. »Wir haben keinen eindeutigen Hinweis, dass Sie oder Ihre Kinder in Gefahr sind.« Das war keine Lüge. Eindeutig war der Zusammenhang zwischen der zweiten Puppe und Frau Strasser wirklich nicht.

Das Gesicht der Witwe entspannte sich wieder und ihre Augen bekamen wieder ihren üblichen warmen Glanz. »Dass Katja ein paar Tage bei uns wohnt, ist sicher möglich. Ich werde, sobald ich im Haus bin, gleich mit ihr sprechen.«

Jetzt kam ein heikler Punkt. »Deswegen würden wir Sie auch bitten, gleich wieder nach Wien zurückzufahren. Wenn Sie etwas aus Ihrem Spitzer Haus holen wollen, werden die Kollegen Sie begleiten.«

Die Wärme in den Augen war so schnell wieder verschwunden, wie sie vorhin zurückgekommen war. »Frau Lenhart, Sie verschweigen mir doch etwas. Dass ich nicht einmal allein in mein Haus darf, hat doch mit einer gewöhnlichen Routinemaßnahme nichts zu tun.«

Sie nahm die Hand von Frau Strasser. »Bitte, haben Sie Vertrauen zu mir. Es wird Ihnen und Ihren Kindern nichts passieren. Aber die Art und Weise des Todes Ihres Mannes ist so ungewöhnlich, dass wir uns auch zu ungewöhnlich erscheinenden Vorsichtsmaßnahmen gezwungen sehen.«

Theresa Strasser sagte nichts, reagierte aber mit einem leichten Druck ihrer Hand.

Das war wohl als Vertrauensbeweis zu werten. »Weil die Umstände so ungewöhnlich sind, müssen wir uns auch mit der weiter zurückliegenden Vergangenheit Ihres Mannes befassen. Sie haben mir erzählt, dass Sie Ihren Mann an der Universität kennengelernt haben. War er bei seinen Studienkollegen beliebt?«

Frau Strasser wiegte ihren Kopf hin und her. »Das sind Ehrgeizlinge nie. Aber mich hat dieser Ehrgeiz angezogen. Wahrscheinlich weil ich das genaue Gegenteil davon bin. Und von seinem älteren Bruder, der jetzt in England lebt und morgen kommt, weiß ich, dass Klaus schon als Kind ein ziemliches Großmaul gewesen ist. Das habe ich ihm im Laufe der Jahre mit einigem Erfolg abgewöhnt. Aber ein Charmebolzen ist er im Unterschied zu seinem Freund Roman nie gewesen.«

»Sie haben schon mehrmals das freundschaftliche Verhältnis zwischen Ihrem Mann und Doktor Gröger betont. Wie ist denn Ihr Verhältnis zu ihm gewesen?«

Täuschte sie sich, oder sah sie eine leichte Röte auf den Wangen der Witwe? Und dann ein feines Lächeln. »Ich habe zuerst sogar für Roman geschwärmt. Ich glaube aber nicht, dass er davon etwas bemerkt hat. Zumindest hoffe ich das. Aber als er mir Klaus vorgestellt hat, ist es damit vorbei gewesen. Mögen tue ich ihn allerdings noch immer. Und meine Kinder lieben ihn geradezu.«

Die Antwort war entweder sehr ehrlich oder sehr clever. Das würde sie schon noch herausfinden. Jedenfalls sah sie im Moment keinen Grund für eine weitere Frage in diese Richtung. »Wir haben in der Zwischenzeit feststellen können, dass ein Onkel Ihres Mannes bis zu seinem Tod vor drei Jahren in Weißenkirchen gelebt hat. Dieser Onkel hat einen unehelichen Sohn aus einer Verbindung mit einer Frau, die später nach Oberösterreich geheiratet hat. Ich nehme an, Sie haben zumindest den Onkel kennengelernt.«

»Das habe ich. Allerdings habe ich ihn höchstens zweimal getroffen, weil wir ja vor dem Kauf des Wochenendhauses ganz selten in die Wachau gekommen sind. Ich weiß auch, dass es zwischen meinem Mann und ihm geknirscht hat. Wegen einer Rechtssache, die für den Onkel nicht so gelaufen ist, wie er sich das gewünscht hat. Deswegen haben die beiden seit unserem Hauskauf auch keinen Kontakt mehr gehabt. Von dem Sohn des Onkels, also vom Cousin meines Mannes, weiß ich zwar, habe ihn allerdings nie kennengelernt.«

Dienstag, 20.April
15 Uhr 04

Vor seiner Abfahrt nach Weißenkirchen hatte Spencer den Auftrag, nach in letzter Zeit zugesperrten Modegeschäften zu suchen, gleich an einen jungen Polizisten weitergegeben, den er vor drei Jahren bei einem Fußballmatch in Tulln kennengelernt hatte. Gegen viele Widerstände der Verkehrsabteilung, zu deren Stab der Freizeit-Schiedsrichter gehörte, hatte er ihn für die Mordkommission rekrutiert. Das Rechercheergebnis lag auch, wie von ihm erwartet, im Handumdrehen auf dem Tisch.

Der Kollege hatte sich die Informationen bei der Wirtschaftskammer Niederösterreich geholt. Im Bereich Mode hatten in den letzten Jahren und Jahrzehnten eine ganze Menge eingesessener Geschäfte zugesperrt, weil größere Modeketten und der Internethandel die Preise gedrückt und somit den Markt für den traditionellen Handel ruiniert hatten. Laut einem alten Angestellten der zuständigen Abteilung der Wirtschaftskammer seien es in den letzten zwanzig Jahren 124 Geschäfte gewesen. Ein Teil davon sei von den Eigentümern auch altersbedingt aufgegeben worden. Ob noch überall gute Auskunftspersonen vorhanden seien, sei mehr als fraglich, zumal bei einem Teil der Unternehmen die gewerberechtlichen Geschäftsführer nur am Papier die Verantwortlichen waren, während die wirklichen Betreiber aus vielerlei Gründen im Hintergrund blieben. In Wien sei die Zahl der aufgegebenen Modegeschäfte noch um ein Vielfaches höher.

Spencer kam ganz schön ins Schwitzen, als der junge Kollege ihm das erzählte. 124 ehemalige Geschäftsinhaber durchzutelefonieren, die zum Teil gar nicht die richtigen Ansprechpersonen waren, das konnte Tage dauern. So viel Zeit hatten sie wahrscheinlich nicht.

Aber der junge Kollege hatte eine Idee gehabt. Er hatte den Angestellten der Wirtschaftskammer gefragt, ob sich die Zahl der Geschäfte durch die Information reduzieren ließe, dass die polizeiliche Recherche Schaufensterpuppen aus Holz betraf.

Der alte Wirtschaftskämmerer sei daraufhin die Liste durchgegangen. Und siehe da: Es blieben nur zwei zugesperrte Geschäfte für Jagd- und Trachtenmode übrig, die mit

Sicherheit Holzpuppen verwendet hatten. In Krems war es ein Bekleidungsgeschäft in der Unteren Landstraße. Allerdings hatte das vor mehr als zehn Jahren zugesperrt. Und vor gut fünf Jahren hatte ein altehrwürdiges Geschäft in der St. Pöltner Herrengasse dichtgemacht.

An das konnte sich Spencer sogar noch erinnern. Er dankte dem jungen Kollegen und rief den ehemaligen Inhaber des St. Pöltner Geschäfts an.

Der war sehr redselig und in puncto Neugierde nicht zu bremsen, als Spencer den Grund für seinen Anruf verriet. Aber wirklich weiterhelfen konnte ihm der ältere Herr nicht. Ja, er hätte anlässlich der Geschäftsauflösung alle Schaufensterpuppen verkauft. Acht aus Kunststoff und drei aus Holz, die speziell für die Präsentation von Trachtenmode verwendet worden waren. Leider völlig ausgeschlossen, die Namen der damaligen Käufer zu eruieren. Wegen des Andrangs beim Abverkauf würden sich weder er noch seine Frau, die er aber sicherheitshalber noch einmal befragen wollte, an ein Gesicht erinnern.

Zehn Minuten später dann der Rückruf. Die Ehefrau des ehemaligen Geschäftsinhabers könne nicht wirklich weiterhelfen. Gefühlsmäßig würde sie aber einen Mann für den Käufer der Holzpuppen halten.

Gefühlsmäßig ein Mann. Tolle Beschreibung. Er wollte der Dame aber keinen Vorwurf machen. Er selbst hätte sich höchstwahrscheinlich auch nicht an mehr erinnert. Hätte schon ein extrem großer Zufall sein müssen, wenn sie über diesen Weg an den Täter herangekommen wären. Aber leere Kilometer gehörten zur Arbeit der Kriminalpolizei einfach dazu.

Er rief auch noch beim ehemaligen Inhaber des Geschäfts in Krems an. Der meinte, seine Holzpuppen habe damals beim Ausverkauf niemand haben wollen, weshalb sie als Brennholz im Kamin ihre letzte Verwendung gefunden hätten.

Der nächste Auftrag seiner Chefin führte ihn nach Weißenkirchen. Das Haus in der Nähe des Weißenkirchener Bahnhofs fand er auf Anhieb wegen seines kaum drei Meter breiten Vorgartens und des grünen Vordachs über der Eingangstür, auf das ihn der Kellner hingewiesen hatte.

Ludwig Fidesser erwartete ihn schon in der offenen Haustür stehend. Deutlich kleiner als er selbst, dafür aber ohne einen Gramm Fett am Körper. Keine vierzig, aber schon Stirnglatze. Blue Jeans und hellblaues T-Shirt. Kräfiger Händedruck, der die Sehnen am rechten Unterarm deutlich zum Vorschein treten ließ. Ein Mann mit starker Körperspannung.

Ludwig Fidesser führte ihn ohne lange Einleitung in ein Wohnzimmer, dem auch das offene Fenster nicht mehr helfen würde, den Geruch von Nikotin zu vertreiben.

Abgesehen davon, dass er jetzt im Zimmer eines offensichtlich starken Rauchers saß, erinnerte es ihn an sein Wohnzimmer. Seine Chefin würde sagen: stil- und geschmacklos. Eine Behausung, der man auf den ersten Blick ansehen würde, dass die ordnende Hand einer Frau hier seit mindestens einem Dutzend Jahren fehlte. Aber er war ja nicht gekommen, um Einrichtungsstudien anzustellen. »Freut mich, Herr Fidesser, dass Sie so schnell Zeit für mich haben. Ein Glück für mich, dass Sie heute frei haben.«

Ludwig Fidesser lächelte und entblößte dabei eine obere Zahnreihe mit sehr deutlichen Nikotinspuren. »Überhaupt kein Problem. Das Restaurant, in dem ich arbeite, ist ein reines Abendrestaurant. Am Nachmittag habe ich also immer Zeit.«

Keine uninteressante Information. Aber würde sie der Mann, den sie suchten, so freiwillig herausrücken? Wenn er halbwegs clever war, schon. Weil sie die Kriminalpolizei ohnehin sehr schnell herausfinden würde. »Ich habe Ihnen schon am Telefon angedeutet, worum es geht. Ihr Vater und Doktor Strasser, sein Neffe, sollen vor Jahren einen Streit gehabt haben. Angeblich wegen eines Prozesses um eine Erbschaft. Wissen Sie darüber Näheres?«

Der Kellner, der in der Zwischenzeit eine Zigarette aus einer frisch angebrochenen Packung genommen hatte und gerade dabei war, sie in den Mund zu stecken, hielt kurz inne. »Das kann man wohl sagen.« Er zündete die Zigarette an, schüttelte danach hektisch das Streichholz und machte einen tiefen Zug.

»Erstens ist es um keine Erbschaft gegangen, sondern um eine Umwidmung. Mein Vater hat so eine Art Stadel mit dazugehörigem kleinen Marillengarten besessen. Vielleicht achthundert Quadratmeter. Den ich dann geerbt habe. Aus dem hat er einen Baugrund machen wollen. Der Bürgermeister hat den Antrag aber nach einigem Hin und Her abgelehnt. Daraufhin hat mein Vater seinen Neffen Klaus Strasser für einen Einspruch engagiert. Der Idiot hat aber nicht nur die Frist dafür versäumt, sondern hat meinem Vater auch noch empfohlen, das Malheur durch eine Spende von zweitausend Euro für die Parteikasse des Bürgermeisters wieder auszubügeln. Mehr hat es aber nicht gebraucht. Mein Vater hat von Glück reden können, dass ihn der Bürgermeister nicht wegen versuchter

Bestechung angezeigt hat. Der Doktor Strasser hat dann auch noch behauptet, dass ihn mein Vater völlig missverstanden hat. Da ist dann der Ofen zwischen den beiden komplett aus gewesen. Der Name Strasser durfte in Gegenwart meines Vaters nicht einmal mehr erwähnt werden.«

Er machte sich eifrig Notizen. »Wann war das mit der Widmung? Ungefähr.«

»Auf die Schnelle würde ich sagen, vor gut zehn Jahren. Ich sage Ihnen auch gleich, dass ich nach dem Tod meines Vaters als Erbe noch einmal einen Anlauf für eine Umwidmung gemacht habe. Auf Empfehlung des Weißenkirchener ÖVP-Obmanns habe ich sogar bei einer jungen Abgeordneten vorgesprochen. Aber die hat mir auch nicht helfen können. Oder vielleicht auch nicht wollen. Jedenfalls hat es geheißen, dass die Erinnerung an den Bestechungsversuch noch viel zu frisch sei, als dass man da was machen könnte.«

»Und was ist jetzt mit dem Stadel?«

»Habe ich vermietet. Aber mehr als meine Zigaretten kann ich mir dafür nicht kaufen. Eine Umwidmung hätte mir Hunderttausende gebracht.«

Es hatte schon schwächere Motive für einen Mord gegeben. Aber traute er dem Kellner eine Inszenierung mit Schaufensterpuppe und Schwimmgürtel zu? Und wie sollte da die zweite Puppe ins Schema passen? »Ich muss Sie jetzt natürlich fragen, wo Sie am vergangenen Samstag Nachmittag gewesen sind.«

Sein Gegenüber lächelte. Aber diesmal ohne seine Schneidezähne zu zeigen.

»War mir klar, dass diese Frage kommen muss. Aber mit einer tollen Antwort kann ich nicht dienen. Knapp nach halb sechs bin ich nach Krems gefahren, weil um sechs meine Arbeit beginnt. Ab drei bin ich auf dem Seiberer gewesen. Allein. Für einen Kellner bin ich nämlich ein ziemlich einsamer Wolf. Sie sehen ja, keine Frau. Und auch wenig Freunde.«

Den Seiberer kannte er auch als Nicht-Wachauer. Von dem Fall in der Jagdhütte vor einigen Jahren. Wahrscheinlich konnte man dort oben stundenlang spazieren gehen, ohne einer Menschenseele zu begegnen. »Hat Sie dort jemand gesehen?«

»Nicht, dass ich wüsste. Bin ich jetzt verhaftet?«

Montag, 20. April
16 Uhr 45

Die Sache mit dem Adidas-Anzug hatte er glänzend hinter sich gebracht. Das musste ihm erst einmal ein Gruppeninspektor nachmachen. Ein Husarenstück, einen Chefinspektor davon zu überzeugen, dass die Schaufensterpuppe unmöglich einen solchen Anzug getragen haben konnte. Weil er selbst stolzer Besitzer eines Adidas-Anzugs war und einen solchen selbstverständlich auf Anhieb erkannt hätte. Genial.

Wegen der Puppe mit der Damenunterwäsche hatte er sich zunächst nur maßlos geärgert, dass er deswegen um zwanzig Euro ärmer geworden war. Ansonsten hatte er sich wenig dazu gedacht. Erst gestern Abend hatte dann allerdings sein kriminalistischer Instinkt Alarm geschlagen. Die Puppe, die der Zillenfahrer aus der Donau gefischt hatte, war auch eine Holzpuppe gewesen. Wie er von seiner Elfriede wusste, waren Holzpuppen selten. Es konnte doch sein, dass die Puppe eine Bedeutung hatte. Dass es einen Zusammenhang zwischen den Puppen gab, auf die der Chefinspektor so scharf war.

Wirklich zu blöd, dass die Puppe abhandengekommen war. Wie konnte er sie jetzt noch zu seinem Vorteil nutzen? Darüber wollte er in Ruhe nachdenken. Zu dieser Ruhe musste er allerdings erst wieder zurückfinden. Die letzten Tage waren sowohl geistig als auch körperlich eine Herausforderung gewesen. Die Holzpuppe aus dem Wasser ins Boot zu bekommen, die psychische Belastung durch den Leichenfund, dauernd den Chefinspektor im Nacken, das alles hatte ihn an seine Grenzen gebracht.

Daher machte Felix Frisch heute das, was er immer machte, wenn ihm sein fein entwickeltes Sensorium verriet, dass er zu viel Stress hatte. Er meldete sich krank, bevor er wirklich krank wurde. Er war auch in dieser Hinsicht stolz darauf, ein vorbildlich pflichtbewusster Polizist zu sein. Ein Polizist unter Stress konnte seinen Pflichten unmöglich die notwendige Aufmerksamkeit widmen. Da war es besser, den Stress zu Hause abzubauen. Am besten im Fernsehsessel und mit einem Glas Bier. Wirkte bei ihm immer Wunder. Am nächsten Tag war er dann seinen Kollegen an Leistungskraft turmhoch überlegen.

Seine Frau war einkaufen gegangen. War ihm sehr recht, weil er sich nun ganz auf sich selbst konzentrieren konnte. Keine lästigen Bemerkungen oder gar Fragen, die sein spezielles Programm des Stressabbaus nur stören würden. Zu diesem Programm gehörte selbstverständlich auch der fast funkelnagelneue Adidas-Anzug. Fühlte sich einfach großartig an.

Als er gerade dabei war, das bisschen Bierschaum, das über den Rand seines Glases auf die Hose getropft war, zu verreiben, läutete es. Typisch Elfriede. Wieder einmal den Wohnungsschlüssel vergessen. Musste aber ein sehr kurzer Einkauf gewesen sein! Er stellte das Glas auf den Fußboden und erhob sich recht mühsam. Auf dem Weg zur Tür fluchte er. Nicht sehr laut, aber so, dass sie ihn hören musste. Sonst würde sie sich ihre Vergesslichkeit nie abgewöhnen. Er öffnete, ohne auch nur einen Blick auf die Tür zu verschwenden. Seine Frau hatte er schon oft genug gesehen. Nur so schnell wie möglich zurück zum Stressabbauprogramm!

»Deine Kollegen in Mautern haben mir gesagt, dass ich dich hier finde. Angeblich krank. Was für einen schönen Trainingsanzug du anhast!«

Um ein Haar wäre sein Herz stehen geblieben. Er kannte diese Stimme. Sie verhieß nichts Gutes. Der Hinweis auf seine Bekleidung schon gar nicht. Jetzt musste er unbedingt einen maroden Eindruck machen. Er ließ die Schultern fallen und versuchte zu schniefen, was mit freier Nase gar nicht so leicht war. Ganz langsam drehte er sich um und hielt seine rechte Hand an seinen Hals, als müsste er der Drehung mit der Hand nachhelfen. Seiner Stimme gab er einen Klang, als würde ihm das Sprechen schwerfallen. »Oh, Herr Chefinspektor! Was verschafft mir die Ehre? Ich würde dich ja gerne hereinbitten. Aber du siehst ja selbst, ich bin die reinste Bazillenschleuder. Deshalb gebe ich dir besser auch nicht die Hand.«

Der stellvertretende Leiter der Mordkommission trat trotzdem ein und machte die Tür hinter sich zu. »Simulanten kenne ich hundert Meter gegen den Wind. Auch wenn sie besser simulieren als du. Gehe ich recht in der Annahme, dass du dich gerade mit dem Adidas- Anzug schmückst, den du der Schaufensterpuppe ausgezogen hast?«

Hatte er das Match um den Anzug jetzt doch verloren? Nein. So schnell würde er nicht aufgeben. »Mein lieber Freund! Ich verstehe gar nicht, warum du so auf dem Trainingsanzug herumreitest. Ich habe dir doch schon gesagt, dass ich einen habe. Und die Schaufensterpuppe hatte keinen. Auch das weißt du bereits.«

»Erstens bin ich nicht dein Freund, und zweitens gibt es ein Foto von der schwimmenden Puppe. Da hat sie genau so einen Anzug an. Also heraus mit der Sprache!«

Die Schärfe in der Stimme tat seinem Ohr weh. Warum machte der Chefinspektor so ein Theater um einen Trainingsanzug? So teuer war er auch wieder nicht. Wegen eines Fotos? Na wenn schon. Er überlegte kurz. Dann entschied er sich für seine große Stärke: den Angriff. »Habt ihr bei der Mordkommission nichts Besseres zu tun, als einem Trainingsanzug nachzujagen, der kaum hundert Euro kostet? Was die kaputte Puppe angehabt hat, ist doch scheißegal.«

»Sag mal, bist du so blöd oder tust du nur so?«

Was für ein Schlag in die Magengrube. Er und blöd. Aber zu spaßen war heute mit dem Mann aus St. Pölten nicht, das merkte er. Blitzschnell, wie es seine Art war, entschied er sich daher für eine sanftere Tour. »Wir werden doch nicht wegen eines Trainingsanzugs streiten. Komm bitte weiter, wenn du schon einmal da bist. Magst du ein Bier?« Er ging voran.

Sein Besuch folgte ihm. »Du begreifst wohl noch immer nicht, worum es geht. Dadurch, dass du dir den Anzug unter den Nagel gerissen hast, hast du eine Mordermittlung entscheidend behindert. Ich hänge dir eine Disziplinaruntersuchung an, die sich gewaschen hat. Zumindest einen Stern bist du los, darauf kannst du Gift nehmen.«

Er fasste erschrocken an den Kragen seiner Jacke. So als würde er dort seinen dritten Stern suchen und festhalten wollen. Jetzt half nur mehr die Mitleidsmasche. »Ich verstehe das Ganze nicht«, sagte er in ganz weinerlichem Ton. »Ich habe die Puppe aus dem Wasser gezogen und dann die Leiche. Hast du eine Ahnung davon, wie mühsam das war? Wie ich gekämpft habe, um nicht ins Wasser zu fallen? Willst du mir daraus einen Strick drehen?«

»Und womit ist die Leiche bekleidet gewesen?«

Er wusste, dass er sich jetzt nicht noch einmal dumm stellen durfte. »Mit einem Adidas-Anzug. Aber das kann doch reiner Zufall gewesen sein.«

»Theoretisch ja. Aber erstens war es keiner und zweitens gibt es für einen Gruppeninspektor keinen Zufall. Der ist höchstens für einen Polizeischüler erlaubt. Haben wir uns verstanden?«

Polizeischüler? Die hohen Herrschaften würden ihn doch nicht zum Polizeischüler degradieren? Er spürte, dass ihm Tränen in die Augen schossen. Er musste sich unbedingt etwas einfallen lassen. Eine wichtige Information, das war's. Damit konnte er den Chefinspektor vielleicht beschwichtigen. »Dafür habe ich gestern etwas entdeckt, das für eure Ermittlungen von Bedeutung sein könnte. Was ein einfacher Polizeischüler nie beachten würde.«

»Na, da bin ich aber jetzt neugierig. Aber ich warne dich. Erzähle mir ja keinen Scheiß.«

Um diese geniale Wendung des Gesprächs kurz vor dem Abgrund voll genießen zu können, ließ er sich ein paar Sekunden Zeit. Sein Besuch würde staunen über das Ass, das er gleich aus dem Ärmel ziehen würde. Die Drohung mit der Degradierung würde er sofort wieder zurücknehmen. »Ich habe gestern Nachmittag einen Mann aus Weißenkirchen beobachtet, der eine zweite Schaufensterpuppe aus der Donau gezogen hat. Auch aus Holz. Angezogen mit Damenunterwäsche. Ein Polizeischüler würde das wahrscheinlich für Zufall halten. Aber für mich als Gruppeninspektor gibt es…«

Der Chefinspektor sprang mit einer Schnelligkeit aus dem Fauteuil auf, die er ihm gar nicht zugetraut hätte, und baute sich vor ihm auf. Sehr bedrohlich.

Er verstand die Welt nicht mehr. Hatte er etwas Falsches gesagt?

»Sag einmal, bist du noch zu retten? Das fällt dir erst mit einem ganzen Tag Verspätung ein? Wenn wir das schon gestern gewusst hätten, hätten wir uns eine Menge Ärger erspart. Du wirst von Glück reden können, wenn du nicht hochkant aus dem Polizeidienst fliegst. Und jetzt zieh gefälligst diesen Trainingsanzug aus. Aber blitzschnell, wenn ich bitten darf.«

Dienstag, 21. April
7 Uhr 30

Der Landeshauptmann war ein bei seinen Mitarbeitern gefürchteter Frühaufsteher. Von seinem Wohnort im Kamptal bis zu seinem Büro im St. Pöltner Regierungsviertel war er auch bei sehr flotter Fahrt gute fünfzig Minuten unterwegs. Er hielt seine Chauffeure immer zu einem scharfen Tempo an. Tempo war wichtig, wenn er in ganz Niederösterreich und oft auch in Wien an den Brennpunkten des politischen Geschehens sein wollte. Hundertzwanzigtausend Kilometer und mehr pro Jahr kamen da zusammen. Beinahe dreimal um die ganze Welt.

Viele Chefs kamen früh ins Büro. Um in Ruhe die Zeitungen lesen zu können oder sich einfach geistig auf den Tag einzustimmen. Manchmal sogar mit einem selbst gebrauten Kaffee, weil das Sekretariat noch nicht besetzt war. Der Landeshauptmann gehörte nicht zu diesem Typus von Chef. Wenn sein Tag in St. Pölten spätestens um viertel nach sieben begann, dann musste nicht nur eine Sekretärin bereits anwesend sein, sondern der Presse- Spiegel des Tages musste schon auf seinem Schreibtisch liegen. Vorbereitet entweder von einem seiner persönlichen Pressereferenten oder von einem Mitarbeiter des Landespressedienstes, die sich in dieser Pflicht abwechselten. Die Presseunterlagen mussten nach einem bestimmten System aufbereitet sein. Zuoberst Meldungen und Kommentare, die seine Person oder seine Partei betrafen. Geordnet nach überregionalen und regionalen Medien. Meldungen über die politische Konkurrenz in Niederösterreich nur, wenn sie mindestens drei Spalten füllten. Dann bundespolitische Angelegenheiten von Relevanz. Und schließlich Berichte über Ereignisse und Themen, die seine Landsleute entweder schon bewegten oder nach Einschätzung der Presseleute in Zukunft bewegen würden.

Der Landeshauptmann kam heute schlecht gelaunt ins Büro. Von seinen gestrigen sechs über das ganze Land verstreuten Auftritten hatten es nur zwei ins Fernsehen geschafft. Und einer davon nur mit Standbild, wie er sich noch gestern Nacht via Mediathek überzeugen hatte können. Höchste Zeit, sich wieder einmal den verantwortlichen Chef zur Brust zu nehmen.

Nach einem mürrischen »Morgen!« in Richtung der Sekretärin, die schon seit sieben Uhr die Stellung hielt, verschwand er in seinem Zimmer und blätterte den vor ihm liegenden Pressespiegel lustlos durch. Bis sein Blick an der fett gedruckten Überschrift des letzten Blatts hängen blieb. Auch weil sie von dem Pressereferenten, der Frühdienst hatte, am Rand mit drei unübersehbaren roten Rufzeichen versehen war.

»Müssen unsere Wachauer Frauen Angst haben?«

Rasch begann er, den Artikel zu lesen. Natürlich hatte er schon von dem Mord an dem Wiener Anwalt gehört, der mit einem Adidas-Anzug bekleidet in die Donau geworfen worden war. Die Sache mit der Schaufensterpuppe und dem gleichen Anzug war ihm neu. Aber warum sollten die Frauen in der Wachau deswegen Angst haben? Die Antwort auf diese Frage lieferte ihm die Story ab der Mitte. Da war von einer vorgestern aus der Donau gefischten und nur mit weißen Dessous bekleideten Schaufensterpuppe die Rede. Und von einer wegen dieses Fundes hypernervösen Chefin der Mordkommission. Was nur einen einzigen Schluss zulassen würde: dass der Unhold mit der zweiten Schaufensterpuppe einen weiteren Mord angekündigt hatte. Diesmal mit einem weiblichen Opfer. Keine Frau würde ruhig schlafen können, solange die Bestie nicht hinter Schloss und Riegel wäre.

Nach der Lektüre dieser Geschichte würde wirklich keine Frau mehr ruhig schlafen. Der Autor hatte sein Ziel voll und ganz erreicht. Der Landeshauptmann suchte nach dem Namen. Nie gehört. Den Mann würde er eventuell brauchen können. Er machte sich eine Notiz. Aber jetzt gab es Dringenderes zu tun. In seinem Land durften Frauen keine Angst haben. Es musste Ruhe herrschen. Die am besten durch eine rasche Verhaftung hergestellt sein würde. Jemand musste mit dem Polizeidirektor reden. Nicht er selbst natürlich. Seine Finger hatte er sich zu Beginn seiner Karriere des Öfteren schmutzig gemacht. Damit war es jetzt vorbei. An der Spitze zu stehen, war in vielerlei Hinsicht schön. Dazu zählte auch, einem staunenden Publikum bei jeder Gelegenheit seine sauberen Hände zeigen zu können. Die Drecksarbeit mussten jetzt andere für ihn erledigen. In diesem Fall wusste er auch schon, wer.

Dienstag, 21. April
8 Uhr 10

»Hast du schon einmal so einen Idioten gesehen? Der ist ja eine Schande für den ganzen Polizeidienst.« Er nahm einen Schluck aus dem Pappbecher, den er in der Hand hielt, und biss dann von seiner Leberkäsesemmel ab.

Seine Chefin nickte. »Wir hätten uns viel Aufregung um Frau Strasser erspart, wenn er uns schon gestern verständigt hätte. Und die Machherndl noch dazu. Aber um den Frisch soll sich der Marbolt kümmern. Geht uns nichts an. Wenigstens haben mir unsere Wiener Kollegen versprochen, die Strassers nicht aus den Augen zu lassen.«

Eine Mitarbeiterin kam zur Tür herein. Mit einer Zeitung in der Hand. »Ich weiß nicht, ob Sie das Niederösterreichische Tagblatt heute schon gelesen haben. Wenn nicht, dann sollten Sie sich das da anschauen. Ganz schön heavy.«

Sie reichte der Chefin die Zeitung und ging wieder.

Er hatte Doris schon oft sauer, wütend, oder auch erschrocken erlebt. Aber noch nie hatte er sie in Sekundenschnelle so blass werden sehen.

Verwundert stellte er sich neben sie und las mit. Er brauchte nur die Überschrift zu sehen, um ihre Gemütslage zu verstehen.

»Dahinter kann nur diese Landplage namens Machherndl stecken« schimpfte sie. »Und dieser verdammte Journalist lässt sich natürlich nicht zweimal bitten. Wird heute das Tagesgespräch in ganz Niederösterreich, kann ich dir schon jetzt prophezeien.« Sie warf die Zeitung auf den Schreibtisch. »Und wir werden es ausbaden müssen.«

»Was für ein Hundesohn, dieser Schreiberling«, pflichtete er ihr bei. »Fast schon ein Politiker. Vor der Panik, die da herbeigeschrieben wird, könnte uns nur eine Verhaftung retten.«

Seine Chefin rang sich ein gequältes Lächeln ab. »Davon sind wir aber Lichtjahre entfernt.«

Dienstag, 21. April
8 Uhr 52

Um neun würde die Sitzung des Kulturausschusses beginnen. In der Kultur waren in allen Fraktionen die weiblichen Abgeordneten in der Mehrheit. Katharina Krenn war schon um acht in den ÖVP-Klub gekommen, um sich gemeinsam mit ihren Fraktionskolleginnen und dem einen Kollegen die Direktiven ihres Klubobmanns anzuhören, die sie ohnehin schon kannte.

In der Vorbesprechung sprachen sie allerdings wenig über die kurz bevorstehende Ausschusssitzung. Beherrschendes Thema war vielmehr der Artikel im Niederösterreichischen Tagblatt. Alle verlangten vom Klubobmann eine Sprachregelung. Damit sie am Abend »bei den Leuten draußen«, wie es so schön hieß, alle das Gleiche sagen würden.

Zu ihrem Entsetzen sah sie, wie sich der Blick des Klubobmanns auf sie richtete. Sie hatte ihn ohnehin im Verdacht, in ihr eine höchst lästige Konkurrentin zu sehen, weil auch er nach der nächsten Wahl gerne Landesrat werden wollte.

»Darüber wird sich unsere neue Sicherheitssprecherin sicher schon Gedanken gemacht haben. Liebe Katharina, wir hängen an deinen Lippen.«

Was für eine falsche Süße in seiner Stimme! Und seine Aufforderung traf sie völlig unvorbereitet. Sie würde mit dem Pressereferenten des Klubs ein ernstes Wort reden müssen. Der hätte sie eigentlich vorwarnen können. Vielleicht steckte da auch der Klubobmann dahinter. Nun war sie überrumpelt, denn den Artikel kannte sie erst seit zehn Minuten. Aber da musste sie jetzt durch. Undenkbar, dass sie in dieser Situation hätte kneifen können.

Als sie gerade zu einer Erklärung ansetzte, öffnete sich die Tür zum Klubzimmer.

Der älteste der drei Klubsekretäre kam herein, steuerte direkt auf sie zu und flüsterte ihr etwas ins Ohr.

Was für eine willkommene Unterbrechung! Sie stand gleich auf und folgte ihm, der nur »Entschuldigung. Katharina ist gleich wieder da«, in die Runde rief, in sein Zimmer. Ohne selbst auch nur ein Wort zu sagen, wie es ihr der Klubsekretär aufgetragen hatte.

Der Büroleiter des Landeshauptmanns war am Telefon. »Du hast ja sicher schon die heutige Ausgabe vom Niederösterreichischen Tagblatt gelesen.«

»Klar.«

»Bei uns laufen schon die Telefone heiß. Es muss dringend etwas geschehen. Du musst mit dem Marbolt reden. Der soll noch heute jemanden verhaften lassen. Sonst kommen wir in des Teufels Küche. Lass dir was einfallen und viel Glück! Ich hätte gern bis zehn Uhr eine positive Rückmeldung.« Damit legte er auf.

Typisch LH, dachte sie sofort. Schickt seinen Büroleiter und Chefeinflüsterer vor, weil er offiziell mit der Angelegenheit nichts zu tun haben möchte. Da würde sie auf den Polizeidirektor mächtig Druck machen müssen. Gehörte aber zum Geschäft. Sie ging ins Klubzimmer zurück. Viel frohgemuter als zum Zeitpunkt, an dem sie es verlassen hatte. »Liebe Kolleginnen und Kollegen. Ich habe soeben aus gut informierter Quelle erfahren, dass die Kriminalpolizei in der Sache Strasser noch heute eine Verhaftung vornehmen wird. Eine Sprachregelung können wir uns also getrost sparen.«

Die Mitglieder des Klubs trommelten zum Zeichen der Anerkennung auf die Tischplatten. Nur das Lächeln des Klubobmanns, den sie fixierte, wirkte etwas gequält.

»Für die Ausschusssitzung muss ich mich allerdings entschuldigen. Ich muss etwas im Auftrag des Herrn Landeshauptmanns erledigen.«

Dienstag, 21. April
9 Uhr 10

Erst jetzt fiel ihr auf, dass sie schon wieder die Blumen für ihr Büro vergessen hatte. Aber selbst die schönsten Rosen hätten sie jetzt ohnehin kaum aufheitern können. Nicht nach der Lektüre dieses Artikels. Ihr war klar, dass sich auch andere Zeitungen auf das Thema draufsetzen und sie spätestens ab Mittag mit Fragen bombardieren würden. Ob die Kriminalpolizei schon eine heiße Spur hätte? Ob sie eine ganze Serie von Morden ausschließen könnte? Ob der Täter ein Irrer wäre? Und schließlich die Frage aller Fragen: Ob schon sehr bald mit einer Verhaftung zu rechnen sei?

Spencer hatte ihr vorgeschlagen, selbst die Initiative zu ergreifen und zu einem Pressegespräch einzuladen. Aber was hätte sie dort sagen können, außer, dass sie die Öffentlichkeit um Mithilfe bei der Identifizierung eines Mannes bitten würde, der vor fünf Jahren Schaufensterpuppen von einem Modegeschäft in der St. Pöltner Herrengasse zu einem höchstwahrscheinlich in der Nähe geparkten Auto getragen hatte. Das wäre doch nur ein Eingeständnis einer ziemlich hilflosen Herumstocherei im Nebel gewesen.

Einfach abwiegeln kam natürlich auch nicht in Frage. Die Sache mit der in Loiben gefundenen Puppe ließ sich nicht als Aktion eines Spaßvogels erklären. Zu groß war das Risiko, dass sich nur zu bald der bitter ernste Hintergrund des Fundes zeigen würde.

Eine Erkenntnis hatte das Gespräch mit Spencer allerdings gebracht: dass unter keinen Umständen der Kauf von gleich drei Puppen nach außen dringen durfte. Würde die Sache noch schlimmer machen, als sie ohnehin schon war. Nach den Erfahrungen mit Frau Machherndl wollte sie sicher sein, dass sich die ehemaligen Besitzer des Modegeschäfts, redselig und neugierig wie sie offensichtlich waren, an ein ihnen auferlegtes Schweigegelübde halten würden. Daher hatte sie Spencer gebeten, die beiden nochmal anzurufen und ihnen zu sagen, dass sie die Einzigen waren, die von der dritten Puppe wussten. Da es leider schon oft vorgekommen sei, dass Zeugen ermittlungsrelevante Informationen an die Medien weitergegeben hatten, nur um sich wichtig zu machen, habe die Mordkommission nunmehr den Auftrag von der Staatsanwaltschaft, Zeugen sofort wegen Behinderung der Polizeiarbeit anzuzeigen, wenn so etwas wieder passierte. Die Staatsanwaltschaft sei es leid und wolle da jetzt ganz hart durchgreifen. Daher sollten sie bitte niemandem, auch nicht Freunden und Bekannten, etwas von der dritten Puppe erzählen. Denn das würde auf sie zurückfallen und dann würden sie die Härte der Justiz voll zu spüren bekommen. Wenn es wirklich zu einem dritten Mord kam, würde niemand in ihrer Haut stecken wollen.

So ungefähr sollte Spencer die Sache kommunizieren. Wenn sie es sich recht überlegte, hatte sie durchaus Lust, einen solchen Prozess einmal durchzuexerzieren. Um Machherndl und Konsorten einmal klar zu machen, was sie da eigentlich anrichteten.

Wegen dieser dauernden Querschüsse fiel es ihr schwer, sich auf die Ermittlungen zu konzentrieren. Um sich zu sammeln, nahm sie zwei A5-Blätter zur Hand. Auf dem einen Blatt notierte sie Fragen und bisherige Erkenntnisse. Auf dem anderen die weiteren Ermittlungsschritte. In Druckbuchstaben, damit sie auch ihr Stellvertreter leicht entziffern konnte.

Dieses Ritual hatte sich bei ihren Ermittlungen immer wieder bewährt. Es half ihr, ihre Gedanken zu ordnen. Ihr Erich amüsierte sich immer über dieses Zettelritual, das er je nach Laune als bürokratisch oder als methodisch bezeichnete. Würde seiner Meinung nach viel eher zu einem Mann als zu einer Frau passen, die einen viel intuitiveren Ermittlungszugang wählen würde. Aber an ihren Ehemann wollte sie jetzt nicht denken.

Auf dem rechten Blatt notierte sie:

Warum Schwimmgürtel?

Ertrinken: Zufall oder von Bedeutung?

Puppenkäufer, männlich

Drei Holzpuppen

Kauf schon vor fünf Jahren

Donau als Schaufenster

Was will er uns sagen?

Sie überlegte. Kam Dr. Gröger als Käufer in Frage? Mit seinem Aussehen? Da hätte sich doch die Frau des Geschäftsinhabers an ihn erinnern müssen. Nach den Beschreibungen Spencers war Ludwig Fidesser da wohl der bessere Kandidat. Mittelgroß, zwar durchaus drahtig aber sonst unauffällig. Sie hatte ohnehin vor, selbst mit ihm zu reden. Am frühen Nachmittag. Weil sie das Gefühl hatte, bei der Geschichte mit der Flächenwidmung noch einmal nachbohren zu müssen.

Ihre Sekretärin schaute bei der Tür herein. »Frau Lenhart! Der Herr Malzacher und Sie sollen um zehn beim Doktor Marbolt sein. Mir wurde leider nicht gesagt, warum.«

Sie machte mit der rechten Hand eine Bewegung, die Resignation und Müdigkeit zugleich signalisierte. »Den Grund kenne ich sowieso nur zu gut. Sagen Sie bitte Spencer Bescheid, dass er mich um dreiviertel abholen soll.«

Dienstag, 21. April
9 Uhr 55

Er war ja von seiner Arbeit im Innenministerium einiges gewöhnt. Aber dort herrschten anscheinend Chorknaben-Methoden im Vergleich zu denen in St. Pölten. Da erschien doch tatsächlich diese Landtagsabgeordnete vor einer knappen Stunde in seinem Büro. Unangemeldet. Und verlangte im Auftrag des Landeshauptmanns ultimativ die Festnahme eines Verdächtigen. Um ja keine Panik in der Bevölkerung aufkommen zu lassen, wie sie meinte. Blöd natürlich, dass er da das Niederösterreichische Tagblatt noch nicht gelesen hatte, weil er erst um dreiviertel neun ins Büro gekommen war. Deswegen hätte die Dame nicht gleich so maliziös zu lächeln brauchen.

Alles die Schuld seiner Presseabteilung, die ihn schon im Auto hätten vorwarnen müssen. Und die seines Vorzimmers. Aber da wurde stattdessen lang und breit für ihn Kaffee gekocht, ohne dass er danach gefragt hätte. Mit diesem Schlendrian würde er jetzt endgültig aufräumen. Er hatte nicht einmal Zeit gehabt, sich zu setzen, da stand diese Frau Krenn schon in seinem Büro. Leider war er ihr gegenüber wegen dieses Malheurs mit der Zeitung von allem Anfang an in der Defensive. Obwohl er an diesem Missgeschick nicht die geringste Schuld trug. Aber sie hatte das natürlich ausgeschlachtet. Auf sie würde er im Lauf seiner weiteren Karriere aufpassen müssen. Genoss offensichtlich das volle Vertrauen des Landeshauptmanns. Sicher nicht angenehm, sie zum Gegner zu haben. Er hatte ihr dennoch keine Zusage gemacht. Jedenfalls keine fixe. Was sie offensichtlich gar nicht störte, als sie sich nach nicht einmal fünf Minuten verabschiedete mit dem Kommentar:

»Verstehe ich, dass du zuerst mit deinen Leuten reden musst. Aber der Herr Landeshauptmann zählt auf dich.«

Die letzten fünfzig Minuten hatte er dazu verwendet, sich eine Taktik für das Gespräch mit der Leiterin der Mordkommission zurechtzulegen. Die erste Frage dabei war für ihn, ob er ihren Stellvertreter zu dem Gespräch hinzuziehen sollte. Hatte Vor- und Nachteile. Der Nachteil war, dass Malzacher ihr bei Widerstand wahrscheinlich den Rücken stärken würde. Der Vorteil, dass sie sich nicht darauf ausreden können würde, erst mit ihm reden zu müssen. Sie machte ja keinen Pieps ohne ihn.

Die Antwort auf die zweite Frage war viel schwieriger. Sollte er sich, um das Verfahren abzukürzen, auf die Order des Landeshauptmanns berufen, oder sollte er so tun, als würde er selbst Druck machen. Letztlich entschied er sich dafür, den Landeshauptmann aus dem Spiel zu lassen. Wäre doch gelacht, wenn seine eigene Autorität als Polizeidirektor nicht reichen würde.

Blieb noch die letzte Frage: Sollte er von Beginn des Gesprächs an seine Autorität als Chef wirken lassen, oder sollte er den beiden auf die kollegiale Tour kommen? Seine Frau hätte ihm sicher die erste Variante empfohlen. Aber er würde schön langsam lernen müssen, wie ein Politiker zu agieren. Und wie man das tat, hatte ihm der Innenminister seinerzeit hundertfach vorexerziert.

Als seine Sekretärin ihm meldete, dass Lenhart und Malzacher da waren, sprang er sofort von seinem Sessel auf und ging ihnen entgegen. Mit einem Lächeln, das er auf Empfehlung seiner Britta schon seit einiger Zeit vor dem Badezimmerspiegel übte, weil er ihrer Meinung nach zu einem etwas verkniffenen Lächeln neigte. Auf den ersten Blick sah er, dass sich das Training schon bezahlt machte.

Seine beiden Gäste waren sichtlich überrascht von dem freundlichen Empfang.

»Kommt, bitte nehmt Platz. Kaffee gefällig?«

Die Chefinspektorin warf ihrem Stellvertreter einen fragenden Blick zu.

Auch das entging ihm nicht. Trat er vielleicht doch zu kollegial auf? Egal. Vorerst wollte er bei seiner Taktik bleiben. »Ich soll euch Grüße vom Herrn Landeshauptmann überbringen, mit dem ich mich erst gestern unterhalten habe. Natürlich auch über den Fall Strasser, den er überraschend genau verfolgt. Er hat mir ausdrücklich aufgetragen, euch seine Anerkennung über die Professionalität eurer Arbeit auszusprechen.«

»Danke sehr.«

Ein bisschen wenig, was da als Echo von der Chefinspektorin kam. Dass ihr Stellvertreter überhaupt nichts sagte, wunderte ihn nicht. War schon immer ein dumpfer und geistig träger Typ.

Seine Sekretärin servierte den Kaffee, den sie auf sein Geheiß schon vorbereitet hatte.

Als sie wieder draußen war, fuhr er fort. »Ich kann mich diesem Lob nur anschließen. Und ich bin überzeugt, dass eure Ermittlungen schon sehr weit fortgeschritten sind, sodass ich mit einer Festnahme noch in den nächsten Stunden rechne.« Selbst, wenn er das Gesicht von Frau Lenhart nicht so fixiert hätte, wäre ihm in Sekundenschnelle klar gewesen, dass er sich für die falsche Taktik entschieden hatte.

»Das kann doch nicht dein Ernst sein. In diesem Zimmer können wir es ja sagen. Wir haben bis jetzt maximal ein, zwei lose Fäden in der Hand. Aber keinen einzigen wirklich Verdächtigen. An eine Festnahme ist im Moment nicht einmal zu denken.«

Ihm war klar, dass es höchste Zeit war, andere Saiten aufzuziehen. Aber nicht zu abrupt, damit es den beiden nicht gleich auffallen würde. »Ihr beide seid lange genug im Geschäft, um zu wissen, dass dieser Scheißbericht in der heutigen Zeitung die Situation dramatisch verändert hat. Bei mir laufen schon die Telefone heiß und die Anfragen für ein Interview stapeln sich schon in meinem Vorzimmer. Lange kann nicht einmal ich dem Druck mehr standhalten.«

»Natürlich ist das mit dem Tagblatt eine saublöde Geschichte…«

»Für die aber du«, unterbrach er sie, »zumindest teilweise die Verantwortung trägst. Hättest du nicht so hyperventiliert, als man dir in Loiben die neue Puppe gezeigt hat, wäre kein Mensch auf die Idee gekommen, dass davon eine neue Gefahr ausgehen könnte. Der ganze Artikel wäre nicht geschrieben worden.«

Mit dem eisigen Blick, den sie ihm jetzt zuwarf, hatte er nicht gerechnet. »Dein Idiot von Gruppeninspektor hat diese Puppe schon einen Tag zuvor in Joching entdeckt. Hätte der uns gleich informiert, wäre sie überhaupt nicht bis Loiben gekommen.«

Jetzt mischte sich auch Malzacher ein. »Der Frisch ist wirklich der reinste Sargnagel. Eine Schande für den ganzen Polizeidienst.«

Er dachte bei sich: Das bist du auch, mein Freund! Mit einem Unterton in seiner Stimme, von dem er hoffte, dass er scharf war, konterte er: »Ihr wollt mir also weismachen, dass der Erfolg einer Mordermittlung an einem kleinen Gruppeninspektor hängt? Lasst euch gefälligst was Besseres einfallen. Dir, meine liebe Doris, rate ich, deinen Schnitzer von Loiben rasch wieder gut zu machen. Und zwar mit einer Festnahme. In deiner Position musst du endlich lernen, auch politisch zu denken.«

»Es tut mir leid. Solange ich die Leiterin der Abteilung bin, wird es erst eine Festnahme geben, wenn wir jemanden haben, bei dem ein klarer Tatverdacht vorliegt. Und nicht, wenn es politisch opportun ist. Im Übrigen kannst du dem Herrn Landeshauptmann sagen, dass die Panik noch größer wird, wenn wir jemanden verhaften und kurz darauf ein neuer Mord passiert.«

Er war kein Fan des Boxsports. Aber er wusste, was ein Schlag auf den Solarplexus war. Und er glaubte jetzt zu wissen, was ein Boxer spüren würde, bevor er zu Boden ging.

Dienstag, 21. April
13 Uhr 58

Am liebsten hätte sie alles hingeschmissen. Mit diesem Chef wollte sie keine Minute länger zusammenarbeiten. Bis heute hatte sie ihn als arrogant, egomanisch und karrieregeil erlebt. Seit ganz kurzer Zeit als bösartig. Aber jetzt war er auch noch unter die Speichellecker des Landeshauptmanns gegangen.

Der hohe Herr brauchte nur einen kleinen Wunsch zu äußern, und schon gab es einen Polizeidirektor, dem der Wunsch Befehl war. Ohne Rücksicht auf die Ermittlungen, ohne Rücksicht auf seine Truppe. Der Mann war kein Chef, sondern ein Verräter.

Spencer bemühte sich nach Kräften, sie zu beruhigen.

Was sie am meisten ärgerte, war der Umstand, dass sie beim Treffen mit Machherndl tatsächlich für einen kurzen Moment die Kontrolle verloren hatte. Von hyperventilierend konnte zwar keine Rede sein. Trotzdem. Sie war sichtbar erregt gewesen. Ein solcher Fehler durfte sich nicht wiederholen. Zumal Marbolt jeden kleinsten Fehler gegen sie verwenden würde.

Im Büro hielt sie es gerade nicht gut aus. Daher entschloss sie sich, Ludwig Fidesser anzurufen und mit ihm ganz kurzfristig einen Termin zu vereinbaren. Dass sein Beruf ihm prinzipiell die Zeit dafür gab, wusste sie ja. Wesentlich mehr als Spencer würde sie zwar auch nicht von dem Kellner erfahren. Aber er war einstweilen die einzige magere Spur, die sie hatten. In erster Linie wollte sie jedoch St. Pölten für ein paar Stunden hinter sich lassen. Sie wollte etwas tun, um nicht dauernd an Marbolt denken zu müssen. Daher machte sie auch gleich noch einen zweiten Termin aus. Sie wollte mit dem Weißenkirchener ÖVP-Obmann sprechen, der den Kontakt zwischen Herrn Fidesser und der Abgeordneten hergestellt hatte. Parteifunktionäre waren ihrer Erfahrung nach eine besondere Sorte Mensch, die ihre Nase überall hineinsteckten. Vielleicht würde sie von ihm ein paar Informationen bekommen oder zumindest gegenchecken können, die für ihre Zwecke brauchbar waren.

Weil ihr Spencer die Lage des Hauses von Ludwig Fidesser genau beschrieben hatte, fand sie es auf Anhieb. Auch die Beschreibung des Hausinneren und des Hausherrn passte. Nur die starke Tätowierungen auf den Unterarmen schienen ihm nicht aufgefallen zu sein. Schlangen, die sich um eine leicht bekleidete Frau wanden. Zumindest hatte sie ihr Stellvertreter nicht erwähnt. Dafür das Kettenrauchen. Die dazugehörigen gelben Zähne durfte sie gleich bei der Begrüßung bewundern.

»Wenn Sie nur gekommen sind, um mich zu fragen, ob mir schon ein Alibi eingefallen ist, hätten Sie sich die Reise in die schöne Wachau sparen können. Ich habe nämlich noch immer keines.«

»Auch wenn Sie es mir nicht glauben. Ein Alibi wäre zwar super, aber hat im Moment noch keine Priorität. Wir wissen ja noch nicht einmal, ob Sie ein Motiv für den Mord haben.«

Sein leichtes Nicken deutete an, dass er beeindruckt war. »Dass mir mein Cousin, der feine Herr Doktor Strasser, mein Erbe versaut hat, reicht Ihnen also nicht? Und ich hätte geglaubt, dass Sie mir sagen, dass schon viele Morde wegen weniger Geld begangen worden sind.«

»Was wäre denn der Grund wert gewesen, wenn er in Bauland umgewidmet worden wäre?«

»Vor zehn Jahren sicher dreihunderttausend Euro. Heute deutlich mehr.«

Sie machte sich Notizen. »Da verstehe ich schon, dass Sie es noch einmal probiert haben.«

»Ist aber die gleiche Pleite gewesen. Obwohl ich tollen politischen Rückenwind gehabt habe.«

»Eines begreife ich dabei nicht: Mein Kollege hat mir erzählt, dass der Bürgermeister gegen die Umwidmung gewesen ist. Das ist doch in einem Ort wie Weißenkirchen sicher ein ÖVP-ler. Aber der ÖVP-Obmann ist offensichtlich für die Umwidmung gewesen und hat sich bemüht, Ihnen zu helfen. Er soll Ihnen sogar einen Termin bei einer ÖVP-Abgeordneten verschafft haben. Die Umwidmung hätte da doch eine gemähte Wiese sein müssen, wie man so schön sagt. Lauter Parteifreunde auf einem Fleck.«

»Da kennen Sie aber die Weißenkirchener ÖVP nicht. Der Bürgermeister und der Obmann sind wie Hund und Katz. Der Bürgermeister ist ein Weinbauer und daher vom Bauernbund. Der Parteiobmann ist Briefträger und dementsprechend vom Arbeiter- und Angestelltenbund. Außerdem spitzt der Parteiobmann schon lange auf den Bürgermeistersessel, den der Weinbauer aber nicht freimacht. Feind, Todfeind, Parteifreund. Deshalb hat der Wiesner Hans, das ist der Parteiobmann, gemeint, dass er nach außen gar nicht in Erscheinung treten soll, und stattdessen die neue Abgeordnete mit dem Bürgermeister redet. Hat sich auch am Anfang gut angehört, weil die einen Kremser Anwalt gekannt hat, der damals etwas mit der Tochter des Bürgermeisters gehabt hat. Einer ehemaligen Weinkönigin. Hat aber letztlich alles nichts genützt, weil der Bürgermeister irgendwie doch spitz gekriegt hat, dass hinter dem Ganzen der Wiesner steckt.«

»Wissen Sie noch, wie der Anwalt geheißen hat?«

»Freilich. Doktor Roman Gröger. Hat seine Kanzlei in der Gartenaugasse in Krems. Aber über den kann Ihnen der Hans mehr erzählen als ich. Die beiden kennen sich schon lang.«

Bei ihrer Verabschiedung von Ludwig Fidesser ließ sie sich von ihm den Weg zum Gasthaus Holzer beschreiben, wo sie den Ortsparteiobmann treffen wollte. Wie erwartet, war das Gasthaus um diese frühe Zeit am Nachmittag fast leer.

Ein einziger Mann saß in der Schankstube. An seinem gelben Hemd unschwer als Postler zu erkennen. Weil der Tisch sehr nah an die Bank gerückt war, hatte er offensichtlich Schwierigkeiten aufzustehen, um sie zu begrüßen. Aber er bemühte sich redlich, sich gekrümmt an der Bank vorbeizuzwängen.

Sie beobachtete sein Mühen einen Moment lang einigermaßen amüsiert. Dann bedeutete sie ihm bitte sitzenzubleiben. »Schön, dass Sie so kurzfristig für mich Zeit haben. Ich bin Doris Lenhart.«

»Grüß Gott, Frau Kommissarin! Überhaupt kein Problem. So viele Briefe werden ja nicht mehr geschrieben. Am frühen Nachmittag bin ich meistens mit meiner Tour fertig. Da bleibt mir genug Zeit für die Politik und Unvorhergesehenes wie dieses Gespräch mit Ihnen.«

Da sie ihn schon am Telefon darüber aufgeklärt hatte, warum sie ihn treffen wollte, kam sie gleich zur Sache. »Ich höre von Ludwig Fidesser, dass sie quasi Gott und die Welt kennen und ihre Kontakte mobilisiert haben, um ihm bei einer Umwidmung zu helfen.«

»Ja, den Roman Gröger und die Katharina Krenn habe ich vermittelt. Vor mehr als zwanzig Jahren waren wir alle drei beim Kremser Schwimmklub. Obwohl mich die beiden damals sicher noch gar nicht wirklich wahrgenommen haben. Weil ich ja noch nicht einmal fünfzehn gewesen bin. Aber den Roman und die Katharina, die haben alle gekannt. Der Roman hat damals schon studiert und die Katharina muss auch schon achtzehn oder neunzehn gewesen sein.«

»Haben Sie gewusst, dass Roman Gröger auch mit Klaus Strasser befreundet gewesen ist?«

Sie sah in ein ebenso freundliches wie überraschtes Gesicht. »Das ist mir neu. Dabei habe ich geglaubt, ich weiß alles, was sich zwischen Melk und Krems abspielt. Ich habe nur mitbekommen, dass Roman und Katharina im Schwimmklub eng miteinander gewesen sind. Zumindest für ein paar Wochen.«

»Wie eng?«, fragte sie nach.

»So eng, dass ich es ihrem späteren Mann nicht unter die Nase reiben würde. Weiß ich, weil ich schon als Halbwüchsiger meine Augen und Ohren immer offengehalten habe. Diese Eigenschaft haben übrigens Politiker mit Kriminalisten gemeinsam.« Er sah sie an, als ob er Zustimmung für seinen letzten Satz erwarten würde.

Sie musste sich bemühen, ein Lächeln zu unterdrücken. Was für ein Glück für den Postbeamten und Ortspolitiker, dass Spencer nicht da war. Bei dem hätte er wegen der Behauptung einer solchen Gemeinsamkeit jetzt alle Sympathiepunkte verspielt.

»Zu der Zeit«, fuhr er fort, »wo ich versucht habe, dem Ludwig zu helfen, war es zwischen Roman und Katharina schon längst aus. Der Roman ist da grad mit der Tochter unseres Gemeindehäuptlings verbandelt gewesen. Hat aber auch nichts genutzt, weil der Bürgermeister einfach ein sturer Hund ist. Ein Bauer halt. Aber Ludwig ist bestimmt nicht der Typ, der wegen so einer Sache jemanden umbringt. Und wenn, dann hätte er wohl eher den Bürgermeister umgebracht.«

Dienstag, 21. April
17 Uhr 45

Der Landeshauptmann war keiner, der auf die Befindlichkeiten seiner Mitarbeiter große Rücksicht nahm. Deshalb war die Stimmung in seinem Büro oft angespannt. Wirkliche Angst verbreitete er mit seinen Tobsuchtsanfällen, die mit zunehmendem Alter oder, wie manche meinten, mit der wachsenden Wahrnehmung der eigenen Bedeutung, immer häufiger wurden. Am späten Nachmittag war es wieder einmal so weit. Er hatte seine Referenten schon am Vormittag angewiesen, alle Verlautbarungen der Pressestelle der niederösterreichischen Polizei zu lesen und ihn unverzüglich über den Bericht von einer Verhaftung im Fall Strasser zu informieren.

Dass ihm bis drei Uhr Nachmittag keine diesbezügliche Vollzugsmeldung gemacht worden war, hatte er zunächst für eine Schlamperei seines Stabes gehalten. Weil er ja von Katharina Krenn schon sechs Stunden zuvor die erfreuliche Nachricht über ihr Gespräch mit dem Landespolizeidirektor erhalten hatte. Deshalb war schon am frühen Nachmittag das erste Donnerwetter fällig gewesen, dem sich der zitternde Pressereferent nur durch einen Anruf in der Polizeipressestelle entziehen konnte, die ihm bestätigte, dass keine Verhaftung erfolgt war. Um fünf Uhr hatte der Landeshauptmann seinen Bürochef aufgefordert, ihn mit der Abgeordneten zu verbinden. Aber nur die Sprachbox antwortete. Schließlich scheiterte auch der Versuch, den Polizeidirektor zu erreichen, weil der sich nach Auskunft seines Büros mit einer schweren, fiebrigen Bronchitis in häusliche Pflege begeben hatte. Unter Zurücklassung der Nachricht, dass er mit Rücksicht auf seinen Gesundheitszustand auch telefonisch nicht erreichbar wäre.

Spätestens zu diesem Zeitpunkt war ihm der Kragen endgültig geplatzt und er begann zu toben. Vorrangiges Ziel seiner Verbalinjurien war der Polizeidirektor, dem er schon noch zeigen würde, wie man in Niederösterreich mit einem Weichei und Feigling Schlitten fuhr. Aber auch KK hatte sein in sie gesetztes Vertrauen maßlos enttäuscht. Über sie verhängte er auch gleich via SMS seine Höchststrafe für eine erstmalige Enttäuschung: Antreten zum Rapport. Und zwar bereits um 7 Uhr 30 morgen Früh. Mit dem Auftrag an sein Büro, die Mitglieder des Klubs die Uhrzeit für die Standpauke wissen zu lassen. Alle, die ihn kannten, würden schon wissen, was das zu bedeuten hatte.

Mittwoch, 22. April
2 Uhr 14

Die roten Ziffern auf der Anzeige des Weckers am Nachttisch leuchteten im Dunkeln. 2 Uhr 14. Er seufzte leise. Seine volle Blase nahm keine Rücksicht auf die Uhrzeit. Leise stand er auf, um Katharina nicht zu wecken, und taumelte schlaftrunken aufs WC. Das Licht drehte er weder im Vorzimmer noch auf der Toilette auf. Würde ihn ja doch nur blenden. Nach verrichtetem Geschäft schlich er, auf jeden Schritt achtend, zurück zum Schlafzimmer.

Ihr Schlaf war ihm heilig. Nur mit ausreichend gesundem Schlaf konnte sie die Strapazen der Politik auf Dauer überstehen. Gestern Abend hatte sie schon wieder eine Parteiveranstaltung besuchen müssen, die offenbar länger gedauert hatte. Er war schon vor ihrer Heimkehr schlafen gegangen. Kam leider immer öfter vor. Dafür war es umso schöner, gemeinsam aufzuwachen. In der Schlafzimmertür blieb er stehen, betrachtete sie, wie sie da lag unter ihrer extradicken Daunendecke. Bis er merkte, dass da womöglich nur die Daunendecke lag. Vorsichtig schlich er näher heran, hob ganz vorsichtig die Decke. Tatsächlich. Seine Frau war nicht da. Um 2 Uhr 16, wie ihm die roten Ziffern bestätigten.

Er ging zum Fenster, öffnete es. Puh! Der Wind war kalt. Trotzdem streckte er kurz den Kopf hinaus. Vor dem Haus stand nur sein Mercedes. Vom silbergrauen Audi A4 seiner Frau weit und breit nichts zu sehen. Schnell schloss er das Fenster wieder. Dass sie so spät noch unterwegs war, erfüllte ihn doch mit Sorge. Denn bei solchen Parteiveranstaltungen war es mitunter auch für Katharina schwierig, den Alkoholkonsum in Grenzen zu halten. Jedenfalls war es gescheiter, wenn sie so spät nicht mehr selbst fuhr. Er nahm sein Handy und rief sie an. In Krems beim Gasthof Klingelhuber war die Parteiveranstaltung. Er würde ihr anbieten, sie abzuholen. Damit konnte er sie womöglich aus der Runde loseisen, falls der Landeshauptmann oder ein sonstiger wichtiger Mann dort saß, dem sie selbst ihre Gesellschaft nicht so leicht entziehen konnte.

Beim ersten Anruf landete er am Anrufbeantworter. Draufsprechen war unnötig. Stattdessen ließ er es noch einmal klingeln. Und noch einmal. Hoffentlich hatte sie keinen Unfall gehabt.

Nachdem auch sein dritter Versuch, seine Frau am Handy zu erreichen, gescheitert war, suchte er via Internet die Nummer vom Klingelhuber heraus.

Dort meldete sich ebenfalls nur ein Tonband. »Gasthof Klingelhuber, Grüß Gott! Sie erreichen uns außerhalb unserer Öffnungszeiten. Für Reservierungen…«

Die Parteiveranstaltung musste also schon zu Ende sein. Außer die Wirtsleute hatten das Tonband eingeschaltet, obwohl noch Gäste da waren, die sie nicht rauswerfen konnten. Wenn der Landeshauptmann da war, dann war spontane

Nachtschicht angesagt. War schon vorgekommen. Es würde ihm wohl nichts anderes übrigbleiben, als zum Klingelhuber zu fahren. Wegen dem kalten Wind zog er sich warm an.

Vor dem Aufbruch rief er allerdings noch bei der Polizei in Mautern an, erklärte seine Sorge und fragte nach Meldungen über Autounfälle zwischen Krems und Rossatz.

Der Beamte teilte ihm mit munterer Stimme mit, dass ihm keine Berichte über Autounfälle vorlägen.

Über diese Rückmeldung war er froh. Er bedankte sich und beendete das Gespräch. Nun blieb ihm allerdings wirklich keine andere Wahl mehr, als selbst nach Krems zu fahren. Er schlich die dennoch knarrenden Stiegen hinunter. Die Kinder wollte er auch nicht aufwecken. Sie waren zwar schon halbwegs erwachsen, aber unnötige Sorgen wollte er ihnen trotzdem ersparen.

Auf dem Weg zum Auto brachte der kalte Wind sein Gehirn in Schwung. Was sollte er eigentlich tun, wenn der Gasthof tatsächlich geschlossen war? Egal. Untätig hier herumsitzen und sich Sorgen machen wollte er jedenfalls nicht. Wenigstens konnte er nach dem silbergrauen Audi A4 seiner Frau rund um den Gasthof herum Ausschau halten.

Langsam fuhr er durch die Nacht. Besonders langsam vor Kurven. Aber ein Unfallauto war nirgends zu erblicken. Katharina hatte ihm von den Marillenblüten im Mondlicht erzählt. Heute jagte der Wind Wolkenfetzen über den Nachthimmel, die den bereits abnehmenden Mond mal verdunkelten, mal fahl durchscheinen ließen. Ein ständiger Wechsel von Licht und Schatten. Eigentlich waren diese Lichtverhältnisse wie geschaffen für einen Unfall. Hie und da wirbelten weiße Blütenblätter herum, die der Wind von den Bäumen gerissen hatte. Zu seiner Überraschung erreichte er die hell von Laternen beleuchtete Mauterner Brücke, ohne auf einen Unfall gestoßen zu sein.

Ab jetzt fuhr er quasi im Stadtgebiet. Nur vereinzelt kamen ihm Autos entgegen. Aber immerhin. Hier konnte es wohl keinen schweren Unfall geben, von dem die Polizei nicht sofort informiert wurde.

Die über der Straße hängenden Laternen bewegten sich im Wind. Zeitungsfetzen wehte es über den Asphalt. Er konnte sich nicht erinnern, je gegen drei Uhr früh in der Gegend um die Wienerbrücke gewesen zu sein. Praktisch ausgestorben. Ein einziger Fußgänger, der aber bald in ein Auto stieg. Ab und zu ein Wagen, entweder aus dem Kremstal kommend oder in diese Richtung fahrend. Alle straßenseitigen Fenster des Gasthauses waren dunkel. Trotzdem stieg er aus und vergewisserte sich, dass die Tür geschlossen und von drinnen nichts zu hören war. Er stieg wieder in seinen Wagen. Aus eigener Erfahrung wusste er, dass das Parken im Bereich der Wienerbrücke am Abend zwar schwierig aber durchaus möglich war. Entweder in der Wienerstraße oder Richtung Langenloiserberg. Dort fuhr er zuerst entlang. So langsam, dass er bei Tag wohl ein massives Hupkonzert geerntet hätte. Eilig hatte er es nicht. Er suchte in sehr weitem Umkreis nach dem Audi. Ganz systematisch. Schließlich war er Notar. Von Berufs wegen gründlich. Aber vom Auto seiner Frau keine Spur. Sie musste also nach der Veranstaltung noch weggefahren sein. Aber wohin?

War sie noch mit jemandem unterwegs, von dem er nichts wissen sollte? Ausgeschlossen. Nicht, dass er seine Frau für eine Heilige gehalten hätte. Dennoch war er sicher, dass sie ihm treu war. Vor allem aber war sie intelligent. Und auf so unintelligente Weise würde sie sich nicht auf Abwege begeben.

Noch einmal rief er bei der Polizei an, diesmal in Krems. Fehlanzeige. Ein schwerer Verkehrsunfall mit ins Krankenhaus transportierten Verletzten wäre der Polizei sicher bekannt gewesen. Trotzdem fuhr er, weil er ohnehin in der Gegend war, zur Sicherheit zusätzlich ins Kremser Krankenhaus. Schließlich konnte es ja sein, dass Katharina ohne Verkehrsunfall ins Krankenhaus gekommen war. Zum Beispiel wegen einem Herzinfarkt oder einem Hirnschlag.

Die Frau am Empfang war sehr freundlich. Als er ihr erzählte, wen er suchte, meinte sie allerdings, sie sei hundertprozentig sicher, dass Katharina Krenn bestimmt nicht bei ihnen eingeliefert worden sei. Denn die Landtagsabgeordnete würde sie kennen. Sie war sogar so freundlich, im Krankenhaus in St. Pölten ihren Mann anzurufen, der dort denselben Job versah wie sie in Krems. Auch dort war Katharina nicht gelandet.

Schlussendlich blieb ihm nichts anderes übrig, als unverrichteter Dinge wieder heimzufahren. Noch langsamer. Nach links und rechts Ausschau haltend. Vielleicht stand ja doch irgendwo ein havarierter silbergrauer A4. Er schaute weiter in die Nacht, obwohl er längst begriffen hatte, dass seine Suche idiotisch war. Aber warum? Wo konnte sie sein? Selbst wenn sie jetzt am Sterbebett einer Freundin wachte oder sonst etwas vollkommen Unvorhersehbares passiert war und ihr Handy streikte, hätte sie ihn doch zumindest von einem anderen Handy aus angerufen. Je länger er nachdachte, desto mehr Alternativen schloss er aus. Am Ende blieb nur eine

Alternative übrig. Den Artikel im gestrigen Tagblatt hatte er ohne besondere Aufmerksamkeit überflogen. Für ihn eine typische Kolportagegeschichte, um Auflage zu machen. Jetzt kroch die Angst in ihm hoch.

Grässliche Bilder jagten wie dunkle Wolkenfetzen durch seinen Kopf, immer wieder durchbrochen von hellen Gedanken an seine wunderschöne hochintelligente Frau. Sie war doch jeder Situation gewachsen. Wer um Himmels willen sollte ihr Gewalt antun wollen? Sie war kein Gewaltopfer. Sie strahlte viel zu viel Selbstbewusstsein aus. Nie hätte er gedacht, dass es etwas geben könnte, womit sie nicht fertig wurde. Und doch,...

Mit jedem Kilometer wuchs der Stein auf seiner Brust. Vor dem Haus blieb er noch im Auto sitzen. Zu den Kindern ohne die Mutter heimzukommen, war ein unerträglicher Gedanke. Zum Glück schliefen die beiden.

Nach einer Weile schaffte er es doch, auszusteigen, ins Haus zu gehen, sich einen Kaffee zu kochen. Koffein würde ihm auf alle Fälle guttun. An Schlaf war ohnehin nicht zu denken. Als er eine Kaffeetasse aus dem Schrank nahm, streifte er eine zweite so unglücklich mit dem Unterarm, dass sie hinunterfiel und am Küchenboden zersprang. Er blieb daneben stehen, ließ die Scherben liegen, goss sich Kaffee ein.

Da öffnete sich die Küchentür und seine Tochter kam herein. Im Nachthemd und offensichtlich aus dem Schlaf gerissen. »Papa, was machst du denn? Wieso bist du ganz angezogen und trinkst Kaffee? Weißt du, wie spät es ist?«

Sie nahm Besen und Schaufel und kehrte die Scherben zusammen.

Er dachte fieberhaft nach, was er ihr sagen sollte. Als sie fertig war, umarmte er sie wortlos.

Sie erwiderte die Umarmung, drückte sich an seine Brust. »Geht's dir nicht gut?« fragte sie besorgt. »Was ist los?«

»Komm. Setz dich zu mir.« Er schob sie zum Küchentisch und setzte sich zu ihr. »Mama ist noch nicht zuhause.«

Verwundert blickte sie auf die Uhr über der Küchentür. »Es ist schon nach vier. Was für einen Termin hat sie denn gestern Abend gehabt?«

»Eine Parteiveranstaltung beim Klingelhuber. Du weißt ja. Parteifunktionäre kennen keine Sperrstunde. Hocken immer bis zum Gehtnichtmehr zusammen.« Er bemühte sich, seiner Stimme einen ganz beiläufigen Klang zu geben.

»Schon. Aber es ist nach vier Uhr früh! Hat Mama dich angerufen?«

Er wusste jetzt, dass es keinen Sinn mehr hatte, seiner Tochter etwas vorzumachen. Daher schaute er sie an. »Hat sie nicht. Und ich erreiche sie auch nicht.« Er nahm ihre Hand in die seine und drückte sie. »Aber dann müssen wir sie suchen, Papa.« Sie erhob sich und entzog ihm ihre Hand. »Vielleicht hat sie einen Unfall gehabt.«

Er blieb sitzen. »Das habe ich schon«, gestand er niedergeschlagen. »Zwei Stunden lang. Ich habe auch schon bei der Polizei angerufen und war im Krankenhaus. Von Mama keine Spur.«

Er sah das Erschrecken in ihren Augen. »Glaubst du, Mama hat einen Freund?«

»Ehrlich gesagt würde ich mir wünschen, es wäre so.«

Sie legte ihren Kopf zurück und sah ihn ungläubig an. »Papa, das ist nicht dein Ernst!«

Er ließ den Kopf hängen. »Ich habe einfach Angst, dass ihr etwas zugestoßen ist. Etwas Schlimmes.« Er konnte nicht mehr anders. Die Tränen liefen ihm über die Wangen.

Sie setzte sich auf seinen Schoß und umarmte ihn. »Nein, Papa, so etwas darfst du nicht glauben. Mama ist sicher nichts passiert. Sie hat immer einen großen Schutzengel gehabt.«

Als sie sich an ihn schmiegte, spürte er, dass sie zitterte.

»Komm, dir ist kalt, geh wieder ins Bett und versuch zu schlafen.«

Sie stand auf und kam wenig später in dem flauschigen dunkelroten Hausanzug wieder, den sie sich zu Weihnachten gewünscht hatte. Außerdem hatte sie ihre Bettdecke dabei. »Ich möchte bei dir bleiben. Komm ins Wohnzimmer, da kann ich mich auf die Couch legen.«

Trotz des Felsens auf seiner Brust musste er lächeln. Er dachte an die Zeit zurück, wo sie sich als kleines Mädchen in der Nacht oft gefürchtet hatte und dann mit ihrer kleinen Bettdecke bewaffnet zwischen seiner Frau und ihm ins Bett gekrabbelt war. Damals hatten sie sich dabei abgewechselt, der Kleinen Gute-Nacht-Geschichten zu erzählen, bis sie einschlief.

Er zog sich den alten Schaukelstuhl neben sie zur Couch und hielt ihre Hand, die sie unter der Decke hervorstreckte.

Nach einer Weile bemerkte er, dass sie betete.

Das sollte er wohl auch tun. Aber ihm war nicht danach. Er blickte immer wieder entweder auf die Uhr oder zur Seite zu seiner Tochter. Schließlich schlief sie ein.

Das Niederösterreichische Tagblatt lag auf dem Couchtisch. Alles in ihm sträubte sich gegen eine neuerliche Lektüre. Aus purer Angst. Doch der seelische Druck, ihn doch noch einmal zu lesen, gewann schließlich die Überhand.

Bereits nach den ersten zehn Zeilen wusste er, dass es für ihn besser wäre, das Blatt wieder wegzulegen. Aber er konnte nicht. Obwohl seine Verzweiflung mit jeder Zeile genauso wuchs wie seine Gewissheit. Er spürte den Schüttelfrost, der an seiner Brust begann und sich über den ganzen Körper ausbreitete. Aber nicht mehr, dass ihm die Zeitung aus der Hand glitt.

Erst ein lautes Schluchzen weckte ihn wieder auf.

Er riss die Augen auf und kniff sie gleich wieder zusammen, weil es bereits taghell war.

Er musste ohnmächtig geworden oder eingeschlafen sein.

Seine Tochter und sein Sohn saßen am Esstisch. Vor ihnen die Zeitung, die er hatte fallen lassen. Sie waren beinahe erwachsen, aber jetzt schauten sie ihn aus großen angsterfüllten Kinderaugen an. Seiner Tochter rannen die Tränen über die Wangen. Er blickte auf die Uhr. Fast schon 7 Uhr 30. Er stand auf, ging zu seinen Kindern und streichelte ihnen den Kopf, ohne ein Wort zu sagen. Dann nahm er sein Handy und wählte die Nummer der Mauterner Polizei.

Mittwoch, 22. April,
7 Uhr 45

Jetzt war es bereits dreiviertel acht. Und KK war immer noch nicht da. Eine Frechheit der Extraklasse.

Sein Büroleiter versuchte ihn zu beruhigen. Vielleicht hatte es auf der S 33 im Frühverkehr einen Unfall gegeben und die Abgeordnete würde im Stau stehen.

»Wie kann sie es wagen, nicht einmal anzurufen?«, schnaubte er.

»Am Handy ist sie nicht zu erreichen.« Der Büroleiter griff erneut zum Telefon. »Ich versuche es bei ihr daheim in Rossatz.«

Aber er hielt seinen Untergebenen zurück. Plötzlich war er ganz ruhig und klar im Kopf. »Sie würde es nicht wagen. Nie und nimmer«, murmelte er mehr zu sich selbst. »Da ist was passiert. Ruf die Polizei an.«

Mittwoch, 22. April
8 Uhr 03

»Also, das einzig Neue, das ich von meiner Reise nach Weißenkirchen mitgebracht habe, ist, dass der Name Gröger wieder auftaucht. In der Umwidmungssache Fidesser. Und dass er als Student mit einer jetzigen Abgeordneten eine heftige Affäre gehabt haben soll. Hat aber Herrn Fidesser nicht helfen können. Und uns hilft es auch nicht weiter.«

Spencer stand an einem der beiden schmalen Fenster ihres Büros. Mit seinem massigen Oberkörper machte er so viel Schatten, dass sie überlegte, das Licht aufzudrehen. Wenigstens war sein Hemd vollständig zugeknöpft. Sie konnte sich nicht erinnern, das je erlebt zu haben. Offenbar riss er sich zusammen. Vielleicht auch deshalb, weil er genauso wie sie spürte, dass das Leben mit Marbolt noch härter werden würde.

»War mir ehrlich gesagt von vornherein klar, dass auch du bei Fidesser nicht viel mehr herausbekommen wirst. Aber die Fahrt in die Wachau hat dir sicher gutgetan, so wie du gestern drauf gewesen bist.«

Sie strahlte ihn an und nickte. Seine Menschenkenntnis funktionierte immer noch blendend. »Es geht mir seit gestern tatsächlich wieder viel besser. Eines wissen wir wenigstens: Wenn Doktor Gröger unser Täter ist, dann hat er sicher nicht aus Liebe oder aus Eifersucht gemordet. Scheint ein Talent zu haben, sich schnell mit anderen Frauen zu trösten.«

»Und was hat der Jochinger Fischer erzählt?«

»Dass er die Puppe mitten in der Donau treibend gefunden hat. So wie er die Donau kennt, muss sie ziemlich weit stromaufwärts hineingeworfen worden sein. Außer sie ist nicht vom Ufer, sondern von einem Boot aus ins Wasser gelassen worden.«

»Hilft uns auch nicht rasend weiter. Ich habe übrigens noch gestern am späten Nachmittag bei der Telefonzentrale nachgefragt. Einzelne Wachzimmer, vor allem in der Wachau, haben Anfragen von Leuten gemeldet, die offensichtlich das Niederösterreichische Tagblatt gelesen haben. Also, eine gewisse Nervosität scheint da zu sein. Aber von einer Massenpanik keine Spur.«

»Diese Sache ist aber leider noch nicht durchgestanden, mein Freund. Auch wenn ich den Doktor Gröger mehr oder weniger ausschließe, müssen wir prüfen, ob er irgendwo ein einsam gelegenes Zweithaus oder zumindest einen Schuppen hat. Weil von seiner Wohnung mitten in Krems wird er ja die Schaufensterpuppen nicht zu seinem Auto getragen haben. Außerdem stell bitte fest, was er für ein Fabrikat fährt. Ob sein Kofferraum überhaupt groß genug für solche Puppen ist, die man ja nicht zusammenlegen kann. Das Gleiche check bitte auch beim Herrn Fidesser.«

»Wahrscheinlich ist jeder normale Kofferraum zu klein«, gab er zu bedenken. »Wir suchen ein Auto mit mannslanger Ladefläche.«

Sie seufzte. »Irgendwie werde ich allerdings das Gefühl nicht los, dass wir lauter leere Kilometer abspulen. Ich fresse einen Besen, wenn Doktor Strasser von einem Liebeskonkurrenten oder wegen einer vernudelten Flächenwidmung umgebracht worden ist. Dazu passt die Inszenierung einfach nicht. Ich fürchte, wir werden noch sehr viel tiefer graben müssen.«

»Wenigstens ist bis jetzt kein zweiter Mord passiert. Das mit Gröger und Fidesser veranlasse ich gleich.« Spencer machte Anstalten, ihr Büro zu verlassen, als sein Handy läutete. »Na, du hast mir zu meinem Glück noch gefehlt«, empfing er den Anrufer ohne jeglichen Humor in der Stimme. »Was hast du denn diesmal angestellt?« Er blickte zu ihr, deckte das Handy ab und sagte nur: »Frisch«. Dann ging er rasch zu dem vor ihrem Schreibtisch stehenden Sessel und setzte sich. »Sag das bitte noch einmal.« Er hörte wieder zu und nestelte dabei an seinem untersten Hemdknopf herum. »Danke. Ich melde mich.«

Als er sie ansah, merkte sie, dass sein Gesicht aschgrau geworden war.

»Eine Landtagsabgeordnete aus Rossatz mit Namen Krenn ist seit gestern Abend verschwunden. Der Ehemann fürchtet, dass das Verschwinden im Zusammenhang mit dem Artikel im Tagblatt steht. Das ist jetzt meine vorsichtige Version der Geschichte. Laut unserem Gruppeninspektor ist der Ehemann sicher, dass seine Frau Opfer eines Verbrechens geworden ist.«

Sie war sicher, dass ihr Gesicht die gleiche Farbe wie das ihres Stellvertreters angenommen hatte. Sie nahm ihren

Kopf zwischen ihre beiden Hände und hörte sich sagen: »Um Gottes willen. Sag bitte sofort, dass das nicht wahr ist!«

»Tut mir leid. Dem Frisch traue ich zwar viel zu, aber dass er die Geschichte missverstanden oder sich gar aus den Fingern gesaugt hätte, halte selbst ich für ausgeschlossen.«

»Spencer, die Frau Krenn ist die Frau, die als Achtzehnjährige mit Roman Gröger eine Affäre gehabt haben soll. Während ihrer Zeit beim Kremser Schwimmklub. Zumindest hat es mir so der Weißenkirchener ÖVP-Obmann erzählt.« Sie merkte selbst, dass ihre Stimme vor Aufregung schrill geworden war. »Und dass Gröger sowohl mit Klaus Strasser als auch mit Katharina Krenn eng befreundet gewesen ist, ist schon ein verdammt merkwürdiger Zufall.«

Ihr Stellvertreter, dessen Gesicht wieder Farbe bekommen hatte, versuchte, sie zu beruhigen. »Noch haben wir keine Leiche gefunden. Vielleicht ist sie doch nicht tot. Vielleicht ist sie nur fremdgegangen und hat nach einer wilden Liebesnacht verschlafen. Und der gehörnte Ehemann hat das Tagblatt gelesen und deshalb gleich die Polizei gerufen.«

Sie schüttelte energisch den Kopf. »Ohne die zweite Puppe würde ich das für möglich halten. Aber so? Nein. Wir müssen damit rechnen, bald vor einer zweiten Leiche zu stehen. Und wir sollten uns darauf gefasst machen, dass uns die hohe Politik ab sofort noch mehr im Nacken sitzen wird. Ich muss jetzt den Chef anrufen, so schwer mir das auch fällt. «

»Weißt du, was mir Angst macht?« sinnierte Spencer.

»Was denn noch?«

»Dass bei der Auflösung des Trachtenmodengeschäfts vor fünf Jahren drei hölzerne Schaufensterpuppen verkauft worden sind.«

Mittwoch, 22. April
9 Uhr 45

Seine Mutter, mit der er gleich nach seinem Anruf bei der Mauterner Polizei gesprochen hatte, war schon seit dreiviertel neun da. Sie war mit seiner Entscheidung, Katharina zu heiraten, nie wirklich glücklich gewesen. Er wusste aber, dass sie, die seit drei Jahren Witwe war, ihre beiden Enkelkinder über alles liebte. In dieser Situation hätte es für die beiden niemand Besseren geben können. Er bat sie, sein Büro in Spitz zu verständigen, dass er heute nicht kommen würde. Er wollte das nicht selbst tun. Ihm selbst wäre das Gespräch mit seiner Sekretärin, die bereits seit mehr als zehn Jahren in seiner Kanzlei arbeitete und somit irgendwie zur Familie gehörte, einfach zu schwer gefallen.

Auf keinen Fall aber wollte er untätig zu Hause herumsitzen und warten, bis sich die Polizei meldete. Er hatte zwar kaum mehr Hoffnung, seine Frau lebend wiederzusehen, aber er musste etwas tun. So entschied er sich, nach Krems zum Gasthaus Klingelhuber zu fahren. Ihm war natürlich klar, dass ein Gasthaus um halb zehn Uhr vormittags noch nicht für Gäste geöffnet war. Aber irgendjemand würde ihm schon öffnen. Er wollte fragen, wie lang die gestrige Veranstaltung gedauert hatte und wer ihm Näheres über den Verlauf der Veranstaltung erzählen konnte. Er wusste ja nur ganz allgemein von einer Parteiveranstaltung, kannte aber nicht einmal den Namen des Gastgebers. Sollte ihm im Gasthof niemand weiterhelfen können, würde er das Sekretariat der Kremser Volkspartei kontaktieren.

Jetzt am Vormittag war es schwierig, in der Nähe der Wienerbrücke einen Parkplatz zu finden. Er drehte Runde um Runde. Von seinem Blackout in den frühen Morgenstunden hatte er sich erstaunlich gut erholt. Verglichen mit Katharina war er seelisch wohl weniger robust. Aber zumindest im Moment war er so gefasst, dass er sicher war, die Gespräche, die ihm bevorstanden, führen zu können, ohne in Tränen auszubrechen.

Vor der ersten Kurve am Langenloiser Berg wurde gerade ein Platz frei. Keine zweihundert Meter vom Gasthof entfernt. Er parkte rasch ein, stieg aus seinem Auto und schloss mit dem Funkschlüssel ab. Als er den Schlüssel in die rechte Tasche seines Sakkos steckte, fiel sein Blick auf einen silbergrauen A4. Audis in dieser Farbe gab es viele. Dieser da war heute Nacht sicher nicht an dieser Stelle gestanden. Sonst hätte er ihn bemerkt. Ohne sich viel dabei zu denken, blickte er auf die Nummerntafel. In dem Moment musste er sich auf die Motorhaube des nächststehenden Autos stützen. Fast wäre er wieder ohnmächtig geworden. Es konnte keinen Zweifel geben. Vor ihm stand der Wagen seiner Frau.

Mittwoch, 22. April
11 Uhr 35

Der Polizeidirektor war froh, sich auch noch für den heutigen Tag wegen Krankheit entschuldigt zu haben. Und vor allem darüber, dass ihn jetzt niemand sah. Beim Blick in den Badezimmerspiegel hatte selbst er sich eingestehen müssen, dass er nicht nach dem Wolfgang Marbolt aussah, den er bis jetzt kannte: selbstbewusst, Autorität ausstrahlend und intellektuelle Überlegenheit signalisierend.

Seine Frau hatte ihm heute Früh noch vor ihrer Fahrt nach Wien klargemacht, dass er telefonisch erreichbar sein müsse. Wie würde das denn aussehen, wenn sich ein Landespolizeidirektor, den bald noch höhere Weihen erwarten würden, am Telefon verleugnen ließe. Als dann um knapp nach acht sein Handy läutete, war er sicher, dass das Büro des Landeshauptmanns anrief. Sein erster Impuls war, das Handy einfach liegen zu lassen. Dann dachte er aber an die Worte seiner Frau und nahm den Anruf doch entgegen. Er hatte sich nie vorstellen können, einmal erfreut über einen Anruf der Leiterin der Mordkommission zu sein. Jetzt war er es. Allerdings nur für fünf Sekunden. Weil ihre Nachricht niederschmetternd war. Nicht, dass ihn der wahrscheinliche Tod der Landtagsabgeordneten besonders berührt hätte. Eine Konkurrentin weniger auf dem Weg nach oben. Aber hätte sie nicht bei einem Verkehrsunfall oder an einer schweren Krankheit sterben können?! Wenigstens hatte er die ungemein clevere Idee, Frau Lenhart eine Art Arbeitsteilung vorzuschlagen. Sie möge das Büro des Landeshauptmanns informieren, während er sofort die ungleich schwierigere Aufgabe der Suche nach Katharina Krenn übernehmen würde. Dazu war ja die Koordinierung aller Polizeidienststellen inklusive der Wiener Strompolizei notwendig.

Da war sie wieder, seine starke Persönlichkeit, der auch Stress nichts anhaben konnte. Sonst hätte Doris Lenhart wohl nicht so schnell in seinen Vorschlag eingewilligt.

Wenige Minuten nach dem Telefonat mit ihr war er mit dem Wiener Polizeipräsidenten verbunden. Nachdem er ihm die Situation in der präzisen Form, für die er unter seinen Kollegen bekannt war, geschildert hatte, bat er ihn, ihm einige Polizeiboote samt Besatzung zur Verfügung zu stellen, um gemeinsam mit der niederösterreichischen Strompolizei jeden Zentimeter der Donau nach einer Frauenleiche abzusuchen. Nachdem das erledigt war, wies er alle an der Suche beteiligten Boote an, seinem Büro stündlich Meldung zu machen über die Abschnitte der Donau, die bereits abgesucht worden waren. Insgesamt sechs Boote. Zwei aus Wien und vier aus seinem Bundesland.

Es war jetzt bereits halb eins. Und von einer Leiche noch immer keine Spur. In der Zwischenzeit hatte ihn ein Beamter der Kriminalpolizei auch noch davon in Kenntnis gesetzt, dass das Auto von Frau Krenn aufgetaucht war. Offensichtlich genau dort, wo sie es gestern gegen halb acht abgestellt hatte. In der Nacht war es allerdings laut Ehemann, der seine Frau zwischen zwei und vier Uhr Früh gesucht hatte, nicht dort gewesen. Sollte sich der Mann geirrt haben? Schwer vorstellbar. Immerhin war er Notar. Aber vielleicht hatte er in seiner Nervosität das Auto übersehen und die Abgeordnete war gestern nach der Veranstaltung in ein anderes Auto gestiegen. Oder sie war dazu gezwungen worden. Schließlich sollte das Gleiche ja erst unlängst einer alten Adeligen aus dem Burgenland passiert sein. Auch dort hatte sich ein riesiges Polizeiaufgebot an der Suche beteiligt. Bis sich das Ganze in Wohlgefallen aufgelöst hatte. Allerdings blieb die Polizei auf den enormen Kosten des Einsatzes sitzen. Vielleicht war die Suche nach

Frau Krenn auch hinausgeschmissenes Geld. Er musste aufpassen, dass diese Aktion nicht aus dem Ruder lief. Schließlich war er nicht sicher, dass sie die Leiche in der Donau finden würden. Ein Desaster wie das im Burgenland wollte er jedenfalls nicht verantworten. Ein rechtzeitiger Abbruch der Aktion würde sich für seine weitere Karriere gut machen und ihm beim Landeshauptmann, der über die Suchaktion sicher schon längst Bescheid wusste, wohl Pluspunkte einbringen. Wolfgang Marbolt, der Mann, der sorgsam mit dem Geld der Steuerzahler umgeht! Allerdings wollte er die Entscheidung für den Abbruch nicht allein treffen. Deshalb wählte er die Nummer der Chefinspektorin. Sie war ihm zwar zutiefst zuwider, aber zu seiner Rückversicherung taugte sie allemal.

Mittwoch, 22. April
11 Uhr 40

Schon seit gestern Früh zermarterte er sich den Kopf, wie er seinen dritten Stern retten konnte. Die Sache mit dem Adidas-Anzug war für ihn blöd gelaufen. Alles war blöd gelaufen. Am besten hätte er den Fischer aus Joching mit der Schaufensterpuppe in Frieden seiner Wege ziehen lassen sollen. Die Erfahrung hatte er ja schon oft im Leben machen müssen, dass sich Mitdenken und Engagement überhaupt nicht auszahlten. Nur konnte er halt nicht aus seiner Haut heraus. Aber deshalb gleich degradiert zu werden, das war schon höchst ungerecht. Die hämischen Kommentare seiner Kollegen mochte er sich gar nicht vorstellen. Und erst die seiner Elfriede. Dabei hatte er beim Trainingsanzug nur an das Haushaltsbudget gedacht. Am kommenden Wochenende würde er auf alle Fälle Zeitungen kaufen, um die Stellenanzeigen zu studieren. Große Firmen suchten doch immer Sicherheitschefs. Die würden bei jemandem mit seiner Erfahrung sicher Schlange stehen.

Natürlich hatte er gewisse Wissensdefizite, zum Beispiel im Bereich der sogenannten Internet-Kriminalität, von der in letzter Zeit so viel zu hören war. Er wusste nicht genau, was das eigentlich sein sollte. Das würde er bei einem Einstellungsgespräch gar nicht bestreiten wollen, weil er nie etwas vom Leugnen seiner Schwächen gehalten hatte. Dafür leuchteten seine Stärken umso mehr.

Als heute Früh das Telefon im Wachzimmer geläutet hatte, da hatte er so ein Gefühl, dass etwas passiert sein musste, das für ihn eine glückliche Fügung bedeuten würde. Deshalb hob er auch schon nach dem zweiten Klingelton ab. Normalerweise ließ er es mindestens sieben Mal läuten. Weil seiner Erfahrung nach manche Anrufer spätestens nach dem fünften Mal auflegten. Offensichtlich, weil ihnen der Grund für ihren Anruf dann doch nicht wichtig genug erschien, um damit die Polizei zu belästigen.

Nach zwanzig Sekunden des Zuhörens wusste er, dass er mit dem Griff nach dem Telefon einen Glücksgriff getan hatte. Er stand im Zentrum einer Mordermittlung. Eine Position, aus der er sich unter keinen Umständen verdrängen lassen wollte. Deshalb verständigte er auch nicht den diensthabenden Postenkommandanten vom Anruf dieses Herrn Krenn, wie es die Dienstvorschrift eigentlich erfordert hätte. Sondern er rief gleich seinen Freund von der

Mordkommission an. Der natürlich gestern behauptet hatte, gar nicht sein Freund zu sein. Hätte er an seiner Stelle in dieser Situation auch behauptet. Das wollte er ihm auch gar nicht weiter übel nehmen. Eine gewisse Flexibilität in der Wahl seiner Freunde war ihm selbst ja auch nicht fremd. Gehörte einfach dazu, wenn man nicht der Feind seiner eigenen Karriere sein wollte.

Als er um neun Uhr gemeinsam mit seinem jungen Kollegen das Polizeiboot bestieg, war er sicher, dass ihm das Glück weiter hold sein würde. Er würde die Leiche dieser Abgeordneten entdecken. Ihm und einem zweiten Boot, dessen Besatzung nur zwei Minuten vor ihm im Behördenhafen eingetroffen war, war der Donauabschnitt zwischen Krems und Spitz zur Kontrolle zugewiesen worden. Das eine Boot links und das andere rechts der Strommitte. Stromabwärts gesehen. Als Rangältester der vier hatte er sich ausbedungen, die linke Seite absuchen zu dürfen. Alles sprach für sie. Die Puppe mit dem Adidas-Anzug hatte er seiner Erinnerung nach auf der linken Seite der Donau aus dem Wasser gezogen, wo auch die Leiche des Rechtsanwalts von der Feuerwehr geborgen worden war. Die zweite Schaufensterpuppe war in Loiben und nicht in Rossatz gestrandet. Also auch auf der linken Seite.

Er überließ seinem Kollegen das Steuer, um sich ganz auf die Suche konzentrieren zu können. Im von ihm befohlenen leichten Zickzack-Kurs ging es über die von den Windböen geriffelte Wasseroberfläche dahin. In extrem langsamer Fahrt. In der Nacht hatte es ordentlich gestürmt. Das hatte sogar er mitbekommen, obwohl ihn sonst nichts so leicht im Schlaf stören konnte.

Weil der Wind immer noch stark blies, musste er sich mit der linken Hand anhalten. Mit dem Fernglas in der rechten kontrollierte er nicht nur den Fluss sondern auch das Ufer. Die Leiche durfte ihm unter keinen Umständen durch die Lappen gehen. Jedes Stück, das in der Donau schwamm und länger als dreißig Zentimeter war, nahm er sorgfältig in Augenschein.

Nach einer Weile war er frustriert. Nichts, was auch nur im entferntesten einem menschlichen Körper glich. Bei aller Konzentration verabsäumte er es natürlich nicht, von Zeit zu Zeit einen Blick hinüber zum zweiten Boot zu werfen. Aber denen schien es auch nicht besser zu gehen. Wenigstens etwas.

Jetzt waren schon mehr als zwei Stunden vergangen. Spitz lag nur mehr einen Kilometer stromaufwärts vor ihnen.

Da tippte ihn sein Kollege an und zeigte auf etwas, das er wegen des Sonnenlichts, das sich in den Wellen spiegelte, kaum sehen konnte. Der Kollege beschleunigte das Boot und hielt auf dieses Etwas zu.

Er hatte immer davon gehört, dass sich in solchen Momenten der Anspannung die Nackenhaare aufstellen würden. Deshalb nahm er an, dass sie das bei ihm jetzt auch taten, obwohl er nichts spürte. Er blickte sich hastig nach dem zweiten Boot um. Das war am anderen Ufer weit zurückgefallen, hinter der Flussbiegung gar nicht mehr zu sehen. Gut so. Die Kollegen konnten ihm seinen Fund nicht streitig machen. Jedenfalls war sein dritter Stern so gut wie gerettet. Er würde sogar belobigt werden. Der Kollege machte ein rasches Wendemanöver, nicht ganz geschmeidig, aber der Wind war ja auch wirklich stark. Sie fuhren mit gedrosseltem Motor stromabwärts, um das Boot längsseits des Fundes legen zu können.

Das konnte doch nicht wahr sein. Ihm blieb das Herz stehen. Wieder nur eine Schaufensterpuppe. Diesmal ganz ohne Bekleidung, wie er auf den ersten Blick feststellen konnte. Da erlaubte sich wohl jemand auf Kosten der Polizei einen Scherz. Vor allem auf seine. Niederschmetternd. Der dritte Stern, den er schon wieder fest in der Hand gehabt hatte, war wohl so gut wie weg. Er würde jetzt retten müssen, was noch zu retten war und sofort den Chefinspektor anrufen. Um ihm dringend zu empfehlen, die ganze Aktion abzublasen. War ja doch nur hinausgeschmissenes Steuergeld.

Mittwoch, 22. April
11 Uhr 42

»Natürlich bin ich nicht absolut sicher, dass wir Frau Krenn in der Donau finden werden. Ich rate dir trotzdem dringend ab, die Aktion schon jetzt einzustellen.« Seine Chefin trommelte mit den Fingern ihrer rechten Hand auf die Schreibtischplatte.

Für ihn ein klares Signal, dass sie das Gespräch mit dem Landespolizeidirektor so rasch wie möglich beenden wollte.

»Stell dir bitte einmal vor, du bläst die Suche ab und eine Stunde später entdeckt ein Paddler oder jemand auf einem Schiff die Leiche. Würde sich nicht sehr toll auf dein Renommee auswirken.«

Um ein Haar hätte er laut gelacht. Doris schien wieder in Hochform zu sein. Armer Wolfgang Marbolt.

Das Gespräch war nach dem Hinweis auf dessen Renommee schnell beendet.

Er musste grinsen, obwohl ihm eigentlich nach Grinsen überhaupt nicht zumute war. »Dem hast du es aber ganz schön gegeben.«

»Ist ja auch wirklich zu blöd. Macht sich plötzlich Sorgen um das Geld des Steuerzahlers.«

»Du wirst sehen, der endet noch in der Politik. Dort passt er auch perfekt hin.« Sein Handy läutete. »Sag' bloß, du hast etwas gefunden«, sagte er zu Frisch. Er hörte kurz zu. »Was? Schon wieder eine Puppe? Und was hat sie diesmal an? ... Nichts? Interessant?« Er hörte weiter zu. »Damit du es weißt: Den Scheiß von den Sorgen um das Geld des Steuerzahlers habe ich heute schon einmal gehört. Geht dich überhaupt nichts an. Aber weil du die Puppe gefunden hast, werde ich mich dafür einsetzen, dass du nicht auch noch einen zweiten Stern verlierst. Jetzt such schön weiter. Haben wir uns verstanden? Aber zuerst fährst du mit der Puppe nach Spitz zur Schiffsanlegestelle. Ich sage den Kollegen dort, dass sie sie abholen und gleich zu uns bringen sollen.« Er steckte sein Handy wieder in die Tasche seines Sakkos. »Du hast ja gehört. Heute scheint nicht gerade unser Glückstag zu sein.«

Doris seufzte. »Nicht unser Glückstag ist die Untertreibung des Jahres. Das ist ein Desaster. So etwas Ähnliches habe ich schon befürchtet. Allerdings habe ich die dritte Puppe nicht schon heute erwartet. Wenn sich herumspricht, dass wir ein zweites Opfer und eine dritte Puppe haben, dann ist die Panik wirklich perfekt.«

Er war für einen Moment nicht sicher, ob er seiner Chefin die Information, die er von Felix Frisch zusätzlich erhalten hatte, weitergeben sollte. Würde ihren Tag nicht leichter machen. Aber es musste sein. »Es kommt noch schlimmer. Die Puppe ist laut Frisch deutlich kleiner als die zwei bisher gefundenen. Wie für Kinderkleidung gemacht.«

Mittwoch, 22. April
11 Uhr 52

Die Leiterin seiner Mordkommission schien also nach wie vor davon überzeugt, dass die Landtagsabgeordnete ermordet worden war. Na schön. Das würde die Zeit zeigen. Aber eines wusste er schon jetzt mit Gewissheit: Sobald der Mord an dem Anwalt aufgeklärt und auch bekannt war, was mit Katharina Krenn passiert war, würde er sich Doris Lenhart vornehmen und sich ihrer entledigen. Diesen Gefallen musste ihm der Minister einfach machen. Versetzung ins Ministerium oder von ihm aus auch nach Timbuktu. Nicht einfach ein Angebot wie beim letzten Mal, bei dem es ihr freistehen würde, es anzunehmen oder abzulehnen. Einfach eine Frechheit, dieses Benehmen. Und diese Falschheit noch dazu. Als ob dieser Oberintrigantin sein Ruf nicht völlig egal wäre.

Weil er sich aber auch seinen größten Gegnern gegenüber immer um Fairness bemühte, musste er zugeben, dass sie in diesem Punkt wahrscheinlich Recht hatte. Schon sehr blöd, wenn er das Kommando zur Einstellung der Suche gegeben hätte und Frau Krenn wäre kurz darauf entdeckt worden.

Vielleicht war es doch keine so blendende Idee von ihm gewesen, sich in die ganze Sache überhaupt einzumischen. Andererseits war ja eine Abgeordnete nicht niemand. War ja schon der Vizepräsident der Wiener Rechtsanwaltskammer nicht. Da stand es einem Landespolizeidirektor durchaus an, sich etwas in Szene zu setzen. In der Hinsicht würde er ohnehin noch viel lernen müssen, wenn er es in der Politik weit bringen wollte.

Sollte er nach Krems fahren und von einem Polizeiboot aus die Suche höchstpersönlich überwachen? Und dazu vielleicht zwei, drei handverlesene Journalisten einladen? Der Innenminister an seiner Stelle würde es wahrscheinlich so machen. Und der Landeshauptmann? War der eigentlich jetzt auf der Donau unterwegs? Nein, bestimmt nicht. Der würde in seiner Limousine unter Außerachtlassung jeglicher Geschwindigkeitsbeschränkung erst daherflitzen, wenn die Leiche gefunden war. Die Mühen der Suche überließ der LH doch sicher seinen Unterläufeln.

Eigentlich war das seine Chance. Wenn von den hohen Herren niemand auf der Jagd nach der Leiche war, dann konnte er doch... Dumm nur, dass er offiziell mit einer schweren Bronchitis im Bett lag. Außerdem würde sein persönliches Eingreifen nur dann den gewünschten Effekt erzielen, wenn man die Abgeordnete auch tatsächlich in der Donau fand. Und nicht nur »man«, sondern er persönlich. Die Boote der niederösterreichischen Strompolizei würde er ja im Griff haben. Denen könnte er durchaus eine diskrete Order geben. Aber ob ihm die Kollegen aus Wien den Gefallen machen würden, ihm den Vortritt zu lassen, das bezweifelte er doch. Waren ja allesamt eine rote Bagage.

Sein Handy läutete. Sein Büro. Er blickte auf die Uhr. 11 Uhr 52. Acht Minuten zu früh. Offensichtlich wurde der Beamte, den er beauftragt hatte, ihm stündlich Meldung zu machen, auch schön langsam ungeduldig. Konnte er gut verstehen. Er hob missmutig ab und blaffte gleich los: »Beklagen Sie sich nicht bei mir, sondern bei der Lenhart. Diese ganze unnötige Aktion geht auf ihr Konto. Aber um spätestens 13 Uhr blase ich die Suche ab.« Er hörte kurz zu. »Was soll das heißen, Sie haben sie? Drücken Sie sich gefälligst präziser aus!« Er spürte, dass ihm unbehaglich zumute wurde. »Ich verstehe. In einem Nebenarm der Donau bei Rossatz. Verständigen Sie bitte Frau Lenhart. Und sagen Sie ihr, dass ich ab sofort über jeden Ermittlungsschritt informiert werden möchte. Schließlich handelt es sich bei dem Opfer um eine der großen Zukunftshoffnungen dieses Landes.«

Mittwoch, 22. April
12 Uhr 40

Wie schlafend lag die Abgeordnete vor ihr. Ganz friedlich. Auf den ersten Blick wies sie keinerlei Verletzungen auf. Ihr Gesicht kannte sie aus den Zeitungen. Leicht gebräunte, makellose Haut. Abgesehen von einem blassen Fleck an der Innenseite des linken Oberschenkels. Wie erwartet war die Leiche nur mit Slip und BH bekleidet. Beide weiß. Der Schwimmgürtel aus Kork hatte sie auch nicht überrascht.

Spencer und sie ließen sich von dem älteren der beiden Polizisten, die Frau Krenn gefunden hatten, den die Wasseroberfläche streifenden Ast zeigen, an dem die Tote hängen geblieben war. Sie hatten auch Fotos davon gemacht. Keine zehn Meter von der Stelle in dem Auwäldchen entfernt, an der sie jetzt lag. Der Polizist versicherte, dass sein Kollege und er die Position der Leiche nur verändert hätten, um ein Sich-Losreißen und Stromabwärts-Treiben zu verhindern. Diese Gefahr bestand vor allem wegen der Windböen, die auch den Ast über dem Wasser bewegten.

Sie hatte noch von ihrem Büro aus die Anweisung erteilt, die Stelle, an der die Leiche gefunden worden war, großräumig abzusperren. Weil sie es nicht für ausgeschlossen hielt, dass der Täter die Leiche in der Nähe des Fundorts ins Wasser geworfen hatte. Das hielt sie jetzt allerdings für fast ausgeschlossen. Das Risiko, bei der Zufahrt zum Seitenarm von einem Spaziergänger bemerkt zu werden, war für den Täter viel zu hoch. Außerdem ließ der Verlauf des Seitenarms eher darauf schließen, dass die Tote in den Arm geschwemmt worden war. Trotz allem würde sie die Spurensicherung bitten, das abgesperrte Terrain genau unter die Lupe zu nehmen.

Auf ihrer Fahrt nach Rossatz hatte sie die Wohnadresse von Katharina Krenn recherchiert. Das Wohnhaus der Krenns lag nur fünfhundert Meter vom Fundort der Leiche entfernt. Deshalb entschied sie sich auch, dem Ehemann die Nachricht vom Tod seiner Frau gleich zu überbringen und dabei für den Fall, dass es seine psychische Verfassung zulassen würde, unverzüglich mit den Ermittlungen zu beginnen. Daher nahm sie auch gleich Spencer mit, der an diesem Tag für seine Verhältnisse ordentlich gekleidet war. Frisches Hemd, bis unten zugeknöpft.

Ein ortskundiger Polizist vom Wachzimmer Mautern fuhr ihrem Wagen voran.

Martin Krenn erwartete sie bereits. Von der Terrasse des Hauses durch die Bäume seines Gartens und den seines Nachbarn hindurch habe er das Blaulicht der Polizeifahrzeuge gesehen. Da habe er endgültig gewusst, dass die Polizei seine Frau gefunden hatte. Deshalb wären seine beiden Kinder mit seiner Mutter zu deren Haus in Langenlois unterwegs. Auch wenn sie gar keine richtigen Kinder mehr wären, sollten sie doch so wenig wie möglich von den Umständen des Todes ihrer Mutter mitbekommen.

Im modern eingerichteten Wohnzimmer, dessen Flügeltüren zu Terrasse und Garten wegen des Windes geschlossen waren, bot er ihr und ihrem Stellvertreter einen Platz an. Er hielt sich gut. Nur an seinen etwas verschwollenen Augen erkannte sie, dass er geweint haben musste. Seine Trauer war echt, das stand für sie fest.

Mit einem Seufzen hob sie an: »Ich brauche Ihnen nicht zu sagen, dass solche Besuche zu den schlimmsten zählen, die wir als Kriminalpolizisten machen müssen. Glauben Sie uns bitte, dass wir tiefstes Mitgefühl mit Ihnen und Ihrer Familie empfinden.«

Sie sah ihm an, dass er sich bemühte, sein Schlucken zu verbergen. »Ich danke Ihnen. Hat meine Frau sehr leiden müssen?«

»Das können wir noch nicht mit Bestimmtheit sagen. Aber auf den ersten Blick sieht es nicht danach aus. Wir haben sie nur mit ihrer Unterwäsche bekleidet gefunden.«

Er erschrak.

»Aber auch das sieht mehr nach Inszenierung als nach einem Akt der Gewalt aus.«

»Also hat die Zeitung doch Recht gehabt.« Er bemühte sich um ein leichtes Lächeln, das ihm allerdings misslang. »Ich nehme an, dass Sie nicht nur gekommen sind, um mir die schlimme Nachricht zu überbringen. Sondern dass Sie auch Fragen an mich haben.«

»Ja, die haben wir. Und mein Kollege und ich wissen es sehr zu schätzen, dass Sie dafür zur Verfügung stehen. Von unseren Kollegen aus Mautern wissen wir, dass Ihre Frau gestern Abend eine Parteiveranstaltung der Kremser ÖVP besucht hat.«

Der Notar nickte. »Ja, im Gasthof Klingelhuber. Und ich habe sie dort noch spät in der Nacht gesucht. Oder besser gesagt ihr Auto. Ist aber nicht dort gewesen. Heute Früh habe ich noch einmal die Gegend um die Wienerbrücke abgesucht. Und da ist der Audi plötzlich dagestanden.«

Ihr Stellvertreter machte sich Notizen.

»Wir werden diesem Hinweis selbstverständlich nachgehen. Zwischen dem Mord an Doktor Strasser, was Sie ja sicher mitbekommen haben, und dem an Ihrer Frau bestehen auffallende Parallelen. Daher ist unsere erste Frage, ob sich die beiden gekannt haben.«

»Das habe ich mich natürlich auch gefragt. Aber ehrlich gesagt glaube ich es nicht. Sonst hätte Katharina irgendeine Bemerkung in diese Richtung gemacht, nachdem der Tod von Doktor Strasser bekannt geworden ist.«

Spencer schaltete sich ein. »Manchmal sprechen die Menschen nicht aus, was sie wirklich denken. Aber verbergen können sie es trotzdem nicht ganz.«

Typisch Spencer, dachte sie. Musste immer gleich auf den Busch klopfen.

Jetzt lächelte Martin Krenn wirklich. »Sie meinen, meine Frau hätte vor mir geheim halten wollen, dass sie den Anwalt gekannt hat? Ich bin natürlich kein Hellseher. Aber ich kenne meine Frau seit mehr als zwanzig Jahren. Und so weit habe ich sie in diesen zwanzig Jahren doch kennengelernt, dass ich ihr angesehen hätte, wenn sie der Tod des Anwalts in irgendeiner Weise berührt hätte. Zumal ich ihn gekannt habe. Allerdings nur sehr oberflächlich. Wie Sie vielleicht wissen, bin ich Notar in Spitz. Und unsere Kanzlei hat seinerzeit den Kaufvertrag für das Spitzer Haus der Strassers grundbuchsreif gemacht. Ich bin damals noch Notariatssubstitut gewesen. Der Vertrag ist von meinem damaligen Chef finalisiert worden. Aber bei einem Vorgespräch mit Doktor Strasser und seiner Frau war ich dabei.«

Bevor Spencer weiterbohren konnte, übernahm sie wieder die Gesprächsführung. »Sie sind sicher, dass Sie heute Nacht das Auto Ihrer Frau nicht in der Nähe des Gasthofs Klingelhuber gesehen haben. Heute Vormittag aber schon. Das lässt nur den Schluss zu, dass der Täter bei Ihrer Frau eingestiegen ist und das Auto dann wieder zurückgebracht hat.«

»Habe ich mir auch schon gedacht. Aber welchen Sinn sollte ein solches Manöver haben?«

»Wir glauben, dass er sein eigenes Fahrzeug um den Gasthof herum geparkt hat. Nach der Tat hat er es wieder abgeholt. Ich nehme nicht an, dass Ihnen in der Nacht ein Auto besonders aufgefallen ist, das dann am Vormittag nicht mehr an dem Platz gestanden ist.«

Er schüttelte den Kopf.

»Wir untersuchen das Auto Ihrer Frau selbstverständlich auf DNA-Spuren.«

»Katharina hat pausenlos andere Leute mitgenommen.«

»Das habe ich befürchtet. Ist Ihre Frau in letzter Zeit anders als sonst gewesen?«

»In den letzten Tagen war sie besonders gut drauf. So als ob ihr Job ihr im Moment sehr viel Spaß machen würde. Das ist ja in der Politik nicht immer so.« Er blickte sie an und versuchte wieder ein Lächeln. »Sicher nicht nur in der Politik.«

»Ja, das kann man wohl so sagen.« Sie hörte sich seufzen. »Eine letzte Frage hätte ich noch: Ihre Frau war als Jugendliche im Kremser Schwimmklub. Doktor Strasser soll auch ein sehr guter Schwimmer gewesen sein. Fällt Ihnen dazu etwas ein?«

Sie sah, dass er über diese Frage erstaunt war. »Warum fragen Sie?«

»Weil uns der Täter mit den schwimmenden Leichen eine Botschaft sendet, die wir noch nicht entschlüsseln können.«

Mittwoch, 22. April
13 Uhr 32

Auffallend, wie schweigsam Spencer war. Er, der normalerweise, auch wenn er am Steuer saß, pausenlos quatschte. Entweder, um über einen aktuellen Fall zu reden oder um eine Marbolt-Schnurre zum Besten zu geben. Aber jetzt schien er so zu tun, als würde er sich ganz auf die Fahrbahn konzentrieren müssen. Auf die Fahrbahn der S 33 zwischen Krems und St. Pölten, auf der er sicher schon hunderte Male gefahren war.

Sie blickte ihn von der Seite an und gab ihm gleichzeitig einen Klaps auf den Oberschenkel. »So schweigsam kenne ich dich gar nicht.«

»Ich zähle und rechne gerade.«

Sie war erstaunt. »Und was?«

»Zwischen der ersten Puppe und der ersten Leiche ist ein Tag vergangen. Zwischen der zweiten Puppe und der zweiten Leiche zwei Tage. Und heute ist eine dritte Puppe gefunden worden.«

»Du meinst, dass wir dann in drei Tagen eine neue Leiche haben müssten?«

Er nickte grimmig. »Der Mörder gibt uns mehr Zeit. Er gibt uns eine größere Chance, ihn zu finden. Er spielt mit uns. Das bedeutet, er ist doch ein Psychopath.«

Sie schüttelte den Kopf. »Glaube ich nicht.«

»Willst du nicht glauben. Aber es wird Zeit, dass wir den Tatsachen ins Auge sehen. Die Aussage von Herrn Krenn war für mich hundertprozentig glaubhaft. Die beiden Ermordeten kannten einander nicht. Wir haben keinen Zusammenhang zwischen den Toten. Außer, dass sie prominent sind. Der Täter sucht die Öffentlichkeit. Das hast du selbst gesagt. Vielleicht möchte er als Promi-Mörder in die Geschichte eingehen.«

»Beide Opfer kannten den Rechtsanwalt Gröger«, hielt sie dagegen.

»Das kann genauso Zufall sein. Den Gröger kennt doch fast jeder in der Wachau.«

»Auffallend ist außerdem«, fuhr sie unbeirrt fort, »dass die Opfer zwei Gemeinsamkeiten haben: Sie sind beide gute Schwimmer gewesen und in ihrem Beruf sehr erfolgreich. Noch lange nicht am Ende ihrer Karriere.«

Diesmal schüttelte er den Kopf. »Ich wette, dass du auch sehr gut schwimmst. Und am Ende deiner Karriere bist du auch noch lange nicht. Trotzdem nehmen wir wohl beide nicht an, dass du ein nächstes Opfer sein könntest. Wie sollen uns diese zwei Gemeinsamkeiten weiterbringen?«

Ihr Handy läutete. Sie blickte auf das Display. Keine Nummer, die ihr bekannt war. »Lenhart.«

»Hier Roman Gröger!«

Sie erhöhte die Lautstärke des Handys, damit auch Spencer mithören konnte.

»Ich habe gerade im Radio vom Tod von Frau Krenn gehört. Das ist ja furchtbar. Ich sollte Ihnen besser gleich sagen, dass ich Frau Krenn gut gekannt habe. Bevor Sie es selbst herausfinden.«

»Das haben wir bereits herausgefunden. Aber trotzdem vielen Dank, dass Sie sich gemeldet haben. Ich wollte ohnehin deswegen mit Ihnen sprechen.«

»Sie wissen das bereits? Eigenartig. Ich mache Ihnen einen Vorschlag. Ich habe um drei einen Termin in St. Pölten. Muss mit einem Kollegen wegen einem Vergleich reden. Da könnte ich sicher um spätestens fünf bei Ihnen im Büro sein.«

»Das passt mir ausgezeichnet. Dann bis später. Auf Wiederhören.«

Sie beendete das Gespräch, behielt aber das Handy in ihrer Hand.

»Wer sagt es denn! Kommt uns zuvor. Ganz schön clever. Hast du bemerkt, wie überrascht er gewesen ist, dass wir schon wissen, dass er und Frau Krenn sich gekannt haben?«

»Und ein guter Schwimmer wird er auch sein, wenn er bei einem Schwimmklub gewesen ist.

»Allerdings ist er offensichtlich bei Frauen erfolgreicher als im Beruf.«

Das brachte ihren Stellvertreter zum Auflachen.

Wenigstens etwas. Einen Moment lang ordnete sie ihre Gedanken. »Wir brauchen eine Liste der Teilnehmer an der Veranstaltung beim Klingelhuber. Ich nehme zwar nicht an, dass unser Freund dabei gewesen ist. Aber vielleicht ist einem der Teilnehmer bei der Verabschiedung etwas aufgefallen.«

Er sah sie schief an. »Darf ich dich daran erinnern, dass du es nicht mit einem Greenhorn zu tun hast? Habe ich mir schon aufgeschrieben.«

»Gut. Was du bestimmt auch schon aufgeschrieben hast, ist, dass wir die Donau zwischen Melk und Dürnstein absuchen lassen. Wir suchen nach Uferstellen, an denen ein durchschnittlich kräftiger Mann schwere Schaufensterpuppen oder Menschen ins Wasser werfen kann, ohne dabei gleich gesehen zu werden.«

»Klar hab ich das aufgeschrieben.« Er zwinkerte ihr anerkennend zu und setzte ihren Gedankengang fort. »Es gibt höchstens eine Handvoll solcher Stellen. Die könnten wir überwachen.«

Sie nickte. »Wenn Katharina Krenn ebenfalls ertrunken ist, wenn also der Mörder seine Opfer in der Donau ertränkt, dann könnten wir den dritten Mord vielleicht sogar verhindern.«

»Dein Wort in Gottes Ohr.« Er seufzte tief. Das tat ihr Stellvertreter selten. »Ich darf gar nicht daran denken, was sich abspielen wird, wenn wir ein totes Kind in der Donau finden.«

Sie nickte grimmig. »Daher sorg bitte dafür, dass unser lieber Herr Gruppeninspektor Sargnagel nicht Teil der Such- und Überwachungsmannschaft ist. Der ist in seiner Blödheit imstande und übersieht den Täter, auch wenn er ihn auf einem Silbertablett serviert bekommt. Außerdem dürfen wir auf keinen Fall damit rechnen, dass wir wirklich drei Tage Zeit haben.«

Mittwoch, 22. April
14 Uhr 05

»Ich weiß natürlich, dass jetzt nicht der richtige Zeitpunkt ist, über das Mandat von KK zu reden. Aber ich wäre dir trotzdem sehr verbunden, wenn du, wann immer du es für opportun hältst, den Herrn Landeshauptmann an sein

Versprechen erinnern könntest, das nächste frei werdende Mandat dem Wirtschaftsbund zu geben. Ich möchte bei dieser Gelegenheit auch betonen, dass unser Bund sich ihm gegenüber besonders loyal verhalten hat.«

Der Büroleiter hatte in seinen fünf Jahren im Vorzimmer des Landeshauptmanns schon viele Dreistigkeiten erlebt. Aber diese ganz penetrante Form von Leichenfledderei war selbst ihm noch nie untergekommen. »Herr Präsident, du kannst dich auf mich verlassen. Was in meiner bescheidenen Macht steht, werde ich selbstverständlich tun.«

Kaum hatte er den Hörer aufgelegt, sah er das Blinken der kleinen Lampe, die neben seinem Telefon stand. Der Chef rief.

Seit der Nachricht vom Tod von Katharina Krenn war der Landeshauptmann allein in seinem Büro. Nur mit Herrn Krenn, dem Innenminister und dem Klubobmann hatte sein Chef telefoniert.

Er trank einen letzten Schluck Kaffee, nahm das neben der Tasse liegende Blatt Papier und ging wie auf Zehenspitzen ins angrenzende Zimmer.

Der Landeshauptmann saß an seinem Schreibtisch. Äußerlich war ihm nicht anzusehen, dass etwas geschehen war.

»Ich habe für dich eine Presseerklärung formuliert.« An dem Text hatte er gemeinsam mit zwei Mitarbeitern der Presseabteilung die letzte halbe Stunde gefeilt.

»Gut. Zeig her!«

Er ging zum Schreibtisch und übergab ihm das Blatt.

Der Landeshauptmann las den vorbereiteten Text sorgfältig. Wie er das immer tat. Weil er ein Kontrollfanatiker war. »Das gefällt mir schon recht gut. Aber ein bisschen fehlt noch die Emotion. Da spürt man noch zu wenig, dass ich ihren Tod als unersetzbaren Verlust empfinde. Nicht nur als Politikerin sondern auch als Mensch ein Vorbild. Aufrichtig, offen, charakterstark. Etwas in der Art. Geh bitte noch einmal drüber.«

Er nahm den Text wieder an sich

»Unersetzbar«, betonte der Chef. »Unersetzbar stimmt in dem Fall wirklich. Wenn ich daran denke, wer sich da jetzt aller Hoffnungen auf die Nachfolge machen wird, wird mir gleich schlecht.«

»Der Herr Kammerpräsident hat sich schon gemeldet.«

»Was? Der Oberarsch. Typisch. Schert sich zwar einen Dreck um die Partei, aber wenn es etwas zu erben gibt, ist er blitzschnell zur Stelle. Sag ihm, dass er sich brausen soll!«

»Habe ich ihm schon gesagt.«

»Vor dem Begräbnis will ich nicht ein einziges Wort darüber hören, wer das Mandat kriegen soll. Ich habe übrigens mit dem Minister geredet und ihn gefragt, was er von dieser Frau Lenhart hält. Meint, dass die Ermittlungen bei ihr in guten Händen sind. Hoffentlich.«

»Ich habe gehört, du hast schon mit Herrn Krenn telefoniert. Wie hat er es denn verkraftet?«

»Hält sich toll. Alle Achtung. Apropos: Sag den Damen draußen, dass ich seine Telefonnummer nur haben, aber nicht mit ihm verbunden werden wollte. In so einer Situation muss der Landeshauptmann direkt am Apparat sein und nicht über den Umweg des Sekretariats. Etwas mehr Feingefühl, wenn ich bitten darf.«

Er war überrascht über diese sanfte Form der Kritik. War er von ihm gar nicht gewohnt. Der Tod von Frau Krenn musste ihm wirklich nahegehen.

»Ich brauche zwei Reden. Eine für die Trauersitzung im Landtag, die wir nächste Woche machen. Habe ich gerade mit dem Klubobmann vereinbart. Und eine zweite für das Begräbnis. Lasst's euch was einfallen, damit ich nicht zweimal das Gleiche sage. Für heute bitte alle meine Termine absagen. Um vier fahre ich nach Rossatz, um noch einmal mit dem Herrn Krenn zu reden. Es wäre mir recht, wenn das morgen ganz dezent in den Zeitungen erwähnt würde. Aber keine Kameras! Haben wir uns verstanden?«

Mittwoch, 22. April
16 Uhr 55

Die Liste mit den Namen der Teilnehmer an der Kremser ÖVP-Veranstaltung sollte spätestens morgen Vormittag verfügbar sein. Spencer hatte ihr außerdem berichtet, dass die Kollegen fünf Stellen beidseits der Donau ausfindig gemacht hatten, an denen eine Schaufensterpuppe oder ein menschlicher Körper in die Donau gebracht werden konnte, ohne von der Straße oder vom gegenüberliegenden Ufer aus gesehen zu werden. Zwei am linken und drei am rechten Ufer. Für eine diskrete Überwachung auch bei Nacht wäre gesorgt. Ohne Felix Frisch.

Sie ging ihre Notizen durch. Dabei hatte sie das Gefühl, sich im Kreis zu drehen. War ja nicht das erste Mal. Das sagte sie sich, um sich zu beruhigen und sich gleichzeitig Mut zu machen. Für gewöhnlich warf sie in solchen Momenten einen Blick auf die auf dem Schreibtisch stehenden Blumen, um sich dadurch eine Inspiration zu holen. Aber die fehlten. Wen von den Männern, die sie bis jetzt im Visier hatte, würde Frau Krenn in ihrem Auto mitnehmen? Ganz sicher Dr. Gröger. Auf das nächste Gespräch mit ihm war sie schon sehr neugierig. Den Kellner? Fraglich, obwohl Herr Krenn behauptet hatte, seine Frau habe alle möglichen Leute im Auto mitgenommen. Wahrscheinlich würde sie sich noch an Fidesser erinnert haben. Ihr Gespräch mit ihm wegen der Umwidmung war ja nur drei Jahre her. Allerdings war es gut möglich, dass Fidesser diesmal ein Alibi hatte. Um halb elf, als Frau Krenn nach übereinstimmenden Aussagen das Gasthaus verlassen hatte, war er als Kellner wahrscheinlich noch mitten in der Arbeit. Das würde Spencer überprüfen müssen.

Sie war schon gespannt auf das Obduktionsergebnis. Hatte der Täter Frau Krenn ertränkt so wie Herrn Strasser? Zwei exzellente Schwimmer. Und beide ertrunken. Das konnte kein Zufall sein. Aber was konnte das bedeuten? Wo war die Verbindung zwischen den beiden? Es musste eine Verbindung geben. Diese Verbindung war der Schlüssel zu diesem Fall. Sie konnte nur hoffen, dass sie in diesem Punkt Recht hatte. Wenn Spencer Recht hatte und es gar keine relevante Verbindung gab, dann standen sie mit den Ermittlungen im Grunde bei Punkt null. Nein, es war sogar noch schlimmer. Sie gingen in die Irre.

Es war schon seltsam. Hätte die Abgeordnete den Anwalt näher gekannt, dann hätte sie doch eine Bemerkung über seinen Tod machen oder zumindest einen Hauch von

Betroffenheit zeigen müssen. Da hatten Herr Krenn und Spencer schon Recht. Aber es war doch möglich, dass der Ehemann eine Betroffenheit nur deshalb nicht registrierte, weil er sie nicht registrieren wollte. Ein Vogel Strauß sozusagen. Sie schrieb »Vogel Strauß?« auf das vor ihr liegende Blatt. Nicht völlig ausgeschlossen. Aber sehr unwahrscheinlich, so wie sie den Notar einschätzte.

Ihre Tochter und das Donauweibchen kamen ihr in den Sinn. Ohne viel nachzudenken, notierte sie das Wort »Donauweibchen« auf ihrem Zettel. Herzige Geschichte, die Erich da mit dem Mund voller Spaghetti vorgestern erzählt hatte. Würde die Sage für ihren Fall etwas hergeben? Hatten sie es doch mit einer Frau zu tun? Nur weil die Schaufensterpuppen in St. Pölten vor Jahren von einem Mann gekauft worden waren, gingen sie von einem männlichen Täter aus. Eine kräftige mittelgroße Frau konnte Holzpuppen und Menschen genauso heben wie ein Mann. Vor ihrem inneren Auge erschien Josefa Machherndl, die mit maliziösem Grinsen eine Puppe in die Donau warf. Ja, das wäre ihr zuzutrauen, um mediale Aufmerksamkeit zu ernten. Aber Mörderin war diese Frau keine. Dem Bild der Donaunixe entsprach sie auch nicht. Außerdem zog die Nixe den verliebten Fischer auf den Grund der Donau hinab. Der Fischer ward nie mehr gesehen. Auch in diesem Punkt passte die Sage nicht. Also strich sie Donauweibchen auf ihrer Liste zweimal kräftig durch. Alles Blödsinn. Auch der Vogel Strauß. Blödsinn! Nur Ausdruck ihrer völligen Ratlosigkeit. Sie zerknüllte das Blatt und warf es mit einer kräftigen Handbewegung in den Papierkorb.

»Herr Doktor Gröger ist da.«

Sie hatte ihre Sekretärin gar nicht bemerkt. »Dann herein mit ihm. Und sagen Sie bitte Spencer Bescheid, dass er kommen soll.«

Nur ein paar Sekunden später ging die Tür erneut auf. Mit welch großen Augen die Sekretärin den Anwalt anschmachtete. Da war sogar ein sanftes Erröten, als er mit einem freundlichen Nicken an ihr vorbeiging. Freundlich genug, um dabei seine makellos weißen Zähne zeigen zu können. Der Farbe seines Gesichts nach zu schließen musste er weiterhin ordentlich Sonne getankt haben. Die Intensität seines Augenkontakts und sein Siegerlächeln waren unverändert.

Sie streckte ihm ihre Hand entgegen. »Schön, dass Sie den Weg zu uns gefunden haben. Sie haben doch nichts dagegen, dass mein Stellvertreter zu unserem Gespräch dazustößt?«

»Überhaupt nicht.«

In dem Moment trat Spencer ein. Sie hatte ihn ja nie für ein Musterexemplar von einem attraktiven Mann gehalten, aber der Kontrast zu ihrem Gast war selbst für sie erstaunlich.

Hier ein schöner Mann, wie er im Buche stand. Sportlich, wahrscheinlich kaum ein Gramm Fett zuviel am Körper, lässig aber pfiffig gekleidet, mit einer starken Ausstrahlung, die ihm sichtlich auch bewusst war. Daneben ein stark übergewichtiger Grottenolm. Zwar auch sehr lässig gekleidet, aber mit dem Chic eines Obdachlosen.

Nachdem sie die beiden miteinander bekannt gemacht hat und sich alle gesetzt hatten, eröffnete sie ohne große Einleitung das Gespräch. »Ihr Telefonanruf hat uns natürlich neugierig gemacht. Weil es schon ein sehr großer Zufall ist, dass Sie beide Opfer kannten. Obwohl wir das bereits wussten.«

»Würde mich natürlich stark interessieren, von wem Sie das erfahren haben.«

Sie überlegte kurz. Dann entschied sie sich, die Frage zu beantworten. Zumindest teilweise.

»Daraus brauchen wir gar kein Geheimnis zu machen. Herr Malzacher und ich wissen das von Herrn Fidesser aus Weißenkirchen.«

Im Gesicht ihres Gasts zeichnete sich Verblüffung ab. »Also auf den Ludwig Fidesser wäre ich jetzt nie im Leben gekommen.«

Ihr Stellvertreter räusperte sich: »Laut Herrn Fidesser hat ihm Frau Krenn angeboten, mit Ihnen zu reden. Wegen der rechtlichen Abwicklung der Flächenwidmung und wegen Ihren guten Kontakten zu einer Weinkönigin, um es einmal so auszudrücken.«

Dr. Gröger hatte offenbar Mühe, ein Auflachen zu unterdrücken. »Ach so, diese Geschichte. Auch schon ein paar Jahre her. Aber Katharina und ich kennen uns schon seit mehr als zwanzig Jahren. Von unserer gemeinsamen Zeit beim Kremser Schwimmklub. Damals hat sie noch Withalm geheißen. Da hat sie gerade maturiert gehabt und ich bin Student in den letzten Semestern gewesen. Sie war eine fantastische Schwimmerin. Nur vor der Donau hat sie kurioserweise immer Angst gehabt. Weil sie darin als junges Mädchen einmal fast ertrunken wäre.«

Sie merkte, dass Spencer etwas sagen wollte. Sie konnte sich auch denken, was. Sie würde ihm zuvorkommen müssen. Mit einer ganz beiläufigen und neutral wirkenden Frage: »Und wie gut kannten sie sich damals?«

»Wie man sich eben so kennt. Vielleicht war ein bisschen Schäkerei dabei. Aber mehr schon nicht. Alles ganz harmlos.«

War es denkbar, dass sich der Weißenkirchener ÖVP-Obmann getäuscht hatte? Ein Fünfzehnjähriger konnte einen harmlosen Flirt für eine heiße Affäre halten. Oder sagte der Anwalt jetzt nicht die Wahrheit? Und wenn nicht, warum? Sie würde auf alle Fälle noch einmal mit Herrn Wiesner reden müssen. Wichtiger war jetzt allerdings die Frage nach dem Zusammenhang. »Ist es denkbar, dass Frau Krenn nicht nur Sie, sondern auch Doktor Strasser gekannt hat?«

»Diese Frage habe ich mir natürlich sofort gestellt, als ich vom Mord an Katharina erfahren habe. In den Schwimmklub mitgenommen habe ich Klaus jedenfalls nie. Katharina hat, soweit ich mich erinnern kann, nie von ihm geredet. Und Klaus von ihr auch nicht. Dabei hat er, bevor er Theresa kennengelernt hat, immer damit angegeben, was für hübsche Mädels er wieder da und dort kennengelernt hat. Er hat sich sogar oft mit mir beraten, wie er an die eine oder andere herankommen könnte. Ich war für ihn sozusagen der Aufriss-Experte. Wahrscheinlich war das der Boden, auf dem sich unsere Freundschaft entwickelt hat. Wegen seiner Jagd auf eine Trophäe wie Katharina wäre er bestimmt zu mir gekommen. Zumal Katharina so wie ich in der Wachau zu Hause war. Und wenn er sie ohne mein Zutun gekriegt hätte, hätte er bestimmt jahrelang damit geprahlt. Denn er war zwar ein gieriger Jäger, aber so richtig erfolgreich bei den Damen war er letztendlich nicht. Ich kann natürlich nicht ausschließen, dass sich die beiden einmal bei einer Veranstaltung oder bei einem Empfang begegnet sind. Aber bei solchen Anlässen laufen sich so viele Menschen über den Weg, dass man sich später an keinen von ihnen erinnert. Eine besondere Bedeutung, die für einen Mord an beiden ausreicht, kann eine solche Begegnung wohl kaum gehabt haben.«

Spencer nickte ein wenig zu demonstrativ.

»Die einzige Verbindung, die mir eingefallen ist«, fuhr der Anwalt fort, »ist Katharinas Mann, Martin Krenn. Der hat zur selben Zeit wie Klaus und ich in Wien studiert. Ich erinnere mich auch aus dieser Zeit an das Gesicht von Herrn Krenn. Ab und zu habe ich über die Jahre beruflich mit ihm zu tun. Bei Martin Krenn wäre es gut möglich, dass Klaus ihn gekannt hat. Aber von einer näheren Freundschaft zwischen den beiden weiß ich auch nichts. Auch das hätte ich bestimmt mitbekommen. Schließlich sind wir am Wochenende oft gemeinsam durch die verschiedenen Studentenwohnungen in Wien gezogen. Also auch hier kein Zusammenhang, der etwas für ein Mordmotiv hergibt.«

Spencers Nicken ging ihr auf die Nerven. Sie bemühte sich, ihrem Gesicht eine ganz unbefangene Note zu geben: »Sie werden sicher Verständnis für die folgende Frage aufbringen: Wie haben Sie Ihren gestrigen Abend verbracht?«

Er lächelte wiederum. Diesmal aufreizend. »Hätte mich doch gewundert, wenn Sie mich nicht fragen. Ich bin gestern am Abend beim Heurigen gewesen. Mit einer ganzen Runde. Beim Knoll in Loiben.«

»Wie lange?«

»Ich schätze, bis halb, dreiviertel zehn.«

Kaum hatte sich Dr. Gröger verabschiedet, sagte sie zu Spencer: »Ehrlich gesagt werde ich aus dem Mann nicht schlau. Macht ja einen ganz offenen Eindruck. Aber die ganze Wahrheit sagt er uns nicht. Ich gehe davon aus, dass er etwas mit der Krenn gehabt hat. Aber darüber werde ich noch einmal mit dem Herrn Wiesner reden. Und warum erzählt er uns etwas über eine angebliche Donau-Phobie von Frau Krenn? Hat meiner Meinung nach ganz gezielt geklungen. Wieso, möchte ich wissen.«

Mittwoch, 22. April
19 Uhr 11

Seit ihrem Einzug in die Wohnung gegenüber der St. Pöltner Hesser-Kaserne teilte sie sich mit Erich das Arbeitszimmer. Knapp zwanzig Quadratmeter groß, ein Schreibtisch mit zwei einander gegenüberstehenden Bürosesseln, zwei Laptops und drei Drucke an den Wänden. Einer von Hundertwasser, den sie von ihrer Ältesten zu Weihnachten geschenkt bekommen hatte, und zwei Bilder, die ihr Mann von einem seiner ziemlich regelmäßigen Flohmarkt- Besuche mit nach Hause gebracht hatte. Beide mit einer nicht entzifferbaren Signatur.

Sie war vor einer Viertelstunde nach Hause gekommen, hatte ihre beiden Töchter begrüßt, die zu ihrer Überraschung zu Hause waren, sich eine bequeme dunkelblaue

Hose samt weinrotem Rollkragenpullover angezogen und hatte sich dann ins Arbeitszimmer zurückgezogen. Noch im Büro hatte sie die wesentlichen Punkte aus dem Gespräch mit Dr. Gröger notiert. Das Blatt mit diesen Notizen lag jetzt vor ihr. Ja, er war bis jetzt der Einzige, von dem sie wussten, dass er sowohl Dr. Strasser als auch Katharina Krenn gut gekannt hatte. Weder für die Tatzeit im Fall Strasser noch im Fall Krenn hatte er ein Alibi. Denn eine Fahrt vom Knoll in Loiben zum Klingelhuber in Krems dauerte nicht länger als fünfzehn Minuten. Dass ihn die Abgeordnete ohne weiteres in ihr Auto hätte steigen lassen, davon konnte sie auch getrost ausgehen. Aber sie sah weit und breit kein Motiv für einen Mord. Sie musste an Frau Strasser denken und an ihre Bemerkung, kurz für Roman Gröger geschwärmt zu haben, ohne dass er es registriert habe. Sehr gut möglich, dass er genau zu der Zeit mit Katharina zusammen gewesen war und deshalb kein Interesse an der späteren Frau seines Freundes gehabt hatte. War die spätere Frau Krenn ein Schmetterling, der von Blüte zu Blüte flatterte? Solange es keinen Hinweis gab, dass der Schmetterling auch auf eine Blüte namens Klaus Strasser geflogen war, auch nicht wirklich hilfreich. Sie musste in diesem Punkt noch einmal mit Frau Strasser sprechen. Vielleicht wusste sie mehr als die Herren Krenn und Gröger. War natürlich ein delikates Thema. Aber bei einer Mordermittlung konnte sie darauf keine Rücksicht nehmen. Sollte sie Frau Strasser aus Gründen der Zeitökonomie gleich anrufen oder doch lieber erst morgen nach Wien fahren und persönlich mit ihr sprechen? Sie entschied sich für Letzteres. Auch wenn das mindestens zwei

Stunden Autofahrt bedeuten würde. In einem persönlichen Gespräch würde sich die delikate Frage nach einer möglichen Verbindung von Klaus Strasser zu Katharina Krenn leichter stellen lassen. Spencer würde sie zu dem Gespräch mit Frau Strasser nicht mitnehmen. Denn manchmal war er ein Elefant im Porzellanladen, der Gute. Ihre Entscheidung für die Fahrt nach Wien hatte aber auch, wie sie sich eingestand, damit zu tun, dass sie sehen wollte, wie die junge Witwe mit ihrer Situation fertig wurde. Also schrieb sie Frau Strasser ein SMS und bat sie um einen kurzfristigen Termin bei ihr in Wien.

Die Antwort kam prompt. »Morgen Vormittag jederzeit. Denke seit Stunden über den Zusammenhang zwischen den Morden nach. Eingefallen ist mir noch nichts, sonst hätte ich Sie längst angerufen.«

Diese Nachricht war niederschmetternd. Sie überlegte, ob sie das Gespräch gleich wieder absagen und doch telefonieren sollte, entschied sich aber dann doch für ein schlichtes »Danke. Ich melde mich morgen Früh.« Morgen Früh konnte sie immer noch absagen.

Dieser Fall war doch wirklich wie verhext. Warum fand sie keine brauchbare Fährte? Sie hatte sich natürlich auch die Bemerkung des Kremser Anwalts notiert, dass Katharina angeblich Angst vor der Donau gehabt hätte. Weil sie in der Donau fast ertrunken wäre. Gab es da einen Zusammenhang mit den Schwimmgürteln an ihr und Dr. Strasser? Vielleicht hatte der ja auch um die Donau einen Bogen gemacht. Das würde Frau Strasser bestimmt wissen. Bei beiden dieselbe Angst wäre allerdings ein höchst eigenartiger Zufall. Woher hätte der Täter davon wissen sollen? Warum hatte er Frau Krenn bis auf die Unterwäsche ausgezogen? Obwohl sie das Ergebnis der Obduktion noch nicht kannte, war sie sicher, dass die Abgeordnete nicht vergewaltigt worden war. Welche Botschaft wollte er damit senden? Ohne viel nachzudenken, schrieb sie wieder »Donauweibchen« auf den Zettel.

»Was lese ich da? Donauweibchen? Da bist du zu spät dran. Sophie hat ihre moderne Version der Sage schon geschrieben. Mit meiner Hilfe.«

Sie hatte ihren Mann gar nicht hereinkommen gehört.

»Hast du Lust, mit mir schön essen zu gehen?«

Ohne sich nach ihm umzudrehen, sagte sie: »Du scheinst in letzter Zeit ein besonderes Talent zu entwickeln, mir die falschen Fragen zu stellen. Du müsstest doch auch mitbekommen haben, dass bei mir im Büro die Hölle los ist, und ich nicht aus und ein weiß.«

Er antwortete zuerst mit seinen Händen, die sich sanft auf ihren Nacken legten und ihn zu massieren begannen. »Eben deshalb könnte dir ein bisschen Abwechslung nicht schaden.«

Wieder diese einschmeichelnd tiefe Stimme, die sie bis jetzt an ihm so sehr gemocht hatte.

»Kannst du dich übrigens an die Dame vom Kochkurs erinnern, die mit mir zu flirten versucht hat?«

Und ob sie das konnte. Wie unsensibel konnte der Mensch nur sein, sie jetzt auch noch darauf anzusprechen. »Meinst du diese winzige Frau mit den High Heels? Aber die hat ja mit allen Männern geflirtet.«

»Genau die meine ich. Sie war heute bei mir. Bewerbungsgespräch wegen einer Stelle als Verkaufsleiterin.«

Auch das war keine Nachricht, die sie in bessere Stimmung versetzen konnte. Sie bemühte sich, ihrer Stimme eine Klangfärbung zu geben, die Desinteresse signalisieren würde. »Und? Wirst du sie nehmen?«

»Nein. Ich werde ihr absagen. Wenn sie wenigstens zugegeben hätte, dass der Besuch des Kochkurses ein geplantes Manöver war, um bei mir Pluspunkte zu sammeln. Aber sie hat es als reinen Zufall dargestellt.«

»Und woher willst du wissen, dass es wirklich kein Zufall war?«

»Weiß ich von einem meiner Leute, der sie kennt, und bei dem sie sich nach meinen Hobbies erkundigt hat. Der hat ihr von unserem Kochkurs erzählt.«

»Ist doch sehr clever von ihr.«

»Clever wäre es nur gewesen, wenn sie es geschafft hätte, den Bekannten aus meinem Büro zum Stillschweigen zu verpflichten.« Er zischte verächtlich durch die Lippen.

»Ich habe gesehen, dass sie es auf dich abgesehen hat.«

»Was? Und das sagst du mir erst jetzt?« Er nahm seine Hände von ihren Schultern. »Du hättest mich wirklich warnen können. Stell dir vor, ich hätte dieses berechnende Luder eingestellt.«

Sie musste lächeln, griff nach hinten nach seinen Händen und legte sie wieder auf ihre Schultern zum Zeichen, dass er weitermassieren solle. Männer waren manchmal so naiv. Aber irgendwie hatte er auch Recht. Anstatt insgeheim in die Eifersucht zu kippen, hätte sie die Sache mit dem Blick ins Dekolletee dieser Möchtegern-Verführerin gleich klären sollen. Sie beschloss, ihm diesen Fehlblick zu verzeihen. Er war ja doch ein Lieber. Und massieren konnte er auch gut. Wohlig rieb sie ihren Kopf an seinem Bauch. »Wenn ich es mir recht überlege, hätte ich jetzt doch Lust auf ein gepflegtes Abendessen. Wird mir guttun, für zwei Stunden an etwas anderes zu denken.«

Mittwoch, 22. April
22 Uhr 15

Schon die als Vorspeise servierten Grammelknöderl auf Rieslingsalat waren vorzüglich. Der darauf folgende Lammrücken war tatsächlich so zartrosa gebraten, wie es die Speisekarte versprochen hatte. Nun noch ein Dessert. Sie studierte die Karte.

Erich ebenfalls. Sein Zander auf Oberskrensauce war so frisch und zart gewesen, dass sie davon gerne noch ein kleines Stückchen extra bestellt hätte.

»Ich feiere mit meiner Freundin die Fixanstellung bei meiner Zeitung. Und Sie?«

Erst jetzt bemerkte sie den Journalisten des Niederösterreichischen Tagblatts.

Der Kerl stand neben ihr und grinste sie von oben herab ganz unverschämt an. »Deute ich Ihr Abendessen in diesem wunderschönen Restaurant richtig? Haben Sie Ihren Mörder gefunden und feiern deshalb ein bisschen? Jammerschade, dass ich keinen Fotografen mitgenommen habe. Ganz Niederösterreich könnte mitfeiern.«

Am liebsten hätte sie ihm ihre Serviette um die Ohren geschlagen. Aber die Erinnerung an Josefa Machherndl hielt sie vom Aufbrausen ab.

Sie durfte keine Emotionen zeigen. Schon gar nicht einem Journalisten wie ihm.

Seine Stimme triefte vor Gemeinheit. »Werden Sie morgen eine Pressekonferenz machen oder darf ich vielleicht auf eine Exklusivstory hoffen? Oder feiern Sie hier ganz privat? Einfach mal ausspannen, während andere Frauen um ihr Leben fürchten. Auch das wäre mir eine Meldung wert.«

Sie war wütend, fühlte sich wie eine Maus in der Falle und brauchte dennoch eine Antwort. Denn keine Antwort war in diesem Fall eine katastrophale Antwort. Hilfesuchend blickte sie Erich an.

Täuschte sie sich oder nickte er. Kaum merklich.

Sie überlegte kurz. Die morgige Ausgabe des Tagblatts stellte keine Gefahr dar. Die war zu dieser Abendstunde längst gedruckt und auch schon ausgeliefert. Die Gefahr war die Ausgabe von übermorgen.

Jetzt wusste sie, was sie tun musste. »Ich habe tatsächlich etwas zu feiern«, sagte sie mit fester Stimme. »Es hat, wie Sie richtig vermuten, mit dem Fall zu tun. Mehr kann ich nicht verraten. Details bei einer Pressekonferenz. Aber erst übermorgen. Ich bin sicher, Sie werden Augen machen.«

Der Journalist machte schon jetzt Augen. Und was für welche! »Übermorgen«, murmelte er offenbar vollkommen verdutzt. »Na, da bin ich gespannt.« Er verschwand.

Sie wusste, dass sie sich jetzt einmal vierundzwanzig Stunden erkauft hatte. Aber um welchen Preis?! Auf ein Dessert hatte sie jetzt keine Lust mehr.

Erich verzichtete ebenfalls auf den Nachtisch. Als sie das Restaurant kurz darauf verließen, legte er ihr seine rechte Hand um ihre Schulter. Weil es kühl war, aber offensichtlich auch, weil er zu spüren schien, dass sie seinen Zuspruch brauchte.

»Ich habe geblufft. Und was jetzt? Ich habe noch immer keine einzige brauchbare Spur in diesem Fall.«

»Du hast geblufft und er hat sich bluffen lassen. Gut so. Sonst hätte er nur wieder einen saublöden Kommentar geschrieben.«

»Ja, aber mein Bluff fliegt morgen auf, wenn ich für übermorgen keine Pressekonferenz einberufe. Dann schreibt er einen noch saublöderen Kommentar.«

»Außer du löst den Fall bis dahin.« Galant öffnete er ihr die Autotür.

Sie brachte kein Lächeln zustande. Welcher Teufel hatte sie geritten, seine Einladung anzunehmen anstatt zu arbeiten? Wenn es wenigstens nur ein kleines St. Pöltner Beisl gewesen wäre. Aber gleich in das Lokal, in dem sie zum letzten Mal war, um den fünfzehnten Hochzeitstag zu feiern? Da hätten doch alle Alarmglocken schrillen müssen. Natürlich hatte sie nicht ahnen können, dass es gleich so knüppeldick kommen würde. Aber etwas nicht ahnen zu können, war gerade für eine Chefin der Mordkommission keine tolle Entschuldigung. Da machte sie sich nichts vor. Warum hatte sie nicht zur Umkehr gedrängt, als ihr Erich in Paudorf die Hauptstraße verließ, um die letzten drei Kilometer über die enge Stichstraße bis zum Restaurant am Fuß des Göttweiger Berges zu fahren? Dass der ein oder andere Gast beim Schickh ihr Gesicht erkennen und sich vielleicht fragen würde, ob sie wohl die Aufklärung der beiden Morde feierte, damit hatte sie doch rechnen müssen. Aber dass sie dort dem Redakteur des Niederösterreichischen Tagblatts in die Arme lief, war schon ein Hammer der Sonderklasse. Ein besonders hinterhältiger Schicksalsschlag. Bisher hatte sie die Medien durch die Verlässlichkeit ihrer Aussagen halbwegs unter Kontrolle halten können. Nun würde sich unter Journalisten herumsprechen, dass auf ihr Wort kein Verlass war. Mit unabsehbaren Folgen.

Erich saß schweigend am Steuer. Wahrscheinlich machte er sich Vorwürfe, weil er sie zum Schickh ausgeführt hatte.

Sie legte ihm die Hand auf den Oberschenkel.

Das betrachtete er offenbar als Aufforderung, sie aufzumuntern. »Vielleicht bist du der Lösung deiner Fälle näher, als du glaubst. Zwischen den beiden Opfern muss es doch eine Verbindung geben.«

Damit brachte er ihr ganzes Elend auf den Punkt. »Und was, wenn es keine gibt? Was, wenn Spencer Recht hat? Wenn da draußen ein Psychopath lauert, der mit seiner Inszenierung die Medien instrumentalisiert und uns in die Irre führt?« Der Gedanke ließ sie erschaudern. Die Angst, zu versagen, umschlang ihren Hals und drückte ihr für einen Moment die Luft ab. Eine leichte Panikattacke.

»Geht's dir gut?« fragte Erich besorgt.

Sie atmete tief ein und tief aus. Nochmal.

Erich hielt den Wagen an, sprang heraus, lief um den Wagen herum, öffnete die Beifahrertür und zog sie hinaus in die kühle Abendluft.

Die tat gut.

Sie standen am Rand eines kleinen Wäldchens. Erich stützte sie.

»Geht schon wieder«, keuchte sie. Ihre Knie fühlten sich allerdings an, als würde sie gleich einknicken. Der Wald vor ihr schien ihr so undurchdringlich dunkel. Allerdings hatte sie dieses Wäldchen hier schon bei Tageslicht gesehen. Letztes Jahr hatten sie hier Schwammerln gesucht. Daher wusste sie, dass dieser Wald bei Licht besehen ganz freundlich aussah. Diese Erinnerung vertrieb die dunklen Gedanken. Es half alles nichts. Sie musste die Verbindung zwischen Strasser und Krenn finden.

Donnerstag, 23. April
3 Uhr 00

Was für eine Frechheit! Und Dummheit noch dazu. Wie konnten seine Vorgesetzten nur so bescheuert sein, ihn von dieser Überwachungsaktion auszuschließen? Nicht, dass er viel von dieser Aktion gehalten hätte. Die Donau war lang. Uneinsehbare Stellen gab es an ihren Ufern haufenweise. Da wäre es schon ein riesiger Zufall, wenn einer der Streifenwägen etwas Verdächtiges bemerken würde. Hätte er denen in St. Pölten gleich sagen können. Wahrscheinlich hatten es die dortigen Herrschaften deshalb vorgezogen, ihn gar nicht erst um seine Meinung zu fragen. Weil sie seine Warnungen wegen des hinausgeschmissenen Geldes kein zweites Mal hören wollten.

Aber die Sache ärgerte ihn aus Prinzip. Allein schon wegen seiner Kollegen auf der Mauterner Dienststelle. Wie sie sich gegenseitig angegrinst hatten, als der Postenkommandant bei der Besprechung des Einsatzes verkündete, dass er, Felix Frisch, auf Anweisung von oben von diesem Einsatz ausgeschlossen wäre! Gerade er, obwohl er nicht nur der Ranghöchste war, sondern auch seinen Kollegen erst ihr Handwerk beibrachte. Ein Handwerk, das er seit Jahrzehnten wie kein anderer im kleinen Finger hatte.

Stattdessen hatte ihm der Postenkommandant den Dienstbefehl verkündet, morgen um elf Uhr im Büro des Landespolizeidirektors zum Rapport zu erscheinen. In Uniform selbstverständlich. Über diese Anweisung musste er seither grübeln. War es wirklich denkbar, dass der Polizeidirektor ihn degradieren würde? Nur wegen dieses blöden Adidas-Anzugs? Natürlich hätte er sich deshalb ohrfeigen können. War aber doch ein Klacks angesichts seiner sonstigen Verdienste.

Er hatte auch überlegt, die Sterne an seinem Kragen von seiner Elfriede so fest annähen zu lassen, dass sie gar nicht mehr zu entfernen waren. Den Gedanken hatte er dann allerdings wieder verworfen. Die in St. Pölten wären sicher imstande, ihm einfach eine neue Uniformjacke zu verpassen. Mit einem Stern weniger.

Er durfte keine Panik aufkommen lassen. Schluss mit diesen trüben Gedanken. Besser das Hirn ausschalten und seinem Überlebensinstinkt freien Lauf lassen.

Es kam tatsächlich ein Impuls. Bei Dienstschluss hatte er heimlich einen Schlüssel für ein Polizeiboot, das höchstwahrscheinlich erst morgen und auch da nicht vor acht Uhr wieder gebraucht wurde, mitgehen lassen. Noch ohne konkreten Plan. Dafür aber mit der offensichtlichen Instinktsicherheit von jemandem, der zu Großem geboren war. Denn auf seiner Heimfahrt war der Plan plötzlich da. Auf der Höhe des Steiner Tores traf ihn die Eingebung wie ein Donner. Genau so mächtig wie das Steiner Tor. Er würde sich morgen noch vor Tagesanbruch das Boot unter den Nagel reißen und damit noch im Dunkeln bis Spitz fahren. Von dort würde er sich stromabwärts treiben lassen. Selbstverständlich mit abgestelltem Motor und abgeschalteten Positionslichtern, um ja vom Ufer aus nicht bemerkt zu werden. Nachtsichtgeräte gehörten ja zur Grundausstattung jedes Polizeiboots. Damit wollte er von der Strommitte aus beide Ufer absuchen. Es wäre doch gelacht, wenn er seine Kollegen, die, wie er sie kannte, noch in ihren Autos schlafen würden, nicht austricksen konnte. Er würde den Mörder auf frischer Tat ertappen. Er musste an einen Spruch denken, den er einmal gehört hatte: Der frühe Vogel fängt den Wurm. Der Rapport beim Polizeidirektor würde zu einer glänzenden Zeremonie für ihn werden. Sein Foto würde in allen Zeitungen erscheinen. Im Niederösterreichischen Tagblatt ganz sicher auf der Titelseite.

Allerdings begann der heutige Tag nicht gerade nach Plan. Er hatte seinen Wecker auf drei Uhr gestellt. Das Aufstehen bereitete ihm keine Schwierigkeiten, weil er ohnehin kaum geschlafen hatte. Aber es regnete. Und wie. Was da von oben herunterkam, war kein üblicher April-Regen. Es war die Sintflut. Also zog er seine dunkelgrüne Pelerine über die Uniform, das legendäre Ein-Mann-Zelt, das er vom Bundesheer hatte mitgehen lassen. Auch die Kapuze setzte er auf, darüber seine Kappe. Damit kam er zumindest einigermaßen trocken zum Auto. Aber seine Kappe triefte. So ein Sauwetter. Hätte er den Weg zum Behördenhafen nicht so gut gekannt, er hätte sich in der Dunkelheit bestimmt mehrmals verfahren oder wäre sogar in einem Straßengraben gelandet. Sichtweite keine zwanzig Meter. Wie würde er da von der Donaumitte aus die Ufer absuchen können? Aber da musste er jetzt durch. Er konnte nur auf das Glück des Tüchtigen hoffen. Das hatte ihm bis jetzt immer beigestanden.

Und siehe da: Der Wolkenbruch fand ein jähes Ende. Nur seine Kappe und seine Hose unterhalb der Knie waren klitschnass geworden. Das Wasser rann ihm in die Schuhe. Die Pelerine behielt er einstweilen an. Denn durch die Tarnfarbe und ihre wallende Unförmigkeit fühlte er sich, als würde er einen Tarnumhang tragen. Nur aus allernächster Nähe war er als Felix Frisch erkennbar. Wenn ihn zufällig jemand aus der Entfernung sah, würde dieser jemand unmöglich sagen können, wer das Polizeiboot gesteuert hatte.

Die Nacht war pechschwarz. Morgendämmerung noch nicht in Sicht. Nach einer Weile kam ihm seltsam vor, dass er vom Ufer kaum etwas sah. Er war noch nie um diese Uhrzeit am Fluss gewesen. Die Lichter von Krems und Stein konnte er im Dunkeln noch verschwommen wahrnehmen. Aber nach der Mauterner Brücke, deren Brückenpfeiler er erst im letzten Moment bemerkte, war alles beidseits der Donau dunkel. Da begriff er, dass auf den Wolkenbruch starker Nebel gefolgt war.

Schon unheimlich, so durch den dunklen Nebel zu fahren. Bei diesen Bedingungen war wahrscheinlich kein anderes Boot auf der Donau unterwegs. Trotzdem schaltete er zur Sicherheit nun doch die Positionslichter ein. Eine Kollision konnte er jetzt nicht brauchen.

Wegen der extrem schlechten Sicht fuhr er langsam. Nur selten kam er knapp ans Ufer. Dass er nirgends auf Grund lief, war eine Meisterleistung. Der Nebel verhinderte, dass er vom Ufer aus gesehen wurde. Er sah das Ufer ja auch nicht, außer er kam zu knapp dran.

Knapp vor Spitz setzte schließlich die Morgendämmerung ein. Der Himmel wechselte von schwarz zu dunkelgrau. Der Nebel ließ etwas nach. Zwar nicht viel. Aber für einen Mann wie ihn, dessen Augen im Dämmerlicht noch besser sahen als bei strahlender Sonne, reichte es. Nun konnte er das Ufer schemenhaft erkennen und sich in der Mitte des Flusses halten.

Auf der Höhe des Tausendeimerbergs legte er ein geschmeidiges Wendemanöver hin. Die Positionslichter schaltete er jetzt wieder aus. Um ja nicht gesehen zu werden. Außerdem stellte er den Motor wie geplant ab.

Er nahm das Nachtsichtgerät zur Hand und richtete es auf die steinernen Hasen der Kirche von St. Michael. Kaum auszunehmen. Kein Wunder bei der miserablen technischen Ausstattung der niederösterreichischen Polizei. Für völlig unnötige Suchaktionen war Geld in Hülle und Fülle da. Aber dafür statt einem Nachtsichtgerät, das diesen Namen auch verdiente, nur Schrott. Hätte er nicht so scharfe Augen gehabt, er hätte glatt unverrichteter Dinge den Motor starten und zurück nach Krems fahren können. Er blickte auf die Uhr. Schon bald fünf. Täuschte er sich oder war der Nebel wieder stärker geworden? Wenn es wenigstens nicht so saukalt gewesen wäre. Klatschnasse Schuhe, das war bei diesen Temperaturen ungesund.

Das Ufer bei Weißenkirchen würde er gar nicht zu inspizieren brauchen. War ja von allen Seiten einzusehen. Dafür war das gegenüberliegende Ufer mit den Seitenarmen der Donau und den sie einrahmenden Auen vielversprechender. Hätte man ihn gefragt, er hätte alle verfügbaren Streifenwägen dort postiert. Er versuchte sein Boot in Richtung rechtes Donauufer zu steuern. Gar nicht so leicht ohne Motor. Aber wenn jemandem dieses Kunststück gelingen würde, dann ihm.

Bewegte sich dort nicht jemand? Statt dem Nachtsichtgerät setzte er sein Fernglas an. Kein Zweifel. Da war eine Person, die sich ganz vorsichtig bewegte. Als ob sie keine Aufmerksamkeit erregen wollte. Aus der Entfernung schwer zu sagen, ob Mann oder Frau. Er musste unbedingt näher ran. Verfluchte Strömung, an dieser Stelle besonders stark, wie er von unzähligen Patrouillenfahrten wusste. Um ein Haar hätte er das Megaphon genommen und die unbekannte Person angerufen. Wäre sicher jedem Kollegen ohne seine Erfahrung passiert. Jetzt war er sicher. Es war ein Mann, der etwas ins Wasser ließ. Ihn durchströmte ein Glücksgefühl. Sein dritter Stern war gerettet.

Er griff gerade zu seinem Handy, als es ihn wie ein Blitz durchfuhr: Wen würde er denn um fünf Uhr Früh alarmieren können, ohne zugeben zu müssen, befehlswidrig gehandelt und dabei noch ein Dienstfahrzeug unberechtigterweise in Betrieb genommen zu haben? Ein böswilliger Vorgesetzter würde daraus vielleicht gar einen Diebstahl machen. Nach der Geschichte mit dem Adidas-Anzug extrem heikel. Es würde ihm nichts anderes übrig bleiben, als die nebelverhangene Donau allein nach dem Gegenstand abzusuchen, den der Unbekannte gerade ins Wasser geworfen hatte. In den dichteren Schwaden nicht einmal mehr zehn Meter Sicht. Er schaltete den Suchscheinwerfer ein. Und gleich wieder aus. Bei Nebel erzeugte das künstliche Licht nur eine graue Wand. Er würde sich auf das langsam zunehmende Tageslicht verlassen müssen.

Da kam ihm eine bessere Idee. Er würde den Unbekannten stellen. Von dem war nichts mehr zu sehen. Rasch warf er den Motor an und steuerte auf das Ufer zu. Mindestens ebenso rasch befestigte er die Leine des Boots an einem Ast, der vom Stamm eines Aubaums über das Wasser ragte. Die Pelerine war ihm jetzt im Weg. Er ließ sie und die nasse Dienstmütze im Steuerstand liegen.

Das Aussteigen aus dem Boot fiel ihm schwerer, als er erwartet hatte. Um ein Haar wäre er ins Wasser gefallen. Wenn das Ufer an dieser Stelle nur nicht so steil gewesen wäre! Er schwor sich, ab sofort nur mehr einmal in der Woche Schweinsbraten zu essen und sich öfter in den polizeieigenen Fitnessräumen zu zeigen. Nachdem er seiner Schätzung nach zweihundert Meter mit nasskalter Hose und geräuschvoll quatschenden Schuhen gelaufen war, ohne auch nur eine Spur des Unbekannten zu entdecken, beschloss er, zum Boot zurückzukehren und nach dem in der Donau schwimmenden Gegenstand zu suchen. Besser den Spatz in der Hand als die Taube auf dem Dach.

Als er den Hang wieder hinunterkletterte und durch den Nebel hindurch endlich das Wasser sehen konnte, blieb ihm fast das Herz stehen. Das Boot war weg. Konnte nur der Unbekannte gestohlen haben. Wie hatte er auch nur so dumm sein können und den Zündschlüssel stecken lassen? Und seine Dienstkappe und seine Pelerine waren auch futsch. Verzweifelt lief er am Ufer entlang flussabwärts. Verdammter Nebel! Verdammte Dämmerung! Nichts zu sehen außer dunklem Grau und noch dunklerem Grün. Natur in Tarnfarbe. Der Dieb war wahrscheinlich längst über alle Berge. So ein Mist. Vor Wut und Selbstmitleid rannen ihm die Tränen über die Wangen. Dass seine Polizeikarriere so unrühmlich enden musste, das hatte er doch wirklich nicht verdient! Wieso hatte er auch so an diesem verdammten dritten Stern hängen müssen? Wenn der Dieb das Boot irgendwo liegen ließ, waren immer noch seine Kappe und seine Pelerine an Bord. Daher würden seine Vorgesetzten schnell herausfinden, dass er das Boot entwendet hatte.

Vom Laufen ging ihm die Puste aus. Aber noch wollte er nicht aufgeben. Vielleicht lauerte der Dieb ja keine hundert Meter stromabwärts am Ufer und wartete dort mit dem Boot, bis die Luft rein war. Mit sehr mulmigem Gefühl ging er weiter. Schließlich würde mit einem mehrfachen Mörder nicht zu spaßen sein.

Da! Etwas Weißes zwischen Grau und Grün. Das war doch nicht möglich! Da lag das Boot. In ganz dichtem Geäst. Perfekt getarnt. Sofort machte er seine Waffe schussbereit. Er beobachtete das Boot mindestens zwei Minuten lang. Mit angehaltenem Atem.

An Bord regte sich nichts.

Mit vorgestreckter Dienstwaffe schlich er vorwärts. In ihm schrie alles danach, Verstärkung zu rufen. Aber was, wenn sich niemand an Bord befand? Dann würden sie ihn nicht nur wegen Bootsdiebstahl und Befehlsverweigerung degradieren. Diese Geschichte würde auch die Runde durch die Polizeidienststellen machen. Er würde zur Lachnummer werden. Dann lieber sterben! Knietief watete er ohne den geringsten Laut durch das Wasser zum Einstieg am Heck des Boots. Als er schließlich dort war, wusste er, dass der Moment der Entscheidung gekommen war. Die Tropfen, die von seiner nassen Hose ins Wasser fallen würden, würden ihn jedenfalls verraten. Er musste schnell hinaufstürmen und seine Waffe sofort abfeuern, wenn sich da irgendetwas bewegte. Er sammelte seine Kräfte. Vielleicht war es doch besser, langsam hinaufzuklettern. Schließlich konnte er auf seinen nassen Sohlen auf dem blanken Stahl der Heckleiter ausrutschen. Also kletterte er todesmutig vorsichtig geduckt hinauf, die Nerven zum Zerreißen gespannt, und riskierte einen Blick über die Bordwand.

Niemand zu sehen.

Er brauchte nochmal zwei Minuten, die er angestrengt lauschend verbrachte. Aber er hörte nur die Tropfen, die von seiner nassen Hose ihren Weg hinab in die Donau fanden. Schließlich enterte er das Boot.

Es war tatsächlich niemand an Bord.

Seine Dienstkappe und seine Pelerine waren auch noch da. Eine ganze Weile musste er sich am Steuerstand festhalten, damit sein Blutdruck wieder in den normalen Bereich zurückfinden konnte. Er musste die Leine vorhin zu schwach befestigt haben. Das Boot war offenbar von der Strömung fortgezogen worden. Keine zweihundert Meter weiter war es dann wieder hängengeblieben. Glück gehabt. Er schlug dreimal ein Kreuzzeichen und gelobte, ab sofort wieder jeden Sonntag zur Kirche zu gehen. Für lange

Dankgebete war jetzt allerdings keine Zeit. Er musste den in der Donau treibenden Gegenstand finden.

Die Strecke zwischen Rührsdorf und Loiben fuhr er mehrmals ab. Aber von einem größeren Gegenstand oder gar einer Leiche keine Spur. Ruhe, Felix, Ruhe. Aber so sehr er sich auch zuredete, es half nicht viel. Es wurde immer heller. Bald war es mit der Dämmerung endgültig vorbei und der Nebel schien ihm nun auch dünner zu werden. Die am Ufer postierten Kollegen würden bald auf sein Boot aufmerksam werden. Er musste sich eingestehen, der Verzweiflung nahe zu sein.

Da kam ihm wieder eine glänzende Idee. Toll, wie sein Gehirn unter Stress funktionierte. Zuallererst musste er das Boot möglichst unauffällig zurückbringen.

Donnerstag, 23. April
6 Uhr 34

Wegen einer Sitzung aller österreichischen Schiedsrichter und Spielebeobachter war er erst gegen eins ins Bett gekommen. Der ÖFB hatte nach Tulln geladen, um über die neuen Leitlinien für die Beurteilung von Schiedsrichtern zu informieren. Der offizielle Teil der Veranstaltung war schon um 21 Uhr zu Ende. Er hatte eigentlich vorgehabt, unmittelbar danach zu verschwinden. Dann war er aber doch geblieben. Noch fast drei Stunden. Trotz des Zwettler Kollegen, den er schon vor zwanzig Jahren unerträglich gefunden hatte. Der konnte es sich nicht verkneifen, ihn nach dem vierten Bier zu fragen, ob er angesichts zweier ungelöster Morde nichts Besseres zu tun haben würde, als mit alten Kameraden ganz gemütlich einen zu trinken. Er hatte den Abend genossen. Weil diese Auszeit ihn auf andere Gedanken gebracht hatte, was dringend notwendig war. Ein bisschen Ablenkung würde auch seiner Chefin guttun.

Kurz bevor er die Runde verlassen hatte, hatte er sich noch beiläufig nach der Fahrtroute seines Kollegen zurück nach Zwettl erkundigt und dann von seinem Auto aus einen alten Freund und Polizisten in Gföhl angerufen, um ihn zu ersuchen, ab Mitternacht auf der Schnellstraße nach Zwettl Alkotests durchführen zu lassen. Im sicheren Wissen, heute wenigstens ein Erfolgserlebnis zu haben, war er dann frohgemut nach Hause gefahren und auch gleich selig eingeschlafen.

Er schlief, bis ein Anruf ihn aus dem Schlaf riss. Zu seiner Überraschung war er sofort hellwach. Noch bevor er das Gespräch annahm, registrierte er die Uhrzeit am Handydisplay. 6 Uhr 34. Ein Anruf zu dieser frühen Stunde konnte nur eine dritte Leiche bedeuten. Dann erst registrierte er den Namen des Anrufers auf dem Display. »Sag einmal, bist du noch zu retten?« polterte er los. »Dein Termin beim Polizeidirektor ist nicht um sieben, sondern um elf.«

Er richtete sich im Bett auf und hörte kurz zu.

Aber nur kurz. »Den Scheiß kannst du deiner Großmutter erzählen«, schimpfte er. Felix Frisch wollte ihm allen Ernstes weißmachen, dass er mit dem Boot eines Freundes die Donau hinaufgefahren sei und bei Rossatz einen Mann gesehen habe, der etwas Großes in die Donau warf. Aber nicht mit ihm. »Wir haben zwei Streifenwagen zwischen

Rührsdorf und Rossatz postiert. Die haben Befehl, mich sofort anzurufen, wenn so etwas passiert. Von denen habe ich nichts gehört.«

Dieser Kerl hatte auch noch die Frechheit, zu widersprechen.

»Was heißt hier Nebel? Verarsch wen anderen! Wir sehen uns um elf beim befohlenen Rapport.« Verärgert beendete er das Gespräch, bevor Frisch noch etwas sagen konnte. Gerne hätte er noch eine halbe Stunde geschlafen. Aber er kannte sich. Der Ärger auf diesen Idioten würde ihn daran hindern, schnell wieder einzuschlafen. Also stand er auf und schlurfte in die Küche, wo noch das Frühstücksgeschirr von gestern stand. Benützt. Er inspizierte die Kaffeeablagerungen an der Innenwand einer Tasse. Die war noch verwendbar. Mit der Tasse in der Hand schlurfte er weiter zum Kaffeeautomaten, der beim Fenster stand. Erst, als er auf den Knopf für den doppelten Mokka gedrückt hatte, warf er einen Blick zum Fenster hinaus und sah… nichts. So ein starker Nebel war wirklich selten.

Sein Handy, das noch im Schlafzimmer lag, läutete wieder.

»Dem Kerl muss der Arsch ganz schön auf Grundeis gehen, dass er nicht lockerlässt«, sagte er zu sich selbst und entschied sich, gar nicht zum Telefon zu gehen. Stattdessen nahm er eine Semmel aus dem Tiefkühlfach und hielt sie unter kaltes Wasser, suchte den am wenigsten schmutzigen Teller aus dem Geschirrberg heraus und beförderte sein Frühstück in die Mikrowelle.

Als er wartend davorstand und sich genüsslich den Bauch kratzte, läutete das Handy noch einmal.

»Also, der kann jetzt was erleben. Nicht nur, dass er mich aus dem Tiefschlaf reißt, jetzt versaut er mir auch noch das Frühstück.« Er ging ins Schlafzimmer und war überrascht.

Nicht der Gruppeninspektor war am Telefon, sondern das Wachzimmer Mautern. »Entschuldigen Sie die frühe Störung, Herr Chefinspektor. Aber bei uns hat eben ein Mann ohne Nennung eines Namens angerufen und eine Person gemeldet, die zwischen Rührsdorf und Rossatz einen großen Gegenstand ins Wasser geworfen hat.«

»Der Mann hat auch bei mir vor fünf Minuten angerufen. Mit Nennung seines Namens. Und es wundert mich, dass Ihr ihn nicht an seiner Stimme erkannt habt. Der Mann gehört nämlich zu euch und heißt Felix Frisch.«

»Felix? Nein. Den hätte ich sicher erkannt, der war bestimmt nicht der Anrufer.«

Donnerstag, 23. April
7 Uhr 45

Nebel in weiten Teilen Niederösterreichs. Sie rechnete mit Unfällen auf der Westautobahn und entsprechenden Staus. Da sie mit Frau Strasser neun Uhr ausgemacht hatte, fuhr sie schon um zehn vor acht los. Im Radio war der Nebel das große Thema. Angeblich hatte es dergleichen zuletzt vor 27 Jahren gegeben. Aber gegen Mittag würde sich der Nebel wieder verflüchtigen. Die Fahrt bei schlechter Sicht war zwar nicht angenehm, verlief jedoch wider Erwarten ohne besondere Zwischenfälle. Auch der Verkehr in Wien hielt sich in Grenzen.

Frau Strasser hatte ihr den Weg zu ihrem Haus im 18. Bezirk präzise beschrieben. Daher fand sie die Buchleitengasse auf Anhieb. Sie erreichte ihr Ziel drei Minuten vor neun. Das Haus der Strassers war wegen seiner Kubus-Form und dem weißen Anstrich, der sich deutlich von den grauen oder gelben Fassaden der Nachbar-Villen abhob, leicht zu finden.

Ihre Gastgeberin begrüßte sie mit einem leichten Lächeln, das ganz natürlich wirkte. »Schönen guten Morgen, Frau Chefinspektorin. Ich hoffe, Sie haben trotz Nebel gut hergefunden. Bitte, kommen Sie weiter!« Frau Strasser führte sie in einen Salon, der wohl deswegen so groß wirkte, weil er zwei Etagen hoch war. Ringsherum verlief eine Balustrade. Oben war alles voller Bücher in Regalen aus dunklem Holz. Unter der Balustrade hing ein modernes Gemälde neben dem anderen. In der Mitte des Raumes stand u-förmig eine enorme champagnerfarbene Ledercouch, die gut und gerne Platz für zehn Personen bot. In dem U war ein Couchtisch, scheinbar ganz aus Glas, weil keine Tischbeine sichtbar waren. Die Strassers hatten offensichtlich Geld. Wusste sie schon aus Spitz.

Die Couch war überraschend bequem.

Frau Strasser servierte Kaffee in antik wirkenden Kaffeetassen mit einer altrosafarbenen Rose mit drei grünen Blättern als Dekor. Auf dem knapp kniehohen gläsernen Couchtisch gleichsam schwebend bildete das Service einen reizvollen Kontrast zum modernen Rundherum. »Mir ist natürlich in dem Moment, in dem ich vom Tod von Frau Krenn gelesen habe, klar gewesen, dass sie nochmal mit mir sprechen wollen.«

»Ja, die Parallelen sind sehr auffallend. Es ist natürlich durchaus möglich, dass der Täter seine Opfer nach einem Zufallsprinzip ausgesucht hat. Aber wir können die Möglichkeit nicht ausschließen, dass es doch einen Zusammenhang zwischen beiden Taten gibt.« Sie hoffte, dass ihre Eröffnung feinfühlig genug war, um bei ihrer Gastgeberin nicht gleich eine Abwehrhaltung zu provozieren.

Frau Strasser reagierte mit einem Lächeln im Spektrum zwischen verschmitzt und hintergründig. »Das würde natürlich bedeuten, dass sich Frau Krenn und mein Mann gekannt haben und gemeinsam etwas getan haben müssten, das den Mörder zu seinen Taten veranlasst hat.«

Sie war verblüfft über die direkte Art, mit der die junge Witwe auf den Punkt kam.

»Ehrlich gesagt, Frau Lenhart, glaube ich nicht an einen Zufall. Sie doch auch nicht, oder? Trotz allem vielen Dank für Ihr Bemühen, das zu verbergen. Ich habe natürlich über meinen Mann und Frau Krenn nachgedacht. Aber ich bin ziemlich sicher, dass zwischen den beiden nichts gewesen ist, worüber ich mir als Ehefrau hätte Sorgen machen müssen. Wenn sich die beiden näher gekannt haben, dann muss das vor meiner Zeit gewesen sein. Klaus hat als junger Mann sicher kein Talent zum Mönch gehabt.«

Sie nahm einen Schluck von dem Kaffee, den ihr Frau Strasser eingeschenkt hatte. »Ich kann Ihnen versichern, dass alle Personen, die wir bisher befragt haben, etwas Ähnliches sagen. Doktor Gröger ist zum Beispiel sicher, dass sich ihr Mann und die Abgeordnete überhaupt nicht gekannt haben.«

»Hat Roman sie gekannt?« Die Neugierde im Gesicht von Frau Strasser war unverkennbar.

»Er kannte sie vom Kremser Schwimmklub, in dem die beiden vor mehr als zwanzig Jahren Mitglieder gewesen sind.«

»Ich verstehe.« Auf dem Gesicht der Gastgeberin zeigte sich ein ganz feines Lächeln.

»Apropos Schwimmklub: Sie haben bei unserem letzten Gespräch davon gesprochen, dass Ihr Mann ein sehr guter Schwimmer war. Wissen Sie zufällig, ob er auch in der Donau geschwommen ist?«

Offenbar verblüfft über die Frage zog Frau Strasser eine Augenbraue hoch. »Also mit mir gemeinsam jedenfalls nicht. Aber er hat seinen Präsenzdienst freiwillig bei den Pionieren geleistet. Er ist immer ganz verrückt nach Booten gewesen. Da war er auch an der Donau stationiert. Also nehme ich an, dass er da auch geschwommen ist. Angeblich hat er damals sogar einen Ertrinkenden aus der Donau gerettet.«

Nun war es an ihr, verblüfft eine Augenbraue hochzuziehen: »Wieso angeblich?«

»Nun ja…«, ein nachsichtiges Schmunzeln zeichnete sich auf Frau Strassers Lippen ab, »Klaus hat immer schon zu der einen oder anderen Flunkerei geneigt, um sich in einem schönen Licht zu präsentieren. Leute, die ihn weniger geliebt haben als ich, haben ihn wahrscheinlich als Aufschneider bezeichnet.«

Da rief Spencer an.

»Mein Stellvertreter«, sagte sie entschuldigend, erhob sich, ging schnell hinaus in den Flur, schloss die Tür hinter sich und nahm das Gespräch an. »Hallo Spencer«, sagte sie leise. »Ich bin grad bei Frau Strasser. Ist es dringend?«

»Wir haben eine vierte Puppe.«

»Nein!«

»Doch, leider. Die Kollegen haben sie gerade bei Hollenburg herausgefischt. Ich wollte dich nicht anrufen, bevor es sicher war. Weil ich die erste Meldung von einem Mann, der in den frühen Morgenstunden etwas Großes gegenüber von Spitz in die Donau geworfen hat, von unserem lieben Felix Frisch bekommen hab.«

»Ich hab gedacht, er war nicht beim Überwachungsteam.«

»War er auch nicht. Aber niemand hat ihm verboten, mit dem Boot eines Freundes auf der Donau Patrouille zu fahren. Der fürchtet sich so sehr vor der Degradierung, dass er selbst auf Mörderjagd geht.«

Sie seufzte. »Oder er dreht komplett durch und schmeißt selbst eine Puppe ins Wasser.«

»Nein. Ich habe nochmal mit ihm telefoniert. Er hat mir seinen Ausflug in der Morgendämmerung sehr detailreich geschildert. Diesmal lügt er bestimmt nicht.«

»Eine vierte Puppe, verdammt! Dabei haben wir noch nicht mal eine dritte Leiche gefunden. Könnte uns die entgangen sein?« Ihr schauderte bei dem Gedanken, dass irgendwo an einer einsamen Uferstelle eine Kinderleiche gestrandet war.

»Ich habe die Strompolizei gebeten, sobald die Sicht gut genug ist, ab der Staustufe Altenwörth bis hinauf nach Melk beide Uferseiten abzufahren. Mit allen verfügbaren Booten und allen verfügbaren Männern. Wenn da eine Leiche ist, dann werden die Kollegen sie finden.«

»Wenn sie eine Kinderleiche finden, dann müssen wir davon ausgehen, dass du Recht hattest. Ein Rache-Mörder tötet nur diejenigen, die er für schuldig hält. Das schließt Kinder normalerweise aus.« Sie seufzte tief und sprach es aus: »Dann haben wir es höchstwahrscheinlich mit einem Psychopathen zu tun, der mit der Wahl seiner Opfer Angst verbreiten will.«

Er seufzte ebenfalls. »Glaub mir: Ich wünsche mir nichts mehr, als dass du Recht behältst und wir doch noch einen Zusammenhang zwischen Klaus Strasser und Katharina Krenn finden. Apropos: Ich habe mit dem Pathologen geredet. Frau Krenn ist mit K.o.-Tropfen betäubt worden. Keine Hinweise auf vorherigen freiwilligen oder erzwungenen Sex. Sie ist in der Donau ertrunken wie Strasser. Das spricht eher für den Zusammenhang.«

»Das könnte aber auch ein Versuch des Täters sein, uns in die Irre zu führen. Danke für den Anruf. Ich geh wieder rein zu Frau Strasser. Bis später.«

Als sie wieder ins Wohnzimmer trat, schaute Frau Strasser sie erschrocken an. »Ist etwas passiert? Sie sehen so blass aus?«

Sie schüttelte den Kopf. Noch war nicht alles verloren. Sie musste dranbleiben, sich konzentrieren. »Wo waren wir stehen geblieben? Ah ja. Stichwort ‚angeblich'. Ihr Mann hat behauptet, er habe während seiner Zeit beim Bundesheer einen Ertrinkenden gerettet. Sie hingegen meinen, er hat diese Geschichte erfunden.«

Die Witwe nickte. »Einmal habe ich nachgefragt, wen er da eigentlich gerettet hat. Darauf hat er ausweichend geantwortet. Danach hat er die Geschichte nie wieder erzählt.«

»Aha.« Sie war nicht sicher, was sie damit anfangen sollte, fragte jedoch weiter. »Wissen Sie zufällig, wann Ihr Mann beim Heer gewesen ist? Und wo?«

»Nach dem Studium. Ich schätze, das war neunzehnhundertsechsundneunzig. Die Grundausbildung hat er in Wien in der damaligen Tegetthoff-Kaserne gemacht. Später war er in Klosterneuburg.«

»Die Tegetthoff-Kaserne liegt auch an der Donau, oder?«

»Lag«, korrigierte Frau Strasser. »Das Bundesheer hat das Gelände verkauft.«

»Kennen Sie jemanden, der mit Ihrem Mann beim Heer war?«

Frau Strasser schüttelte den Kopf. »Aber warum interessiert Sie das?«

»Weil mich im Moment alles interessiert, was mir hilft, eine Verbindung zwischen Ihrem Mann und der Donau zu finden.« Allerdings war sie selbst nicht mehr sicher, ob das noch eine Rolle spielte.

Donnerstag, 23. April
9 Uhr 37

Trotz des Nebels konnte sie Frau Strasser sehen, die an einem der Fenster im oberen Stock ihres Hauses stand und sie offensichtlich beobachtete. Deshalb startete sie den Wagen, um hundert Meter weiter ohne neugierige Blicke telefonieren zu können.

In dieser Villengegend gab es an einem Vormittag unter der Woche massenhaft freie Parkplätze. Sie parkte so, dass sie einen großen alten Baum im Blick hatte, der aus einem Garten über die Straße ragte.

Bei Spencer war besetzt.

Dem Impuls, loszufahren, widerstand sie. Stattdessen blieb sie im Auto sitzen. Mit dem Baum im Nebel vor sich. Zeit, um in Ruhe nachzudenken. Die Geschichte, die ihr Frau Strasser gerade erzählt hatte, war schon eigenartig. Angeblich vor dem Ertrinken gerettet. Das konnte bedeuten, dass die Geschichte wahr oder frei erfunden war. Es konnte aber auch bedeuten, dass tatsächlich jemand ertrunken war. So wie Strasser und Krenn ertrunken waren. Das passte zu einem Rache-Motiv. Aber der Präsenzdienst von Dr. Strasser war mehr als zwanzig Jahre her. Warum sollte der Täter mit seiner Rache fast ein Vierteljahrhundert warten? Außerdem passten Wien und Klosterneuburg nicht zu den Tatorten in der Wachau.

Vielleicht war diese Geschichte nur ein letzter Strohhalm, an den sie sich klammerte, weil sie in diesem Fall einfach nicht weiterkam. Vielleicht war der ganze Puppentanz nur eine clevere Vertuschungsaktion. Vielleicht hing sie selbst an unsichtbaren Fäden, an denen der Mörder zog, um sie in die falsche Richtung zu lenken.

Aber Klosterneuburg und die ehemalige Tegetthoff-Kaserne liegen immerhin an der Donau. Wenn damals wirklich jemand fast ertrunken war, dann würden die Kollegen beim Heer sicher noch etwas über den Vorfall in den Akten haben. Denn für eine gelungene Rettung gab es bestimmt eine offizielle Belobigung. Eine misslungene Rettungsaktion mit einer ertrunkenen Person musste ebenfalls zu einem Aktenvermerk geführt haben. Außer, es war so viel

Schlamperei im Spiel, dass die ganze Sache vertuscht worden war. Aber in einem solchen Fall würden sich umso mehr Menschen daran erinnern. Der faulige Geruch des schlechten Gewissens führte bei Ermittlungen oft sehr schnell auf die Spur der Wahrheit. Das wusste sie aus langjähriger Erfahrung. Vielleicht war schlechtes Gewissen auch der unbewusste Grund, warum Klaus Strasser diese Geschichte überhaupt erzählt hatte und seine Rolle wichtiger und heldenhafter dargestellt hatte, als sie in Wirklichkeit war. Darauf würde sie Spencer ansetzen. Wenn jemand etwas über alte Geheimnisse von den Pionieren beim Bundesheer erfahren konnte, dann war es ihr Stellvertreter.

Jetzt läutete ihr Handy. Sein Rückruf.

Nachdem sie Spencer instruiert hatte, rief sie den Weißenkirchener Parteiobmann an. Als Briefträger war er zwar sicher gerade auf seiner Tour. Aber für ein kurzes Telefonat würde er schon Zeit finden. »Hier Lenhart. Guten Morgen, Herr Wiesner. Ich weiß, dass es wahrscheinlich ungünstig ist, aber ich verspreche, mich ganz kurz zu halten. Ich habe zwei Fragen. Sie haben mir erzählt, dass Doktor Gröger und Katharina Krenn, die damals noch Withalm geheißen hat, im Schwimmklub etwas miteinander gehabt haben. Sind Sie da ganz sicher?«

»Ganz sicher.« Der Briefträger kicherte. »Das ist eine der prägendsten Erinnerungen aus meiner Teenagerzeit. Ich habe die beiden durch ein Loch in der Wand einer Badekabine beobachtet. Sie verstehen?«

»Ich verstehe. Dann meine zweite Frage: Ist Ihnen seinerzeit aufgefallen, dass Frau Krenn nie in der Donau schwimmen wollte?«

Diesmal schien ihr Gesprächspartner mit der Antwort etwas zu zögern. »Soweit ich mich erinnern kann, habe ich selbst sie nie in der Donau schwimmen gesehen.«

»Danke, Herr Wiesner. Das war es auch schon. Sie haben mir sehr geholfen.«

Donnerstag, 23. April
10 Uhr 25

Seit Stunden hatte er über dem Fall gegrübelt. Aber alles Grübeln hatte nichts geholfen. Daher war er froh, endlich eine konkrete Aufgabe zu haben. Allerdings rief er nicht wie von seiner Chefin vorgeschlagen beim Militärkommando, sondern bei einem Kumpel aus gemeinsamen Schiedsrichtertagen an. Der war jetzt Vizeleutnant bei den Pionieren in Melk. Der würde ihm sicher ohne lästige bürokratische Hürden weiterhelfen.

Seine Überraschung war aber doch groß, dass sein Freund den Namen Klaus Strasser kannte. Weil der spätere Anwalt vier Wochen an einer Spezialausbildung in Klosterneuburg teilgenommen hatte, bei der sein Schiedsrichterkollege einer der Instruktoren gewesen war. Kein sehr schmeichelhaftes Urteil, das er da hörte: Der Gefreite Strasser hätte sich für etwas Besseres gehalten, war hochnäsig und ein Angeber. Aber an besondere Vorkommnisse während dieser vier Wochen würde sich der Unteroffizier nicht erinnern. Jedenfalls keine Rede von einem Fast-Unfall oder gar einem richtigen Unfall. Wenn er etwas über Dr. Strasser während seiner Grundausbildung beim Heer in Wien und Klosterneuburg wissen wolle, so könne ihm der damalige Kompaniekommandant, der jetzt oberster Chef der Pioniere beim Bundesheer war, sicher weiterhelfen. Ein völlig unkomplizierter Typ und ein Fußballfan noch dazu.

Das darauffolgende Gespräch mit dem Herrn Brigadier, den er in Villach bei einer Inspektion der dort stationierten Pionierkompanie erreichte, klappte auch sofort und war äußerst informativ. Allerdings nicht in einem Sinn, der seiner Chefin gefallen würde. Auch der oberste Pionier Österreichs erinnerte sich an Dr. Strasser. Weil sich Akademiker ganz selten zu den Pionieren melden würden und er ihn deshalb nach der Grundausbildung in seine Schreibstube geholt hätte. Gegen dessen Willen, weil er unbedingt mit Booten fahren wollte. Nicht gerade ein kameradschaftlicher Typ, aber ein ausgesprochen vifer Mann. Als damaliger Kompaniekommandant könne er mit Bestimmtheit Vorkommnisse ausschließen, die wichtig genug für einen Aktenvermerk gewesen wären. Ertrunken oder fast ertrunken war in dem Umfeld, das er überblicken konnte, bestimmt niemand. Hundertprozentig auch sonst nichts, was für die Kriminalpolizei hätte von Interesse sein können. Er würde aber noch einen ehemaligen Schreibstuben- und Zimmerkameraden von Dr. Strasser fragen, der beim Heer geblieben war. Vielleicht würde der sich an etwas Interessantes erinnern, das nicht den Weg in die Akten gefunden hatte. Schließlich waren junge Soldaten abends und am Wochenende auch privat unterwegs. Da musste nicht jede Information beim Heer landen. Er versprach auch, weitere Namen jener Soldaten zu liefern, die mit Strasser gemeinsam in Wien und in Klosterneuburg ihren Präsenzdienst geleistet hatten. Während er noch mit dem Brigadier telefonierte, kam ein Kollege mit der in eine Plastikfolie eingewickelten Schaufensterpuppe herein. Auf seinen Wink hin hatte der sie hinter dem Schreibtisch auf den Boden gelegt, wo sie am wenigsten im Weg war, und sich mit einem leichten Tippen auf den Schirm seiner Uniformkappe wieder entfernt. Zunächst wollte er das Kommen seiner Chefin abwarten. Vor rund einer Stunde war sie aus Wien aufgebrochen, da musste sie ja gleich hier sein. Gemeinsam würden sie die vierte Puppe in Augenschein zu nehmen. Dann war seine Neugierde aber doch zu groß. Vorsichtig öffnete er die Folie einen Spalt breit und war verblüfft. Der Schwimmgürtel, den die Puppe trug, war nicht aus Kork, sondern aus Styropor. Und die Puppe war aus Plastik. Waren dem Täter die Puppen aus Holz ausgegangen? Oder gab es dafür einen anderen Grund?

»Hast du beim Militärkommando schon jemanden erreicht?«

Er war so in seine Überlegungen versunken, dass er das Kommen seiner Chefin gar nicht bemerkt hatte. Er blickte auf. »Nicht beim MilKommando. Aber ich habe mit einem alten Schiedsrichterkumpel gesprochen. Der Mann ist Unteroffizier bei den Pionieren in Melk und war in Klosterneuburg Ausbildner. An Doktor Strasser kann er sich erinnern. Muss ein ordentliches Arschloch gewesen sein.«

»Bitte erzähl mir was Neues«, flehte sie.

Er seufzte. »Erstens ist mein Freund absolut sicher, dass sich während seiner gemeinsamen Zeit mit Doktor Strasser in Klosterneuburg nichts ereignet hat, was in irgendeiner Form auffällig gewesen wäre.«

»Und zweitens?«

»Hat er mir die Rutsche zum Chef der österreichischen Pioniere gelegt, der zu der Zeit, als der Herr Strasser seine Grundausbildung in der Tegetthoff-Kaserne in Wien absolviert hat, dort der zuständige Kompaniekommandant gewesen ist. Auch er kann sich gut an ihn erinnern, weil er Strasser als einen der ganz wenigen Akademiker bei den Pionieren in seine Schreibstube geholt hat. Soweit er weiß, keine besonderen Vorkommnisse. An ein aktenpflichtiges Ereignis kann er sich im Zusammenhang mit Strasser jedenfalls nicht erinnern.«

»Kein aktenpflichtiges Ereignis?!« Doris warf die Arme zum Himmel. »Dieser Fall macht mich wahnsinnig.«

»Er wird aber noch einen der ehemaligen Strasser'schen Zimmerkameraden, der jetzt Unteroffizier ist, fragen, ob sich der an irgendetwas erinnert, das für uns von Interesse sein könnte. Außerdem schickt er mir eine Liste von Männern, die damals mit Strasser gedient haben. Vielleicht wissen die was über sein damaliges Leben außerhalb der Dienstzeit. «

Doris nickte. »Schon irgendwelche Nachrichten von der Strompolizei?«

»Nur das hier.« Er zeigte auf die Schaufensterpuppe, die neben ihm lag.

Sie beugte sich über den Schreibtisch und stutzte. »Das ist die vierte?«

Er nickte.

Doris kam um den Tisch herum, ging in die Knie und zog den Spalt in der Folie mit spitzen Fingern etwas weiter auseinander. »Aus Kunststoff«, murmelte sie. »Passt nicht zu den anderen drei.«

»Der Schwimmgürtel auch nicht wirklich«, ergänzte er.

Er sah, dass sie ihren Mund spitzte und dabei Luft einsog. Bei ihr neben dem Drehen einer Haarsträhne immer ein Zeichen, dass sie intensiv nachdachte. »Was meinst du? Würde unser Täter eine Puppe an einem dermaßen nebeligen Tag in die Donau werfen? Er will doch, dass wir seine Inszenierung sehen. Außerdem würde ein Mann, der alles offensichtlich sorgfältig geplant hat, nie bei der Polizei anrufen. Der weiß doch, dass solche Telefongespräche aufgezeichnet werden. Nein. Ich sage dir: Mit der Puppe da will sich jemand einen Scherz mit uns erlauben. Vergiss es. Wir haben Wichtigeres zu tun.«

Er nickte und schaute auf die Uhr. Eine nicht ganz so wichtige Sache würde er noch erledigen müssen, sobald seine Chefin sein Büro verlassen hatte.

Donnerstag, 23. April
10 Uhr 50

Einmal mehr befühlte er den dritten Stern an seinem Kragen, als er das Foyer betrat. Laut Übersichtstafel war das Büro des Polizeidirektors im dritten Stock. Ein Blick auf die große Uhr neben der Tafel bestätigte ihm, dass er zehn Minuten zu früh dran war. Eigentlich sollte er überhaupt nicht hier sein. Wegen seines Einschreitens am frühen Morgen hatten die Kollegen die vierte Puppe gefunden. So sehr hatte er gehofft, der Chefinspektor würde ihm deswegen den befohlenen Rapport ersparen. Aber Undank war der Welten Lohn.

Die stählernen Türen des Lifts öffneten sich bedrohlich schnell. Wie das Maul eines Raubtiers. Dritter Stock. Die Fahrt hinauf ging ihm auch viel zu schnell. Er schwitzte. Seine Knie fühlten sich seltsam an. Kalte Füße hatte er immer noch, obwohl seine Füße längst wieder in trockenen Schuhen und warmen Socken steckten. Die morgendliche Fahrt mit dem Boot hätte er sich sparen können. Einen Schnupfen würde er kriegen. War das fair? Wegen einem Adidas-Anzug einen Stern zu verlieren, für den er jahrelang geschuftet hatte. Bis auf ein paar Kleinigkeiten hatte er sich im Dienst nie etwas zuschulden kommen lassen. Er hätte seinen Vorgesetzten wirklich gerne die Meinung gesagt. Aber leider waren es bis zur Frühpension noch ein paar Jahre.

Zum Büro des Polizeidirektors ging es nach rechts. Ein langer Gang. Auf der einen Seite Fenster in den Hof. Auf der anderen Seite viele Türen. Hier saßen sie in einer Reihe. Die Amtsdirektoren, die für die Sicherheit des Landes verantwortlich waren und doch keine Ahnung vom harten Leben der kleinen Polizisten hatten. In ihren schönen Büros. Mit ihren fetten Gehältern. Von denen brauchte keiner auf das Haushaltsbudget schauen, wenn sie einen neuen Adidas-Anzug wollten.

Der Gang war gespenstisch leer. Nichts regte sich.

Nun hieß es warten. Noch acht Minuten. Ganz nach vorne zum Büro des Polizeidirektors traute er sich nicht. Stattdessen blieb er stehen und schaute zum Fenster hinaus in den Hof. Der Nebel verflüchtigte sich langsam. Dieser verdammte Nebel. Wenn der nicht gewesen wäre, hätte er den Mann in der Morgendämmerung mit Leichtigkeit geschnappt.

Hier so allein am Gang zu stehen, war unangenehm. Jederzeit konnte eine Tür aufgehen. Jederzeit konnte ihn jemand fragen, was er hier verloren hatte. Als er überlegte, ob er vielleicht im Stiegenhaus oder beim Lift warten solle, läutete sein Handy.

Es war Spencer. »Wo bist du?« knurrte der Chefinspektor.

»Am Gang vor dem Büro des Polizeidirektors«, antwortete er wahrheitsgemäß.

»Sehr brav. Und jetzt verschwindest du von dort, bevor dich der Polizeidirektor erwischt.«

»Was? Aber,... der befohlene Rapport?«

»Jetzt hör mir mal gut zu.« Die Stimme des Chefinspektors hatte die Schärfe einer Rasierklinge. »Hätte ich unseren lieben Herrn Direktor wirklich zu diesem befohlenen Rapport bewegt, dann wärst du in spätestens zwanzig Minuten deinen Job los. Nicht nur deinen dritten Stern. Verstehst du, was ich sage?! Unehrenhaft aus dem Polizeidienst entlassen. Wegen Behinderung einer Mordermittlung.«

Die Sinne drohten ihm zu schwinden.

»Du hast mich belogen, Felix Frisch«, fuhr der Chefinspektor mit derselben Schärfe fort. »Das vergesse ich nicht so schnell. Aber deswegen zerstöre ich nicht deine gesamte Existenz. Ich lass‘ dich laufen. Diesmal. Auf Bewährung. Hast du verstanden?! Bewährung!«

»Ja, verstanden«, brachte er mit erstickter Stimme heraus. »Danke vielmals!«

Der Chefinspektor beendete das Gespräch, bevor er sich noch weiter bedanken konnte.

Ein paar Sekunden stand er noch wie angewurzelt da. Dann ging ein Ruck durch seinen Körper. Er rannte davon, als ginge es um sein Leben.

Donnerstag, 23. April
12 Uhr 30

Nachdem sie von Spencer einen ausführlichen Bericht über die neuesten Abenteuer von Gruppeninspektor Frisch erhalten hatte, rief sie noch einmal Doktor Gröger an. Um herauszufinden, warum er sie angelogen hatte. Diesmal war sie nicht in der Stimmung, ihn mit Glaceehandschuhen anzufassen und konfrontierte ihn gleich mit der Lüge.

Sofort gab er zu, mit der späteren Frau Krenn eine Affäre gehabt zu haben. Aus Rücksicht auf den Ehemann habe er diese im letzten Gespräch heruntergespielt. Auch wenn Katharina damals noch lange nicht verheiratet gewesen war, wäre es ihm gar nicht Recht gewesen, wenn der Notar von diesem Verhältnis erfahren hätte.

Was allerdings die Angst von Katharina Krenn vor der Donau betraf, blieb er bei seiner Behauptung. Einige Mitglieder des Schwimmklubs hätten sich einen besonderen Spaß daraus gemacht, von der Mauterner Brücke in die Donau zu springen. Aber Katharina wäre nie dabei gewesen. Würden einige Mitglieder sicher bezeugen können. Seinen Präsenzdienst hätte er nach dem Studium bei der Garde in Wien geleistet. Müsste ebenfalls aktenkundig sein.

Sie wusste nicht recht, wie sie diese Aussagen einordnen sollte. Dass er dem Ehemann zu allem ohnehin schon vorhandenen Kummer nicht auch noch auf die Nase binden wollte, dass seine Frau in ihrer Jugend ein Schmetterling gewesen war, der gern von Blüte zu Blüte flog, leuchtete ihr ein. Bezüglich der Donau-Phobie stand seine Aussage nicht in Widerspruch zu jener des Briefträgers. Außerdem würde sie ihn in diesem Punkt durch einfache Befragung anderer Mitglieder des Schwimmklubs spielend leicht überführen können. Aber wenn Katharina Krenn anders als Klaus Strasser die Donau gemieden hatte, sprach das wieder gegen den Zusammenhang, den der Mörder inszenierte. Es war wirklich zum Aus-der-Haut-Fahren.

Donnerstag, 23. April
13 Uhr 43

Doris streckte den Kopf bei seiner offenen Bürotür herein. Ihr fragender Blick konnte nur bedeuten: Gibt es etwas Neues?

»Noch immer keine dritte Leiche«, beantwortete er die unausgesprochene Frage. »Die Boote der Strompolizei haben vorhin Weißenkirchen passiert.«

Die Kollegen waren zu Mittag aufgebrochen, als sich die letzten Nebelfetzen verzogen hatten. Dass die vierte Puppe höchstwahrscheinlich nicht vom Täter stammte, brachte zwar eine gewisse Erleichterung. Aber die bereits gestern gefundene dritte Puppe bereitete allen Beteiligten nun umso mehr Sorgen. Dass sich der Täter mit der dritten Leiche drei Tage Zeit lassen würde, war im Grunde reine Spekulation. Die Überwachung des Donauufers war wegen des

Nebels bis ungefähr elf Uhr im wahrsten Sinne des Wortes aussichtslos gewesen. Bessere Bedingungen, um eine weiteres Opfer in die Donau zu bringen, konnte es nicht geben. Das sorgte für Nervosität.

Offenbar auch bei Doris, die in der Tür stand und fahrig in alle Richtungen schaute. Typisch. Sie war auf der Suche nach irgendeiner Inspiration, die die Ermittlungen weiterbringen konnte.

Immerhin konnte er sich mit der Recherche bei den Pionieren ablenken. Bevor sich Doris zum Gehen wandte, deutete er auf den Zettel, auf dem er die Telefonnummer notiert hatte. »Nur der Vollständigkeit halber, weil mir der Brigadier die Nummer gegeben hat. Zimmerkamerad von Strasser. Dem Brigadier hat er von den Frauengeschichten von Strasser erzählt. Aber angeblich nichts Konkretes. Soll ich ihn trotzdem anrufen?«

Sie nickte. »Vielleicht erinnert er sich an Namen. Frag ihn, ob Doktor Strasser je eine Katharina Withalm erwähnt hat.«

»Da überschätzt du aber das Gedächtnis eines Unteroffiziers.« Er griff zum Hörer und wählte. »Hier Malzacher vom Landeskriminalamt Niederösterreich. Ihr oberster Chef hat mit Ihnen über Herrn Doktor Strasser gesprochen. Danke, dass Sie bereit sind, in Ihren Erinnerungen zu kramen. Ich hätte in dem Zusammenhang noch eine kleine Frage. Wenn es Ihnen Recht ist, hört meine Chefin zu.«

»Kein Problem.«

Er aktivierte den Lautsprecher. »Hat Ihr damaliger Kamerad Klaus Strasser vielleicht einmal den Namen Katharina Withalm erwähnt?«

»Soweit ich mich erinnere, hat er überhaupt nie einen Namen genannt. Sondern immer nur ganz allgemein geredet. Die eine Freundin hätte einen Superbusen gehabt und eine andere würde er nur mehr an einem großen Muttermal an einer pikanten Stelle erkennen und so weiter. Von den Geschichten ist sicher mindestens die Hälfte reine Angeberei gewesen. Wahrscheinlich hat er deswegen auch nie Namen genannt.«

Er schaute seine Chefin fragend an.

Die zuckte nur die Achseln. Offenbar fielen auch ihr keine weiteren Fragen ein.

»Na schön.« Er bemühte sich, nicht frustriert zu klingen. »Dann danken wir Ihnen nochmal für Ihre Bereitschaft, uns Auskunft zu geben. Auf Wiederhören.«

»Wiederhören. Tut mir leid, dass ich Ihnen nicht mehr sagen kann.«

Seine Chefin wartete, bis der Hörer wieder am Telefon lag. »Wäre ja auch zu schön gewesen. Ein bisschen mehr Glück hätten wir uns schon verdient. Findest du nicht? « Sie klang ziemlich deprimiert. »Na schön. Probieren wir es anders. Wenn überhaupt irgendetwas in dieser Inszenierung auf einen Zusammenhang zwischen Strasser und Krenn hinweist, dann dieses Faktum: Der Täter hat sie beide in einem Zustand, in dem sie ohnmächtig waren, ertrinken lassen. Also rollen wir die Sache von hinten auf. Recherchieren wir mal zu Todesfällen in der Donau. Vielleicht fällt uns anhand einer Liste von Ertrunkenen oder im Fluss Verschollenen etwas auf, das uns weiterbringt.«

Er nickte, obwohl er genau wusste, dass jetzt viele leere Kilometer auf ihn zukamen und diese Recherche womöglich Zeit kosten würde, die sie nicht hatten. Aber er sah auch keine andere Möglichkeit mehr weiterzukommen. »Okay. Suchen wir die Nadel im Heuhaufen. Ich nehme mir die Standesämter vor. Von Krems hinauf bis sagen wir mal nach Aggsbach Markt. Oder soll ich noch weiter donauauf oder -abwärts recherchieren?«

»Nein. Aggsbach ist wahrscheinlich schon zu weit. Konzentrier dich auf den Abschnitt, in dem wir die Puppen und die Leichen gefunden haben.«

»Das sind die Standesämter in Spitz, Weißenkirchen, Dürnstein, Rossatz, Mautern, Stein und Krems. Wie weit in der Zeit soll ich zurückgehen?«

»25 Jahre«, schlug sie vor und zog dabei verteidigend die Arme vors Gesicht, als ob sie Angst vor einer Attacke hätte.

Aber er nickte nur und seufzte. »Das wird ein großer Heuhaufen.«

Donnerstag, 23. April
15 Uhr 20

Von den Strompolizisten kam endlich Entwarnung. Definitiv keine dritte Leiche. Immerhin.

Die Chefin vereinbarte mit ihnen, dass es laufende Patrouillenfahrten geben sollte. Auch in der Nacht. Überstunden seien in diesem Fall jedenfalls gerechtfertigt. Zum Glück war auf absehbare Zeit kein erneuter Nebeleinbruch zu befürchten. Dennoch schien die Überwachung des Ufers nur mittels Streifenwägen nicht mehr ausreichend. Da er mit den Standesämtern vollends ausgelastet war, hatte Doris die Koordination von Wachposten direkt an den besonders uneinsehbaren Uferstellen übernommen. Der Personalaufwand war enorm.

Die Arbeit mit den Standesämtern verlief weitgehend klaglos. Die meisten der Standesbeamten, die gleichzeitig Gemeindesekretäre waren, waren sehr engagiert und wollten gerne helfen, die Personenstandsdaten nach ertrunkenen, verunglückten oder in der Donau vermissten Personen zu durchsuchen. Ab dem Jahr 2000 hatte der Computer in die Gemeinden Einzug gehalten. Dementsprechend schnell waren diese Daten erhoben. Die Daten aus den Jahren vor der Jahrtausendwende waren allerdings durchwegs nur in Papierform gespeichert. Die Durchsicht der alten Aktenordner, die wohl nur alle heiligen Zeiten aus den Regalen genommen wurden, brauchte Zeit.

Nur eine Standesbeamtin zeigte am Telefon deutliche Unlust. Sie habe wegen mehrerer Hochzeitsvorbereitungstermine keine Zeit, sich gleich darum zu kümmern. Ob der Herr Chefinspektor nicht selbst vorbeikommen wolle, um die Akten durchzuschauen?

Da war ihm beinahe der Kragen geplatzt. Dass er hier selbst alle Hände voll zu tun hatte, hätte er der Frau gerne etwas lauter mitgeteilt. Stattdessen hatte er sie nur ganz freundlich gefragt, ob sie mitbekommen habe, dass das zweite Opfer in diesem Mordfall eine Landtagsabgeordnete und persönliche Vertraute des Landeshauptmanns war.

»Oh! Na, dann hat das natürlich absoluten Vorrang«, antwortete die Standesbeamtin in einem schlagartig sehr geschäftigen und verbindlichen Tonfall. Sie lieferte die gewünschten Informationen dann auch schneller als die Kollegen von den anderen Standesämtern.

Laufend kamen die Daten per Email herein. Zum Glück gab es in der Wachau weniger Ertrunkene, als er befürchtet hatte. Die meisten Todesfälle an der Donau waren offenbar darauf zurückzuführen, dass Menschen an heißen Tagen ins kalte Wasser sprangen und einen Herzinfarkt erlitten. Ein paar Fälle von Genickbruch waren auch dabei, weil es Menschen gab, die kopfüber in trübes Wasser sprangen, das nicht tief genug war. Nicht bei allen Fällen fanden sich Vermerke zur Todesursache. Diese unklaren Fälle bezog er bei seinen weiterführenden Recherchen zu den Ertrunkenen und Verschwundenen mit ein. Er hatte die Standesämter angewiesen, ihm Kontaktdaten zu möglichen Ansprechpersonen mitzuliefern. Bei den meisten Telefonaten mit den nächsten Angehörigen der Verstorbenen hatte er das ungute Gefühl, alte Wunden wieder aufzureißen. Aber es musste sein. Die meisten Leute gaben ihm bereitwillig und offen Auskunft. Auf irgendeinen Fall, der seine besondere Aufmerksamkeit erregte, stieß er allerdings nicht.

Donnerstag, 23. April
17 Uhr 10

Martin Krenn hatte die letzte Nacht gemeinsam mit seinen Kindern im Haus seiner Schwiegermutter in Langenlois verbracht. In der Früh hatte er sich entschieden, in seine Kanzlei zu fahren. Von der Arbeit erhoffte er sich Ablenkung von seinem Kummer. Obwohl sein Notariat gegenüber der Spitzer Polizeistation lag. Immerhin blieb ihm der Blick auf die Donau erspart. Wohlweislich war er nicht durch die Wachau gefahren, sondern hatte den längeren Weg über die sanften Hügel des südöstlichen Waldviertels genommen.

Gleich nach seiner Ankunft hatte er seine Mitarbeiter in sein Büro gebeten. Wie er sehen konnte, waren sie erstaunt über sein Erscheinen. Er erklärte ihnen den Grund für sein Kommen. Dass er sich von der Arbeit eine therapeutische Wirkung erhoffen würde. Allerdings musste er feststellen, dass es ihm schwerfiel, sich auf die Lektüre der Akten zu konzentrieren. Gott sei Dank war seine Sekretärin klug genug, ihm keine Anrufe durchzustellen.

Er konnte sich nicht erinnern, als Notar je vor siebzehn Uhr Feierabend gemacht zu haben. Heute tat er es, weil er seinen Kindern versprochen hatte, spätestens um sechs wieder in Langenlois zu sein. Wieder brachte er es nicht übers Herz, an der Donau entlangzufahren. Stattdessen fuhr er zunächst nach Norden über Mühldorf, um dann bei Kottes nach Osten abzubiegen. Die tiefe Ruhe der kleinen Orte zwischen den Hügeln und den Waldstreifen, wo kaum ein Mensch auf der Straße war, empfand er als sehr angenehm.

Knapp nach Albrechtsberg erreichte ihn der Anruf der Chefinspektorin. Sie erkundigte sich zunächst sehr einfühlsam nach seiner seelischen Verfassung. Hörbar überrascht war sie von seiner Mitteilung, bereits wieder im Büro gewesen zu sein. Da sie außerdem offenbar den Motorenlärm im Hintergrund hörte, bat sie ihn, bei nächster Gelegenheit anzuhalten.

Was er auch tat. Er stellte seinen Wagen auf gerader Strecke an den Straßenrand neben einen Acker.

Als er angehalten hatte, berichtete sie ihm von den Ergebnissen der Obduktion und versicherte ihm, dass seine Frau bestimmt nicht gelitten habe.

Trotzdem war er fassungslos. Wie konnte jemand seine Katharina einfach betäubt ertrinken lassen? Warum?

Die Chefinspektorin erklärte ihm, dass auch Klaus Strasser ertrunken war, und dass das Ertrinken als offensichtlichster Zusammenhang zwischen den beiden Taten auf der Hand lag. Daher sei die Mordkommission nun damit beschäftigt, Fälle von in der Donau Ertrunkenen zusammenzutragen. Dementsprechend lautete ihre Frage an ihn, ob seine Frau jemals irgendetwas erzählt habe, das damit in Verbindung gebracht werden könne.

»Ich wüsste nicht, was. Tut mir leid.«

»Doktor Gröger hat mir erzählt, dass Ihre Frau zu der Zeit, als sie Mitglied im Kremser Schwimmklub gewesen ist, nie in der Donau geschwommen ist. Angeblich, weil sie als Kind darin fast ertrunken wäre.«

»Jetzt, wo Sie es sagen, denke ich auch, dass Katharina, seit ich sie kenne, nie in der Donau geschwommen ist. Aber dass sie einmal fast ertrunken wäre, ist mir neu. Müsste in ihrer Melker Zeit passiert sein.

»In ihrer Melker Zeit«, wiederholte die Chefinspektorin mit nachdenklichem Tonfall.

»Ja. Meine Frau hat bis neunzehnzweiundneunzig oder dreiundneunzig in Melk gelebt. Ihr Vater war dort die Nummer zwei an der Bezirkshauptmannschaft. Bis er dann zum Bezirkshauptmann in Krems bestellt worden ist. Da war

Katharina siebzehn. Um den Posten muss es ein ziemliches Gerangel gegeben haben. Krems war halt schon immer ein attraktiver Platz. Der damalige St. Pöltner Bischof ist ein guter Freund meines Schwiegervaters gewesen. Und der war wieder ein Spezi des damaligen Landeshauptmanns. Damit war die Sache für meinen Schwiegervater geritzt.« Er überlegte nochmal. »Tja, leider. Sonst fällt mir zu Ihren Fragen weiter nichts ein. Aber ich denk' drüber nach und melde mich gegebenenfalls.« Wobei er wusste, dass es ihm schwerfallen würde, über Katharina ausgerechnet im Zusammenhang mit dem Thema Ertrinken nachzudenken.

Donnerstag, 23. April
17 Uhr 21

Theresa Strasser war gerade dabei, für sich und ihre beiden Kinder ein frühes Abendessen zuzubereiten, als ihr Handy läutete. Sie wischte sich hastig ihre beiden Hände an einem neben dem Herd liegenden Geschirrtuch ab und nahm das Gespräch an. »Guten Abend, Frau Lenhart! Haben Sie Neuigkeiten für mich?«

»Keine Neuigkeiten, aber eine neue Frage. Hat Ihr Mann je etwas von Melk in Verbindung mit seiner frühen Studienzeit erzählt?«

»Von Melk? Nein. Ich bin jedenfalls ziemlich sicher, dass er keine Studienkollegen aus Melk hatte. Denn seinen damaligen Freunden hat er mich vorgeführt. So, wie ich ihn kenne, hat er dabei keinen einzigen ausgelassen. Wenn er jemals etwas in Melk zu tun hatte, dann vor meiner Zeit. Vielleicht weiß Roman mehr.«

»Leider nein. Den habe ich gerade angerufen.« Die Frustration der Ermittlerin war hörbar.

»Frau Lenhart, vielleicht kann ich Ihnen doch helfen. Ich habe heute im Arbeitszimmer meines Mannes ein paar Kisten mit ganz alten Sachen gefunden. Vielleicht finde ich da etwas. Ich mach nur schnell das Abendessen für die Kinder fertig, dann schau ich nach.«

»Danke vielmals, damit wäre mir tatsächlich sehr geholfen.«

Donnerstag, 23. April
18 Uhr 43

Ihr Handy läutete. Frau Strasser. Endlich.

»Frau Lenhart. Entschuldigen Sie, dass es so lange gedauert hat. In den Kisten war nichts. Aber in einer Lade waren alte Kalender. Unter anderem einer von zweiundneunzig. Im Juli findet sich da eine Notiz: Melker Sommerspiele. Das steht von neuntem bis über den zwölften geschrieben. Scheint also zu bedeuten, dass er die vier Tage dort war. Dann hab ich mich erinnert, dass er mir mal erzählt hat, dass er vertretungsweise in einer Statistenrolle für einen Freund eingesprungen ist. Der Freund hat ihm dafür wichtige berufliche Kontakte vermittelt. Sonst habe ich nichts gefunden. Aber ich suche weiter.«

»Vielen Dank, Frau Strasser. Ich kann natürlich noch nicht sagen, ob uns das weiterhilft. Aber diesem Hinweis gehen wir auf alle Fälle nach.« Sie beendete das Gespräch und ging sofort hinüber zu Spencer.

Der telefonierte gerade.

Also schrieb sie die Information auf den leeren Zettel vor ihm: 9. - 12. Juli 1992, Melk.

Er beendete das Telefonat. »Rückmeldung von Frau Strasser?« fragte er.

»Ja. Klaus Strasser war als junger Student bei den Melker Sommerspielen. Katharina Krenn war damals sechzehn.«

»Und womöglich war die junge Dame im Juli auf Sommerferien irgendwo anders«, kommentierte er missmutig und deutete auf die lange Liste mit Fällen von Ertrunkenen, die vor ihm lag. »Im Ernst. Das liegt noch weiter zurück, als der Zeitraum, den ich bearbeite. Dass die beiden jung und vielleicht zur selben Zeit in Melk waren, ist noch etwas dünn, findest du nicht? Die waren bestimmt auch mal zufällig zur gleichen Zeit in Krems oder sonst irgendwo in der Wachau. Aber okay. Ich check das gleich morgen Früh, wenn das Standesamt Melk wieder aufsperrt.«

Sie schaute auf die Uhr. Dass das Standesamt bestimmt längst geschlossen war, hatte sie nicht bedacht. Sie wusste wohl, was für ein Aufwand es sein würde, eine zuständige Person außerhalb der Dienstzeit aufzutreiben und dazu zu bewegen, wieder ins Büro zu fahren, um einen kurzen Blick in den Aktenordner vom Juli 1992 zu werfen. Sie wusste auch, dass Spencer nervös war, weil es draußen dunkel wurde. Sie war ebenfalls nervös. Bisher hatte der Täter seine Opfer immer nachts in die Donau gebracht. Die zweite Nacht nach dem Fund der dritten Puppe brach an. Würde er heute Nacht zuschlagen? Selbst wenn die dritte

Leiche erst drei Tage nach der dritten Puppe, also morgen, in der Donau landen würde, so musste der Täter sein Opfer doch vorher in seine Gewalt bringen. Wie viele Stunden vorher, darauf kam es jetzt an. Im Grunde konnten sie nur mehr beten, dass in den nächsten Stunden nichts geschehen würde.

Ihr Handy riss sie aus ihren Gedanken.

Sie stöhnte und zeigte Spencer das Display.

Der verdrehte die Augen, nickte ihr aber dennoch zu, das Gespräch anzunehmen.

Was sie auch tat. »Guten Abend, Chef!«

»Wie weit seid ihr?« fauchte Marbolt ohne Begrüßung.

»Noch immer keine konkrete Spur«, berichtete sie wahrheitsgemäß.

Spencer schüttelte den Kopf.

Aber sie hatte jetzt überhaupt keinen Nerv für taktische Spielchen. »Können wir jetzt weiterarbeiten?« fragte sie gerade heraus.

»Sitzt du gerade mit deinem Stellvertreter zusammen?« fragte Marbolt. »Er soll ruhig zuhören. Mich hat eben der Chefredakteur des Niederösterreichischen Tagblatts angerufen, um mich zu informieren, dass seine Zeitung für übermorgen Samstag eine Sonderausgabe plant. Mit der niederösterreichischen Mordkommission als Hauptdarsteller. Weil du einem seiner Redakteure gegenüber etwas von einer Klärung unserer Fälle und einer Pressekonferenz morgen Freitag gefaselt haben sollst. Stimmt das?«

»Ja«, gab sie unumwunden zu. Sie hatte die Schnauze voll.

»Das Niederösterreichische Tagblatt hat außerdem einen anonymen Anruf erhalten«, fuhr Marbolt bissig fort. »Angeblich hat die Strompolizei heute schon wieder eine Schaufensterpuppe aus der Donau gefischt. Stimmt das auch?«

»Ja, das stimmt auch. Der anonyme Anruf bei der Zeitung passt ins Bild. Wir sind davon überzeugt, dass sich da jemand einen schlechten Scherz erlaubt hat.«

»Einen schlechten Scherz? Den machst wohl du.« Die Stimme des Polizeidirektors hatte an Lautstärke zugelegt. »Morgen ist schon Freitag. Der erste Mord war letzten Samstag. Beinahe eine Woche dilettiert ihr jetzt schon herum. Ohne jegliches Ergebnis. Eines sage ich euch beiden: Eine derartig geballte Ladung an Inkompetenz ist mir in meinem ganzen Leben noch nicht untergekommen. Das habe ich auch dem Herrn Chefredakteur so gesagt. Mit meiner ausdrücklichen Zusage, mich zitieren zu dürfen.«

Am liebsten hätte sie das Handy gegen die Wand geworfen. Stattdessen streckte sie es angewidert von sich.

»Also«, fuhr Marbolt fort. »Hiermit verwarne ich euch beide. Ganz offiziell und dienstlich. Die Verwarnung bekommt ihr gleich auch schriftlich per E-Mail. Wenn ihr der Sache nicht gewachsen seid, dann schlage ich vor, dass ihr von Euren Posten zurücktretet und mich um Versetzung ersucht.«

»Das kannst du dir gleich abschminken«, platzte es aus ihr heraus. »Du musst schon selbst den Mut aufbringen, uns mitten in der Arbeit an diesem Fall rauszuwerfen.«

Spencer pflichtete ihr mit einer raschen Bewegung seiner rechten Faust in Richtung Handy bei, die sie nur als Kinnhaken deuten konnte.

»Ich habe befürchtet, dass du so reagieren wirst. Du bist eben überfordert. Dein alter Stellvertreter genauso.«

Marbolts Stimme triefte vor falschem Mitleid. »Du wirst verstehen, dass ich als Polizeidirektor in einem so brisanten Fall dieser Überforderung nicht länger zusehen kann. Daher sehe ich mich gezwungen, in Absprache mit dem Innenminister und dem Landeshauptmann selbst für eure Abberufung zu sorgen. Ich werde die beiden von der Sonderausgabe des Niederösterreichischen Tagblatts informieren. Der Chefredakteur wird beide um eine Stellungnahme bitten.« Er lachte höhnisch. »So, wie ich die beiden Herren kenne, würde es mich sehr wundern, wenn sie euch beiden die Stange halten. «

So ein intrigantes Schwein. Im ersten Moment war sie sprachlos. Aber dann fiel ihr doch ein Gegenzug ein: »Du kennst ja das Sprichwort: jeder ist seines Glückes Schmied. Wenn wir den Fall doch noch lösen, blamierst du dich bis auf die Knochen.«

Spencer kommentierte ihre Worte, indem er seine Fäuste zur Siegerpose in die Höhe streckte.

Marbolt schwieg. Die Stille hörte sich tatsächlich an wie ein glatter K.o.-Sieg.

Sie nutzte sein Schweigen, um das Gespräch zu beenden. »Wir machen jetzt weiter. Ciao.«

Spencer grinste. »Du hast ein gutes Händchen für miese Schweine. Alle Achtung! Der Feigling traut sich niemals, zum Innenminister und zum LH zu gehen, wenn er damit auf die Schnauze fallen kann.«

Da war sie nicht so sicher. Gut möglich, dass sein Hass diesmal über seine Feigheit obsiegen würde. Aber sie wollte Spencer nicht die Laune verderben. Um zu vermeiden, dass er ihr die Sorge ansah, stand sie schnell auf. »Los! Wir dürfen uns nicht ablenken lassen.« Den Zettel, auf dem sie »9. - 12. Juli 1992, Melk« notiert hatte, nahm sie demonstrativ mit. Solange sie im Dunkeln tappten, war es jedenfalls falsch, mit ihm über Prioritäten zu diskutieren.

Als sie wieder allein in ihrem Büro war, versuchte sie sich auf die Arbeit zu konzentrieren. Vergebens. Marbolt war wirklich letztklassig. Offensichtlich war sein Transfer nach Wien geplatzt. Nun hatten sie diesen Traum von einem Chef weiterhin am Hals. Ein Albtraum. Er würde sie ständig mit seinem Hass verfolgen.

Das Bild der Leiche von Katharina Krenn tauchte in ihrem Bewusstsein auf. Ihr Unterbewusstsein drängte sie offenbar zurück an die Arbeit. Unschlüssig starrte sie auf den Zettel. Juli 1992. Das war verdammt lange her. Wieso würde jemand erst nach so langer Zeit Rache nehmen? Wenn es um Rache ging, dann hatten Strasser, Krenn und möglicherweise eine dritte Person dem Mörder etwas angetan, das er nicht verzeihen konnte. Was konnte da passiert sein, wenn die Opfer einander gar nicht kannten? Und was sollte die dritte Puppe? Kleiner als die anderen beiden und unbekleidet. Wer war die dritte Person? War es tatsächlich ein Kind? Der Täter konnte doch nicht einem Kind vorwerfen, dass es nicht geholfen hatte.

Die Leiche von Katharina Krenn trat wieder vor ihr geistiges Auge. Beharrlich. Was hatte das zu bedeuten? Mit einem Seufzen gab sie ihrem Unterbewusstsein nach und griff zu der Mappe auf ihrem Schreibtisch, in der die Fotos vom Fundort der Leiche am Donauufer bei Rossatz lagen. Sie blätterte die Fotos durch, die sie alle bereits mehrfach angeschaut hatte. Aber irgendwas machte sie auf einmal stutzig, als sie den makellos gebräunten Oberschenkel betrachtete. Da war nur ein makellos gebräunter Oberschenkel. Da fehlte doch was.

Sie ging hinüber zu Spencer und zeigte ihm die Fotos. »Bin ich schon ganz blöd? Irgendwas habe ich am Fundort der Leiche gesehen, was ich auf den Fotos nicht sehe. Aber ich komm nicht drauf, was es ist.«

Spencer wirkte wegen der neuerlichen Unterbrechung genervt. »Woher soll ich wissen, was du auf den Fotos nicht siehst? Fahr doch rüber ins Klinikum. Ist ja nur fünf Minuten von hier entfernt. Dann kannst Du selbst nachschauen.«

Das überraschte sie. »Ich dachte, die Leiche liegt in Krems.«

Er schüttelte den Kopf und grinste. »Ich habe angeordnet, dass die Leiche in St. Pölten obduziert wird. Da müssen wir nicht immer so weit fahren.«

Donnerstag, 23. April
19 Uhr 20

Sein Reich. Sechzig Meter lang und fünfundzwanzig Meter breit. Nur weiße Kacheln und Stahl. Er hatte einmal im Fernsehen die Küche von einem dieser Starköche gesehen. Dort gab es viele Gasherde. Die gab es hier nicht. Aber sonst sah sein Reich fast genauso aus. Vor allem wegen der stählernen Kühlschränke. Eigentlich sollte seine Berufsbezeichnung nicht Prosekturdiener sondern Prosekturherrscher lauten.

Zu Testzwecken nahm er noch einen zweiten Schluck und rollte ihn auf seiner Zunge hin und her, schluckte und wischte sich mit dem Handrücken den Schaum von der Oberlippe. Eindeutig. Das Stiegl Bräu schmeckte ihm von allen Bieren, die er getestet hatte, kurz vor Feierabend am besten. Oder lag das nicht an der Uhrzeit, sondern am Nachgeschmack der Knackwurst, die er gerade verzehrt hatte? Stiegl und Knackwurst. Er konnte nicht benennen, warum ausgerechnet der Salzburger Hopfen besonders gut mit Knackern harmonierte. Zum mittäglichen Gulasch war für ihn ein Gösser unübertroffen. Diesen feinen Unterschieden würde er nachgehen müssen.

Die Tür zu seinem Reich ging auf.

Eigenartig, er hatte gar kein Klopfen gehört.

Hereingeeilt kam Doris Lenhart, die Chefinspektorin, die ihn üblicherweise wie einen Prosekturdiener, nicht wie einen Prosekturherrscher behandelte. »Tut mir leid, Sie so spät noch stören zu müssen. Aber ich will mir unbedingt die Leiche von Frau Krenn noch einmal anschauen.«

»Unbedingt«, pflichtete er ihr schelmisch bei und ging zur stählernen Schrankwand. Jetzt hatte er nicht einmal mehr kurz vor Dienstschluss seine Ruhe vor diesen Getriebenen, die unbedingt dies und unbedingt das tun mussten. Konnte das nicht bis morgen warten? »Ich warne Sie«, sagte er, bevor er die große stählerne Lade aus der Wand zog. »Der Pathologe hat an dem Körper ganz schön herumgeschnipselt. Sie sollten sich besser setzen. Für den Fall, dass Ihnen schlecht wird.«

Er merkte an ihrem strengen Blick, dass er sich die Warnung hätte sparen sollen. Schnell zog er die Leiche heraus. »Wollen Sie sie auf dem Tisch haben?«

»Noch nicht. Vielleicht finde ich das, wonach ich suche, auch so.« Sie kam näher und beugte sich über den Schrank. Nach nicht einmal zehn Sekunden zückte sie ihr Handy und machte ein Foto. Dann bedeutete sie ihm, die Lade wieder in die Wand zu schieben.

Nach dieser Anstrengung brauchte er ein Bier. Irgendwie veräppelt kam er sich wegen dieser kurzen Begutachtung schon vor. »Und was, wenn ich fragen darf, haben Sie jetzt gesehen?«

»Ich wollte nur checken, ob die Tote im Dienst Alkohol getrunken hat. Das sieht man nämlich an einer bestimmten Stelle der Haut.«

Bevor er noch etwas sagen konnte, war die Chefinspektorin schon wieder weg. Hatte sie ihn auf den Arm genommen? Vorsichtshalber goss er die halbvolle Flasche Bier in den Ausguss.

Donnerstag, 23. April
19 Uhr 25

Kaum hatten sich die Türen der Prosektur hinter ihr geschlossen, rief sie Martin Krenn an.

Er meldete sich sofort. »Guten Abend, Frau Chefinspektorin. Mir ist sonst nichts zum Thema Ertrinken eingefallen.«

»Macht nichts, Herr Krenn. Ich habe eine andere Frage: Ihre Frau hat an der Innenseite des Oberschenkels einen daumengroßen Fleck, deutlich heller als die gebräunte Haut rundherum. Wissen Sie etwas darüber?«

»Ja. Das ist eine Operationsnarbe. Von einem kleinen chirurgischen Eingriff vor sechs Jahren. Da hat sich Katharina ein großes Muttermal entfernen lassen.«

Bei seinen Worten stellten sich ihre Nackenhaare auf.

Donnerstag, 23. April
19 Uhr 30

»Spencer!« schrie sie, kaum, dass sie aus dem Aufzug in den Gang zu ihren Büros getreten war. Sie lief ihm entgegen.

Erstaunt streckte er den Kopf aus seiner Tür.

»Da, schau!« Sie zeigte auf ihrem Handydisplay auf die Stelle am Oberschenkel, die sie drüben in der Prosektur fotografiert hatte. »Eine daumengroße Operationsnarbe. Was hat der Vizeleutnant gesagt? Strasser hat von einer Frau erzählt, die er nur mehr wegen einem großen Muttermal wiedererkennen würde. An einer besonders pikanten Stelle. Herr Krenn hat mir gerade bestätigt, dass seine Frau da ein großes Muttermal hatte. Es wurde erst vor sechs Jahren wegoperiert. Das passt zusammen. Klaus Strasser und Katharina Krenn haben gevögelt, ohne sich zu kennen, verstehst du?! Und zeitlich passt es auch. Juli zweiundneunzig. Lass alles liegen und stehen. Wir brauchen jemanden vom Standesamt Melk.«

Donnerstag, 23. April
19 Uhr 50

Der Melker Standesbeamte meldete sich wie versprochen telefonisch bei seiner Ankunft im Rathaus. Er war von seinem Haus in Loosdorf zurück nach Melk gefahren.

Sie lauschten beide dem Knarzen der offenbar alten Türe, die der Mann aufdrückte.

»So. Jetzt bin ich gleich im Büro. Mein Vorgänger hat alles in bester Ordnung hinterlassen. Alle Akten geordnet und durchnummeriert. Er hat auch immer sehr aussagekräftige Notizen zu den Sterbedaten hinzugefügt. Wenn da jemand ertrunken ist, seh ich das sofort. Neunzehnzweiundneunzig. Neunter bis zwölfter Juli. Donnerstag bis Sonntag. Das haben wir gleich.« Das Rascheln von Papier war zu hören. »Hm. Nein. Da ist niemand ertrunken.«

»Sind Sie ganz sicher?« fragte Doris

»Ja. Ich habe Ihnen doch gesagt: Die Akten sind durchnummeriert«, betonte er in leicht beleidigtem Tonfall. »Da fehlt nichts. An diesen vier Tagen gab es keinen Sterbefall. Auch kein Vermerk über einen Unfall, der später zu einem Sterbefall geworden ist. Nur zwei Geburten, eine Vaterschaftsanerkennung, eine Namensänderung und am Wochenende drei Eheschließungen.«

»Verdammt. Und ich war so sicher, dass wir endlich eine konkrete Spur haben. Naja. Danke vielmals für Ihre Mühe.«

»Ja. Tausend Dank«, stimmte Spencer ein. »Vielleicht melde ich mich morgen wieder bei Ihnen, wenn sich herausstellt, dass ich den bisherigen Suchradius erweitern muss. Schließlich hat eines der Opfer in Melk seine Jugend verbracht.«

»Tut mir wirklich leid, dass Ihre konkrete Spur bei mir versiegt.« Der Standesbeamte klang nicht mehr beleidigt. »Ich hätte Ihnen wirklich gerne geholfen. Auf Wiederhören.«

Sie schlug die Hände vors Gesicht. »Ich heul gleich. Da haben wir endlich ein paar Puzzlesteine, die zusammenpassen. Und schon fällt diese Fährte in sich zusammen wie ein Kartenhaus.«

Spencer seufzte tief. »Diesmal habe ich auch gedacht, dass wir endlich eine Spur haben. Weißt du, bisher habe ich immer geglaubt, ich bin gut in diesem Job. Aber diesmal... Ich habe echt eine Scheißangst, dass noch mehr Leichen die Donau runterschwimmen.«

Sein Telefon klingelte.

»Malzacher!«

»Ich bin´s nochmal«, meldete sich der Standesbeamte.

Spencer drückte gleich auf den Lautsprecherknopf.

»Verzeihen Sie, ich bin ganz aufgeregt. Ich bin auf eine Ungereimtheit gestoßen. Bei dem Akt mit der Namensänderung. Die Adresse der Person, die da ihren Namen ändert, lautet Flurstraße sieben. Das kann nicht stimmen. Mein Cousin wohnt auch in der Flurstraße sieben. Das ist ein Wohnblock, der erst Neunzehnhundertsechsundneunzig errichtet worden ist. Verstehen Sie? Vier Jahre später.« Seine Stimme überschlug sich fast.

»Verstehe ich Sie richtig?« fragte Spencer. »Sie meinen, dass wir es da mit einem gefälschten Akt zu tun haben.«

»Genau.«

»Das passt zu unserem Täter«, schaltete sie sich ein. »Er geht kaltblütig vor und hat diese Sache gründlich geplant.

Kennen Sie jemanden, der sich an die fragliche Zeit erinnern könnte?«

»Tja. Wie ich Ihnen schon vorhin gesagt habe: Ich arbeite erst seit letztem Herbst hier. Mein Vorgänger ist nach langer schwerer Krankheit verstorben. Er war ein wandelndes Lexikon. Hat von allen Einwohnern von Melk Namen und Geburtsdatum gekannt. Er hätte ihnen vielleicht sogar sagen können, welcher Akt da fehlt. Das Einzige, was ich für Sie tun kann, ist, mich bei den älteren Gemeindebediensteten umzuhören. Vielleicht können die sich erinnern, was im Juli zweiundneunzig los war?«

»Gut. Bitte tun Sie das«, sagte Spencer. »Bitte so rasch wie möglich. Sagen Sie den Kolleginnen und Kollegen ruhig, um welchen Mordfall es geht.«

»Okay. Aber ehrlich gesagt geht das erst morgen Früh gut. Ich habe ich nur wenige Privatnummern von meinen neuen Kollegen. Wie Sie wissen, bin ich aus Loosdorf. Tja.«

Spencer seufzte. »Tun Sie bitte einfach, was in Ihrer Macht steht. Wir danken Ihnen.«

Sie schüttelte den Kopf. Als er die Verbindung unterbrochen hatte, brachte sie ihre Meinung noch deutlicher zum Ausdruck. »Den Herrn können wir vergessen. Der wird sicher nicht fündig.«

Ihr Stellvertreter nickte. »Und was machen wir jetzt?« In einem plötzlichen Anfall von Wut haute er mit der Faust auf den Tisch. »Das darf doch wirklich nicht wahr sein. Lässt unser Freund einfach einen Akt verschwinden und ersetzt ihn durch einen gefälschten…«

»Offensichtlich ein Mann, der sich mit Behörden und Ablagesystemen auskennt«, sinnierte sie. »Und ausgerechnet ein Namensänderungsakt. Ein Mörder mit Sinn für Humor. Immerhin. Jetzt sind wir doch auf der richtigen Spur.« Sie erhob sich. »Ruf die Polizei in Melk an. Vielleicht gibt es dort ältere Kollegen, die sich an den Juli zweiundneunzig erinnern.«

Donnerstag, 23. April
21 Uhr 18

Auf ihren Wunsch hin hatte er sich umgehend mit dem Revier in Melk in Verbindung gesetzt. Diejenigen, die an diesem Abend Dienst hatten, hatten sofort alle ihre Kollegen angerufen. Das Herumtelefonieren zog sich ewig hin, weil zwei Männer nach Feierabend nicht gleich ans Telefon gingen.

Ergebnis dieser Mühe: Niemand konnte sich dort an einen Tod durch Ertrinken in Melk und Umgebung vor mehr als einem Vierteljahrhundert erinnern. Kein Wunder, da der dienstälteste Polizist der Melker Polizei erst achtzehn Dienstjahre aufzuweisen hatte. Akten waren auch nicht mehr verfügbar. Er hatte sich noch die Telefonnummern zweier längst pensionierter Beamter geben lassen, die sich vielleicht an einen solchen Fall erinnern würden. Aber auch da Fehlanzeige. Der eine schien ihm senil zu sein, weil er auf seine Fragen nicht wirklich antwortete, sondern dauernd über seine geringe Pension klagte. Der andere, noch ältere, war telefonisch nicht zu erreichen.

Auf Nachfrage im Revier hieß es, sie hätten auch keine Ahnung, wo der alte Mann abgeblieben sein könnte. Wäre aber ohnehin ein eher mürrischer Typ und wolle am liebsten in Ruhe gelassen werden.

Er bat die Kollegen, beim Haus des alten Herrn vorbeizufahren, um Nachschau zu halten.

Dieses Ansinnen lehnten sie jedoch freundlich mit dem Hinweis ab, dass das alte Paar nördlich von Dürnstein wohnen würde.

Der Anruf beim Weißenkirchener Revier, das auch für Dürnstein zuständig war, brachte auch nichts außer weiterem Zeitverlust.

Händeringend stapfte er hinüber ins Büro von Doris. »Also. Die Kollegen aus Dürnstein berichten, dass in dem Haus des alten Herrn kein Licht brennt und niemand an die Tür geht. Dieser Fall macht mich wahnsinnig. Wahnsinnig!« wiederholte er laut.

»Wie heißen die beiden?« fragte Doris.

»Alois und Emilie Lichtenwerder.«

Sie seufzte tief. »Da hilft jetzt wohl nur noch eins.« Sie griff zum Handy und zeigte ihm am Display, wen sie anrief.

»Das ist nicht dein Ernst«, murmelte er.

»Schönen guten Abend, Frau Machherndl! Entschuldigen Sie, dass ich Sie zu dieser Uhrzeit noch störe. Ich habe eine Frage, die Sie als ehemalige Gemeindesekretärin vielleicht beantworten können. Sie sind meine letzte Hoffnung. Nördlich von Dürnstein, aber noch auf Gemeindegebiet, wohnt das Ehepaar Lichtenwerder.«

Vom anderen Ende der Leitung war ein hämisches Kichern zu hören.

»Wir müssen Herrn Lichtenwerder dringend erreichen«, fuhr Doris unbeirrt fort. »Zu Hause ist er nicht anzutreffen und er geht auch nicht ans Telefon. Können Sie uns zufällig sagen, wo wir ihn finden könnten?«

»Ja«, antwortete Josefa Machherndl und kicherte weiter.

Er war sicher, dass Frau Machherndl betrunken war.

»Frau Machherndl?« fragte Doris, als das Kichern allzu lang dauerte.

»Was kriege ich dafür?« gluckste die alte Frau.

»Ein gutes Gewissen«, antwortete Doris geduldig.

Er konnte nur hoffen, dass Doris dieser Klatschtante nichts von der dritten Puppe und einem drohenden dritten Mord erzählen wollte.

»Gutes Gewissen habe ich schon.« Machherndl klang jetzt etwas ernster. »Es hat mit dem Fall zu tun, stimmt's?«

»Wir müssen dringend mit ihm sprechen.«

»Da werden Sie beim Alois kein Glück haben«, fuhr Machherndl fort. »Der ist ein sturer Hund. Von allen seinen ehemaligen Kollegen schwer enttäuscht. Habe ich vorhin von seiner Frau erfahren. Meine Sitznachbarin in der Sonntagsmesse. Furchtbare Sängerin. Es ist doch wirklich ein Skandal, wie man bei Ihrem Verein pensionierte Mitarbeiter behandelt. Da macht einer vierzig Jahre Dienst, feiert im Spital todkrank seinen achtzigsten Geburtstag und niemand bei der Polizei findet es der Mühe wert, dem Mann wenigstens am Telefon zu gratulieren oder sich nach seinem Befinden zu erkundigen. Dafür verhätschelt man solche Nichtsnutze wie diesen lächerlichen Gruppeninspektor. Können Sie Ihrem Chef ruhig sagen. Und auch, dass der Fisch beim Kopf zu stinken beginnt.«

In dem Punkt hat die alte Frau Recht, dachte sie. Aber für diese Diskussion war jetzt keine Zeit. »Frau Machherndl, bitte. Wo finden wir Herrn Lichtenwerder?«

Die Angesprochene kicherte wieder. »Dazu sage ich nur: Kleine Geschenke erhalten die Freundschaft.«

Doris reckte das Kinn vor und würgte ihr Handy mit beiden Händen, sagte jedoch ganz ruhig: »Was hätten Sie denn gerne?«

»Eine Flasche Wachauer Marillenschnaps. Den achtjährigen. Der ist nämlich der beste Jahrgang.« Das klang halbwegs nüchtern.

»Na gut, abgemacht«, bestätigte Doris. »Und jetzt sagen Sie mir endlich, wo ich Herrn Lichtenwerder finden kann.«

»Im Spital in Krems. Seine Frau ist bei ihm und weicht nicht von seiner Seite. Aber die Fahrt dorthin können Sie sich sparen. Er redet bestimmt nicht mit Ihnen.«

»Das lassen Sie nur meine Sorge sein, Danke. Wegen dem Marillenschnaps melde ich mich, sobald wir den Fall gelöst haben, versprochen.« Sie beendete das Gespräch, bevor Josefa Machherndl noch etwas sagen konnte. »Bitte ruf das Spital in Krems an und frag, ob die Lichtenwerders wirklich dort sind«, wies Doris ihn an. »Ich kümmere mich einstweilen um eine Überraschung für den alten Kollegen. Er wird bestimmt mit uns reden.«

Donnerstag, 23. April
21 Uhr 45

Ihre Glückssträhne hielt an. Das Büro des Landeshauptmanns war noch besetzt. Das war immer dann der Fall, wenn der LH am Abend länger arbeitete oder noch einmal spätabends im Büro erwartet wurde.

Sie wusste von ihrem früheren Chef, dass die Sekretärinnen im Landeshauptmann-Büro jederzeit über einen ganzen Stapel von leeren Blättern mit der Blankounterschrift ihres Chefs verfügten. Für dringende Fälle. Ein achtzigster Geburtstag verbunden mit der Information, dass der Adressat ein erzschwarzer alter Polizeibeamter und samt seiner ganzen Familie ein glühender Bewunderer des Landeshauptmanns sei, musste doch als dringender Fall durchgehen.

Tat es auch, wie sich schnell herausstellte.

Eines musste sie dem LH-Büro lassen: Es funktionierte hervorragend. Ein Anruf genügte.

Die Sekretärin bat sie nur, einen Textvorschlag zu mailen. Das Schreiben mit dem offiziellen Briefkopf und der Originalunterschrift des Landeshauptmanns würde spätestens zwanzig Minuten danach abholbereit sein.

Ein paar pathetische Zeilen über die Verdienste alter Polizisten, die dem Land über Jahrzehnte treu gedient hatten, waren schnell formuliert. Wahrscheinlich würde sie selbst irgendwann einmal ein solches Schreiben bekommen. Zehn Minuten später war sie mit ihrem Stellvertreter im Regierungsviertel. Das Gratulationsschreiben lag schon bereit.

Sie wusste, dass es am Bahnhof einen Blumenladen gab, der auch noch spätabends geöffnet hatte. Dort besorgte sie einen riesigen Blumenstrauß. Außerdem fuhren sie auf dem Weg nach Krems noch bei Spencers Wohnung vorbei. Sie wollte, dass er seine Gala-Uniform anzog. Die saß etwas eng, aber bei der bevorstehenden Ehrung durfte er unter keinen Umständen in seiner schäbigen Zivilkleidung auftauchen.

Auf der S 33 schaltete Spencer das Blaulicht ein und gab ordentlich Gas. Zu dieser Uhrzeit waren nur wenige andere Fahrzeuge auf der Schnellstraße unterwegs.

Noch bevor Krems in Sicht kam, rief sie im Spital an und ersuchte die diensthabende Oberschwester, sie ins Zimmer des Geburtstagskinds zu begleiten und sie vorzustellen. Das würde ihrem Besuch eine noch offiziellere Note geben.

Das Krankenzimmer betraten sie knapp nach 22 Uhr 30.

Spencer hielt ihr und der Oberschwester die Tür auf und salutierte.

In der Linken den großen Blumenstrauß, in der Rechten den Brief des Landeshauptmanns, trat sie ans Bett.

Die Oberschwester präsentierte sie, als wäre sie eine berühmte Persönlichkeit.

Frau Lichtenwerder machte große Augen.

Ihr Mann hingegen kniff die Augen misstrauisch zusammen. Mit hochgelagertem Kopf und eingefallenem Mund lag er im weißen Krankenhausnachthemd auf der Decke. Offensichtlich war die Zahnprothese aus seinem Oberkiefer entfernt worden.

Ein schwerer Fall von Nebenhöhlenentzündung, wie ihr die Oberschwester vorhin mitgeteilt hatte. Sicher sehr schmerzhaft, wenn Eiter bis zu den Zähnen vorgedrungen war.

Es kostete sie einige Überwindung, ans Bett zu treten und ihr Sprüchlein aufzusagen. Dass sie im Namen des Herrn Landeshauptmanns und des gesamten niederösterreichischen Polizeikorps gekommen wäre, um ganz herzlich zum Geburtstag zu gratulieren. Sie streckte ihm den Strauß hin. Da sich der Patient nicht rührte, legte sie die

Blumen kurzerhand auf seinen Bauch. Das Schreiben lehnte sie an die Blumen, sodass er es lesen konnte.

Seine Frau trat hinzu, las das Schreiben, schlug die Hände vor dem Gesicht zusammen und weinte vor Rührung. Neben ihrem Mann wirkte sie beinahe kindlich, obwohl sie wohl auch bereits an die siebzig sein musste.

Auch die Oberschwester kämpfte mit den Tränen.

Nun kam es drauf an. Sie achtete auf die Gesichtszüge des Patienten. Würde die allgemeine Rührung etwas bei ihm bewirken?

Herr Lichtenwerder betrachtete das Papier mit sichtlicher Skepsis, schüttelte den Kopf, nahm dabei die Hand seiner schluchzenden Frau, streichelte sie.

Im Gegenzug küsste sie ihn auf den Kopf. Es war deutlich zu sehen, wie sehr diese alte Frau ihren noch älteren Mann bewunderte.

Er blickte zu seiner Frau auf. Und als sich ihre Blicke trafen, schmolzen sie beide. Einfach liebevoll.

In diesem Moment heulte die Oberschwester los.

Alois Lichtenwerder räusperte sich. »Würden Sie die Frau Chefinspektor und mich bitte entschuldigen.« Seine Stimme klang fest, obwohl ihm wegen der fehlenden Zähne das Sprechen schwerfiel.

Schnell kamen die Anwesenden seiner Bitte nach. Seine immer noch schluchzende Frau schloss die Tür von außen.

Lichtenwerder schaute ihr nach und schüttelte den Kopf. »Meine Frau hätte sicher nie gedacht, dass ich als Erzroter vom schwarzen Landeshauptmann je einen solchen Brief bekommen würde. Schön für sie. Mir fehlt der Sinn für diese offiziellen Ehrbezeugungen. Ihnen doch auch, oder?«

Trotz seiner eingefallenen Lippen war ein verschmitztes Lächeln zu erkennen. »Und jetzt raus mit der Sprache: Was wollen Sie wirklich?«

Dieser alte Polizist war schlau und hatte eine entwaffnende Art. Daher fiel ihr die Entscheidung für die ungeschminkte Wahrheit leicht. In wenigen Sätzen erklärte sie ihm, warum sie hier war und schloss mit den Worten: »Es könnte sein, dass der Mörder heute Nacht wieder zuschlägt. Wir haben vorgestern eine dritte Puppe gefunden.«

Lichtenwerder rieb sich vorsichtig das Kinn. »Ich erinnere mich an einen Fall. Ist schon ewig her. Da ist in Melk ein halbwüchsiger Bub ertrunken. Und nie wieder aufgetaucht. Kann sein, dass das zweiundneunzig war. An den Namen erinnere ich mich allerdings nicht mehr. Ich habe mir aber von vielen Fällen für mich privat Notizen gemacht. Liegen jetzt alle in meinem Keller.«

Sie war am Ziel. Oder doch nicht? Sie hatte Mühe, Ihre Anspannung zu unterdrücken.

Der alte Polizist nickte ihr zu. »Ich sehe Ihnen an, dass Sie am liebsten gleich loslaufen würden. Dann laufen Sie! Die Kartei ist in meinem Keller. Wenn Sie die Treppe runterkommen im Regal ganz rechts hinten. Ein Zweitschlüssel zu unserem Haus ist unter einem Blumentopf neben dem Garagentor.«

»Sie wollen nicht, dass Ihre Frau uns begleitet?«

»Nein. Sie zu überreden, mich jetzt für eine Stunde allein zu lassen, würde viel zu lang dauern. Ich vertraue Ihnen.«

»Danke.« Mehr brauchte sie im Moment nicht von ihm. Bei Nachfragen konnte sie ihn jedenfalls telefonisch über das Krankenhaus erreichen. Sie eilte hinaus.

»Viel Glück!«, rief er ihr nach.

Donnerstag, 23. April
22 Uhr 55

Von der hell erleuchteten Donau-Bundesstraße bogen sie vor Dürnstein Richtung Norden ab. Erst jetzt fiel ihr auf, dass die Nacht besonders dunkel war. Kein einziger Stern am Himmel. Offenbar geschlossene Wolkendecke. Auf den kurvigen Straßen zwischen den Weinbergen war außerhalb des Scheinwerferkegels so gut wie nichts zu sehen.

Adresse und Wegbeschreibung zum Haus der Lichtenwerders hatten sie sich von den Kollegen vom Wachzimmer Weißenkirchen geben lassen. Die hatten angeboten, ihnen mit dem Streifenwagen vorauszufahren. Aber ihr war es lieber, wenn die verfügbaren Streifenwägen in der Nähe des Donauufers blieben, falls der Täter irgendwo gesichtet wurde.

Ihr Ziel war nicht zu verfehlen. Das letzte Haus am Ende der Sackgasse. Nicht weit vom Ort, aber tatsächlich einsam gelegen. Tal und Straße machten hier eine scharfe Biegung, sodass das nur ein paar Hundert Meter entfernte Haus der nächsten Nachbarn nicht zu sehen war. Ein idealer Platz für jemanden, der mit anderen Menschen nichts mehr zu tun haben wollte.

Sie stieg aus und ging zu den im Licht der Scheinwerfer stehenden Blumentöpfen beim Garagentor, um den Schlüssel zu suchen. Der war allerdings nirgends zu finden. Sie drehte jeden Topf zweimal um.

Spencer öffnete die Fahrertür. »Findest du ihn nicht?« Seine Frage war mehr eine Feststellung samt Hilfsangebot.

Er ließ die Scheinwerfer an, stieg aus und suchte mit ihr. Ohne Erfolg.

Ärgerlich. Sie ging zum Garagentor, zog daran. Fest verschlossen. Sie ging über ein paar Stufen zur Eingangstür, zog ebenfalls daran und wäre beinahe über die Stufen zurückgepurzelt. So unerwartet hatte die Tür ihrem Ziehen nachgegeben. Die nun weit offen stand. Konnte es sein, dass die Lichtenwerders in der Eile vergessen hatten, zuzusperren?

Sie tastete an der Wand nach einem Schalter und knipste das Licht an. Aber es kam kein Licht.

»Hast du deine Dienstwaffe dabei?« flüsterte Spencer von hinten und lachte leise.

»Mach keine blöden Scherze.« Sie nahm ihr Handy, schaltete die Taschenlampenfunktion ein, leuchtete in den dunklen Vorraum und schrak zusammen, weil sich da etwas bewegte.

»Katze«, kommentierte Spencer trocken und ging an ihr vorbei ins Haus. »Ältere Menschen am Land drehen aus Gewohnheit den Strom ab, wenn sie für längere Zeit das Haus verlassen.« Er zückte ebenfalls sein Handy, schaltete die Taschenlampenfunktion ein und machte sich auf die Suche nach einem Stromkasten. »Hier ist er nicht. Wahrscheinlich unten im Keller. Da müssen wir sowieso hin.« Er deutete auf eine halboffene Tür, hinter der die Stufen hinabführten.

»Hast du eigentlich deine Dienstwaffe dabei?«, fragte sie ihn.

Er schüttelte den Kopf und grinste sie an. »Möchtest du Verstärkung rufen?«

»Ich mach mich doch nicht zum Gespött der lieben Kollegen. Aber irgendwie sind das viele Zufälle auf einmal, findest du nicht? Schlüssel nicht da, Haustür offen, Strom aus.«

»Stimmt. Im Film steht jetzt der Killer hinter der Tür.«

»Blödhammel. Ich will nur, dass du vorsichtig bist, okay?«

Er zuckte die Achseln. »Du bist die Chefin. Jetzt kannst du mal sehen, wie ich schleichen kann.« Auf Zehenspitzen bewegte er sich tatsächlich erstaunlich leise die Stufen hinunter in den Keller.

Allerdings erschien ihr seine Lautlosigkeit vollkommen sinnlos, weil das Licht von seinem Handy sein Kommen verriet. Zur Sicherheit leuchtete sie den Bereich aus, den sein Licht nicht erhellte.

Die Treppe mündete ohne weitere Tür in einen großen Kellerraum mit fünf Regalreihen, die in Längsrichtung von der Stiege wegführten.

Er leuchtete auf etwas am Boden.

Wieder eine Katze. Die machte einen Kratzbuckel und fauchte.

Über der Katze fand sein Licht den Stromkasten. Er legte den FI-Schalter um, und das Licht ging an.

Im selben Moment sah sie im Augenwinkel etwas Großes auf sich zukommen, duckte sich und spürte etwas an ihrem Ohr vorbeizischen.

»Im Namen des Herrn!«, schrie eine Stimme in den Knall des am Regal auftreffenden Schlages hinein. Glas zerbarst. Scherben flogen in alle Richtungen. Dann war Ruhe. Bis die schwere Schaufel mit einem dumpfen Scheppern aus Josefa Machherndls Hand auf den Boden fiel. »Oh. … Sie sind das. Entschuldigung. Ich habe geglaubt, es ist der Mörder.«

Die Alkoholfahne der alten Frau war atemberaubend.

Spencer fand als nächster seine Stimme wieder. »Was zur Hölle machen Sie denn hier?«

»Nicht fluchen, junger Mann! Emilie hat mich gebeten, die Katzen zu füttern. Da ist mir eingefallen, dass der Alois ja eine Kartei mit alten Fällen hat. Die Kartei liegt da hinten.« Sie zeigte mit ihrem Finger ins Dunkle. »Gerade wollte ich Sie anrufen und fragen, welche Information Sie genau suchen. Da hab ich ein Auto gehört und schnell den Strom abgedreht. Weil hier kommt sonst niemand her.«

»Doris? Geht's dir gut?« fragte Spencer besorgt.

Ihre Beine fühlten sich an wie Pudding. »Es geht mir gut«, log sie, immer noch in geduckter Körperhaltung. Beinahe wäre sie von dieser Alkoholikerin mit diesem Ungetüm von einer Schaufel erschlagen worden. Bevor ihre Beine doch nachgaben, setzte sie sich auf die Stufen. Da lagen zum Glück keine Scherben. Aber zwischen den Regalen waren die Reste einiger zerbrochener Einmachgläser samt Inhalt verstreut.

»Schöne Bescherung.« Josefa Machherndl griff zu einem Besen, der an einem Regal lehnte, und machte sich an die Arbeit.

Spencer schaute immer noch besorgt.

»Los, wir haben keine Zeit zu verlieren. Hol die Kartei.« Sie winkte ihn Richtung rechts hinten zwischen die Regale

»Die Kartei ist nach Jahreszahlen geordnet«, rief Josefa Machherndl Spencer nach.

Der brummte nur und suchte nach dem Jahrgang 1992. War aber offenbar nicht gleich zu finden.

Am Flackern des Lichts konnte sie sehen, dass er die Taschenlampenfunktion verwenden musste. Sie war froh darüber, dass er so mit der Suche beschäftigt war, dass er nicht zu ihr herschaute. Denn sie zitterte. Den Schock musste sie erst mal verdauen.

»Oh!« Der alten Frau schien etwas einzufallen. »Ich habe vorhin ein paar Schachteln rausgenommen. Die habe ich dann im Dunkeln wieder zurückgestellt, damit der Täter sie nicht gleich findet. Vielleicht habe ich da etwas vertauscht.«

Als Antwort kam ein unterdrücktes Fluchen aus den Tiefen der Regalschlucht.

»Warte, ich helfe dir.« Sie stand auf, noch etwas wackelig auf den Beinen.

Josefa Machherndl schaute sie an. Das schlechte Gewissen stand ihr ins Gesicht geschrieben. Wenigstens hatte sie begriffen, was sie beinahe angerichtet hätte. Sie ließ die alte Frau mit dem Besen stehen und hantelte sich, auf die Scherben achtend, zwischen den Regalen zu Spencer nach hinten.

»Du hättest sitzen bleiben sollen«, meinte er leise.

Sie schüttelte den Kopf. »Geht schon.«

Gemeinsam suchten sie. Die Schachtel mit der Aufschrift »1992« fanden sie allerdings erst, als sie dazu übergingen, Schachteln ohne Aufschrift umzudrehen. Die alte Frau hatte sie offenbar verkehrt und wahllos irgendwo ins Regal bugsiert.

Im Zuge der Suche hatte sich ihr Zittern gelegt. »Gehen wir hinauf und suchen uns einen Tisch«, schlug sie dennoch vor. Sie fühlte sich seltsam ruhig und leer. Irgendwie entrückt. Sie war selbst überrascht. In der Schachtel wartete wahrscheinlich die Lösung des Falles auf sie. Dennoch spürte sie keinerlei Nervosität. Sie ging hinter Spencer die Treppen hinauf und registrierte nur, dass Frau Machherndl keine Anstalten machte, ihnen zu folgen.

Oben setzten sie sich an den rustikalen Esstisch im Herrgottswinkel.

»Bereit?« fragte er.

Sie nickte.

Er hob den Deckel von der Schachtel. Der Juli war schnell gefunden. Nur sieben Karteikarten in diesem Monat.

Sie gab Spencer vier und nahm die restlichen drei.

Es dauerte nicht lange.

»Da, ich hab‘s.« Er legte den Zettel in die Mitte, damit sie ihn ebenfalls lesen konnte.

Da stand: »10. Juli 1992, Melk: Karl Wiesner (geb. 18. September 1976) Herzattacke o.ä. beim Schwimmen spätabends, von Strömung fortgezogen. Bruder Johann (geb. 30. November 1979) kann ihn nicht halten, schreit um Hilfe, beteuert: Pärchen im Gebüsch direkt am Ufer. Distanz nur 20 Meter. Junger Mann und junge Frau, blond, davongelaufen? Wegen Dunkelheit keine näheren Angaben. Unterlassene Hilfeleistung § 95 StGB. Recherche: Keine Verdächtigen gefunden. Leiche? Verschollen.«

Ihr Hirn arbeitete noch etwas zeitverzögert. »Hans Wiesner«, murmelte sie. »Der hilfsbereite Briefträger aus Weißenkirchen. Kann das sein?« Dann sprang sie auf. »Los, fahren wir.«

Donnerstag, 23. April
23 Uhr 35

Auf der Fahrt in den Nachbarort von Dürnstein rief sie bei der Landespolizeidirektion an. Der Nachtdienst hatte Zugriff auf das zentrale Melderegister. Sie gab die Geburtsdaten von Johann Wiesner auf der Karteikarte durch und wartete.

Vom Alter her konnte es zwar passen, aber sie musste absolut sicher sein.

Der Kollege brauchte kaum eine Minute. Johann Wiesner, geboren 30.11.1979, wohnhaft Bahndammgasse 21, Weißenkirchen.

Die Adresse war ihr neu, weil sie den Briefträger nur im Gasthof Holzer getroffen hatte.

»Er ist es«, sagte sie zu Spencer. »Bahndammgasse 21.«

»Du willst ihn also direkt mit dem Vorwurf konfrontieren, ein Mörder zu sein? Ist das klug? Wir haben zwar ein passendes Motiv, aber noch keinen handfesten Beweis gegen ihn. Im Gegenteil: Da sehe ich nur offene Fragen. Wenn er als Bub Strasser und Krenn nicht erkannt hat, wie ist er dann später auf sie gekommen? Wieso ermordet er die beiden mehr als ein Vierteljahrhundert später? Und was machen wir, wenn er für die eine oder andere Tatzeit ein Alibi hat? Wir müssen echt aufpassen. Der Mann ist ein prominentes Mitglied der Landeshauptmannpartei.«

»Gerade deshalb gehe ich nicht zum Staatsanwalt, wie es eigentlich Vorschrift wäre. Der ist imstande und weigert sich mit Rücksicht auf seine Karriere, schnell einen Haftbefehl auszustellen. Ich will nicht ewig warten. Je eher wir die Wachposten an der Donau abziehen können, desto besser. Die Leute haben sich ihren Schlaf verdient.«

Er grinste. »Marbolt würde etwas davon faseln, dass wir damit Geld des Steuerzahlers sparen.«

»Ich will ein Geständnis«, verkündete sie. »Alles andere wird unendlich mühsam.«

Spencer schüttelte den Kopf. »Von so einem Typen kriegst du kein Geständnis. Diese Politiker sind doch darin trainiert, die Unschuldslämmer zu spielen und sich als Opfer von Verschwörungen darzustellen. Ich sage dir: Der kämpft bis zum Ende.«

Sie schüttelte den Kopf. »Ich kenne ihn. Ich glaube, er ist der Typ, der weiß, wann das Spiel vorbei ist. Er wird erleichtert sein.«

Spencer brummte. »Dein Wort in Gottes Ohr.«

Donnerstag, 23. April
23 Uhr 46

Im Haus in der Bahndammgasse 21 brannte kein Licht.

»Wir kommen ohne Vorankündigung mitten in der Nacht«, protestierte Spencer leise. »Der weiß doch sofort, was es geschlagen hat. Wenn er uns jetzt aus dem Dunkeln beobachtet, haut er ab und wir sehen ihn nie wieder.«

Sie läutete trotzdem an der Tür.

Von drinnen war nichts zu hören. An den Fenstern regte sich auch nichts.

Sie ließ es noch einmal klingeln.

Nichts.

»Komm, wir probieren es bei seinem Stammlokal.«

Das kurze Stück zum Holzer gingen sie zu Fuß durch die Gassen des alten Weinorts.

Im Gasthof saßen noch ein paar Gäste.

Als sie eintraten, stießen sie auf misstrauische Blicke. Sie ging zum Stammtisch und zog Spencer in seiner Galauniform an der Hand mit sich, als wäre sie seine Braut. »Guten Tag, die Herren. Wir suchen Hans Wiesner, den Briefträger.« Sie brachte es ganz ungezwungen über die Lippen und lehnte sich dabei an Spencer, der hervorragend mitspielte, indem er nur Augen für sie hatte.

»Der ist grade rausgegangen«, brach ein junger Mann das Schweigen.

Von den Älteren erntete er dafür tadelnde Blicke.

»Dankeschön!« Sie zog Spencer zur Tür hinaus. »Wenn er direkt nach Hause gegangen wäre, hätten wir ihn treffen müssen. Wo kann er jetzt noch hingegangen sein?« Sie überlegte kurz, aber ihr fiel nichts ein. »Komm, wir gehen zum Auto. Dann fahren wir durch die Gassen rings um sein Haus. Irgendwann wird er schon auftauchen.«

»Suchen Sie mich, Frau Chefinspektorin?«

Sie wirbelte herum.

»Guten Abend, Herr Malzacher. Schön, Sie mal in Galauniform zu sehen.« Die Stimme von Hans Wiesner kam aus einer dunklen Toreinfahrt, kaum sieben Meter entfernt. »Ich möchte Ihnen gratulieren, Frau Chefinspektorin. Ich habe mich immer ermahnt, Sie nicht zu unterschätzen. Habe ich offensichtlich trotz allem getan.«

Ob er wohl eine Waffe hatte? Die unbehagliche Situation musste sie jedenfalls auflösen. Sie ging auf ihn zu.

»Nein. Bleiben Sie, wo Sie sind.«

Die Schärfe in seiner Stimme ließ sie stehenbleiben. »Herr Wiesner, es ist aus. Das wissen Sie.«

Ein trauriges Auflachen kam aus der Dunkelheit. »Ja, es ist aus. Das weiß ich seit heute. Das Ende kommt auch für mich plötzlich. Aber das fällt wohl unter kosmische Gerechtigkeit. Nun stellt sich nur mehr die Frage, wie wir dieses Ende gestalten.«

Spencer warf ihr einen unsicheren Blick zu.

Aber sie konnte in diesem Moment keine Angst empfinden. »Ja, das Ende kann plötzlich kommen«, sagte sie ruhig. »Ich bin vorhin fast mit einer Schaufel erschlagen worden. Aber nur fast. Vielleicht fällt das auch unter Ihre kosmische Gerechtigkeit.« Als er darauf nicht antwortete, fuhr sie fort. »Was mich noch interessieren würde: Wie haben Sie es geschafft, den Akt am Melker Standesamt auszutauschen?«

Er lachte. »Der ehemalige Melker Standesbeamte war ÖAAB-Funktionär und ein guter Freund von mir. Ich habe ihn oft besucht, auch im Melker Rathaus. Einen Akt durch einen von mir angelegten anderen zu ersetzen war kein Problem.«

»Und warum haben Sie so lange mit den Morden gewartet?« fragte sie nun gerade heraus.

»Das ist eine lange Geschichte.« Er trat aus dem Schatten. Seine Hände steckten in großen Jackentaschen, in denen sichtlich noch mehr Platz hatte. Er kam nicht zu ihnen, sondern wandte ihnen den Rücken zu und ging die Gasse entlang. »Die Rachegedanken habe ich von Anfang an gehabt«, begann er zu erzählen. »Sie sind über die Jahre immer weiter gewachsen.«

Kurz entschlossen bedeutete sie Spencer, stehen zu bleiben, und ging ihm nach.

»Ich habe den Erfolg der beiden beobachtet«, fuhr Wiesner fort, ohne sich umzudrehen. »Einen Erfolg, den sie mit ihrer Skrupellosigkeit erreicht haben. Sie haben nur auf sich selbst geschaut und sind dabei über Leichen gegangen.«

Sie schloss zu ihm auf, wollte seinen Redefluss jedoch nicht unterbrechen.

»Nicht mehr lange, dann wäre aus dem Herrn Vizepräsident Strasser ein Präsident der Rechtsanwaltskammer geworden, vielleicht sogar noch mehr. Und die Frau Abgeordnete war am Sprung in die Landesregierung, jung und clever genug, um eines Tages Landeshauptfrau von Niederösterreich zu werden. Dabei waren beide charakterlicher Abschaum. Wären sie mir zu Hilfe gekommen, würde mein Bruder noch leben. Er war damals der beste Schüler im Melker Gymnasium. Schon damals ein ganz edler Mensch. So jemanden wie ihn hätte unser Land gebraucht.« Er verstummte.

Das war eine Gelegenheit, die Frage zu stellen, die ihr auf der Zunge brannte. »Wir haben Ihre dritte Puppe gefunden. Aber es gibt noch keine dritte Leiche, oder?«

»Doch, die dritte Leiche gibt es. Die dritte Puppe steht für meinen toten Bruder. Wir haben damals bei Melk gewohnt, ganz nahe am Fluss. In der heißen Jahreszeit sind der Karl und ich oft auch in der Nacht in die Donau schwimmen gegangen. Wir haben unterschiedliche Stellen erkundet. Meistens waren wir im Altarm, wo jetzt die Schiffe anlegen. Aber manchmal waren wir, obwohl es unsere Eltern verboten haben, auch im Fluss. Auch an dem späten Abend vor mehr als fünfundzwanzig Jahren. Da hat der Karl einen Herzanfall oder etwas Ähnliches bekommen. Er hat ganz wild gezuckt, ist untergetaucht, hat gegurgelt. Nur fünfzehn Meter vom Ufer entfernt. Zuerst hab ich gedacht, er will mir Angst machen. Damals war ich elf. Ich bin zu ihm hin, habe irgendwann gemerkt, das ist ernst, hab' versucht, ihn über Wasser zu halten. Aber die Strömung war an dem Tag sehr stark, weil fast Hochwasser war. Die Strömung hat ihn in die Tiefe gezogen. Da ist er jetzt noch. Ich war einfach nicht kräftig genug, ihn zu halten. Deshalb habe ich um Hilfe geschrien. Da sind sie aufgetaucht aus dem Gebüsch, die Blonde und der junge Mann. Ziemlich nackt. Aber statt ins Wasser zu springen, haben sie ihre Kleider gepackt und sind auf und davon. Im Dunkeln habe ich ihre Gesichter nicht gut gesehen. Wenn ich die beiden damals schon gekannt hätte, wäre alles ganz anders gekommen. Sie hätten Probleme mit der Polizei bekommen und ihre Strafe gekriegt. Aber ich konnte sie nicht näher beschreiben. Daher sind sie einfach davongekommen.« Er ließ die Schultern hängen und schwieg.

Sie ließ ihm die Pause.

Seite an Seite gingen sie aus dem kleinen Ort hinaus, hinauf in die Weinberge.

Dort fuhr er mit seiner Erzählung fort. »Erst sieben Jahre später beim Bundesheer bin ich draufgekommen. Ich war in Salzburg bei den Pionieren stationiert, weil ich wegen der Geschichte mit meinem Bruder nicht in Melk einrücken wollte. Für eine Woche haben die Salzburger Pioniere in Villach eine gemeinsame Übung mit den Pionieren aus Klosterneuburg gemacht. Da bin ich mit einem Gefreiten Doktor Strasser mehrmals am selben Tisch gesessen. Auf den Doktortitel hat dieses Arschloch immer großen Wert gelegt. Und eines Abends beginnt der Kerl von seinen Weibergeschichten zu erzählen. Dass er sich in Melk in der Donauau mit einer jungen blonden Melkerin vergnügt hat, an deren Gesicht er sich gar nicht mehr erinnern würde. Nur an einem großen Muttermal an der Innenseite ihres Oberschenkels würde er sie wiedererkennen. Und dass er gerade dabei war, sie zu vernaschen, als in der Donau ein Bub um Hilfe gerufen hat. Da habe er sich von dem Mädchen losgerissen, sei ins Wasser gesprungen und hätte ein Leben gerettet.« Er schüttelte den Kopf und holte tief Luft. »Können Sie sich vorstellen, wie mir zumute gewesen ist? Mit einem Mal hatte ich die beiden Menschen vor mir, die für den Tod meines Bruders verantwortlich waren. Weil das blonde Mädchen mit dem großen Muttermal habe ich aus dem Kremser Schwimmklub gekannt. Ich wusste, dass sie aus Melk nach Krems gezogen ist und wie wild herumgevögelt hat. Da habe ich nur zwei und zwei zusammenzählen brauchen. Ich habe auch herausgefunden, dass der Vater von Katharina Kremser Bezirkshauptmann geworden ist, weil er ein guter Freund des St. Pöltner Bischofs war. Kein Wunder, dass sie damals davongelaufen ist. Sonst wäre in Melk womöglich bekannt geworden, was sie in der Nacht in der Au getrieben hat. Wenn das dem Bischof zu Ohren gekommen wäre, dann wäre es für ihren Vater vielleicht nichts mit dem Bezirkshauptmann geworden.«

»Aber danach hat es immer noch viele Jahre gedauert, bis aus den Rachegedanken letztlich Taten geworden sind. Warum? Was war der Auslöser?«

Sein Lächeln war bitter. »Die längste Zeit habe ich versucht, meinen Hass und die Gedanken an Rache zu unterdrücken. Umso mehr, weil ich dachte, ich sei zu schwach und zu feig, meine Rachephantasien umzusetzen. Ich habe die Begegnung mit Klaus Strasser und Katharina Krenn gemieden. Ich wollte ein schönes und sinnerfülltes Leben leben wie alle anderen Menschen auch.« Er ließ sich auf einer hölzernen Bank nieder und lud sie mit der Linken ein, sich zu ihm zu setzen.

Sie folgte seiner Einladung. Den Ausblick auf das schummrig beleuchtete Dorf und den dunklen Fluss dahinter hätte sie unter anderen Umständen wohl genießen können.

Auch er schaute auf den Ort hinunter. »Als Parteiobmann in Weißenkirchen habe ich ein paar kleine Erfolge gehabt. Die Menschen im Ort haben mich auch als ihren Briefträger geschätzt und mir ihre Probleme anvertraut. Manchen konnte ich helfen. Mehr wollte ich an sich nicht vom Leben. Aber dann war ich letztes Jahr auf einer Parteiveranstaltung, wo zufällig Katharina Krenn als Hauptrednerin eingesprungen ist.« Er ballte die Faust. »Ich habe die Begeisterung gesehen, mit der die Menschen dieser Schlange applaudiert haben. Da war mir endgültig klar: Ich muss sie töten. Und Strasser auch.«

Auf der Donauufer-Bundesstraße kamen sowohl aus Richtung Dürnstein als auch aus Richtung Spitz Streifenwägen mit Blaulicht angefahren. Offenbar hatte Spencer sie alarmiert.

Hans Wiesner zog die rechte Hand mitsamt einer Pistole aus seiner Jackentasche. Mit dem Finger am Abzug ließ er sie auf seinem Oberschenkel ruhen. »Dass Sie auf mich gekommen sind, ist wirklich ein Wunder. Eigentlich hatte ich geplant, nach den Morden wieder zu meinem alten Leben zurückzukehren.« Er lächelte traurig. »Aber mein altes Leben gibt es nicht mehr. Seit gestern weiß ich es. Leukämie. Leider eine Art, bei der es schnell geht.« Er schaute sie mit flackernden Augen an. »Tja. Eine Verurteilung wird sich so oder so nicht mehr ausgehen. Also. Was meinen Sie: Schnelles Ende oder noch schnelleres Ende?« Er deutete mit der Pistole auf die Polizisten, die mit ihren Streifenwägen in rund fünfzig Metern Entfernung angehalten hatten und mit gezogenen Waffen ausschwärmten.

Sofort erhob sie sich und rief: »Alle Mann Stopp! Auf Abstand bleiben!«

Die Männer gehorchten prompt.

Als sie sicher war, dass keiner besonders mutig sein wollte, setzte sie sich wieder zu Wiesner und blickte ihn ruhig an. »Bitte nicht.«

Wiesner seufzte, setzte sich die Waffe an die Schläfe und schloss die Augen. Er zitterte.

Für einen Moment war es, als würde die Zeit stillstehen.

Schließlich setzte er die Waffe ab. »Ich schaffe es nicht.« Er streckte ihr die Pistole mit dem Knauf voran hin. »Ich bin halt doch ein geborener Verlierer.«

BERNHARD GÖRG
DÜRNSTEINER WÜRFELSPIEL
Ein Wachau-Krimi
SALOMON

Bernhard Görg

Dürnsteiner Würfelspiel

Ein Wachau-Krimi

Ein kleines Mädchen, das einen Hund begraben möchte und dabei auf ein Skelett und einen Würfel stößt. Eine Gemeinderätin, die Terroralarm auslöst. Ein Chirurg mit einer dunklen Vergangenheit. Damit muss sich Doris Lenhart, Leiterin der Mordkommission Niederösterreich, herumschlagen. Dabei bekommt sie auch noch einen neuen Chef, dem seine Karriere wichtiger als alles andere ist. Bernhard Görg steigert in seinem dritten Krimi die Spannung. In der scheinbar so heilen Welt der Wachau werden menschliche Schwächen zu Motiven für Intrigen und Gewalt.

336 Seiten, € 16,90

ISBN 978-3-90320-005-0

BERNHARD GÖRG
DAS EWIGE GELÜBDE
Kriminalroman
edition a

Bernhard Görg
Das ewige Gelübde
Kriminalroman

Eine Gemeindesekretärin, die heimlich die Beichtgewohnheiten ihrer Mitbürger protokolliert, ein Politiker, der um seinen guten Ruf besorgt ist, eine Ehefrau, die auf erotischen Abwegen wandelt, ein junger Spitzenanwalt, der das Kloster seiner attraktiven Geliebten vorzieht. Und zwei Morde inmitten der romantischen Wachau, die Doris Lenhart, Chefin der niederösterreichischen Mordkommission, vor ein Rätsel stellen.

336 Seiten, € 19,95
ISBN 978-3-99001-202-4